复制图层后的效果

贴入图像

变形文字最终效果图

内部阴影的文字效果效果图

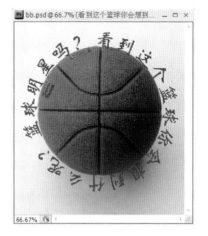

路径文字效果图

原始图像及作为图案的选区　　　　　　使用图案印章工具将图案连续复制

晶格化滤镜

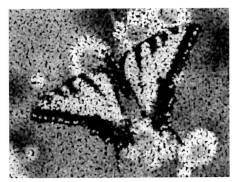

点状化滤镜

碎片滤镜

玻璃滤镜

径向模糊滤镜

马赛克拼贴滤镜

壁画滤镜

纪念章的最终效果图

高等学校计算机专业教材精选·图形图像与多媒体技术

Photoshop平面艺术设计实训教程

尚展垒　主　编

耿雪春　楚春颖　副主编

清华大学出版社

北京

内 容 简 介

本书全面系统地介绍了 Photoshop CS4 的基本功能及其常用工具,并对选区、路径、图层、通道、蒙版、滤镜、文本和色彩调整等重点和难点内容进行了详细讲解。本书从实用的角度出发,由具有多年丰富教学经验的一线优秀教师编写。本书内容丰富,结构清晰,概念清楚明确,技术实用,配有适量的例题;操作步骤简单连贯。在介绍工具和命令的同时,还提供了精彩的范例解析和综合案例,以方便读者更好地理解和掌握所学的内容。

本书适合 Photoshop 初学者或有一定操作经验的读者使用,尤其适合高等院校作为相关课程的教材使用。

图书在版编目(CIP)数据

Photoshop 平面艺术设计实训教程 / 尚展垒主编. —北京:清华大学出版社,2011.3
(高等学校计算机专业教材精选·图形图像与多媒体技术)
ISBN 978-7-302-24285-7

Ⅰ. ①P… Ⅱ. ①尚… Ⅲ. ①平面设计—图形软件,Photoshop CS4—高等学校—教材
Ⅳ. ①TP391.41

中国版本图书馆 CIP 数据核字(2010)第 224623 号

责任编辑:汪汉友
责任校对:白　蕾
责任印制:李红英

出版发行:清华大学出版社		地　　　址:北京清华大学学研大厦 A 座	
http://www.tup.com.cn		邮　　编:100084	
社　总　机:010-62770175		邮　　购:010-62786544	
投稿与读者服务:010-62795954,jsjjc@tup.tsinghua.edu.cn			
质 量 反 馈:010-62772015,zhiliang@tup.tsinghua.edu.cn			

印　装　者:北京嘉实印刷有限公司
经　　销:全国新华书店
开　　本:185×260　　印　张:24.25　　彩　插:2　　字　数:586 千字
版　　次:2011 年 3 月第 1 版　　　　　　印　次:2011 年 3 月第 1 次印刷
印　　数:1~3000
定　　价:39.00 元

产品编号:040626-01

出 版 说 明

我国高等学校计算机教育近年来迅猛发展,应用所学计算机知识解决实际问题,已经成为当代大学生的必备能力。

时代的进步与社会的发展对高等学校计算机教育的质量提出了更高、更新的要求。现在,很多高等学校都在积极探索符合自身特点的教学模式,涌现出一大批非常优秀的精品课程。

为了适应社会的需求,满足计算机教育的发展需要,清华大学出版社在进行了大量调查研究的基础上,组织编写了《高等学校计算机专业教材精选》。本套教材从全国各高校的优秀计算机教材中精挑细选了一批很有代表性且特色鲜明的计算机精品教材,把作者们对各自所授计算机课程的独特理解和先进经验推荐给全国师生。

本系列教材特点如下。

(1) 编写目的明确。本套教材主要面向广大高校的计算机专业学生,使学生通过本套教材,学习计算机科学与技术方面的基本理论和基本知识,接受应用计算机解决实际问题的基本训练。

(2) 注重编写理念。本套教材作者群为各高校相应课程的主讲,有一定经验积累,且编写思路清晰,有独特的教学思路和指导思想,其教学经验具有推广价值。本套教材中不乏各类精品课配套教材,并力图努力把不同学校的教学特点反映到每本教材中。

(3) 理论知识与实践相结合。本套教材贯彻从实践中来到实践中去的原则,书中的许多必须掌握的理论都将结合实例来讲,同时注重培养学生分析问题、解决问题的能力,满足社会用人要求。

(4) 易教易用,合理适当。本套教材编写时注意结合教学实际的课时数,把握教材的篇幅。同时,对一些知识点按教育部教学指导委员会的最新精神进行合理取舍与难易控制。

(5) 注重教材的立体化配套。大多数教材都将配套教师用课件、习题及其解答,学生上机实验指导、教学网站等辅助教学资源,方便教学。

随着本套教材陆续出版,我们相信它能够得到广大读者的认可和支持,为我国计算机教材建设及计算机教学水平的提高,为计算机教育事业的发展做出应有的贡献。

清华大学出版社

前　言

Photoshop 是当前最流行的专业图像处理软件之一，也是在全世界拥有用户最多的图形图像处理软件。Photoshop 以其功能强大、直观易学、使用方便等诸多优点，被众多的设计人员和业余爱好者所应用。在平面设计、装饰装潢、彩色出版与多媒体制作等诸多领域，Photoshop 都起到了举足轻重的作用。Photoshop CS4 的出现使得软件的运用更加方便和快捷。

本书理论与实践相结合，全面详细地介绍了 Photoshop CS4 的基本操作方法。全书共分为 14 章，包括 Adobe Photoshop CS4 基础知识、图像的基本编辑操作及相关工具、选区的创建与编辑、路径、文字基础、图层的高级应用、图像的描绘与修饰、蒙版与通道、滤镜的应用、理解色彩理论、图像色彩的校正、图像的存储与打印、动画及视频图层、综合练习等内容。

与其他版本相比，Photoshop CS4 增加了一些新功能，例如在界面方面，Photoshop 又重新设计了新的界面样式；在调整面板中，新增了一个自然饱和度调整命令，效果会更加细腻，会智能地处理图像中不够饱和的部分和忽略足够饱和的颜色；而色阶和曲线等面板也做了一些小的更新，增加了一些方便操作的功能。此外，浏览图片比以往速度快了很多，而且图像可以无锯齿地无极放大，使用这些功能可以制作出更加丰富多彩的图像。

本书结构清晰、内容由浅入深，力求以最简单的方法，达到最好的效果，使得那些对该软件接触不深的读者在阅读本书时，也能轻松上手。书中以基础的知识为起点，根据多名教师的教学经验，调整知识点的讲述顺序，循序渐进地讲解了 Photoshop CS4 中的一些基本功能和高级技巧，配以丰富的实例和具体操作步骤，读者可以亲自动手对照这些步骤进行操作，在练习的同时，巩固所学的技能，做到举一反三。每章后面均配有操作题，可使读者巩固 Photoshop 基本概念和掌握 Photoshop CS4 的应用技巧。

参与本书编写的人员有耿雪春、刘嘉、韩怿冰、朱训林、王鹏远、张凯、郭瑞、尚展垒、楚春颖、支俊等老师，希望本书的出版可以对广大读者学习和掌握 Photoshop CS4 有一定的帮助。本书在出版过程中，得到了郑州轻工业学院、清华大学出版社的大力支持，在此表示衷心的感谢。由于时间仓促及作者水平有限，书中错漏之处在所难免，恳请广大读者和同行提出宝贵意见。

编　者

2010 年 10 月

目　　录

第 1 章　Adobe Photoshop CS4 基础知识

Photoshop 是个应用较为广泛的平面设计软件，Photoshop CS4 版本的功能又有了新的改进，本章主要介绍了 Photoshop CS4 软件的发展历程和应用领域，还对相关的基本概念和功能进行了详细的阐述。

【知识要点】

(1) Photoshop 的发展史及其应用范围；

(2) Photoshop 中的基本概念；

(3) Photoshop 的界面及各功能调板的介绍；

(4) 文件的基本操作。

1.1　Photoshop 软件及其应用领域

目前，市场上的图形图像处理软件非常多，常见的有 Photoshop、Photo Impact、CorelDRAW、FreeHand、AutoCAD、3ds max 等。Photoshop 作为一款功能强大的图像编辑软件，自发行以来就以其强大的功能和友好的界面深受广大设计者的青睐。Photoshop 是 Adobe 公司于 1990 年推出的，1994 年 Adobe 公司和 Aldus 公司合并，2004 年 Adobe 公司与 Micromedia 公司合并，使其得到了更好的发展和应用，并巩固了 Photoshop 在图像处理领域中的地位。

1.1.1　Photoshop 软件发展史

1985 年，美国 Apple 公司率先推出图形界面的 Macintosh(麦金塔)系列计算机。1986 年夏天，当时是 Michigan 大学研究生的 Thomas Knoll 编制了一个程序，可以在 Macintosh Plus 机上显示灰阶图像。最初这个软件的名称为 display。随后，就职于工业光魔公司(该公司曾给《星球大战 2》做特效)的哥哥 John Knoll 发现了此程序并建议将其进行商业开发，并最终找到了 Adobe 公司，签署了授权销售的协议。

经过 Thomas 和其他 Adobe 工程师的努力，Photoshop 版本 1.0.7 于 1990 年 2 月正式发行，John Knoll 也参与了一些插件的开发。第一个版本的程序只有一个 800KB 的软盘大小，只支持苹果公司的 Mac 系统，运行画面及工作区界面如图 1.1 和图 1.2 所示。

在 20 世纪 90 年代初，美国的印刷工业发生了比较大的变化，印前(pre-press)数字化开始普及。Photoshop 2.0 增加的 CMYK 功能使得印刷厂开始把分色任务交给用户，一个新的行业——桌上印刷(Desktop Publishing，DTP)由此产生。

Photoshop 2.5 的主要特性被公认为是开始支持 Windows 操作系统，Photoshop 3.0 版本的重要新功能是 Layer(层)的概念，Mac 版本在 1994 年 9 月发行，而 Windows 版本在同年 11 月发行。Photoshop 4.0 主要改进是用户的界面，Adobe 在此时决定把 Photoshop 的用户界面和其他 Adobe 产品统一化。此外，程序使用流程也有所改变，1998 年 5 月正式发

图 1.1　Photoshop 1.0.7 版本运行画面

图 1.2　Photoshop 1.0.7 工作区界面

行的 Photoshop 5.0 引入了 History(历史记录)的概念,这和一般的 Undo(撤销)不同,在当时引起业界的欢呼;色彩管理也是 Photoshop 5.0 的一个新功能,尽管当时引起一些争议,此后被证明这是 Photoshop 历史上的一个重大改进。在 2000 年 9 月发行的 Photoshop 6.0 中,主要改进了与其他 Adobe 软件交换的流畅,但真正的重大改进是 2002 年 3 月发布的 Photoshop 7.0。

　　Photoshop 在享受了巨大商业成功之后,在 21 世纪开始才开始感到其他类似软件的威胁,特别是专门处理数字照相机原始文件的软件,在其后的发展历程中 Photoshop 8.0 的官方版本号是 CS,9.0 的版本号则变成了 CS2,10.0 的版本号则变成 CS3,11.0 的版本则变成 CS4。

　　CS 是 Adobe Creative Suite 软件包中后面 2 个单词的缩写,代表"创作集合",是一个统一的设计环境,比如 CS2 系列,将 Adobe Photoshop CS2、Illustrator CS2、InDesign CS2、GoLive CS2 和 Acrobat Professional 7.0 软件与 Version Cue CS2、Adobe Bridge 和 Adobe Stock Photos 相结合。

　　最新版本 Adobe Photoshop CS4 是 2008 年 9 月 23 日发布的,Adobe CS4 套装拥有一百多项创新,并特别注重简化工作流程、提高设计效率,Photoshop CS4 支持基于内容的智能缩放、支持 64 位操作系统、更大容量内存、基于 OpenGL 的 GPGPU 通用计算加速，还有用于编辑基于 3D 模型和动画的内容以及执行高级图像分析的工具。

1.1.2 应用领域

一些人对于 Photoshop 的了解仅限于"一个很好的图像编辑软件"，并不知道它的诸多应用方面，实际上，Photoshop 的应用领域很广泛的，在图像、图形、文字、视频、出版各方面都有广泛的应用。

1. 平面设计

平面设计是 Photoshop 应用最为广泛的领域，Photoshop 不仅引发了印刷业的技术革命，也成为图像处理领域的行业标准。在平面设计与制作中，Photoshop 是设计师必备的软件，Photoshop 已经完全应用到了平面广告、包装、海报、POP、书籍装帧、印刷、制版等平面设计的各个领域。

2. 摄影及影像创意

广告摄影作为一种对视觉要求非常严格的工作，其最终成品往往要经过 Photoshop 的修改才能得到满意的效果；影像创意是 Photoshop 的特长，通过 Photoshop 的处理可以将原本风马牛不相及的对象组合在一起，也可以使用"狸猫换太子"的手段使图像发生意想不到的巨大变化；当前越来越多的婚纱影楼开始使用数字照相机，这也使得婚纱照片设计的 Photoshop 处理成为一个新兴的应用。

3. 艺术文字

当文字通过 Photoshop 处理，就已经注定不再普通单调。利用 Photoshop 可以使文字发生各种各样的变化，并利用这些艺术化处理后的文字为图像增加效果。

4. 网页制作

网络的普及是促使更多人需要掌握 Photoshop 的一个重要原因，因为在制作网页时 Photoshop 是必不可少的网页图像处理软件，而且现在使用 Photoshop 完全可以设计非常精美的网页。

5. 三维设计及效果图后期修饰

在三维动画软件领域，3ds max、Maya 等软件的贴图制作功能都比较弱，如果能够制作出精良的模型，但是无法为模型应用逼真的贴图，也无法得到好的渲染效果。实际上在制作材质时，除了要依靠三维软件本身具有的材质功能外，使用 Photoshop 制作的人物皮肤贴图、场景贴图和各种质感的材质效果非常逼真。在制作建筑效果图包括许多三维场景时，人物与配景包括场景的效果和颜色常常需要在 Photoshop 中进行合成。

6. 绘画

由于 Photoshop 具有良好的绘画与调色功能，许多插画设计制作者往往使用铅笔绘制草稿，然后用 Photoshop 填色的方法来绘制插画，也就是俗称的"鼠绘"，除此之外近些年来非常流行的像素画也多为设计师使用 Photoshop 创作的作品。

以上列出了 Photoshop 应用的部分领域，但实际上其应用远不止这些。例如，目前的影视后期制作及二维动画制作，Photoshop 也有所应用的。

1.2 Photoshop 中的基本概念

1.2.1 像素

像素(Pixel)是构成数字图像的最基本的单元,可以说数字图像就是以像素作为最基本的组成元素构成的,它是由一个个颜色方格构成的,这些像素被排列成横行或纵行。单位长度内的像素越多,分辨率(单位为 ppi)也就越高。例如,人们常用的计算机显示器,若用户的屏幕分辨率的设置为 1024×768,则屏幕横行有 1024 个像素,纵行有 768 个像素。

1.2.2 位图与矢量图

数字化图像分为两种,一种是位图,另外一种是矢量图。用数字照相机拍摄的照片,使用扫描仪扫描的照片和图片,以及在屏幕上抓取的图像等都属于位图。位图是由许许多多小方块组成的图像,这些小方块被称为像素,Photoshop 就是通过修改像素来处理图像的。使用缩放工具在图像上连续单击,直至缩放工具中间的"+"号消失,便可以看清图像的像素了,如图 1.3 所示。

图 1.3　位图图像

位图能够制作出色彩和色调变化丰富的图像,可以逼真地表现自然界的景象,同时也可以很容易地在不同软件之间交换文件,这就是位图图像的优点;而其缺点则是它无法制作真正的三维图像,并且图像缩放时会产生失真的现象,而且文件较大,对内存和硬盘空间容量的需求也较高。一般所说的真彩色是指 24 位的位图存储模式,适合于内容复杂的图像和真实照片,但随着分辨率以及颜色数的提高,图像所占用的磁盘空间也就相当大。另外,在放大图像的过程中,图像会变得模糊而失真。

矢量图也可以说是向量式图,用数学的矢量方式来记录图像内容,以线条和色块为主,它的文件所占的容量较小。矢量图与分辨率没有直接关系,所以任意旋转和缩放都不会影响到图形的清晰度和光滑性,但这种图像有一个缺陷,不易制作色调丰富或色彩变化太多的图像,而且绘制出来的图形不是很逼真,无法像照片一样精确地描写自然界的景象,同时也不易在不同的软件间交换文件。矢量图是通过图形软件创建的,如图 1.4 所示。常用的矢量图软件有 CorelDRAW、FreeHand 和 AutoCAD 等。

图 1.4　矢量图

1.2.3　分辨率的概念

分辨率是关于图像的一个重要概念,它是衡量图像细节表现力的技术参数。图像分辨率就是指一幅图像在一定的单位长度上所包含的像素点的数目,它的单位为像素/英寸(ppi)。一个分辨率为 72ppi 的图像包含有 5148 个像素(72×72＝5148),而一个分辨率为250ppi 的图像包含有 62500 个像素(250×250＝62500)。图像的分辨率越高,它所包含的像素越多,图像的色彩信息越丰富,颜色之间的过渡也会更加平滑,这是很重要的概念,因为分辨率设置的高低关系到图像处理后和打印的质量;相同尺寸的两幅图像,分辨率高的图像要比分辨率低的图像包含更多的像素,打印效果也更加清晰;虽然说分辨率越高,图像越清晰,但这并不意味着可以通过增加图像的分辨率的方法来提高图像的清晰度。如果一个图像的原始效果不够清晰,当增加它的分辨率时,系统无法为它创建新的像素,它只是将各原有的像素范围变大并填充放大后的像素,容易产生锯齿,因此图像的效果也不会因为分辨率的增加而变得清晰。在工作前设置正确的分辨率是很重要的,如果图像用于网页,设置为显示分辨率 72ppi 或 96ppi 即可;如果用于打印输出,则应满足于打印机或其他输出设备的要求,例如用于印刷,分辨率不应低于 300ppi。

图像分辨率和图像大小之间有密切的关系,图像分辨率越高,所包含的像素就越多,其信息量也就越大,因而文件容量尺寸也就越大。通常文件的大小是以“兆字节”(MB)为单位的。

打印分辨率指的是打印性能中的打印质量、打印清晰度等参数。打印分辨率的单位是dpi(dot per inch),即指每英寸打印多少个点,它直接关系到打印机输出图像和文字的质量好坏。打印分辨率一般用垂直分辨率和水平分辨率相乘表示。例如,一台打印机的分辨率为 600×600dpi,就是表示此台打印机在每平方英寸的区域内,可以水平打印 600 个点,垂直打印 600 个点,总共打印 360000 个点。

显示分辨率就是屏幕上显示的像素个数,分辨率 1024×768 的意思是水平像素数为1024 个,垂直像素数 768 个。分辨率越高,像素的数目越多,显示的图像越精细。而在屏幕尺寸一样的情况下,分辨率越高,显示效果就越精细。

1.2.4　颜色深度

图像的颜色深度是指最多包含多少种颜色。一般是用“位”来描述的。例如,如果一个图片包含 256 种颜色(如 GIF 格式),那么就需要 256(即 0~255)个不同的值来表示不同的颜色。用二进制表示就是 00000000~11111111,总共需要 8 位二进制数,所以颜色深度是 8。如果是 BMP 格式,则最多可以支持红、绿、蓝各 256 种,不同的红绿蓝组合可以构成 256³ 种颜色,就需要 3 个 8 位的二进制数,总共 24 位,所以颜色深度是 24。Photoshop CS4 中 RGB 图像使用 3 种颜色或 3 个通道在屏幕上重现颜色,在 8 位/通道的图像中,这 3 个通道将每个像素转换为 24(8 位×3 通道)位颜色信息,对于 24 位图像,这三个通道最多可以重现 1670 万种颜色/像素。对于 48 位(16 位/通道)和 96 位(32 位/通道)图像,每个图像可包含更多的颜色信息。新建的 Photoshop 图像的默认模式为 RGB,因为计算机显示器使用 RGB 模型显示颜色,这意味着在使用非 RGB 颜色模式(如 CMYK)时,Photoshop 会将 CMYK 图像插值处理为 RGB,以适合在屏幕上显示,如图 1.5 所示。

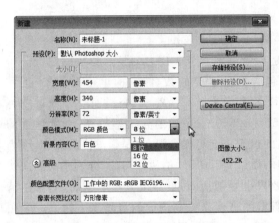

图 1.5　新建文件中的颜色位数

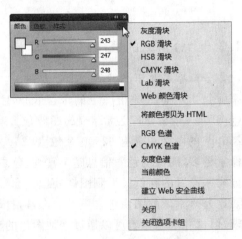

图 1.6　色相、饱和度、亮度

1.2.5　色相、饱和度、亮度

色相(H):色相也叫色泽,也就是颜色的名称,如红色、绿色、蓝色等。

饱和度(S):饱和度是指一种色彩的强度或鲜艳程度,饱和度越高,颜色中的灰色成分就越低,颜色的浓度也就越高,通常也用浓度来代替饱和度。高饱和度的色彩通常显得更加艳丽更加丰满。

亮度(B):亮度是颜色的相对明暗程度,通常使用 0%(黑色)~100%(白色)的百分比来度量,如图 1.6 所示。

1.2.6　常见的图像格式

图像格式是指计算机表示、存储图像信息的格式。由于历史的原因,不同厂家表示图像文件的方法不一,目前已经有上百种图像格式,常用的也有几十种。

同一幅图像可以用不同的格式来存储,但不同格式之间所包含的图像信息并不完全相同,文件大小也有很大的差别。用户在使用时可以根据自己的需要选用适当的格式。

下面简单介绍几种最常用的图像格式。

1. TIFF(＊.TIF)

这是一种应用非常广泛的图像格式,几乎所有的扫描仪和大多数图像软件都支持这一格式,可以在许多图像软件和平台之间转换。这种格式支持 RGB、CMYK、Lab、索引颜色、位图和灰度颜色模式,有非压缩方式和 LZW 压缩方式之分。同 EPS、BMP 等格式相比,其图像信息最紧凑。

2. BMP(＊.BMP)

它是标准的 Windows 及 OS/2 的图像文件格式,Microsoft 的 BMP 格式是专门为"画图"程序建立的。这种格式支持 1～24 位颜色深度,使用的颜色模式可为 RGB、索引颜色、灰度和位图等,但不支持 Alpha 通道,且与设备无关,是一种非常稳定的格式。

3. GIF(＊.GIF)

这种格式是只能保存最多256色的 RGB 色阶阶数,但它只能支持 8 位的图像文件。它使用 LZW 压缩方式而不会占用很大的磁盘空间,因此被广泛应用于通信领域和 HTML 网页文档中。

4. JPEG(＊.JPE,＊.JPG)

JPEG 是一种带压缩的文件格式,其压缩率是目前各种图像文件格式中最高的。但是,它在压缩时存在一定程度的失真,因此,在制作印刷制品的时候最好不要用这种格式。JPEG 格式支持 RGB、CMYK 和灰度颜色模式,但不支持 Alpha 通道,它主要用于图像预览和制作 HTML 网页。

5. PSD(＊.PSD)

PSD 格式是 Adobe Photoshop 软件自身的格式,这种格式可以存储 Photoshop 中所有的图层、通道、注释和颜色模式等信息。因为包含的图像数据信息较多,因此比其他格式的图像文件要大。

6. PNG(＊.PNG)

PNG 是一种新兴的网络图像格式。PNG 是目前保证最不失真的格式,它汲取了 GIF 和 JPG 二者的优点,存储形式丰富,兼有 GIF 和 JPG 的色彩模式;它的另一个特点是能把图像文件压缩到极限以利于网络传输,但又能保留所有与图像品质有关的信息,因为 PNG 是采用无损压缩方式来减少文件的大小,这一点与牺牲图像品质以换取高压缩率的 JPG 有所不同。

1.3　Photoshop 的工作环境

全新版本的 Adobe Photoshop CS4,除了让使用者感觉到它精彩的新功能外,还对 Photoshop 的工具进行了更加方便合理的排布,使用更加得心应手。Photoshop CS4 的工作环境如图 1.7 所示。

1.3.1　菜单栏

菜单栏包括了 Photoshop 中所有的 11 大类操作命令的菜单标题。当需要选择一条命令时,只要在相应的菜单标题上单击,就会自动弹出下拉式菜单,可以在这个菜单上选择所需要的命令。

图 1.7　Photoshop CS4 的工作环境

1.3.2　工具箱

工具箱提供了多种工具,包括绘画工具、色彩控件、蒙版控件及 3D 工具。按照工具作用分组,最上方是选择、裁剪工具和吸管工具;接下来是绘图、修饰工具;再后是文字、路径工具;最后是 3D 工具和看图工具。其中有 17 种工具图标为复选工具图标,在这些工具箱中右下角有一个小三角形符号,这表示存在一个工具组,其中包括了若干隐藏工具,可单击该工具并按住鼠标不放,或右击,然后将光标移至打开的子工具条中,单击所需要的功能,则该工具将出现在工具栏中,还有一种方法:按住 Alt 键,用光标单击来调换工具。将光标悬停在工具图标上,会显示工具名称及其快捷键。按快捷键可以快速地选择想要使用的工具,如图 1.8 所示。

图 1.8　工具箱

1.3.3　前景色、背景色工具

在 Photoshop 中,选取颜色是指选取前景色和背景色。通常使用前景色绘画、填充和描边选区,使用背景色生成渐变填充和在图像的涂抹区域中填充。一些特殊效果滤镜也使用前景色和背景色。

选取前景色和背景色主要是通过工具箱中的"前景色"和"背景色"按钮来完成的,如图 1.9 所示。选择后的颜色将分别出现在这两个显示框中。

(1)前景色。用于显示和选取当前绘图工具所使用的颜色。单击"前景色"按钮,打开"拾色器"对话框,从中选取相应的颜色即可。如图 1.10 所示,这里选择的前景色为红色。

图 1.9　前景色和背景色按钮

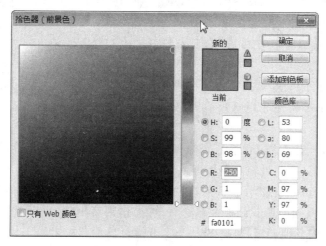

图 1.10　"拾色器"对话框

（2）背景色。用于显示和选取图像的底色。选取后并不能立即改变图像的背景色，只在使用某些与背景色有关的工具时才会依照背景色的设定来执行命令。

（3）单击"切换前景色和背景色"按钮可以切换前景色和背景色，其快捷键为 X 键。单击"默认前景色和背景色"按钮，可以恢复默认的前景色和背景色，即黑色和白色，快捷键为 D 键。

1.3.4　工具选项栏

工具选项栏用来设置工具的选项，选择不同的工具时，工具选项栏中的选项内容也会随之改变。图 1.11 所示为选择吸管工具时选项栏显示的内容，图 1.12 所示为选择铅笔工具时选项栏显示的内容。

图 1.11　选择吸管工具时选项栏显示的内容

图 1.12　选择铅笔工具时选项栏显示的内容

工具选项栏中的一些设置（如绘画模式和不透明度）对于许多工具都是通用的，但有些设置（如铅笔工具的"自动抹除"设置）却专用于某个工具选项栏；在工具箱中单击任意一种工具，将会自动弹出相应的工具选项栏，可以通过在工具选项栏中设定或选定相应的数值和选项，来规定工具的使用方式。

（1）显示/隐藏工具选项栏。执行"窗口"|"选项"菜单命令，可以显示或隐藏工具选

项栏。

（2）移动工具选项栏。单击并拖曳工具选项栏最左侧的▯图标，可以移动它的位置。

1.3.5 屏幕模式工具栏

在视图控制栏中有一组屏幕模式按钮，单击这些按钮可以切换屏幕模式，以便在不同的屏幕模式下查看并编辑图像，如图 1.13 所示。

（1）标准屏幕模式。在此模式下，所有打开的窗口、浮动窗口都为可见的。

（2）带有菜单栏的全屏模式。进入此模式，标题栏、滚动栏、背景窗口及 Windows 的任务栏将被隐藏，但菜单栏和选项为可见的。

图 1.13　屏幕模式工具栏

（3）全屏模式。此模式下背景色变为黑色，且不能修改。菜单栏滚动条及所有其他打开的窗口均被隐藏，只有工具箱和调板可见。

为了方便，按 Shift＋F 键可显示菜单栏，再操作则又隐藏，为了更清晰地观看图像，可按 Tab 键将包括工具箱的所有调板全部隐藏，再操作则又出现，也可以按 Shift＋Tab 键隐藏除了工具箱以外的其他调板，再按 Shift＋Tab 键可显示调板。

1.3.6 排列文档选项卡

文档窗口是编辑图像的主要工作区域，标题栏位于文档窗口的最上方，它显示了当前被编辑图像的文件名、色彩模式以及其显示比例。在 Photoshop CS4 中打开多个文档后，会以选项卡式文档来显示，因此还多出了一个排列文档下拉调板▦▾，它可以控制多个文件在窗口中的显示方式，如图 1.14 所示。

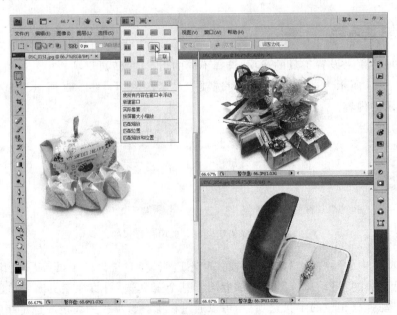

图 1.14　排列文档选项卡

1.3.7 了解调板

浮动调板可以完成各种图像处理操作和工具参数的设置,如可以用于选择颜色、图层编辑、显示信息等操作。工作区调板工具的显示方式,可以在右上角的工作区显示选项中选择或是在"窗口"|"工作区"菜单中选择,如图1.15所示是在工作区显示选项中选择。

调板默认是折叠状态,可以根据需要随时打开、关闭或是自由组合调板。在调板组中单击一个调板的名称,可以将该调板设置为当前调板,同时显示调板中的选项,在展开的调板的右上角的三角按钮 ▐▌ 上单击,可以打开和折叠调板。当调板处于折叠状态时,会显示为图标状,如图1.16所示。

各个调板的基本功能简介如下。

(1)"导航器"调板 ✳。该调板用于显示图像的缩略图,可用来缩放显示比例,迅速移动图像显示内容,如图1.17所示。

(2)"直方图"调板 ▦。该调板用于显示所编辑图片的颜色通道的分布情况,如图1.18所示。

图1.15 工作区显示选项

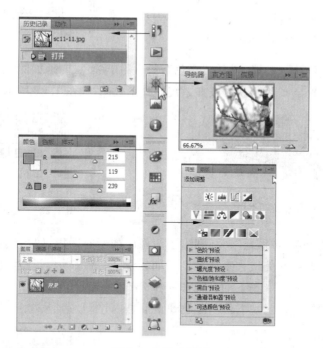

图1.16 浮动调板

(3)"信息"调板 ⓘ。该调板用于显示鼠标所在位置的坐标值,以及鼠标当前位置的像素的色彩数值。当在图像中选取范围或进行图像旋转变形时,还会显示出所选取的范围大小和旋转角度等信息,如图1.19所示。

(4)"颜色"调板 🎨。该调板用于选取或设定颜色,以便用于工具绘图和填充等操作,如图1.20所示。

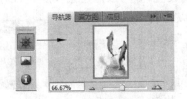

图 1.17 "导航器"调板

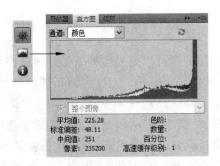

图 1.18 "直方图"调板

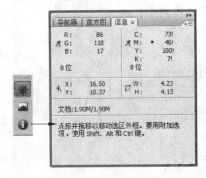

图 1.19 "信息"调板

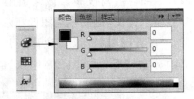

图 1.20 "颜色"调板

（5）"色板"调板 ▦。功能类似于"颜色"调板，用于颜色选择，如图 1.21 所示。

（6）"样式"调板 ◪。用于观看选择系统样式图效果，如图 1.22 所示。

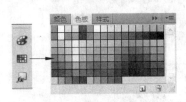

图 1.21 "色板"调板

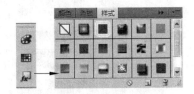

图 1.22 "样式"调板

（7）"图层"调板 ◈。"图层"调板列出了图像中的所有图层、图层组和图层效果。可以使用"图层"调板上的按钮完成许多任务。例如创建、隐藏、显示、复制和删除图层。可以访问图层调板菜单或"图层"菜单上的其他命令和选项，如图 1.23 所示。

（8）"通道"调板 ◈。显示图像的颜色通道信息，如图 1.24 所示。

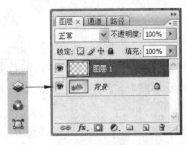

图 1.23 "图层"调板

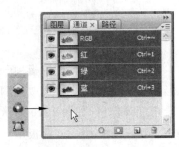

图 1.24 "通道"调板

（9）"路径"调板。用于建立矢量式的图像路径，如图 1.25 所示。

（10）"历史记录"调板。用于恢复图像和指定恢复所编辑图像的某一步操作，如图 1.26 所示。

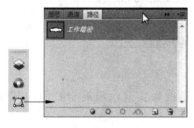

图 1.25　"路径"调板

图 1.26　"历史记录"调板

（11）"动作"调板：用于录制连续的多个图像编辑操作，以实现操作自动化，如图 1.27 所示。

另外还有"调整"调板和"蒙版"调板，将在后续章节中详细描述。

图 1.27　"动作"调板

调板最大的优点就是需要时可以打开相应的工具以便进行图像处理，不需要时可以将其折叠，以免因调板遮住图像而带来不便。

默认设置下，系统中的调板有 3～6 组，如果要同时使用同一组中的两个不同调板时，就很不方便，需要来回切换。此时最好的方法是将这两个调板分离，同时在屏幕上显示。方法很简单，在相应调板的名称标签上按下鼠标并拖曳，拖出调板后放开，就可以将两个调板分开，如图 1.28 和图 1.29 所示。

图 1.28　分开的"图层"调板

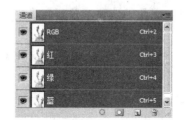

图 1.29　分开的"通道"调板

1.3.8　状态栏

状态栏位于每个文档窗口的底部，并显示诸如当前图像的放大率和文件大小等有用的信息，以及有关使用当前工具的简要说明。单击状态栏文件信息区域中的任何位置，可以看到一个显示将如何采用当前页面设置打印文档（及其当前图像大小）的缩览图预览，如图 1.30 所示。

（1）Version Cue（一个文件管理系统，可以集中管理共享文件和其他的文件）。显示文档的 Version Cue 工作组状态。只有在启用了 Version Cue 时，该选项才可用。

（2）文档大小。显示图像中数据量的信息。选择该选项后，状态栏中会出现两组数字。

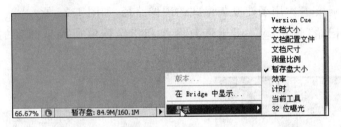

图 1.30　状态栏

左边的数字表示合并图层并存储的文件后的大小,右边的数字表示没有合并图层和通道的近似大小。

（3）文档配置文件。显示图像所使用的颜色配置文件的名称。

（4）文档尺寸。显示图像的尺寸。

（5）测量比例。显示文档的比例。

（6）暂存盘大小。显示系统内存和 Photoshop 暂存盘的信息。选择该选项后,状态栏中会出现两组数字。左边的数字表示为当前正在处理的图像分配的内存量,右边的数字表示可以使用的全部内存容量。如果左边的数字大于右边的数字,Photoshop 将启用暂存盘作为虚拟内存,处理速度将会减慢。

（7）效率。显示执行操作实际花费时间的百分比。当效率为 100％时,表示当前处理的图像在内存中生成,如果该值低于 100％,则表示 Photoshop 正在使用暂存盘,操作速度也会变慢。

（8）计时。显示完成上一次操作所用的时间。

（9）当前工具。显示当前使用的工具的名称。

（10）32 位曝光。用于调整预览图像,以便在计算机显示器上查看 32 位/通道高动态范围（HDR）图像的选项。只有文档窗口显示 HDR 图像时,该选项才可使用。

1.4　Photoshop 的基本操作

文件操作是 Photoshop 的基础,主要功能都包含在"文件"菜单中,如图 1.31 所示。

这个菜单提供的全部是用于文件操作的命令,下面进行详细讲解。

1.4.1　打开文件

1. 用"打开"菜单命令打开文件

这是对文件进行操作的第一步,Photoshop 提供了多种方法来让用户打开文件,选择"打开"菜单命令来打开已有的图像,快捷键为 Ctrl＋N,选择后会弹出一个"打开"对话框,如图 1.32 所示。

窗口很简单,与 Windows 其他应用程序的一样,文件夹栏中选择文件所在的文件夹,可一次选择多个文件,选择多个连续文件可按住 Shift 键,并在首文件和尾文件上分别单击,也可以通过按住 Ctrl 键点选多个不连续的文件。只要文件带有兼容 Photoshop 的缩略图,当选择单个文件时,都会在窗口下显示缩略图,如没有则说明不含兼容缩略图。

图 1.31 "文件"菜单　　　　　　　　　　图 1.32 "打开"对话框

2. 用"打开为"菜单命令打开文件

执行"文件"|"打开为"菜单命令可以打开"打开"对话框。在对话框中可以选择文件，将其打开。与"打开"菜单命令不同，使用"打开为"菜单命令打开文件时，必须指定文件的格式。有时，Photoshop 可能无法确定文件的正确格式。例如，在 Mac OS 和 Windows 之间传递文件时可能会导致标错文件格式，或者文件的格式类型没有标注，在这种情况下，必须指定打开文件所用的正确格式。如果文件不能打开，则选取的格式可能与文件的实际格式不匹配，或文件已经损坏。

3. 用快捷方式打开文件

在没有运行 Photoshop 时，将一个图像文件拖曳至桌面的 Photoshop 应用程序图标中。可运行 Photoshop 并打开该文件，如图 1.33 所示。

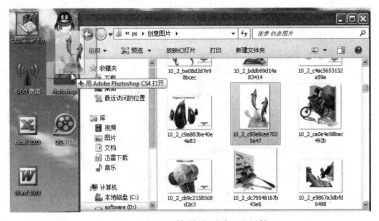

图 1.33　用快捷方式打开文件

如果已经运行了 Photoshop,可在 Windows 资源管理器中找到需要打开的文件,将文件拖至 Photoshop 窗口内,即可将其打开。

4. 打开最近打开的文件

如果要打开最近使用的文件,可执行"文件"|"最近打开文件"菜单命令,打开如图 1.34 所示的下拉菜单。在下拉菜单中显示了最近在 Photoshop 中打开的 10 个文件,单击某个文件即可将其打开。选择下拉菜单中的"清除最近"菜单命令,可以清除保存的文件目录。

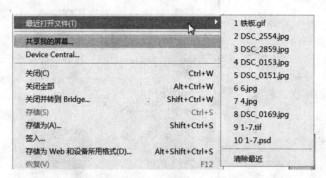

图 1.34 "最近打开文件"下拉菜单

如果要设置最近打开文件子菜单中列出的文件数,可以执行"编辑"|"首选项"|"文件处理"菜单命令,在打开的对话框中进行设置。

5. 作为智能对象打开

智能对象可以保留文件的原始数据,在对其进行缩放和旋转时不会产生锯齿,修改源文件时,与之链接的智能对象也会自动更新。要了解智能对象的详细内容,请参阅后面章节相应内容。执行"文件"|"打开为智能对象"菜单命令,可以打开相应的对话框。选择一个文件将其打开后,打开的文件将自动转换为智能对象。

1.4.2 新建图像文件

如果要在 Photoshop 中创建一个新文件,可执行"文件"|"新建"菜单命令,快捷键为 Ctrl+N,这时会弹出一个"新建"对话框,如图 1.35 所示。一次只可以创建一个文件。用户

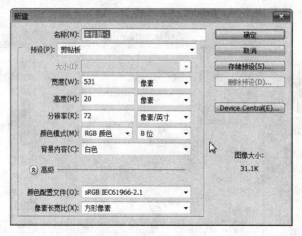

图 1.35 "新建"对话框

可在名称栏后输入一个自己想要的文件名,默认的文件名为"未标题. 数字",数字表示在本次使用 Photoshop 时创建的第几个文件。

可以使用系统预设的尺寸,单击下拉箭头,调出一个菜单,其中提供了多组选项可以直接使用。自定义方式用户可自行设定宽、高、分辨率的数值和单位及颜色模式,可以指定用什么内容来做背景,有白色、背景色、透明 3 个选项,如果选用透明项,新建文件将被代表透明的灰白相间的小方块覆盖。

1.4.3 保存文件

新建文件或者对文件进行了处理后,要及时将文件保存,以免因断电或者死机等造成劳动成果丢失。

1. 用"存储"菜单命令保存文件

如果对一个打开的图像文件进行了编辑,可执行"文件"|"存储"菜单命令,快捷键为 Ctrl+S,保存对当前图像做出的修改。在弹出菜单中指定保存的文件名、格式、保存路径等。在文件被保存过一次后,再使用这个菜单命令,将不会出现"文件格式"对话框,直接保存并替代原文件,所以建议最好使用"存储为"菜单命令。

2. 用"存储为"菜单命令保存文件

当想保存文件而又不想把原文件替代时,或者在编辑图像时新建了图层或者通道,则执行该菜单命令时将打开"存储为"对话框,可以将当前图像文件保存为另外的名称和其他格式,或者将其存储在其他位置。如果不想保存对当前图像做出的修改,可以通过该菜单命令创建源文件的副本,再将源文件关闭即可。Photoshop 自动设置默认文件名为"原文件名+副本",如图 1.36 所示。

图 1.36 "存储为"对话框

（1）保存在。用来选择当前图像的保存位置。

（2）文件名。用来输入要保存的文件名。

（3）格式。在该选项的下拉列表中选择图像的保存格式。

（4）作为副本。勾选该项后,可以保存一个副本文件,当前文件仍为打开的状态。副本文件与源文件保存在同一位置。

（5）Alpha 通道。如果图像中包含 Alpha 通道,该选项为可选状态。勾选该项,可以保存 Alpha 通道,取消勾选则保存时删除 Alpha 通道。

（6）图层。如果图像中包含多个图层,该选项为可选状态。勾选该项后,可保存图层,取消勾选则会合并所有图层。

（7）注释。如果图像中包含注释,该选项为可选状态,勾选该项可保存注释。

（8）专色。如果图像中包含专色通道,该选项为可选状态,勾选该项可保存专色通道。

（9）使用校样设置。如果将文件的保存格式设置为 EPS 或 PDF 格式,该选项为可选状态,勾选该项可保存打印用的校样设置。

（10）ICC 配置文件。勾选该项可保存嵌入在文档中的 ICC 配置文件。

（11）缩览图。勾选该项可以为保存的图像创建缩览图。此后打开该图像时,可在"打开"对话框中预览图像。

3. 存储为 Web 和设备所用格式

如果所处理的图像要保存为网络格式,这个菜单命令对图像进行优化后适合于网络使用。

1.4.4 关闭文件

对图像不再进行编辑操作或者编辑操作完成后,可采用下列方法关闭文件。

（1）关闭文件。执行"文件"|"关闭"菜单命令可以关闭当前的图像文件,如图 1.37 所示。如果当前图像是一个新建的文件,单击"是"按钮,可以在打开的"存储为"对话框中将文件保存;单击"否"按钮,可以关闭文件,但不保存对文件做出的修改;单击"取消"按钮,则关

图 1.37　关闭文件对话框

闭该对话框,并取消关闭操作。如果当前文件是打开的一个已有的文件,单击"是"按钮可保存对文件做出的修改。

（2）关闭全部文件。执行"文件"|"关闭全部"菜单命令,可以关闭在 Photoshop 中打开的所有文件。

（3）关闭文件并转到 Bridge。执行"文件关闭并转到 Bridge"菜单命令。可以关闭当前的文件,然后打开 Bridge。

（4）退出程序。执行"文件"|"退出"菜单命令,可关闭 Photoshop,如果有文件没有保存,将弹出对话框,询问用户是否保存文件。

1.5　使用 Photoshop 的帮助功能

1.5.1 访问 Adobe 网站

执行"帮助"|"Photoshop 联机"菜单命令,可以链接到 Adobe 公司的网站。

如果需要有关产品使用的技术协助,包括免费/付费的支持选项和疑难解答资源的信息,可访问 http://www.adobe.com/cn/products/Photoshop/Photoshop/获得更多信息。免费疑难解答资源包括 Adobe 的支持知识库、Adobe 用户论坛和更多内容。此外,还可以获得数千种由第三方开发人员开发的增效工具,这些工具可以帮助用户自定义工作流程,自动完成创建特殊的专业效果等,如图 1.38 所示。

图 1.38　Photoshop CS4 产品网站

1.5.2　使用 Photoshop 帮助文件

Photoshop 提供了描述软件功能的帮助文件。执行"帮助"|"Photoshop 帮助"菜单命令,或者按 F1 键查看帮助,会自动启动浏览器,连接到 Adobe 的在线帮助。如果不联网想看离线帮助文件,可以在 CS4 软件里设置一下,将离线版帮助文档设为首选,这样按 F1 键时就会打开离线版了。具体的做法如下。

(1)执行"窗口"|"扩展"|"连接"菜单命令,弹出"连接"调板,单击弹出窗口右上角向下的箭头,选择"脱机选项",如图 1.39 所示。

(2)在弹出的对话框中勾选"保持脱机状态",单击"确定"按钮,如图 1.40 所示,可以打开帮助文档对话框,如图 1.41 所示。

可以通过两种方式进行帮助内容的查找。在"搜索"选项内输入需要查找的主题,然后按 Enter 键即可进行查找,查找到的内容会显示在对话框中。

单击对话框左侧的目录选项,展开目录列表,可按照软件的使用功能顺序进行查找。例如,要查找"通道"菜单命令,可在列表中选择"选区和蒙版"和"通道",再根据想要了解的内容单击相应内容目录即可,如图 1.42 所示。

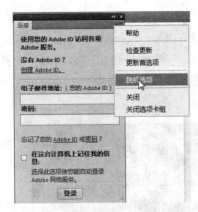

图 1.39　"连接"调板　　　　　　　　　　　图 1.40　脱机选项

图 1.41　帮助文档

图 1.42　使用帮助

习 题

一、选择题（下列选择题有一个或多个选项正确）

1. 像素图的图像分辨率是指（　　）。
   - A. 单位长度上的锚点数量
   - B. 单位长度上的像素数量
   - C. 单位长度上的路径数量
   - D. 单位长度上的网点数量

2. 打印分辨率的单位是（　　）。
   - A. dpi
   - B. ppi
   - C. lpi
   - D. pixel

3. 一个分辨率为 250ppi 的图像包含有（　　）个像素。
   - A. 250
   - B. 1000
   - C. 62500
   - D. 65000

4. 如果用于印刷，设计图像时分辨率不应低于（　　）。
   - A. 300ppi
   - B. 150 ppi
   - C. 500 ppi
   - D. 72 ppi

5. 在 Photoshop 中，对于 24 位图像，3 个通道最多可以重现（　　）种颜色/像素。
   - A. 256
   - B. 1670 万
   - C. 655360
   - D. 24 万

6. 网页上能使用（　　）文件格式。
   - A. TIFF
   - B. JPEG
   - C. PSD
   - D. GIF

7. 按快捷键（　　）可隐藏和显示菜单栏。
   - A. Shift＋Tab
   - B. Shift＋F
   - C. Shift＋A
   - D. Shift＋B

8. 在打开的图像窗口的标题栏部分会显示（　　）。
   - A. 图像的文件名
   - B. 图像的显示比例
   - C. 图像的色彩模式
   - D. 图像的通道数量

9. 下列（　　）格式只支持 256 种颜色。
   - A. GIF
   - B. JPEG
   - C. TIFF
   - D. PSD

10. 在"新建"对话框中，一般有（　　）属性要设定。
    - A. 长、宽、分辨率
    - B. 长、宽
    - C. 长、宽、高
    - D. 长、分辨率

二、问答题

1. 简述 Photoshop 应用的领域。

2. 简述 Photoshop 的色彩三要素及其内容。

三、操作题

1. 按照本章所讲内容，打开 Photoshop 软件，熟悉软件的操作界面。

2. 按照本章所讲的几种方法打开一个图形文件，然后执行"文件"|"存储为"菜单命令对其重新命名并存储。

第2章 图像的基本编辑操作及相关工具

本章主要介绍了在后面的学习中要经常使用到的相关工具和调板,其中包括图层的基本概念,辅助工具的使用,图像的选择操作,历史记录的使用,图像的变换操作等。

【知识要点】

(1) 图层的概念和基本操作;

(2) 辅助工具的操作;

(3) 图像的基本选择操作;

(4) 历史记录的使用方法;

(5) 图像的变换操作。

2.1 图 层 概 念

图层是 Photoshop 中十分重要的概念,也称为层或图像层。使用图层可以在不影响整个图像中其他元素的情况下处理其中的一个元素。可以把图层想象成为一张一张叠起来的透明胶片,每张透明胶片上都有不同的画面,改变图层的顺序和属性可以改变图像的最后效果,将各图层层叠在一起,可以组成一幅完整的画面。通过对图层的操作,使用它的特殊功能如调整图层、填充图层和图层样式等可以创建很多复杂的图像效果,如图 2.1 所示,有助于理解上述概念。

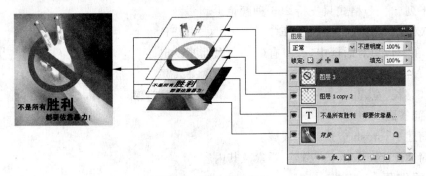

图 2.1 "图层"的定义

当对一个图层进行操作时,不会影响到其他图层。在同一个图像文件中,所有的图层具有相同的分辨率、通道和图像模式,但是每一个图层可以具有不同的混合模式和不透明度。

2.1.1 图层的基本知识

"图层"调板用于创建、编辑和管理图层,以及为各个图层添加样式。可以说对图层进行的各种操作基本上都是在"图层"调板上完成的,因此掌握"图层"调板是掌握图层操作的前提条件。执行"窗口"|"图层"菜单命令,打开"图层"调板,如图 2.2 所示。

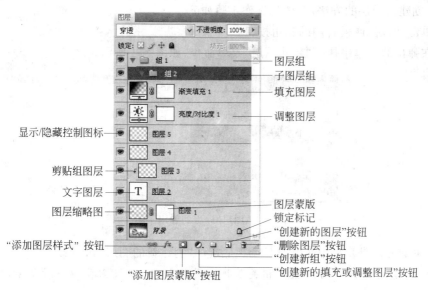

图层组
子图层组
填充图层
调整图层
显示/隐藏控制图标
剪贴组图层
文字图层
图层缩略图
图层蒙版
锁定标记
"创建新的图层"按钮
"添加图层样式"按钮
"删除图层"按钮
"创建新组"按钮
"添加图层蒙版"按钮
"创建新的填充或调整图层"按钮

图 2.2 "图层"调板

2.1.2 图层的基本操作

常见的图层操作包括选择图层、显示隐藏图层、创建新图层、删除图层、改变图层次序、改变图层不透明度、锁定图层属性等多种。

1. 选择图层

选择图层是进行图层操作最基础的,要编辑一个图层必须先选择图层,使其成为当前编辑图层。

要选择某图层,只要在"图层"调板上单击此图层即可,图 2.3 所示为图层 1 被选中状态。

技巧:按 Alt+[键,可以选择当前图层的下一个可见图层。按 Alt+]键,可以选择当前图层的上一个可见图层。

图 2.3 选择图层

2. 显示和隐藏图层

由于图层具有透明特性,因此对于一幅图像而言,最终看到的是所有已显示图层的最终叠加效果。可以通过显示或隐藏某些图层改变叠加效果,从而形成由不同图层组合成的不同的效果。

在"图层"调板中,单击图层左侧的眼睛图标 可即可隐藏此图层;要显示时只需再单击一次即可显示出来。

虽然上面所讲述的是对图层的显示或隐藏操作,但这些操作同样适用于图层组。

技巧:按住 Alt 键单击某一图层左侧的眼睛图标 可,可以隐藏除了该图层外的所有图层。再次按住 Alt 键单击眼睛图标 可,可以显示其他被隐藏的图层。

3. 创建图层

创建图层是一类经常性操作,掌握与其相关的操作,有助于在工作中根据需要以多种方式创建图层。

(1) 常规创建方法。常规创建方法指的是通过"图层"调板中的新建图层向导或相关菜单命令来创建新图层的方法,具体的操作步骤如下。

① 单击"图层"调板右侧的三角按钮。

② 在弹出的菜单中执行"新建图层"菜单命令,如图 2.4 所示。

图 2.4 "图层"调板的弹出菜单

更简单的方法是直接单击"图层"调板底端的"创建新的图层"按钮 ▣。

注意:直接单击产生的图层其相关属性都是默认值,如果需要弹出对话框,可以按住 Alt 键单击"创建"按钮。

所有的新建图层都是完全透明的。

注意:在默认情况下,Photoshop 的图层中显示的灰白网格就意味着网格处是透明的。

(2)由选区创建图层。如果当前图像中存在选区,还可以通过选区创建新图层,其方法如下。

① 通过复制操作得到图层。执行"图层"|"新建"|"通过拷贝的图层"菜单命令,如图 2.5 所示,可将选区内的图像复制到一个新的图层中。

② 通过剪切操作得到图层。执行"图层"|"新建"|"通过剪切的图层"菜单命令,可将选区内的图像剪切到一个新的图层中。

技巧:按 Ctrl+J 键相当于执行"图层"|"新建"|"通过拷贝的图层"菜单命令,按 Shift+Ctrl+J 键相当于执行"图层"|"新建"|"通过剪切的图层"菜单命令。

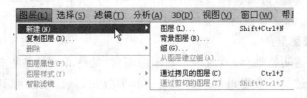

图 2.5 "图层"菜单

4. 复制图层

复制图层的方法有很多种,在实际的运用当中,只需要掌握一种最有效的操作方法就可以。

(1)在图像内复制图层。在"图层"调板中选择要复制的图层,将图层拖曳到调板底部的"创建新图层"按钮上,如图 2.6 所示。也可执行"图层"|"复制图层"菜单命令或从"图层"调板的弹出菜单中执行"复制图层"菜单命令。后两种方法会弹出如图 2.7 所示的"复制图层"对话框,在此对话框的"文档"下拉列表框中选"新建"项,并在"名称"文本框中输入一个文件名,可将当前图层复制为一个新的文件。

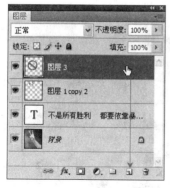

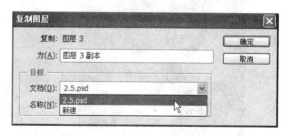

图 2.6　通过拖曳的方式复制图层

图 2.7　"复制图层"对话框

（2）在不同图像内复制图层。在原图像的图层调板中，选择要复制的图像所在图层，执行"选择"|"全选"菜单命令，按 Ctrl＋C 键做复制，然后激活目标图像，按 Ctrl＋V 键粘贴。也可以在工具箱中选择移动工具，并列两个图像文件，从原图像中拖曳需要复制的图层到目标图像中，如图 2.8 和图 2.9 所示。

图 2.8　在不同图像间复制图层

注意：如果在拖曳的过程中按住 Shift 键，则当原图像与目标图像的文件大小相同时，被拖曳的图像将会被放于与原图像中所在位置相同之处；如果文件大小不同，则放在目标图像的中间。

如果需要将多个图层一次复制到另一个图像中，可以在选中一个要复制的图层后在"图层"调板中链接其他需要复制的图层，如图 2.10 所示，然后用移动工具移动其中一个图层至目标图像即可。

5. 删除图层

要删除图层，同样有很多的操作方法。

（1）选择要删除的图层，单击"图层"调板底部的"删除"按钮 ，。

（2）选择要删除的图层，直接用鼠标将它拖曳到"图层"调板底部的"删除"按钮 上即可。

图 2.9 复制图层后的效果

图 2.10 链接需要复制的图层

（3）选择要删除的图层，执行"图层"|"删除"|"图层"菜单命令，或在调板的三角弹出菜单中执行"删除图层"菜单命令。

（4）如果要删除隐藏的图层，执行"图层"|"删除"|"删除图层"菜单命令，或在调板的小三角弹出菜单中执行"删除隐藏图层"菜单命令。

6. 图层的排列

由于上下图层具有相互遮盖的关系，因此在需要的情况下可以通过改变其上下次序从而改变叠盖关系，改变图像的最终显示效果。

要改变图层顺序，可以有以下方法：先在"图层"调板中选中要调整的图层，执行"图层"|"排列"的子菜单命令，如图 2.11 所示。

图 2.11 图层"排列"菜单

除了这种方法外，还可以直接用鼠标按住拖曳图层，当高亮线出现时，释放鼠标，即可改变图层次序，如图 2.12 所示。

7. 图层的锁定

通过"图层"调板上的 锁定: ☑ ✔ ✛ 🔒 按钮，可以锁定图层的属性，从而保护图层的非透明区域、整个图像的像素或其位置不被编辑。

（1）"锁定透明区域" ☑ 。锁定图层的透明区域不被编辑。

（2）"锁定图像" ✔ 。锁定图层不被编辑，在此状态下，图层中的非透明区域不可被隐藏。

（3）"锁定位置" ✛ 。锁定图层位置不被移动。

（4）"部分锁定" 🔒 。锁定图层全部属性。

图 2.12 通过拖曳方式改变图层顺序

8. 普通层与背景层的转换

在默认情况下,图像中的背景图层无法移动,更无法设置其混合模式及不透明度。但如果需要,可以通过在"图层"调板中双击背景图层的缩略图,将其转换成能够设置的普通图层。

注意:在这种情况下,图像就没有了背景层。

除了双击外,也可执行"图层"|"新建"|"背景图层"菜单命令,从当前所选择的背景图层中创建新图层,使用此命令后背景图层将转换为"图层 0",如图 2.13 所示。此命令是一个可逆操作,执行"图层"|"新建"|"图层背景"菜单命令,可将当前选中的任何一个普通图层转换为背景图层,如图 2.14 所示。

图 2.13 "背景图层…"菜单命令

图 2.14 "图层背景"菜单命令

2.2 辅 助 工 具

在 Photoshop CS4 中,标尺、参考线、网格和注释工具等都属于辅助工具,虽然它们不能用来编辑图像,但却有助于更好地完成编辑操作。合理地利用这些辅助工具,将为工作带来很大的帮助。下面将详细介绍辅助工具的使用方法。

2.2.1 标尺的使用

标尺可帮助精确定位图像或元素。如果显示标尺,标尺会出现在现用窗口的顶部和左侧。当移动指针时,标尺内的标记会显示指针的位置。更改标尺原点(左上角标尺上的(0,0)标志)可以从图像上的特定点开始度量。标尺原点也确定了网格的原点。

【实例 2-1】 标尺的使用。

① 打开一个文件,如图 2.15 所示。执行"视图"|"标尺"菜单命令或按 Ctrl+R 键,可在图像窗口显示或隐藏标尺。

② 在默认状态下,标尺的原点位于窗口的左上角,即左上角标尺上的(0,0)标志,如图 2.16 所示,将鼠标放置在标尺的原点,即

图 2.15 打开图像

在水平和垂直的交会点,按住不放进行拖曳,如图 2.17 所示,新拖曳出来的点就是新的起始点,如图 2.18 所示。若在拖曳时按住 Shift 键,可以使标尺原点与标尺刻度线对齐。

③ 恢复原点。将鼠标移动至水平标尺与垂直标尺的交会处(即默认起始原点),如图 2.19 所示,双击,即可恢复到默认起始原点,如图 2.20 所示。

图 2.16　打开标尺

图 2.17　更改标尺起始点

图 2.18　更改后的标尺起始点

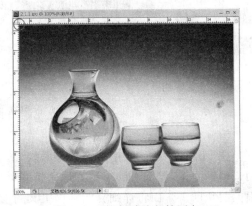

图 2.19　恢复默认起始原点

④ 更改标尺单位。将光标移动至水平标尺或垂直标尺上,右击鼠标,将弹出快捷菜单,在此快捷菜单中可选择所要更改的标尺单位,如图 2.21 所示。

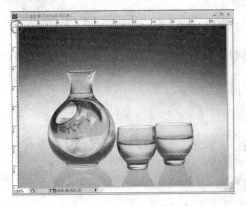

图 2.20　恢复后的起始原点

图 2.21　更改标尺单位

2.2.2 参考线的使用

在使用参考线之前必须首先显示标尺,在水平标尺或垂直标尺上单击并在图像窗口中拖曳即可创建水平或垂直参考线。参考线可以创建多条。

【实例2-2】 参考线的使用。

① 创建参考线:在图像窗口中显示标尺,从水平标尺中拖曳以创建水平参考线,或者从垂直标尺中拖曳来创造垂直参考线,如图2.22和图2.23所示。

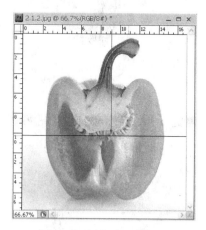

图2.22 添加水平参考线

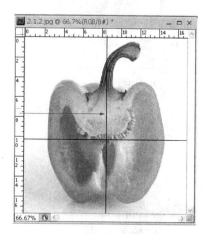

图2.23 添加垂直参考线

同时按住 Alt 键,可从垂直标尺拖曳以创建水平参考线。

同时按住 Alt 键,可从水平标尺拖曳以创建垂直参考线。

按住 Shift 键并从水平或垂直标尺拖曳以创建与标尺刻度对齐的参考线。

② 若想按照指定位置创建参考线,执行"视图"|"新建参考线"菜单命令。打开"新建参考线"对话框,如图2.24所示。在对话框中输入数值,可以按照指定位置创建参考线。

- 水平:可创建水平参考线。
- 垂直:可创建垂直参考线。
- 位置:设置水平或垂直参考线在图中的位置。

图2.24 "新建参考线"对话框

③ 移动参考线:选择工具箱中的移动工具 ,当鼠标指针移动到参考线上时会变成双箭头形状 ,如图2.25所示,此时按下鼠标左键并拖曳,即可实现参考线的移动,如图2.26所示。

单击或拖曳参考线时按住 Alt 键,可以将参考线从水平改为垂直,或从垂直改为水平。

拖曳参考线时按住 Shift 键,可以使参考线与标尺的刻度对齐。

④ 锁定参考线:执行"视图"|"锁定参考线"菜单命令,锁定后,可以防止参考线被移动。取消该命令前的勾选即可取消锁定操作。

⑤ 删除参考线:若要删除其中一条参考线,可在选中该参考线后将它移动到标尺即可,如图2.27和图2.28所示;若要删除图像窗口中的所有参考线,可执行"视图"|"清除参考线"菜单命令。

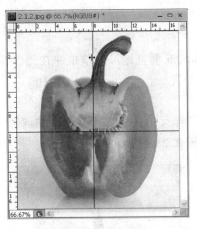

图 2.25　移动参考线

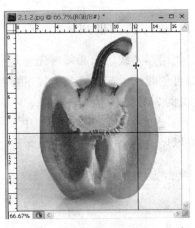

图 2.26　移动后的参考线

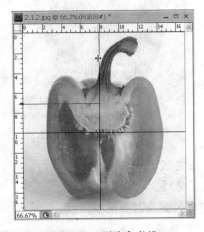

图 2.27　删除参考线

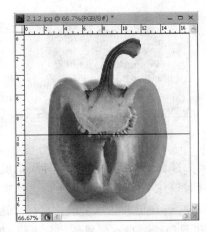

图 2.28　删除参考线后效果

⑥ 可以通过设置参考线的首选项来更改参考线的相关属性。执行"编辑"|"首选项"|
"参考线"菜单命令,打开如图 2.29 所示的对话框,在"参考线"属性设置区域内进行颜色和
样式的设置。

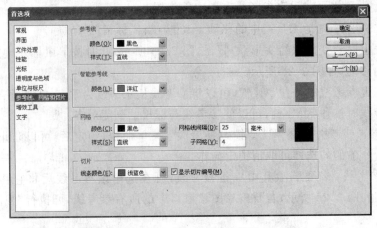

图 2.29　"首选项"对话框

2.2.3　了解智能参考线

智能参考线是一种智能化的参考线，它仅在需要时出现。在进行移动操作时使用智能参考线可以对齐形状、切片和选区。执行"视图"|"显示"|"智能参考线"菜单命令，可以启用智能参考线。启动智能参考线后，移动图像的效果如图 2.30 所示。

执行"编辑"|"首选项"|"参考线"菜单命令，打开如图 2.29 所示对话框。在"智能参考线"属性设置区域内进行颜色的更改。

2.2.4　了解网格

网格对于对称排列图像很有用。网格在默认情况下显示为不打印出来的线条，也可以显示为点。执行"视图"|"显示"|"网格"菜单命令，可以在画面中显示网格，如图 2.31 所示。显示网格后，执行"视图"|"对齐到"|"网格"菜单命令可启用网格的对齐功能，此后在进行创建选区和移动图像等操作时，对象会自动对齐到网格。

执行"编辑"|"首选项"|"网格"菜单命令，打开如图 2.29 所示对话框，在"网格"属性设置区域内进行颜色、样式、网格线间隔和子网格数的设置。其中"网格线间隔"是需要输入网格间距的值；为"子网格数"输入一个数值，将依据该值来细分网格。

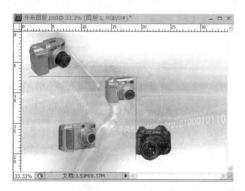 

　　　图 2.30　启动智能参考线　　　　　　　　　图 2.31　显示网格

2.2.5　注释工具

注释工具可以在设计和修改的作品及图片中加入文字说明，以便于自己做作品的说明记录和方便别人看到相关的介绍和说明。

【实例 2-3】　为图像添加文字注释。

① 打开一个文件，选择注释工具，在其工具选项栏中设置作者的名称和注释的颜色，如图 2.32 所示。

图 2.32　"注释工具"选项栏

② 在画面中单击鼠标即可添加一个注释图标，同时"注释"对话框被打开，如图 2.33 所示。

③ 在对话框内可输入注释的内容，例如，可以输入图像目前的编辑状态、已使用过的某些特殊效果等，如图 2.34 所示。

图 2.33　"注释"对话框

图 2.34　在对话框中编辑

④ 将光标移至注释图标上，单击并拖曳鼠标，可以将注释移动到一个合适的位置。

⑤ 鼠标单击工具选项栏中的"显示或隐藏注释调板"按钮，可以隐藏或打开注释对话框，在对话框中可以添加或修改注释内容。

⑥ 要删除画面中的一个注释，只需要选中注释图标后，按下键盘上的 Delete 键删除即可；若要一次性删除画面中的所有注释，单击工具选项栏中的"清除全部"按钮 清除全部 。

2.2.6　导入注释

执行"文件"|"导入"|"注释"菜单命令，可以打开"载入"对话框。在此对话框中选择包含需要注释的 PDF 或 FDF 文件，然后单击"载入"按钮，可将注释导入到当前文件中。注释将显示在它们存储在源文档中的位置。

2.2.7　启用对齐功能

对齐有助于精确放置选区边缘、裁剪选框、切片、形状和路径。然而，对齐有时也会妨碍正确地放置像素，此时可以使用"对齐"菜单命令启用或停用对齐功能。还可以在启用对齐功能的情况下，指定要与之对齐的不同元素。

（1）启用对齐。执行"视图"|"对齐"菜单命令即可启用对齐。复选标记表示已启用对齐功能。

（2）指定对齐的内容。执行"视图"|"对齐到"菜单命令，从子菜单中选择一个或多个选项，如图 2.35 所示。

① 参考线。与参考线对齐。

② 网格。与网格对齐。在网格隐藏时该项不可选。

③ 图层。与图层中的内容对齐。

④ 切片。与切片边界对齐。在切片隐藏时该项不可选。

⑤ 文档边界。与文档的边缘对齐。

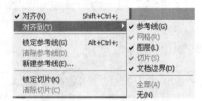

图 2.35　"对齐到"菜单命令

⑥ 全部。选择所有"对齐到"选项。

⑦ 无。取消选择所有"对齐到"选项。

（3）如果只想为一个选项启用对齐功能,请确保"对齐"菜单命令处于禁用状态,然后执行"视图"|"对齐到"菜单命令,并选择一个选项,即可自动为选中的选项启用对齐功能,同时取消选择所有其他"对齐到"选项。

2.3 测量工具使用

测量工具可准确定位图像或元素,可计算工作区内任意两点间的距离,可测量用选择工具等定义的任何区域,包括套索工具、选择工具或魔棒工具。也可计算高度、宽度、面积等。

2.3.1 设置测量比例

设置测量比例将在图像中设置一个与比例单位数相等的指定像素数。在创建比例后,就可以用选定的比例单位测量区域并接收计算和记录结果。尽管在文档中一次只能使用一个比例,但可以创建多个测量比例预设。

执行"分析"|"设置测量比例"|"自定"菜单命令,打开"测量比例"对话框,如图 2.36 所示。

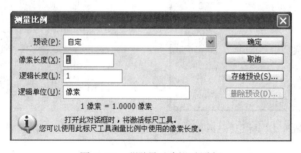

图 2.36 "测量比例"对话框

（1）预设。如果创建了自定义的测量比例预设,可在该选项的下拉列表中将其选中。

（2）像素长度。可拖曳测量工具,测量图像中的像素距离,或在"像素长度"选项中输入一个值。当关闭"测量比例"对话框时,将恢复当前工具设置。

（3）逻辑长度/逻辑单位。可输入要设置为与像素长度相等的逻辑长度和逻辑单位。例如,如果像素长度为 20,并且要设置的比例为 20 像素/微米,则应输入 1 作为逻辑长度,并使用微米作为逻辑单位。

（4）存储预设。单击该按钮,可将设置的测量比例保存。

（5）删除预设。选择了自定义的测量比例预设后,单击该按钮可以将其删除。

执行"分析"|"设置测量比例"|"默认值"菜单命令,可以恢复到默认的测量比例。

2.3.2 创建测量比例标记

测量比例标记将显示文档中使用的测量比例。需在创建比例标记之前设置文档的测量比例。可以用逻辑单位设置标记长度,包含指明长度的文本题注,并将标记和题注颜色设置为黑色或白色。

执行"分析"|"置入比例标记"菜单命令,将会打开"测量比例标记"对话框,如图2.37
所示。

（1）长度。输入一个值以设置比例标记的长度。

（2）显示文本。选中此项,可显示比例标记的逻辑长度和单位。

（3）文本位置。可选择在比例标记的上方或下方显示题注。

（4）颜色。可将比例标记和题注颜色设置为黑色或者白色。

进行各种选项设置后,单击"确定"按钮,即可创建测量比例标记,比例标记将会自动被
放置在图画的左下角,如图2.38所示,同时会向文档自动添加一个图层组,包括文本图层和
图形图层,如图2.39所示。

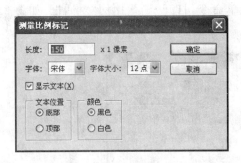

图2.37　"测量比例标记"对话框

图2.38　添加"比例标记"后的效果

还可以使用移动工具对比例标记进行移动,或使用文本工具编辑题注或更改文本大小、
字体、颜色等,如图2.40所示。

图2.39　添加比例标记后的"图层"调板

图2.40　更改比例标记的属性

2.3.3 添加与替换比例标记

若当前图画中已包含有测量比例标记,当再次执行"分析"|"置入比例标记"菜单命令时,将会首先弹出如图 2.41 所示对话框,单击"移去"按钮,将会把之前的标记替换掉;单击"保留"按钮,则可在图画中继续创建新的比例标记。新创建的比例标记将放置在图像中的同一位置,并有可能会出现遮盖,可在"图层"调板中隐藏原来的标记以查看新建的标记,如图 2.42 所示。

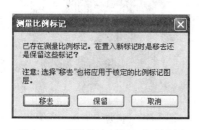

图 2.41 "测量比例标记"对话框

图 2.42 隐藏已有比例标记

2.3.4 删除比例标记

若要删除比例标记中的某一部分,例如,仅删除"标记图形"图层,仍然保留文字图层和图层组,则仅选中要删除的图层,单击鼠标左键将其拖曳至删除图层按钮 🗑,即可删除图层,如图 2.43 所示。

若要删除整个比例标记,则直接选中对应的比例标记图层组,将其拖曳至删除图层按钮 🗑,即可删除,如图 2.44 所示。

图 2.43 删除比例标记中的一部分

图 2.44 删除整个比例标记

【实例 2-4】 用标尺测量距离和角度。

标尺工具 可以计算工作区内任意两点之间的距离、角度等，测量出的相关信息则会显示在该工具的工具选项栏中。下面通过对三角尺的测量来学习如何使用标尺工具。

① 打开一个文件，选择工具箱中的标尺工具，将光标移动到需要进行测量的起始点位置，如图 2.45 所示。

② 单击鼠标并拖曳，画面中将会出现一条直线，如图 2.46 所示，至终点松开鼠标，测量的结果将会显示在工具选项栏中，如图 2.47 所示。在鼠标拖曳过程中按住 Shift 键，可创建水平、垂直或以 45°为增量的测量线。

图 2.45　将光标移动到起始点位置

图 2.46　画面中出现一条直线

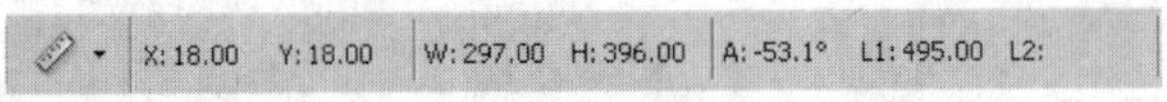

图 2.47　在"标尺工具"选项栏中读取数据

③ 创建出测量线后，将鼠标移动至任意一个端点，鼠标变为 形状然后移动鼠标，可调整测量线长短；将指针放在线上远离两个端点的位置并拖曳，可移动这条线。

④ 下面来测量三角尺的角度。单击该工具选项栏中的 清除 按钮，将画面中的测量线清除，将鼠标移动至角度的起始点，如图 2.48 所示。单击并拖曳鼠标至拐角处放开鼠标，如图 2.49 所示，然后按下 Alt 键，光标会显示为 形状，单击并拖曳鼠标至终点，如图 2.50 所示。

图 2.48　将鼠标移至角度起始点

图 2.49　拖曳鼠标至拐角处

⑤ 放开鼠标后,结果就显示在工具选项栏中,如图 2.51 所示。工具选项栏中各个选项的含义如下。

- X/Y:起始位置的坐标值(X 轴和 Y 轴)。
- W/H:在 X 和 Y 轴上移动的水平(W)和垂直(H)距离。
- A:相对于轴测量的角度。
- L1/L2:使用量角器时移动的两个长度。

图 2.50 拖曳鼠标至终点处

【实例 2-5】 用标尺修正倾斜的图像。

① 打开一个文件,选择标尺工具,将光标放置在叶子尖上,如图 2.52 所示。在图中拖曳出一条测量线,如图 2.53 所示。

② 执行"图像"|"图像旋转"|"任意角度"菜单命令,可打开"旋转画布"对话框。对话框中自动显示了测量的角度,如图 2.54 所示。勾选"度(逆时针)"选项后,图像将以该角度为基准沿逆时针方向旋转,最终修正结果如图 2.55 所示。

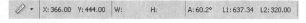

图 2.51 从选项栏中读取数据

图 2.52 将光标放置在叶子尖上

图 2.53 用标尺工具拖出一条测量线

图 2.54 "旋转画布"对话框

图 2.55 修正后的效果

2.3.5 选择数据点

执行"分析"|"选择数据点"|"自定"菜单命令,打开"选择数据点"对话框,如图2.56所示。数据点将根据可以测量它们的测量工具进行分组。"通用"数据点适用于所有工具。这些数据点会向测量记录添加有用信息,例如要测量的文件的名称、测量比例和测量的日期/时间。

默认情况下,将选择所有数据点。可以为特定测量类型选择数据点子集,并将此组合存储为数据点预设。

当使用特定工具进行测量时,只有与该工具关联的数据点才会显示在记录中,即使已选择其他数据点也是如此。例如,如果使用"标尺"工具进行测量,则只有"标尺"工具数据点才会和已选择的任何"通用"数据点一起显示在"测量记录"中。

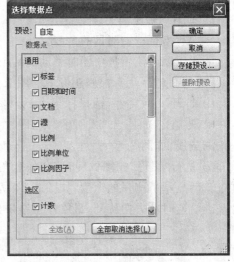

图2.56 "选择数据点"对话框

(1)角度:标尺工具的方向角度($\pm 0°\sim 180°$)。

(2)面积:用方形像素或根据当前测量比例校准的单位(如平方毫米)表示的选区的面积。

(3)圆度:4pi(面积/周长2)。若值为1.0,则表示一个完全的圆形。当值接近0.0时,表示一个逐渐拉长的多边形。值对于非常小的选区可能无效。

(4)计数:根据使用的测量工具发生变化。选择工具:图像上不相邻的选区的数目。计数工具:图像上已计数项目的数目。标尺工具:可见的标尺线的数目(1或2)。

(5)日期和时间:应用表示测量发生时间的日期/时间戳。

(6)文档:标识测量的文档(文件)。

(7)灰度值:这是对亮度的测量,范围是$0\sim 255$(对于8位图像)、$0\sim 32768$(对于16位图像)或$0.0\sim 10$(对于32位图像)。对于所有与灰度值相关的测量,将使用默认灰度配置文件,在内部将图像转换为灰度(相当于执行"图像"|"模式"|"灰度"菜单命令)。然后,为每个特征和摘要执行请求的计算(平均值、中间值、最小值、最大值)。

(8)高度:选区的高度(max y-min y),其单位取决于当前的测量比例。

(9)直方图:为图像中的每个通道(RGB图像有三个通道,CMYK图像有4个通道,等等)生成直方图数据,并记录$0\sim 255$(将16位或32位值转换为8位)之间的每个值所表示的像素的数目。从"测量记录"中导出数据时,数字直方图数据将导出到一个CSV(以逗号分隔值)文件中。该文件会放在它自己的文件夹中,其位置与以制表符分隔的测量记录文本文件的导出位置相同。将为这些直方图文件分配一个唯一编号,编号从0开始并且每次增加1。对于一次测量的多个选区,将为整个选定区域生成一个直方图文件,并为每个选区生成附加的直方图文件。

(10)累计密度:选区中的像素值的总和。此值等于面积(以像素为单位)与平均灰度值的乘积。

(11) 标签：标识每个测量并自动将每个测量编号为测量 1、测量 2 等。对于同时测量的多个选区，将为每个选区分配一个附加的"特征"标签和编号。

(12) 长度：标尺工具在图像上定义的直线距离，其单位取决于当前的测量比例。

(13) 周长：选区的周长。对于一次测量的多个选区，将为所有选区的总周长生成一个测量，并为每个选区生成附加测量。

(14) 比例：源文档的测量比例（例如，100 像素＝3 英里）。

(15) 比例单位：测量比例的逻辑单位。

(16) 比例因子：分配给比例单位的像素数。

(17) 源：测量的源：标尺工具、计数工具或选择工具。

(18) 宽度：选区的宽度（max x-min x），其单位取决于当前的测量比例。

(19) 创建数据点预设：执行"分析"|"选择数据点"|"自定"菜单命令，选择要在预设中包含的数据点，单击"存储预设"按钮并命名预设后单击"确定"按钮，将存储该预设，并且现在就可以从"分析"|"选择数据点"子菜单中使用该预设，如图 2.57 所示。

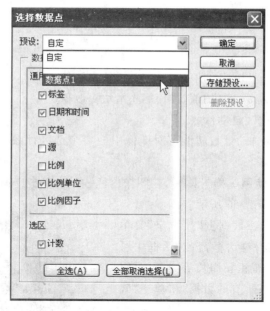

图 2.57 创建过新数据点的"选择数据点"对话框

(20) 编辑数据点预设：执行"分析"|"选择数据点"|"自定"菜单命令后选择要从"预设"菜单中编辑的预设，选择或取消选择数据点，预设名称将更改为"自定"。单击"存储预设"按钮，输入原来的预设名称以替换现有预设，或输入新名称以创建新预设。

(21) 删除数据点预设：执行"分析"|"选择数据点"|"自定"菜单命令，选择要从"预设"菜单中删除的预设。单击"删除预设"菜单命令后单击"是"按钮，确认删除。

2.3.6 计数工具

可以使用计数工具对图像中的对象计数。要对对象手动计数，可使用计数工具单击图像，Photoshop 将跟踪单击次数。计数数目会显示在项目上和"计数工具"选项栏中。计数

图 2.58 使用了计数工具的效果

数目会在存储文件时存储。

Photoshop 也可以自动对图像中的多个选定区域计数,如图 2.58 和图 2.59 所示,并将结果记录在"测量记录"调板中。

"计数工具"选项栏中包括下面选项。

(1) 计数组:默认计数组会在将计数数目添加到图像时创建。可以创建多个计数组,每个计数组都有自己的名称、标记和标签大小以及颜色。在将计数数目添加到图像时,当前选定的计数组会增加。单击眼睛图标以显示或隐藏计数组。单击文件夹图标以创建计数组,单击"删除"图标以删除计数组。从"计数组"菜单中选取"重命名"项,以重新命名计数组。单击"清除"可全部删除计数组。

(2) 颜色:要设置计数组的颜色,请单击"拾色器"。

图 2.59 "计数工具"选项栏

(3) 标记大小:输入 1~10 的值,或使用小滑块更改值。

(4) 标签大小:输入 8~72 的值,或使用小滑块更改值。

【实例 2-6】 使用选区自动计数。

使用 Photoshop 的自动计数功能可对图像中的多个选区计数。可使用魔棒工具定义选区。

① 打开一个文件,使用魔棒工具 ,在图像白色区域内单击选择背景,按 Shift+Ctrl+ I 键反选,选择花朵,如图 2.60 所示。

② 执行"分析"|"选择数据点"|"自定"菜单命令,打开"选择数据点"对话框,在对话框中可以设置计算高度、宽度、面积和周长等内容,可以采用默认的设置,即选择所有的数据点,单击"确定"按钮。

③ 执行"窗口"|"测量记录"菜单命令,打开"测量记录"调板。执行"分析"|"记录测量"菜单命令,或单击"记录测量"按钮,Photoshop 将对选区计数,并在测量记录的"计数"列中输入计数数目,如图 2.61 所示。

图 2.60 选择图像中的"花朵"

"测量记录"调板中的选项如下。

- 记录测量:单击可在调板中添加测量记录。
- 选择所有测量/取消选择所有测量:单击"选择所有测量"按钮,可选择调板中记录的所有测量记录;选择后,单击"取消选择所有测量"按钮,可取消选择。

图 2.61　"测量记录"调板

- 导出所选测量：单击可将测量记录导出为纯文本文件。
- 删除所选测量：在调板中选择一个测量记录后，单击此按钮可将其删除。

【实例 2-7】　导出测量记录数据。

创建测量记录后，可将数据导出到逗号分隔的纯文本文件中。可在电子表格应用程序中打开，并利用这些测量数据执行统计或分析。下面继续前面的操作，来了解如何导出测量记录数据。

① 按住 Ctrl 键，单击"测量记录"调板中的数据，选择多个数据行，如图 2.62 所示。

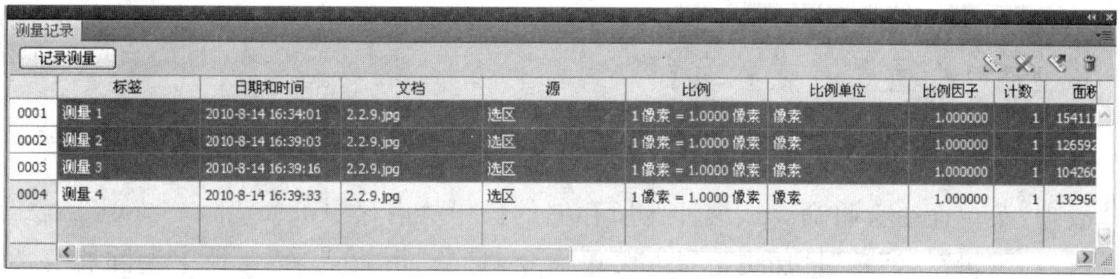

图 2.62　在"测量记录"调板中选择多个数据行

② 单击调板顶部的导出数据图标，打开"存储"对话框。如图 2.63 所示，输入文件名和位置后单击"确定"按钮，可将测量导出，如图 2.64 所示。

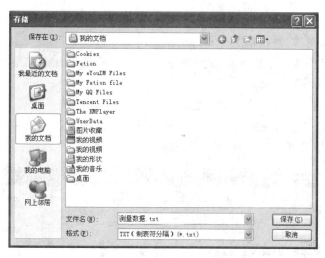

图 2.63　"存储"对话框

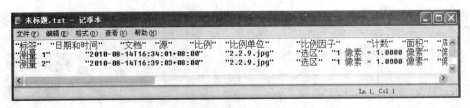

图 2.64　导出后的数据

2.4　清　理　内　存

在处理图像时，Photoshop 需要保存大量的中间数据，这会造成计算机的速度变慢。执行"编辑"|"清理"下拉菜单中的命令，可以释放由"还原"菜单命令、"历史记录"调板或剪贴板占用的内存，以加快系统的处理速度，如图 2.65 所示。清理后，项目的名称会显示为灰色，如图 2.66 所示。

图 2.65　"清理"下拉菜单 　　　　　　　　　　　　图 2.66　清理内存后效果

"清理"菜单命令会将命令或缓冲区所存储的操作从内存中永久清除；"清理"无法还原。例如，执行"编辑"|"清理"|"历史记录"菜单命令，将从"历史记录"调板中删除所有历史记录状态。

2.5　自定义快捷键

Photoshop 允许查看所有快捷键的列表，并编辑或创建快捷键。"键盘快捷键"对话框充当一个快捷键编辑器，并包括所有支持快捷键的命令，其中一些是默认快捷键组中没有提到的。这为编辑操作带来了极大的方便。下面就来了解如何自定义菜单命令和工具的快捷键。

【实例 2-8】　自定义菜单命令快捷键。

① 执行"编辑"|"键盘快捷键"菜单命令，打开"键盘快捷键和菜单"对话框。在"快捷键用于"下拉列表中选择"应用程序菜单"，如图 2.67 所示。

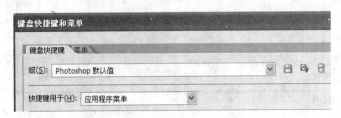

图 2.67　选择"应用程序菜单"

② 在"应用程序菜单命令"选项内单击"编辑"前面的三角按钮，展开列表，如图 2.68 所

示,选择"定义图案"菜单命令,如图 2.69 所示。

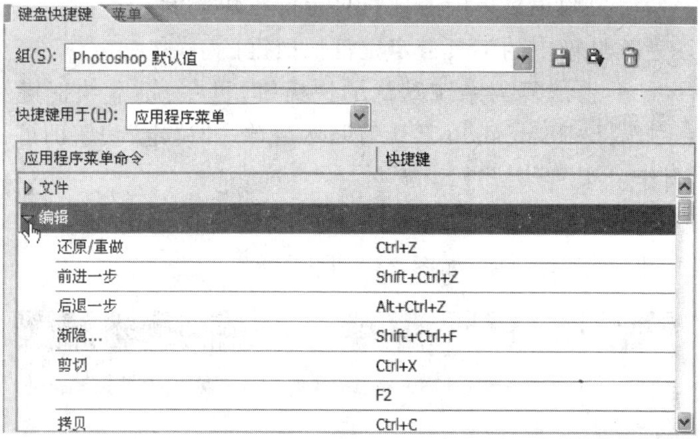

图 2.68 "应用程序菜单命令"中的"编辑"列表

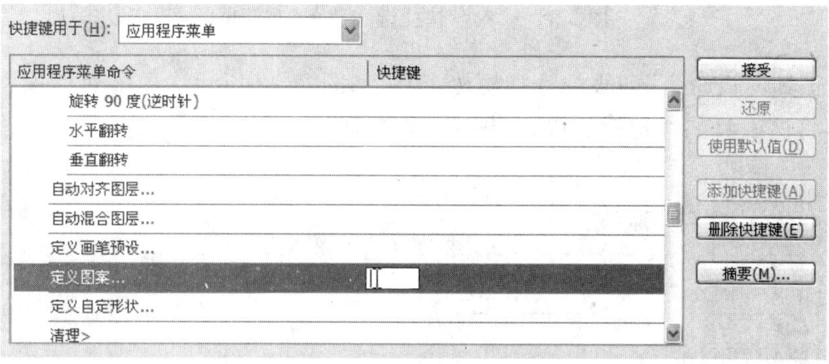

图 2.69 "定义图案"选项

③ 在键盘中按 Shift＋Ctrl＋Q 键,使之成为"定义图案"菜单命令的快捷键,如图 2.70
所示。

图 2.70 为"定义图案"添加快捷键

④ 单击对话框中的"接受"按钮,再单击"确定"按钮,关闭对话框,完成自定义快捷键的
操作。在"编辑"|"定义图案"菜单命令后会显示该快捷键,如图 2.71 所示。按下该快捷键
便会执行"定义图案"菜单命令。

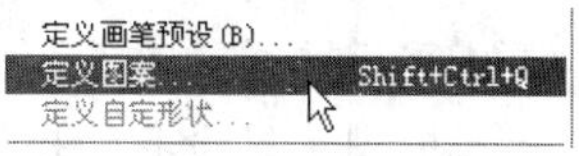

"快捷键用于"菜单可用于选择快捷键类型。

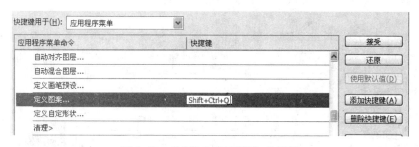

• 应用程序菜单:允许为菜单栏中的项目自定键盘快　　图 2.71　添加快捷键后效果

捷键。

- 调板菜单：允许为调板菜单中的项目自定键盘快捷键。
- 工具：允许为工具箱中的工具自定键盘快捷键。

修改快捷键后，如果想恢复为系统默认的快捷键，可在"键盘快捷键和菜单"对话框的"组"选项下拉列表中选择"Photoshop 默认值"，然后单击"确定"按钮即可。

【实例 2-9】 自定义工具快捷键。

① 执行"编辑"|"键盘快捷键"菜单命令，打开"键盘快捷键和菜单"对话框。在"快捷键用于"下拉列表中选择"工具"项，如图 2.72 所示。

图 2.72 "键盘快捷键和菜单"对话框

② 在"工具调板命令"列表中选择魔棒工具，如图 2.73 所示。单击对话框中的"删除快捷键"按钮，将该工具的快捷键删除，如图 2.74 所示。

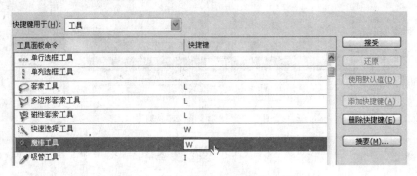

图 2.73 选中"魔棒工具"默认快捷键

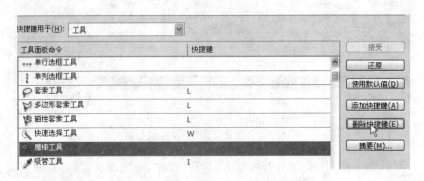

图 2.74 删除"魔棒工具"默认快捷键

③ 采用同样的方法删除快速选择工具的快捷键，如图 2.75 所示。

④ 模糊工具没有快捷键，可以将魔棒工具的快捷键 W 作为该工具的快捷键。选择模

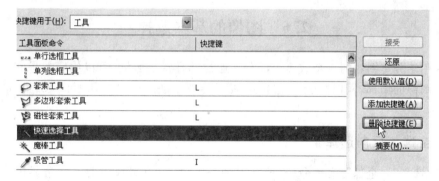

图 2.75　删除"快速选择工具"默认快捷键

糊工具,如图 2.76 所示。在显示的文本框中输入 W,如图 2.77 所示。

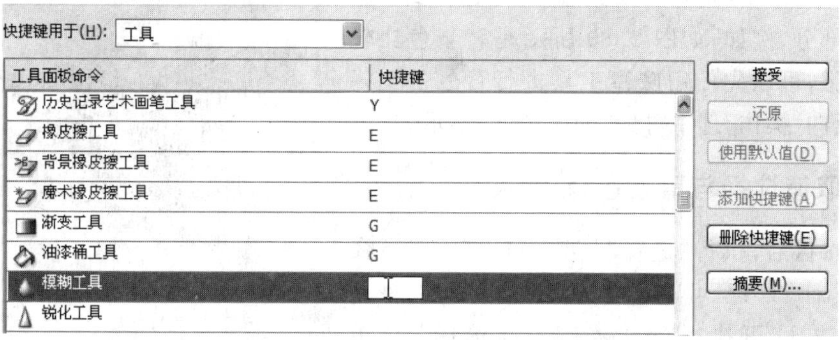

图 2.76　选择"模糊工具"快捷键编辑框

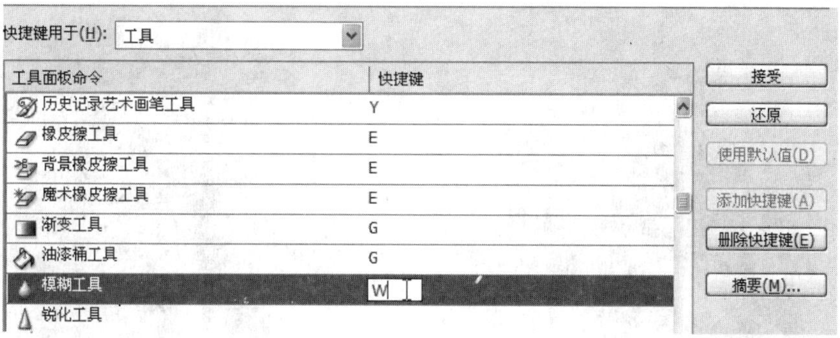

图 2.77　为"模糊工具"添加快捷键

⑤ 单击"确定"按钮关闭对话框,完成操作。在工具箱中,字母 W 会显示在模糊工具的后面,如图 2.78 所示。按下 W 键便可以选择模糊工具。

图 2.78　"模糊工具"快捷键效果

2.6　图像的基本选择

选区用于分离图像的一个或多个部分。通过选择特定区域，可以编辑效果和滤镜并将其应用于图像的局部，同时保持未选定区域不会被改动。所以如何对图像进行选择尤为重要。

2.6.1　全选与反向选择

执行"选择"|"全部"菜单命令，或按 Ctrl＋A 键，可以选择当前文档边界内的全部图像，如图 2.79 所示。

创建了选区后，执行"选择"|"反向"菜单命令，或按 Shift＋Ctrl＋I 键可以反选选区，即选择图像中未选中的部分，例如，如图 2.80 所示是背景色比较简单的图像，可以先使用魔棒工具进行背景的选择后执行"反向"操作，选中对象，如图 2.81 所示。

2.6.2　取消选择与重新选择

创建选区后，执行"选择"|"取消选择"菜单命令，或按 Ctrl＋D 键，可以取消选择。如果想要恢复被取消的选区，可执行"选择"|"重新选择"菜单命令。

图 2.79　全选图像

图 2.80　选择白色背景区域

图 2.81　反选后的效果

2.7　图像的基本编辑操作

2.7.1　拷贝、剪切与清除

执行"编辑"|"拷贝"菜单命令，或按 Ctrl＋C 键，可以将当前选择的图像复制到剪贴板，但画面的内容不变，如图 2.82 和图 2.83 所示，在花心部分创建一个圆形选区，原图在进行

过拷贝命令后没有发生变化。

图 2.82　在"花心"部分绘制一个选区

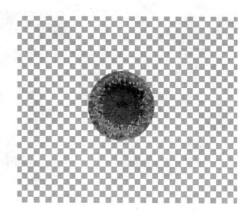
图 2.83　执行"拷贝"命令后效果

　　执行"编辑"|"剪切"菜单命令,可将当前选择的图像剪切到剪贴板中,此时画面中的选择区域被剪切掉。如图 2.84 和图 2.85 所示,进行过剪切操作后原图发生了变化。

图 2.84　执行"剪切"后原图的效果

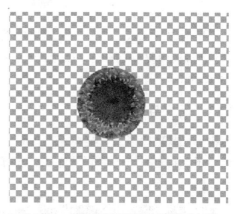
图 2.85　执行"剪切"后目标图像的效果

　　执行"编辑"|"清除"菜单命令,可将当前选择的图像内容删除掉。如果清除的是"背景"图层上的图像,被清除区域将以背景色填充,如图 2.86 和图 2.87 所示。

图 2.86　选中背景层图像的某一部分

图 2.87　清除背景层的效果

如果清除的是"背景"层以外的层,将删除选区内图像,如图 2.88 和图 2.89 所示。

图 2.88　选中非背景层图像的某一部分　　　　图 2.89　清除非背景层的效果

2.7.2　粘贴与贴入

将图像复制或剪切至剪贴板后,执行"编辑"|"粘贴"菜单命令,或按 Ctrl＋V 键,可将剪贴板中的图像粘贴到当前文件中。

如果创建了选区,可执行"编辑"|"贴入"菜单命令,将剪贴板中复制的图像粘贴到当前文件的选区中去,如图 2.90 至图 2.92 所示。

图 2.90　在原图中绘制矩形选区

2.7.3　还原与重做

执行"编辑"|"还原"菜单命令,或按 Ctrl＋Z 键,可以撤销对图像的最后一次操作,将图像还原到上一步的编辑状态中。如果要取消还原操作,可执行"编辑"|"重做"菜单命令。

图 2.91　目标图像中绘制椭圆选区　　　　图 2.92　执行"贴入"菜单命令的效果

2.7.4　前进一步与后退一步

上节讲到的"还原"菜单命令只能还原一步的操作,而执行"编辑"|"后退一步"菜单命

令则可以连续还原。执行该命令或连续按 Alt＋Ctrl＋Z 键,就可以逐步撤销操作。

执行"后退一步"菜单命令进行还原操作后,可执行"编辑"|"前进一步"菜单命令,恢复被撤销的操作。连续执行该命令,或连续按 Shift＋Ctrl＋Z 键可以逐步恢复被撤销的操作。

2.7.5　恢复文件

执行"文件"|"恢复"菜单命令,可直接将文件恢复到最后一次保存的状态。

2.8　使用历史记录调板

"历史记录"调板是一个非常重要的功能,通过它能清楚地了解对图像已执行的操作步骤,而且可以随时回退至图像编辑过的某一历史状态,还可以将当前处理结果创建为快照。

2.8.1　历史记录调板

执行"窗口"|"历史记录"菜单命令,可以打开"历史记录"调板,或单击"历史记录"调板选项卡,如图 2.93 所示。

图 2.93　"历史记录"调板

（1）设置历史记录画笔的源。在使用历史记录画笔时,该图标所在位置将作为历史画笔的源图像。

（2）快照缩略图。被记录为快照的图像状态。

（3）历史记录状态。被记录的操作命令。

（4）当前状态。将图像恢复到当前命令的编辑状态。

（5）从当前状态创建新文档。可以基于当前操作步骤中图像的状态创建一个新的文件。

（6）创建新快照。可以基于当前的图像状态创建快照。

（7）删除当前状态。在调板中选择某一个操作步骤后,单击此按钮可删除该步骤及后面的步骤。

【实例 2-10】　使用历史记录调板还原图像。

① 打开一个文件,执行"图层"|"新建填充图层"|"渐变"菜单命令,如图 2.94 所示。打开"渐变填充"对话框,单击"渐变"选项右侧下拉箭头,选择如图 2.95 所示渐变颜色。

② 单击"确定"按钮,关闭对话框,创建一个渐变填充图层,如图 2.96 所示。

图 2.94　填充渐变图层

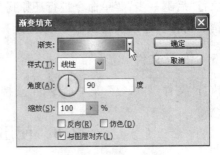

图 2.95　"渐变填充"对话框

③ 将渐变填充图层的混合模式设置为"正片叠底"，如图 2.97 所示。图像效果如图 2.98 所示。

图 2.96　填充渐变图层后效果

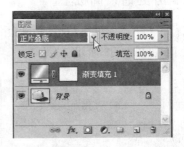

图 2.97　更改图层混合模式

④ 执行"滤镜"|"纹理"|"染色玻璃"菜单命令，如图 2.99 所示。图像效果如图 2.100 所示。

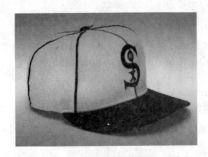

图 2.98　更改图层混合模式后效果

图 2.99　使用"染色玻璃"滤镜

⑤ 下面使用"历史记录"调板进行还原操作。打开"历史记录"调板，单击调板上的"新建渐变填充图层"操作步骤，如图 2.101 所示，可将图像恢复为该步骤的状态，该步骤以下的操作全部变暗，如果此时再进行其他操作，则新的操作将取代调板中这些变暗的操作步骤。

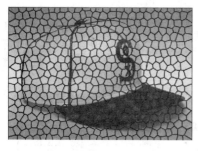

图 2.100　使用滤镜后效果

图 2.101　选中"新建渐变填充图层"历史记录

⑥ 在打开图像时，图像的初始状态将会自动登录到快照区。单击快照区可撤销对图像进行的所有操作，如图 2.102 所示。

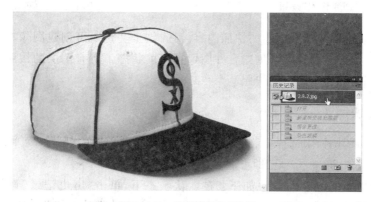

图 2.102　选中快照区效果

⑦ 如果要恢复所有被撤销的操作，只需要单击最后一步操作即可，如图 2.103 所示。

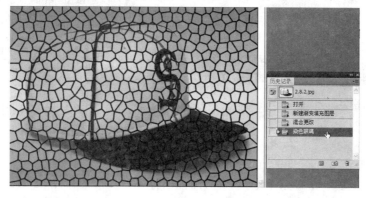

图 2.103　恢复所有操作效果

2.8.2　创建快照

所谓快照，实际上就是对图像处理到某个状态时的临时拷贝。创建快照后，不论以后如何操作（包括撤销和恢复），系统都会保存该状态。

在"历史记录"调板中选择需要创建为快照的状态，然后单击创建新快照按钮 [图]，即可创建快照,如图 2.104 所示。

也可在"历史记录"调板菜单中选择"新建快照"菜单命令,则可以在打开的"新建快照"对话框中设置选项创建快照,如图 2.105 所示。

图 2.104　"创建快照"按钮

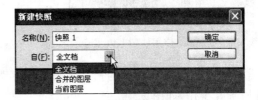

图 2.105　"创建快照"对话框

其中"自"选项用来选择创建的快照内容。选择"全文档",可创建图像在当前状态下所有图层的快照;"合并的图层"可创建合并图像在当前状态下所有图层的快照;选择"当前图层"则只创建当前选择的图层的快照。

2.8.3　删除快照

在"历史记录"调板中选择要删除的快照,执行调板菜单中的"删除"菜单命令,或者单击删除当前状态按钮 ,单击"是"即可删除快照。

创建非线性历史记录的方法如下:在默认状态下,单击"历史记录"调板中的一个操作步骤,可将图像恢复为该步骤的状态,如果此时对图像有了其他操作,则所选步骤后面的步骤都将被新操作取代。而非线性历史记录则允许选择更改其中的任意一个操作步骤,而不删除后面的操作状态。

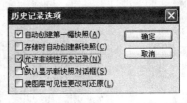

执行"历史记录"调板菜单中的"历史记录选项"菜单命令,打开"历史记录"选项对话框,如图 2.106 所示,勾中"允许非线性历史记录"选项,可将历史记录设置为非线性状态。

图 2.106　"历史记录选项"对话框

2.9　图像的变换与变形操作

在"编辑"|"变换"下拉菜单中,包含对图像进行各种变换的命令,通过这些命令可以对选区内的图像、图层、路径和矢量形状进行例如旋转、缩放、扭曲等操作。

2.9.1　定界框、中心点和控制点

当执行变换命令或按 Ctrl+T 键时,会显示出定界框、中心点及控制点,如图 2.107 所示。

2.9.2 移动图像

使用工具箱中的移动工具 ，可移动图层中的非透明像素。

【实例2-11】 图像的旋转与缩放。

① 执行"编辑"|"自由变换"菜单命令，或按 Ctrl＋T 键，显示定界框，如图 2.108 所示。

② 将光标移至定界框四周的控制点上，当光标显示为 ，单击并拖曳鼠标即可缩放对象，如图 2.109 所示。

③ 如果在拖曳同时按下 Shift 键，则可进行等比缩放，如图 2.110 所示。

④ 将光标移至定界框外侧位于中间位置的控制点上，当光标显示为 ，单击并拖曳鼠标即可旋转对象，如图 2.111 所示。

⑤ 按 Enter 键，确定变换操作。

图 2.107　执行变换命令的效果

图 2.108　显示定界框

图 2.109　缩放图像效果

图 2.110　等比缩放效果

图 2.111　旋转图像效果

【实例2-12】 斜切与扭曲。

① 执行"编辑"|"自由变换"菜单命令，或按 Ctrl＋T 键，显示定界框。

② 将光标移至定界框外侧位于中间位置的控制点上,按住 Shift＋Ctrl 键,光标会显示为  ,单击并拖曳鼠标可沿水平方向斜切对象,同样方法也可沿垂直方向斜切对象,如图 2.112 和图 2.113 所示。按 Enter 键确认斜切操作。

图 2.112　水平斜切效果

图 2.113　垂直斜切效果

③ 将光标移至定界框四周的控制点,按住 Ctrl 键,光标会显示为 ▷ ,单击并拖曳鼠标可扭曲对象,如图 2.114 所示。按 Enter 键,确认扭曲操作。

【实例 2-13】 透视变换。

① 执行"编辑"|"自由变换"菜单命令,或按 Ctrl＋T 键,显示定界框。

② 将光标移至定界框四周的控制点上,按住 Shift＋Ctrl＋Alt 键,光标会显示为 ▷ ,单击并拖曳鼠标可透视变换对象,如图 2.115 所示。按 Enter 键,确认透视操作。

图 2.114　扭曲效果

图 2.115　透视效果

【实例 2-14】 精确变换。

① 执行"编辑"|"自由变换"菜单命令,或按 Ctrl＋T 键,显示定界框。此时工具选项栏中会显示各种变换选项,如图 2.116 所示。

图 2.116　"自由变换"工具选项栏

② 在 X: 247.0 px 文本框中输入数值,可水平移动图像;在 Y: 199.0 px 文本框中输入数值,可垂直移动图像。

③ 在 W: 100.0% 文本框中输入数值,可水平缩放图像;在 H: 100.0% 文本框中输入数值,可垂直缩放图像。如果按下这两个文本框中间的保持长宽比按钮 ⑧,可以进行等比缩放。

④ 在 △ 0.0 度 文本框中输入数值,可旋转图像。

⑤ 在 H: 0.0 度 文本框中输入数值,可水平斜切图像;在 V: 0.0 度 文本框中输入数值,可垂直斜切图像。

【实例 2-15】 再次变换。

在对图像进行了变换操作后,还可以通过"再次"菜单命令再一次对图像进行相同的变换操作。

① 执行"编辑"|"自由变换"菜单命令,或按 Ctrl＋T 键,显示定界框。

② 将图像缩小,然后移动中心点至图像下方,再对图像进行旋转操作,如图 2.117 至图 2.119 所示。

图 2.117　等比缩小图像

图 2.118　移动中心点

③ 按 Enter 键确认。执行"编辑"|"变换"|"再次"菜单命令,或按 Shift＋Ctrl＋T 键,可再次变换图像,如图 2.120 所示。

图 2.119　旋转图像

图 2.120　再次变换后效果

【实例 2-16】 变换选区内的图像。

① 选择矩形选框工具 ，在画面中单击并拖曳鼠标，创建一个矩形选区，如图 2.121 所示。

② 执行"编辑"|"自由变换"菜单命令，或按 Ctrl＋T 键，显示定界框。

③ 按照上面讲过的方法对选区内的图像进行旋转、缩放、斜切等操作，如图 2.122 所示。

图 2.121　绘制选区

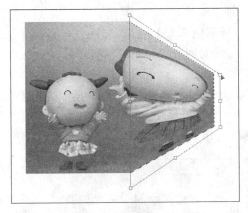

图 2.122　最终效果

习　题

一、选择题（下列选择题有一个或多个选项正确）

1. 单击图层调板上图层左边的眼睛图标，结果是（　　　）。

    A. 该图层被锁定　　　　　　　　B. 该图层被隐藏

    C. 该图层会以线条稿显示　　　　D. 该图层被删除

2. 下面关于图层的描述，正确的是（　　　）。

    A. 任何一个图像图层都可以转换为背景层

    B. 图层透明的部分是有像素的

    C. 图层透明的部分是没有像素的

    D. 背景层可以转化为普通的图像图层

3. 下面（　　　）图层可以将图像自动对齐和分布。

    A. 调节　　　　B. 链接　　　　C. 填充　　　　D. 背景

4. 移动一条参考线的方法是（　　　）。

    A. 选择移动工具拖曳

    B. 无论当前使用何种工具，按住 Alt 键的同时单击鼠标

    C. 在工具箱中选择任何工具进行拖曳

    D. 无论当前使用何种工具，按住 Shift 键的同时单击鼠标

5. 复制一个图层的方法是（　　　）。

    A. 执行"编辑"|"复制"菜单命令

B. 执行"图像"|"复制"菜单命令

C. 执行"文件"|"复制图层"菜单命令

D. 将图层拖曳到 Layers 调板下方"创建新图层"图标上

6. 在 Photoshop 中显示和隐藏标尺的快捷键是(　　　)。

　　A. Ctrl＋R　　　　　B. Ctrl＋N　　　　　C. Ctrl＋E　　　　　D. Ctrl＋K

7. 图层调板中的"锁定当前图层内容"按钮按下后,(　　　)。

　　A. 只能对图层中的不透明度区域进行编辑

　　B. 不能对图层中的内容进行编辑和修改,但可以移动或变形

　　C. 图层的位置不能移动

　　D. 该图层不能进行任何操作

二、问答题

1. 简述在 Photoshop CS4 中如何度量图像角度。

2. 简述在 Photoshop CS4 中如何自定义工具快捷菜单。

3. 简述图层的作用。

第3章 选区的创建与编辑

Photoshop CS4 中关于图像处理的操作几乎都与当前的选取范围有关,范围的选取是
Photoshop 平面设计的基本技能之一。因为操作只对选区内的图像部分有效而对未选区域
的无效。因此,快捷准确地选取所需要的区域是提高图像处理质量的关键。

【知识要点】

(1) 选框工具组;

(2) 套索工具组;

(3) 魔棒工具和色彩范围命令;

(4) 选区。

3.1 选区的基本创建方法

设置选区时,特别要注意 Photoshop 软件是以像素为编辑基础的,而不是以矢量为编辑
基础的。在以矢量为编辑基础的软件中(如 CorelDRAW),可以用鼠标选择和删除某个对
象。而在 Photoshop 中,画布是以彩色像素或透明像素填充的,要想在白色或有色背景中删
除选定的部分,其实是对背景进行新的填充,而不是彻底删除。如果是在透明背景上工作,
则选择并删除一部分内容会导致这部分下面的透明背景显示出来。

在工具箱中创建选区的工具有 3 种。它们在工具箱中分别显示为选框工具 □、套索工
具 ♥ 和魔棒工具 ◥。

3.1.1 选框工具

选框工具包括了矩形选框工具、椭圆选框工具、单行选框工具和单列选框工具,如
图 3.1 所示。

1. 矩形选框工具

在工具箱中选择"矩形选框工具",按住鼠标左键在图像上从左上
方向右下方拖曳,松开鼠标后可以在图像中建立一个矩形选区,如
图 3.2 所示。

图 3.1 选框工具组

对于选中区域内的图像可以进行复制、剪切、删除、描边和填充颜色等操作。这些操作
将在后续课程中详细介绍。

当选中不同的工具时,工具选项栏也会发生相应的变化。当选择矩形选框工具时,工具
选项栏如图 3.3 所示。

羽化和消除锯齿方法如下。

(1)"羽化"文本框。用于输入相应的羽化半径值来对选区进行羽化操作。

(2)"消除锯齿"复选框。用于消除锯齿,平滑选框边缘。只作用于椭圆形选择范围。

(3)"样式"下拉列表框。其中的项目用于决定选区,有正常、固定长宽比和固定大小 3

图 3.2　矩形选框工具建立的选区

图 3.3　矩形选框工具的工具选项栏

个选项,如图 3.4 所示。

①　正常。选择此选项后,可以由用户根据需要任意确定选区大小。

②　固定长宽比。选择此选项后,激活"宽度"和"高度"文本框,在其中输入高度和宽度比例值后,创建的新选区将按指定比例建立,系统默认值为 1∶1,如图 3.5 所示。

③　固定大小。选择此项后,将激活其后的"宽度"和"高度"文本框,在其中输入高度和宽度值后,创建的新选区将按指定的大小建立。系统默认值为 64px(像素)×64px,如图 3.6 所示。

图 3.5　固定长宽比选项　　　　　　图 3.6　固定大小选项

(4) 调整边缘按钮。单击该按钮,可以打开"调整边缘"对话框,在对话框中可以对选区进行平滑、羽化等处理。

【实例 3-1】　矩形选框工具。

①　打开图片(sc3-1)。选择矩形选框工具。拖曳鼠标左键,选中图像中老虎的区域,如图 3.7 所示。

②　按 Shift 键,选择图像最下方三个动物区域,如图 3.8 所示。利用 Shift 键可以添加不连续的选区。

2. 椭圆选框工具

选择"椭圆选框工具" ⃝ 椭圆选框工具 M,在图像上拖曳,可以建立椭圆形选区,如图 3.9 所示。"椭圆选框工具"属性栏与"矩形选框工具"属性栏内容相近,主要不同在"消除锯齿"一项。选择该项可以使椭圆选区边缘比较平滑。

图 3.7　选中中间区域

图 3.8　增加选区

图 3.9　椭圆选框工具建立的选区

3. 单行选框工具

使用单行选框工具可以用鼠标在图层上创建一个像素高的选区,如图 3.10 所示。其选项栏里只有"选择方式"可选,用法同矩形选框工具一样。"羽化"只能为 0 像素,"样式"为不可选。

4. 单列选框工具

选中单列选框工具可以用鼠标在图层上创建一个像素宽的选区,如图 3.11 所示。其选项栏内容与单行选框工具的完全相同,可参考创建介绍。

3.1.2　套索工具

套索工具组有套索工具、多边形套索工具和磁性套索工具 3 种工具,如图 3.12 所示。

图 3.10　单行选框工具建立的选区

图 3.11　单列选框工具建立的选区

1．套索工具

使用套索工具可以绘制出图像边框的直边和不规则的线段，它可以由手控的方式进行区域的选取。使用套索工具选取时，一定要注意选取的速度，因为在选取的过程中需要一气呵成。这种工具比较适合一些不规则的或者边缘较为突出的图像选取。套索工具的

图 3.12　套索工具组

选项栏中只有"修改选择方式"和"羽化和消除锯齿"两个部分，其用法与矩形选框工具相同。选择套索工具，在图像上按下鼠标左键沿着图中动物的轮廓移动鼠标，直到回到起点，鼠标右下角出现句号，松开鼠标，即可看到如图 3.13 所示选区。

注意：使用套索工具过程中，中途不要松开鼠标。

2．多边形套索工具

使用多边形套索工具可以选择具有直边的图像部分，它可以由手控的方式进行范围的选取，一般多用于不规则的多边形范围选取。

当使用多边形套索工具创建选区且鼠标指针回到起点时，指针下方会出现一个小圆圈，如图 3.14 所示，表示选择区域已封闭，此时再单击即可完成操作。如果起点和终点不重合，在终点双击，则在终点和起点之间将自动连接一条直线，使选区封闭。

图 3.13　利用套索工具建立闭合选区

图 3.14　多边形套索工具建立选区

3. 磁性套索工具

磁性套索工具是一种具有可识别边缘的套索工具，特别适用于快速选择图像的边缘和背景对比强烈且边缘复杂的对象，如图3.15所示。

磁性套索工具的工具选项栏与前两种套索工具相比增加了宽度、频率、边对比度和钢笔压力选项，如图3.16所示。

（1）宽度。用于设置磁性套索的套索宽度。

（2）边对比度。用来设置套索边缘的对比度。可输入1%～100%的一个像素值，可以根据所选图像边缘和背景的对比差别程度适当调整，数值越大探察范围越大。

（3）频率。用于指定锚点添加到路径中的密度。可输入0～100的一个值，数值越高产生的锚点越多。

（4）钢笔压力。用于使用绘图板以更改钢笔的压力。按下此按钮，则钢笔的压力增加，会使套索的宽度变细。

图3.15　磁性套索工具建立的选区

图3.16　磁性套索工具选项栏

【实例3-2】 磁性套索工具的应用。

① 打开图像（sc3-4），选择磁性套索工具。在天鹅边缘单击后，松开鼠标，沿着天鹅的轮廓移动鼠标，如图3.17所示。

② 在移动鼠标的过程中，Photoshop会在天鹅的轮廓边缘留下一连串的锚点，如果锚点没有对齐到天鹅的边缘，或者产生的锚点不合适，可以按Delete键删除锚点。另外也可以自己单击鼠标手动建立锚点，当光标移至起点处光标右下角出现句号后单击鼠标。即可闭合选区，如图3.18所示。

图3.17　利用磁性套索工具选择天鹅轮廓

图3.18　选区闭合

3.1.3 魔棒工具

魔棒工具可以选择图像内容色彩相同或者相近的区域,而无须跟踪轮廓。使用魔棒工具还可以指定该工具的色彩范围或容差,以获得所需的选区。

魔棒工具的选项栏中除修改选择方式选项部分外,还包括容差、消除锯齿、连续和对所有图层取样选项,如图 3.19 所示。

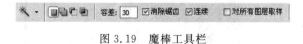

图 3.19　魔棒工具栏

(1) 容差。用于设置颜色取样时的范围。数值越小,选取的颜色范围越小;数值越大,选取的颜色范围越大。其有效值为 0~255,系统默认值为 32。

(2) 消除锯齿。用于平滑选框边缘。

(3) 连续。用于只对连续像素取样。

(4) 对所有图层取样。决定色彩选取范围是可跨所有可见图层,还是只能在当前图层起作用。

【实例 3-3】 魔棒工具的使用。

① 打开图像(sc3-5),选择魔棒工具。在图像的白色部分单击鼠标,得到如图 3.20 所示选区。

② 按 Ctrl+Shift+I 键进行反选,得到如图 3.21 所示图像选区。

图 3.20　选择图像区域

图 3.21　反选

3.1.4 "色彩范围"菜单命令

执行"选择"|"色彩范围"菜单命令,弹出如图 3.22 所示的"色彩范围"对话框。通过此对话框可以从现有的选区或整个图像内选择所指定的颜色或颜色子集,使用取样的颜色来选择一个色彩范围,然后建立选区。

(1) 选择。用于选择取样颜色。选择"取样颜色"选项时可用吸管采样。

(2) 颜色容差。可通过拖曳滑块或在文本框中输入数值来调整色彩范围。要缩小图像内所选的色彩范围,可减小颜色容差的数值。

图 3.22 "色彩范围"对话框

（3）添加到取样吸管工具。用于添加颜色。可在预览区域或图像中单击以进行加色的操作。

（4）从取样中减去吸管工具。用于减少颜色。可在预览区域或图像中单击以进行减色的操作。

（5）选区预览。用于在图像窗口中预览选区。

① 无。不在图像窗口中显示预览图。

② 灰度。按照图像在灰色通道中所显示的图形来显示选区。

③ 黑色杂边。在黑色背景下用彩色来显示选区。

④ 白色杂边。在白色背景下用彩色来显示选区。

⑤ 快速蒙版。使用当前的快速蒙版设置，以显示出选区。

【实例 3-4】 利用色彩范围建立花朵选区。

① 打开图像（sc3-6）。执行"选择"|"色彩范围"菜单命令，弹出如图 3.23 所示对话框。

图 3.23 "色彩范围"对话框

② 选择吸管工具。在图像中的花朵上单击,得到如图 3.24 所示效果。高光显示的部分为当前选区。

③ 选择带加号的吸管工具,继续在图像上选择,直到整幅图像中的花朵都由高光显示,如图 3.25 所示。

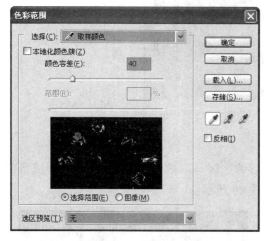
图 3.24　选择选区

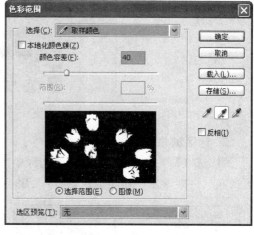
图 3.25　选择花朵

④ 单击"确定"按钮,得到如图 3.26 所示选区。

图 3.26　花朵选区

3.2　选区的操作

3.2.1　选区的运算

修改选择工具共有 4 个选项:新选区、添加到选区、从选区减去、与选区交叉。当选择一种选择工具时,这 4 个选项都会出现在工具栏上 。

1. 选区的添加

"添加到选区"用于在旧的选区的基础上增加新的选区,形成最终的选区。一般常用于扩大选区或选取较为复杂的区域,如图 3.27 所示。

图 3.27　选区相加

2. 选区的相减

"从选区减去"按钮用于在旧的选区中减去新的选区与旧的选区相交的部分,形成最终的选区。一般常用于缩小选区,如图 3.28 和图 3.29 所示。

图 3.28　从选区中减去 1

图 3.29　从选区中减去 2

3. 选区的相交

"与选区交叉"按钮用于将新的选区与旧的选区相交的部分作为最终的选区,如图 3.30 和图 3.31 所示。

图 3.30　选区交叉 1

图 3.31　选区交叉 2

3.2.2 选区的修饰

1. 选区的羽化

前面介绍的选框工具和套索工具的工具属性栏中都可以设置选区的边缘羽化值,但是它们必须在选区创建之前设置,而执行"选择"|"羽化"菜单命令是在选区创建后再对选区的边界进行柔化处理。

【**实例 3-5**】 选区的羽化。

① 打开图像(sc3-7)。

② 利用前面介绍的任何一种创建选区工具制作一个封闭的选区,执行"选择"|"羽化"菜单命令,打开"羽化选区"对话框,如图 3.32 所示。在"羽化半径"文本框中输入羽化半径值,单击"确定"按钮。羽化前如图 3.33 所示,羽化后如图 3.34 所示。

图 3.32 "羽化选区"对话框

图 3.33 选区羽化前

图 3.34 选区羽化后

2. 选区的移动(注意与选区内图像移动的区别)

选区的移动分为两种情况:仅移动选区的虚线边框和移动选区中的图像。如果只想移动选区,当选区创建后,利用键盘上的 4 个方向键,就可以上、下、左、右4 个方向移动选区,那么选区将以一个像素一个像素的距离移动,按住 Shift 键,再按方向键,则选区是以 10 个像素移动。利用任意选框工具也可以移动选区。

【**实例 3-6**】 选区移动。

① 打开图像(sc3-8)。

② 选中选框工具,将鼠标移动到选区内,当鼠标变成形状时,按住左键拖曳,可以移动选区的虚线边框,如图 3.35 为创建的选区,如图 3.36 为选区边框移动后的效果。

③ 如果选区创建后,选择工具箱中的"移动工具",然后将鼠标置于选区之上,再按住鼠标左键拖曳,

图 3.35 选区移动前

选区中的图像将随鼠标一起移动,如图 3.37 为使用移动工具移动选区后的效果。

图 3.36　选区移动后　　　　　　　　　　图 3.37　使用移动工具移动选区

3. 扩大选取与选取相似

执行"选择"|"扩大选取"菜单命令,在原选区的基础上,依据魔术棒的容差值,向相邻区域扩大选区。

执行"选择"|"选取相似"菜单命令,在原选区的基础上,依据魔术棒的容差值,将图像区域中所有颜色在容差范围内的区域变为选区。

【实例 3-7】　扩大选取。

① 打开图像(sc3-9)。使用魔棒工具在沙丘右上部单击,得到如图 3.38 所示的初始选区,然后执行"选择"|"扩大选取"菜单命令,图 3.39 是执行了"扩大选取"菜单命令后的选区。

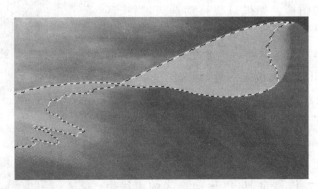

图 3.38　初始选区

② 执行"选择"|"选取相似"菜单命令。如图 3.40 是执行了"选取相似"命令后的选区。

4. 选区的反选

在某些情况下,要选取的图像边缘较为复杂,而它与周围对比鲜明,可以先选择周围的

图 3.39　扩大后选区

图 3.40　选取相似

图像再通过执行"选择"|"反选"菜单命令或按 Ctrl＋Shift＋I 键反选来达到目的,如图 3.41 所示的小鸭,可用魔棒工具选取其周围的白色,再反选小鸭,如图 3.42 所示。

图 3.41　反选之前

图 3.42　反选之后

5. 取消选区与选取全部

在图像编辑的过程中,选区有时不需要存在,所以可以利用快捷键 Ctrl＋D 来取消选区。可以利用快捷键 Ctrl＋A 选取全部图像。

6. 选区的修改

在 Photoshop 的"选择"菜单中,提供了修改选区的 4 种方式:边界、平滑、扩展和收缩。

(1) 边界。执行"选择"|"修改"|"边界"菜单命令,打开"边界选区"对话框,如图 3.43 所示。在"宽度"文本框中输入选区边缘的像素宽度。选区在执行了边界命令后,实际上是以原选区为中心线,向周围扩展了"宽度"项设置的像素宽度,成为一个新的选区。如图 3.44 所示是执行扩边 15 个像素后的选区。

图 3.43　扩展前　　　　　　　　　　　图 3.44　选区扩展之后

(2) 平滑。执行"选择"|"修改"|"平滑"菜单命令,打开"平滑选区"对话框,在"取样半径"文本框中输入取样半径的值,如图 3.45 所示。执行了平滑命令后,原选区的边缘尖锐部分变得圆滑了。如图 3.46 是执行平滑命令后的选区。

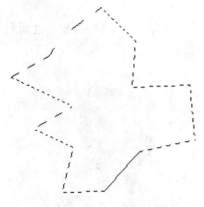 

图 3.45　选区平滑之前　　　　　　　　　图 3.46　选区平滑之后

(3) 扩展。执行"选择"|"修改"|"扩展"菜单命令,打开"扩展选区"对话框,在"扩展量"文本框中输入选区边缘的扩展像素值,如图 3.47 所示。执行扩展命令后,原选区的边缘向外扩大了,如图 3.48 是执行了扩展 25 像素后的选区。

(4) 收缩。执行"选择"|"修改"|"收缩"菜单命令,打开"收缩选区"对话框,在"收缩量"文本框中输入收缩值,如图 3.49 所示。执行了收缩命令后,原选区的边缘向内收缩了,如图 3.50 是执行了收缩 10 个像素后的选区。

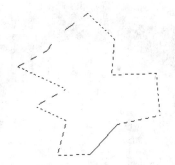

图 3.47　选区扩展之前

图 3.48　选区扩展之后

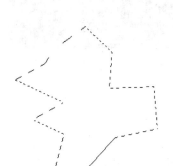

图 3.49　选区收缩之前

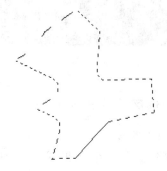

图 3.50　选区收缩之后

7．选区的变形

自由变换、旋转、翻转选区的具体操作步骤如下。

选区的自由变换。选取一个选区，执行"选择"|"变换选区"菜单命令，进入选区的自由变换状态，如图 3.51 所示。用户可以任意改变选区的大小，如图 3.52 所示，调整位置后如图 3.53 所示，调整角度后如图 3.54 所示。

图 3.51　选区变换前

图 3.52　单击"变换选区"工具后

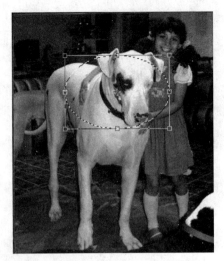

图 3.53　选区缩小后　　　　　　　　　图 3.54　选区旋转

3.2.3　选区的基本应用

1. 填充选区

　　选区绘制完成后，如果需要进行选区的填充，可以执行"编辑"|"填充"菜单命令。选择此命令后将出现如图 3.55 所示的对话框。在"使用"下拉列表框中，可以选择"前景色"或者"背景色"填充，也可以使用"颜色"、"黑色"、"50％灰色"、"白色"、"图案"或历史记录调板中的快照状态填充当前选择区域，还可以在"不透明度"文本框中设置不透明度；在"模式"下拉列表框中设置混合模式。

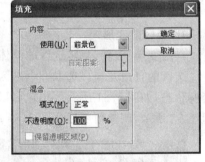

图 3.55　"填充"对话框

　　【实例 3-8】　填充选区。

　　① 新建文件，大小为宽 800 像素高 1000 像素。

　　② 选择矩形选框工具，拖曳鼠标，在图中间绘制出一个矩形选区，如图 3.56 所示。

　　③ 执行"选择"|"修改"|"边界"菜单命令，在弹出的对话框中输入 30，如图 3.57 所示，得到如图 3.58 所示选区。

图 3.56　矩形选区　　　　图 3.57　"边界选区"对话框　　　　图 3.58　边界后选区

④ 执行"编辑"|"填充"菜单命令,在弹出的如图3.59所示对话框中,内容使用"图案",在自定图案中任意选择一种。按Ctrl+D键取消选区,得到如图3.60所示图案。

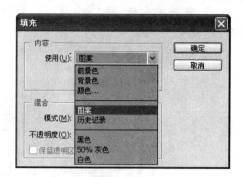

图3.59 "填充"对话框

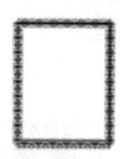

图3.60 填充选区

2. 描边选区

执行"编辑"|"描边"菜单命令,允许用当前的前景色在选区周围加上边界或轮廓。执行"描边"菜单命令后,弹出如图3.61所示的对话框。在"颜色"中可以进行颜色的设置;在"宽度"中进行描边宽度的设置,单位为像素,输入的数值可以是1~16的整数,包括1和16;在"位置"中可以选择沿选区进行描边的位置,分别为"内部"、"居中"和"居外";在"模式"中进行模式选择;在"不透明度"中进行描边百分比选择;选择"保留透明区域"后,可以将图像中的透明区域进行保护。

3. 选区内图像的移动和复制

利用工具箱中的移动工具就可以移动选区内的图像。

图3.61 "描边"对话框

【实例3-9】 选区图像的复制。

① 打开图像(sc3-12-1),如图3.62所示。

② 打开图像(sc3-12-2),如图3.63所示。

图3.62 sc3-12-1

图3.63 sc3-12-2

③ 将 sc3-12-1 设为当前图像。利用魔棒工具,将显示器调板部分选中,如图 3.64 所示。

④ 将 sc3-12-2 设为当前图像。按 Ctrl＋A 键,将该图全选,按 Ctrl＋C 键,复制选区。再回到 sc3-12-1,执行"编辑"|"贴入"菜单命令,可以用移动工具调整图像位置得到如图 3.65 所示效果。

图 3.64　选中显示器调板　　　　　　　图 3.65　贴入图像

4. 定义图案

前面介绍了用图案填充选区,而在 Photoshop CS4 中自带的图案有限,在很多情况下需要特殊的图案,这就需要自己定义图案。首先选中需要定义图案的区域,执行"编辑"|"定义图案"菜单命令即可。

注意:定义图案的区域必须是矩形区域。

【**实例 3-10**】　自定义图案。

① 打开图像(sc3-13)如图 3.66 所示。

② 全选图像或者利用矩形选框工具选中一个区域。执行"编辑"|"定义图案"菜单命令,出现如图 3.67 所示对话框。在对话框内输入名称"水滴"。

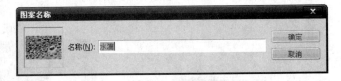

图 3.66　水滴　　　　　　　　　图 3.67　"图案名称"对话框

③ 引用实例 3-8 中图 3.60,对其执行"编辑"|"填充"菜单命令,在出现的"填充"对话框中,内容使用"图案",在自定图案中就会看到刚刚定义的"水滴"图案,选择水滴,按 Ctrl＋D 键,取消选区,得到如图 3.68 所示图案。

3.2.4　制作边框字

【**实例 3-11**】　制作边框字。

边框字是制作海报宣纸作品时常用到的一种特效文字。它利用边框与文字在颜色上的反差,达到突出文字的特殊效果,如图 3.69 所示。

图 3.68　使用"水滴"图案的效果

图 3.69　效果图

① 执行"文件"|"新建"菜单命令,建立一个 12cm×6cm 的 RGB 图像文件。

② 使用文本工具在新图像中输入"边框字"3 个字,大小为 120。

③ 执行"图层"|"栅格化"|"文字"菜单命令,将文字图层栅格化。

④ 按住 Ctrl 键,在图层调板中单击文本层预览图,装入对象框(即将文字选中)。

⑤ 在工具箱中双击线型渐变工具,在弹出的渐变编辑器中选择彩虹颜色条,如图 3.70 所示。

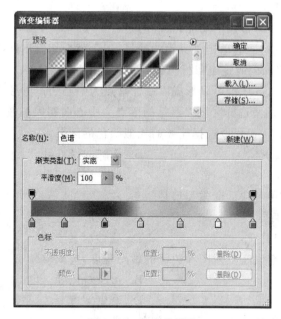
图 3.70　渐变编辑器

⑥ 使用渐变工具在图像中从左至右拖曳,对文字着色,如图 3.71 所示。

⑦ 执行"选择"|"修改"|"扩展"菜单命令,将对象框扩大 6 个像素,如图 3.72 所示。

⑧ 执行"选择"|"修改"|"边界"菜单命令,设置对象框边界为 1 个像素。

⑨ 在渐变编辑器中选择铜色,然后使用渐变工具从上至

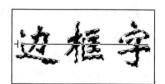
图 3.71　对文字着色

下拖曳,给边框着色,如图 3.73 所示。

图 3.72 边界扩展

图 3.73 给边框着色

⑩ 按 Ctrl＋D 键取消选区,然后将图层进行合并,完成边框字的制作。

小结:边框字主要是使用"选择"|"修改"菜单命令,对文字对象框进行扩大及设置边界,然后使用渐变工具进行着色而得到。

习　题

一、选择题(下列选择题有一个或多个选项正确)

1. 下面选项属于规则选择工具的是(　　　)。
　　A. 矩形工具　　　　　　　　　　　B. 椭圆形工具
　　C. 魔术棒工具　　　　　　　　　　D. 套索工具

2. 下面是创建选区时常用的功能,正确的是(　　　)。
　　A. 按住 Alt 键的同时单击工具箱的选择工具,就会切换不同的选择工具
　　B. 按住 Alt 键的同时拖曳鼠标可得到正方形的选区
　　C. 按住 Alt 和 Shift 键可以形成以鼠标落点为中心的正方形和正圆形的选区
　　D. 按住 Shift 键使选择区域以鼠标的落点为中心向四周扩散

3. 下列工具中,(　　　)可以选择连续的相似颜色的区域。
　　A. 矩形选择工具　　　　　　　　　B. 椭圆选择工具
　　C. 魔术棒工具　　　　　　　　　　D. 磁性套索工具

4. 在"套索工具"中包含的套索类型是(　　　)。
　　A. 自由套索工具　　　　　　　　　B. 多边形套索工具
　　C. 矩形套索工具　　　　　　　　　D. 磁性套索工具

5. 为了确定磁性套索工具对图像边缘的敏感程度,应调整(　　　)。
　　A. 容差　　　　　　　　　　　　　B. 边缘对比度
　　C. 颜色容差　　　　　　　　　　　D. 套索宽度

6. 在"色彩范围"对话框中,为了调整颜色的范围,应当调整(　　　)。
　　A. 反相　　　　　　　　　　　　　B. 消除锯齿
　　C. 颜色容差　　　　　　　　　　　D. 羽化

7. 下列选项中,(　　　)是"色彩范围"对话框中提供的"选区预览"方式。
　　A. 灰度　　　　　　　　　　　　　B. 黑色杂边
　　C. 白色杂边　　　　　　　　　　　D. 灰度杂边

8. 下列工具中,(　　　)可以在"选项"调板中使用选区运算。
　　A. 矩形选框工具　　　　　　　　　B. 单行选框工具

C. 自由套索工具　　　　　　　　D. 喷枪工具

9. "修改"菜单命令是用来编辑已经做好的选择范围,它提供的功能是(　　　)。

A. 扩边　　　　　B. 扩展　　　　　C. 收缩　　　　　D. 羽化

10. 变换选区命令可以对选择范围进行(　　　)编辑。

A. 缩放　　　　　B. 变形　　　　　C. 不规则变形　　D. 旋转

二、问答题

1. 选取工具都包含哪些？如何使用？

2. 简述选区对于图像处理的重要性。

第4章 路　　径

在图像处理过程中,路径工具的应用非常广泛,特别是在特殊图像的选取和各种特殊效果的绘制方面,路径工具具有较强的灵活性。本章将对路径的使用进行详细的介绍。

【知识要点】

(1) 路径基本概念;

(2) 路径的基本操作;

(3) 路径与选区的转换;

(4) 填充、描边路径;

(5) 路径上环绕文字。

4.1　什么是路径

"路径"(Paths)在 Photoshop 中是使用贝塞尔曲线所构成的一段闭合或者开放的曲线段。可以沿着这些线段或曲线填充颜色、进行描边,从而绘制出图像,另外还可以通过绘制路径获得选区,该方法常常用于选取图像的操作。

路径的基础是"贝塞尔曲线",任意形状的一段曲线都可以使用 4 个点来控制,如图 4.1 所示。在这 4 个点中,有两个控制点位于曲线的端点处,称为"锚点";而另外两个点通过方向线和锚点相连,称为"方向点",方向线的斜率和长度控制曲线的形状,如图 4.2 所示。

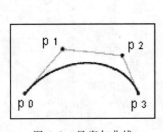

图 4.1　贝塞尔曲线

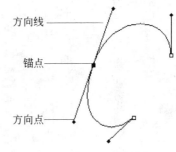

图 4.2　路径构成

路径的本质是一些矢量式的线条,因此,无论将路径缩小或放大,都不会影响其分辨率或平滑程度。

4.2　路径的基本操作

Photoshop 中的路径是使用钢笔工具绘制的线段和使用自由钢笔工具绘制的图形。与路径创建、编辑及选择有关的工具均被集中到了钢笔工具组和路径选择工具组中,如图 4.3 所示。

4.2.1 直线路径

使用钢笔工具可以绘制的最简单的线条是直线。绘制直线路径步骤如下。

(1) 新建一个图像文件。

(2) 选中工具箱中的钢笔工具，在选项栏中选择第二种绘图方式（路径）。钢笔工具选项栏如图4.4所示。

图4.3　钢笔工具组和路径选择工具组

图4.4　钢笔工具选项栏

(3) 将钢笔的笔尖放在要绘制直线的开始点，通过单击鼠标左键确定第一个锚点，如图4.5所示。

(4) 单击图像上另一点，两点之间就会连成一条直线，如图4.6所示。如按住Shift键，可以让所绘制的点与上一个点保持45°的整数倍夹角。

图4.5　绘制直线起点

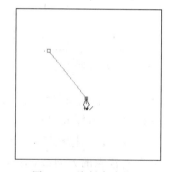

图4.6　绘制直线终点

(5) 要结束一个开放的路径，按住Ctrl键的同时单击路径外任意位置即可。或按下Esc键，此时钢笔光标右下角出现一个"×"符号表示路径绘制结束。

(6) 如果要绘制封闭路径，则当起点和终点重合时，钢笔工具光标右下角会出现一个小圆圈，如图4.7所示。这时单击鼠标，即可结束封闭路径的绘制，如图4.8所示。

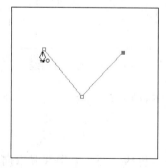

图4.7　绘制封闭路径

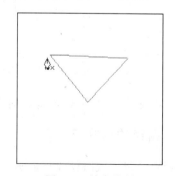

图4.8　结束绘制

4.2.2　曲线路径

绘制曲线路径的步骤如下。

（1）新建一个图像文件。

（2）选中工具箱中的钢笔工具，在选项栏中选择第二种绘图方式![icon]（路径）。

（3）在曲线开始的位置单击并向希望曲线延伸的方向拖曳鼠标，出现第一个锚点，如图 4.9 所示。

（4）释放鼠标，在第一个锚点的右上方单击下一个点并拖曳，在两点之间会出现曲线段，如图 4.10 所示。曲线段的形状由方向线的长度和斜率控制。

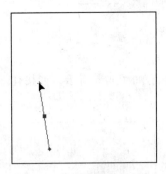

图 4.9　绘制曲线路径起点

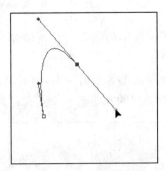

图 4.10　绘制第二个锚点

（5）要绘制平滑曲线的下一段，请将指针定位在下一段的终点，并向曲线外拖曳。要急剧改变曲线的方向，请释放鼠标按钮，然后按住 Alt 键沿曲线方向拖曳方向点，如图 4.11 所示。松开 Alt 键以及鼠标按钮，将指针重新定位在曲线段的终点，并向相反方向拖曳以完成曲线段。要间断锚点的方向线，请按住 Alt 键并单击方向线，如图 4.12 所示。

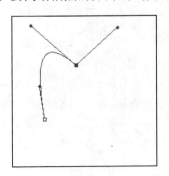

图 4.11　拖曳方向点

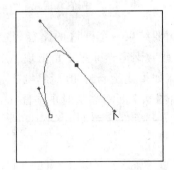

图 4.12　间断方向线

（6）释放鼠标，按住 Ctrl 键同时单击路径外任意位置，结束路径绘制。

4.2.3　路径的选择与移动

选择路径组件或路径段将显示选中部分的所有锚点，包括全部的方向线和方向点（如果选中的是曲线段）。方向点显示为实心圆，选中的锚点显示为实心方形，而未选中的锚点显示为空心方形。

要选择路径，单击工具箱中的路径选择工具，并单击路径组件中的任何位置。如果路径由几个路径组件组成,则只有指针所指的路径组件被选中。要选择其他的路径,按住Shift 键并选择其他的路径。

选择的路径将显示选中部分的所有锚点,如图 4.13 所示。使用鼠标拖曳选择的路径,就可以移动选择的路径。

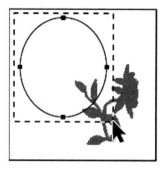

图 4.13　选择路径并拖曳到新位置

4.2.4　路径的复制

在"路径"调板中单击路径名。

执行下列操作之一。

(1) 将路径拖曳到"路径"调板底部的"创建新路径"图标 中。

(2) 从"路径"调板的菜单中选取"复制路径"。

(3) 在"路径"上右击,从弹出的快捷菜单中选取"复制路径"。

复制路径时会弹出"复制路径"对话框,如图 4.14 所示。如果要给复制后的路径命名,可以在"名称"输入框中填上路径名称。

图 4.14　"复制路径"对话框

4.2.5　路径与子路径

在 Photoshop 中,一个路径可以包含多个子路径。每次绘制一系列相连的直的或平滑的线段都是子路径。您可以创建几个子路径,然后在"路径"调板中将它们存储为单个路径。要创建其他的子路径,闭合或结束当前子路径,然后重新开始绘制,创建新的、不相连的线段。

使用钢笔工具绘制路径时,子路径可以互相剪裁,在选项栏有 5 个选项按钮:

(1) 创建新的形状图层;

(2) 添加到路径区域;

(3) 从路径区域减去;

(4) 交叉路径区域;

(5) 重叠路径区域除外。

使用 从路径区域减去绘制两个圆角矩形,效果如图 4.15 所示。如使用 交叉路径区域进行绘制,效果如图 4.16 所示。

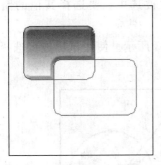

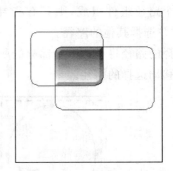

图 4.15　从路径区域减去　　　　　　　　　图 4.16　交叉路径区域

4.2.6　路径的连接

一个路径可以包含多个子路径,如子路径为开放路径,如图 4.17(a)所示,路径的连接步骤如下。

(1) 使用钢笔工具将指针定位到要连接到另一条路径的开放路径的端点上。当将指针准确地定位到端点上方时,指针将发生变化,如图 4.17(a)所示。

(2) 单击此端点,如图 4.17(b)所示。

(3) 请执行以下任意一个操作。

① 将此路径连接到另一条开放路径,请单击另一条路径上的端点。如果将钢笔工具精确地放在另一个路径的端点上,指针旁边将出现小合并符号🖊,如图 4.17(c)所示。

② 若要将新路径连接到现有路径,可在现有路径旁绘制新路径,然后将钢笔工具移动到现有路径的端点。当看到指针旁边出现小封闭符号时,单击该端点。

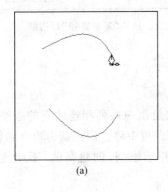

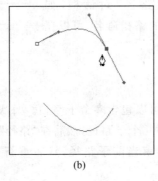

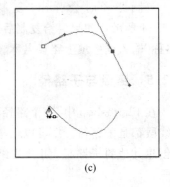

(a)　　　　　　　　　　　(b)　　　　　　　　　　　(c)

图 4.17　路径的连接

4.2.7　路径的调整

初步绘制的路径往往不符合要求,需要对路径进行进一步的调整和修改。主要包括调整路径的形状,添加、删除锚点,转换锚点等。

1. 调整曲线路径的形状的步骤

(1) 使用直接选择工具,选择一条曲线段或曲线段任意一个端点上的一个锚点。如果存在任何方向线,则将显示这些方向线。

（2）请执行以下任意一个操作。

① 要调整段的位置，请拖曳此段。按住 Shift 键拖曳可将调整限制为 45°的倍数，如图 4.18 所示。

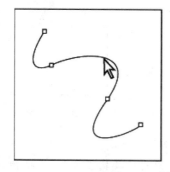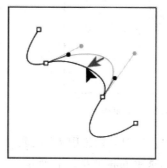

图 4.18　调整段的位置

② 要调整所选锚点任意一侧线段的形状，拖曳此锚点或方向点。按住 Shift 键拖曳可将移动约束到 45°的倍数，如图 4.19 所示。

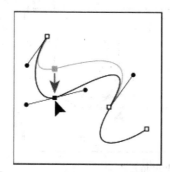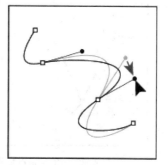

图 4.19　调整锚点的位置

2．添加、删除锚点

添加锚点可以增强对路径的控制，也可以扩展开放路径。但最好不要添加多余的点。点数较少的路径更易于编辑、显示和打印。可以通过删除不必要的点来降低路径的复杂性。

工具箱包含用于添加或删除点的 3 种工具：钢笔工具、添加锚点工具和删除锚点工具。

默认情况下，当您将钢笔工具定位到所选路径上方时，它会变成添加锚点工具；当将钢笔工具定位到锚点上方时，它会变成删除锚点工具。

添加或删除锚点的步骤如下。

（1）选择要修改的路径。

（2）选择钢笔工具、添加锚点工具或删除锚点工具。

（3）若要添加锚点，请将指针定位到路径段的上方，如图 4.20 所示，然后单击鼠标。若要删除锚点，请将指针定位到锚点的上方，如图 4.21 所示，然后单击鼠标。

3．转换锚点

（1）选择要修改的路径。

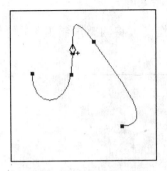

图 4.20　添加锚点

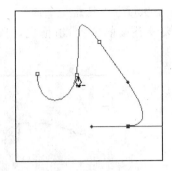

图 4.21　删除锚点

（2）选择转换点工具，或使用钢笔工具并按住 Alt 键。

注意：要在已选中直接选择工具的情况下启动转换锚点工具，请将指针放在锚点上，然后按 Ctrl＋Alt 组合键。

（3）将转换点工具放置在要转换的锚点上方，然后执行以下操作之一。

① 要将角点转换成平滑点，请向角点外拖曳，使方向线出现，如图 4.22 所示。

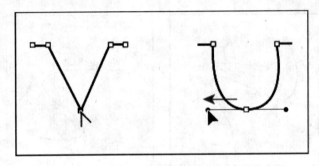

图 4.22　将方向点拖曳出角点以创建平滑点

② 如果要将平滑点转换成没有方向线的角点，单击平滑点，如图 4.23 所示。

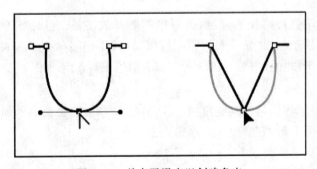

图 4.23　单击平滑点以创建角点

③ 要将没有方向线的角点转换为具有独立方向线的角点，请首先将方向点拖曳出角点（成为具有方向线的平滑点）。仅松开鼠标按钮（不要松开激活转换锚点工具时按下的任何键），然后拖曳任意一个方向点。

④ 如果要将平滑点转换成具有独立方向线的角点，请单击任意一个方向点，如图 4.24 所示。

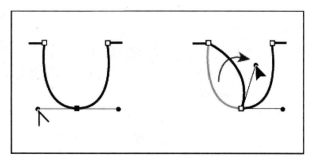

图 4.24 将平滑点转换为角点

4.2.8 "路径"调板

执行"窗口"|"路径"菜单命令,可弹出"路径"调板,单击"路径"调板右上角的黑三角按钮,将弹出路径命令菜单,如图 4.25 所示。利用菜单中的命令对路径进行路径的新建、复制、填充、描边等操作。

图 4.25 "路径"调板

- ● 用前景色填充路径。
- ○ 用画笔描边路径。
- ○ 将路径作为选区载入。
- 从选区生成工作路径。
- 创建新路径。
- 删除当前路径。

4.3 路径与选区的转换

1. 路径转换为选区

封闭的路径可以创建选区。在"路径"调板中选择路径,按住 Alt 键并单击"路径"调板底部的"将路径作为选区载入"按钮 ○。在弹出的"建立选区"对话框中设置好参数后,单击"确定"按钮,如图 4.26 所示。

图 4.26 "建立选区"对话框

（1）羽化半径。定义羽化边缘在选区边框内外的伸展距离。输入以像素为单位的值。

（2）消除锯齿。在选区中的像素与周围像素之间创建精细的过渡。确保"羽化半径"设置为 0。

（3）新建选区。只选择路径定义的区域。

（4）添加到选区。将路径定义的区域添加到原选区中。

（5）从选区中减去。从当前选区中移去路径定义的区域。

（6）与选区交叉。选择路径和原选区的共有区域。如果路径和选区没有重叠,则不会选择任何内容。

2. 选区转换为路径

使用选择工具创建的任何选区都可以定义为路径。执行"建立工作路径"菜单命令可以消除选区上应用的所有羽化效果。它还可以根据路径的复杂程度和您在"建立工作路径"对话框中选取的容差值来改变选区的形状。

（1）建立选区，然后执行下列操作之一。

① 单击"路径"调板底部的"建立工作路径"按钮 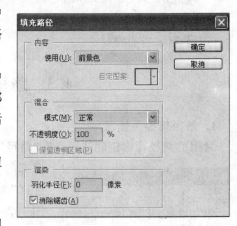 以使用当前的容差设置，而不打开"建立工作路径"对话框。

② 按住 Alt 键并单击"路径"调板底部的"建立工作路径"按钮。

③ 从"路径"调板的菜单中选取"建立工作路径"。

（2）在"建立工作路径"对话框中，输入容差值，或使用默认值。容差值的范围为 0.5～10 像素，用于确定"建立工作路径"菜单命令对选区形状微小变化的敏感程度。容差值越高，用于绘制路径的锚点越少，路径也越平滑。

（3）单击"确定"按钮。路径出现在"路径"调板的底部。

4.4 填 充 路 径

使用钢笔工具创建的路径只有在经过描边或填充处理后，才会成为像素。执行"填充路径"菜单命令，可使用指定的颜色、图像状态、图案或填充图层来填充路径。

如用当前前景色填充路径，在"路径"调板中选择路径，然后单击"路径"调板底部的"填充路径"按钮。

如需填充路径时指定选项，在"路径"调板中选择路径，按住 Alt 键，然后单击"路径"调板底部的"填充路径"按钮。会弹出"填充路径"对话框，如图 4.27 所示。

设置好对话框中的参数后，单击"确定"按钮即可。

（1）使用。选取填充内容。

（2）模式。选取填充的混合模式。"模式"列表中提供了"清除"模式，使用此模式可抹除为透明。必须在背景以外的图层中工作才能使用该选项。

图 4.27 "填充路径"对话框

（3）不透明度。指定填充的不透明度。要使填充更透明，请使用较低的百分比。100％的设置使填充完全不透明。

（4）保留透明区域。选取"保留透明区域"仅限于填充包含像素的图层区域。

（5）羽化半径。定义羽化边缘在选区边框内外的伸展距离。输入以像素为单位的值。

（6）消除锯齿。通过部分填充选区的边缘像素，在选区的像素和周围像素之间创建精细的过渡。

4.5 描边路径

"描边路径"菜单命令可用于绘制路径的边框。"描边路径"菜单命令可以沿任何路径创建绘画描边（使用绘画工具的当前设置）。这和"描边"图层的效果完全不同，它并不模仿任何绘画工具的效果。

如用当前画笔描边路径，在"路径"调板中选择路径，单击"路径"调板底部的"描边路径"按钮○。每次单击"描边路径"按钮都会增加描边的不透明度，在某些情况下使描边看起来更粗。

如描边路径未指定选项，在"路径"调板中选择路径。选择要用于描边路径的绘画或编辑工具。设置工具选项，并从选项栏中指定画笔。在打开"描边路径"对话框之前，必须指定工具的设置。按住 Alt 键并单击"路径"调板底部的"描边路径"按钮○。会弹出"描边路径"对话框，如图 4.28 所示。

图 4.28 "描边路径"对话框

设置好对话框的参数后，单击"确定"按钮。

4.6 在路径上环绕文字

可以输入沿着用钢笔或形状工具创建的工作路径的边缘排列的文字。

当沿着路径输入文字时，文字将沿着锚点被添加到路径的方向排列。在路径上输入横排文字会导致字母与基线垂直。在路径上输入直排文字会导致文字方向与基线平行。

当移动路径或更改其形状时，文字将会适应新的路径位置或形状。

沿着路径输入文字操作步骤如下。

（1）执行下列操作之一。

① 选择横排文字工具**T**或直排文字工具**⫼T**。

② 选择横排文字蒙版工具**⫸**或直排文字蒙版工具**⫼T**。

（2）定位指针。使文字工具的基线指示符✗位于路径上，然后单击，路径上会出现一个插入点，如图 4.29 和图 4.30 所示。

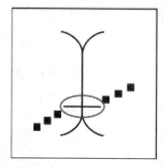

图 4.29 文字工具的基线指示符

图 4.30 基线指示符位于路径上的文字工具

（3）输入文字。横排文字沿着路径显示，与基线垂直。直排文字沿着路径显示，与基线平行。

如需改变文字路径的形状，选择直接选择工具，单击路径上的锚点，然后使用手柄改变路径的形状即可。

如需移动文字路径，选择路径选择工具或移动工具，然后单击并将路径拖曳到新的位置。如果使用路径选择工具，请确保指针未变为带箭头的I型光标，否则，将会沿着路径移动文字。

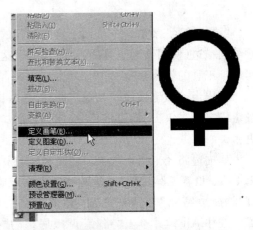

图 4.31　绘制图案

【实例 4-1】　路径描边做四方连续。

① 绘制图案，执行"编辑"|"定义画笔"菜单命令，如图 4.31 所示。

② 绘制路径，并新建图层，如图 4.32 所示。

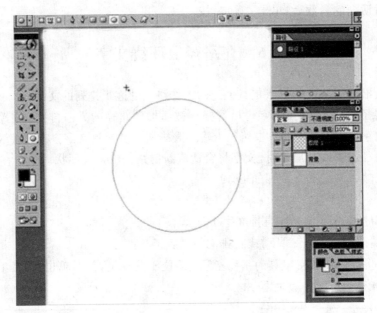

图 4.32　绘制路径并新建图层

③ 调整笔刷参数，如图 4.33 所示。

④ 单击"路径"调板上的"描边"按钮，效果如图 4.34 所示。但图案都是沿页面方向垂直的。

⑤ 调整画笔参数，如图 4.35 所示。

⑥ 再次描边的效果如图 4.36 所示。

⑦ 将该层复制，并用"自由变换"缩放至合适大小，如图 4.37 所示。

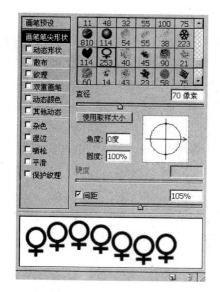

图 4.33　调整笔刷参数

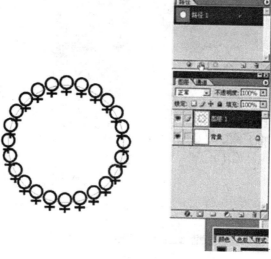

图 4.34　描边

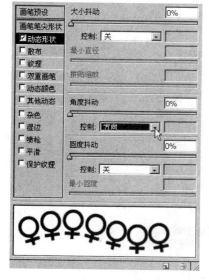

图 4.35　调整画笔参数

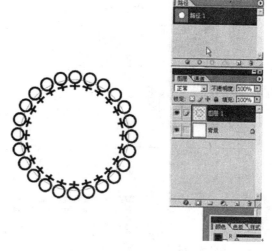

图 4.36　再次描边的效果

⑧ 双击应用变换。按 Shift＋Ctrl＋Alt＋T 组合键,重复复制上次变换。效果如图 4.38 所示。

⑨ 将除背景层外的所有图层合并。并将该层复制。按 Ctrl＋T 组合键,将变换的中心点移至图示位置,并旋转 90°,如图 4.39 所示。

⑩ 双击应用变换。按 Shift＋Ctrl＋Alt＋T 组合键重复复制上次变换。效果如图 4.40 所示。

⑪ 将除背景层的所有图层合并。按 Ctrl＋T 组合键调出变换调节框。按 Ctrl＋R 组合键,调出标尺。在水平和垂直方向各拉出一条参考线。按 Ctrl＋T 组合键调出变换调节框的目的是更方便地找到图像的中心点。效果如图 4.41 所示。

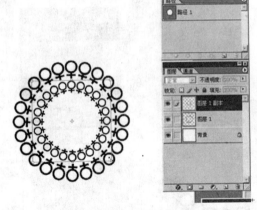

图 4.37　自由变换的效果

图 4.38　重复自由变换的效果

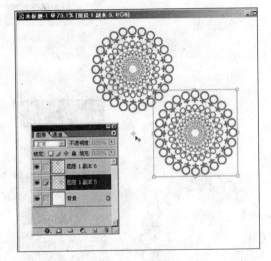

图 4.39　图层合并

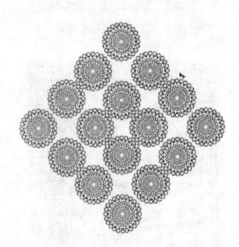

图 4.40　重复变换效果

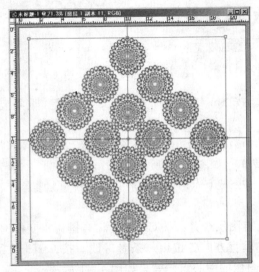

图 4.41　除背景层外图层合并效果图

⑫ 选择矩形选框工具,按 Alt＋Shift 组合键以参考线的交会处为中心绘制正方形选区。并将其定义成图案,如图 4.42 所示。

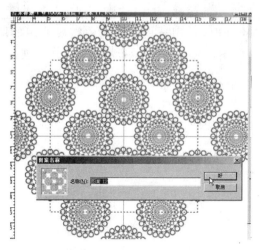

图 4.42　执行矩形选框工具后的效果图

⑬ 填充后的效果如图 4.43 所示。可以用填充图层,好处就是可以调整图案的大小。

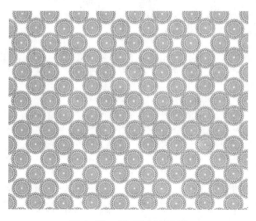

图 4.43　填充后的效果

习　题

一、选择题(下列选择题有一个或多个选项正确)

1. 如需要将路径转换为选区,可单击"路径"调板中的(　　)按钮。

A. 　　　　B. 　　　　C.

2. 按住(　　)键不放,再拖曳路径,即可复制当前路径。

A. Alt　　　　B. Shift　　　　C. Ctrl　　　　D. Delete

3. 以下可以编辑路径的工具有(　　)。

A. 钢笔　　　　B. 铅笔　　　　C. 直接选择工具　D. 转换点工具

二、填空题

1. 将路径转化成选区的快捷方式为_____＋_____组合键。

2. 路径即是一个_____的轮廓,它可以是一个点、一条_____或者一段_____。

3. 当使用图案填充路径时,先用选框工具选取需要使用的图案,然后执行"编辑"|
"_____"菜单命令定义图案,定义好后再执行_____命令进行填充路径操作。

第5章 文字基础

文字是平面设计作品的一个重要组成部分,它不仅可以传达信息,而且还可以起到美化版面、强化主题的作用。Photoshop 中的文字由基于矢量的文字轮廓(即以数学方式定义的形状)组成,这些形状用以描述某种字样的字母、数字和符号。Photoshop 中所创建的文字是由像素组成的,具有基于矢量边缘的轮廓,因此在缩放文字调整大小时可以保持清晰的边缘。本章将讲述如何在 Photoshop 中创建文字,以及创建后的文字修改和编辑的方法。

【知识要点】

(1) 创建文字;

(2) 文字的修改;

(3) 创建阴影文字和图像文字;

(4) 在路径上环绕文字。

5.1 创 建 文 字

Photoshop 中的文字有多种分类方法。从文字的创建内容上分,可以分为点文字、段落文字和路径文字;从文字的排列方式上分,可以分为横排文字和直排文字;从文字的类型上分,可以分为文字和文字蒙版;从文字的样式上分,则可以分为普通文字和变形文字。Photoshop 的文字工具组如图 5.1 所示。

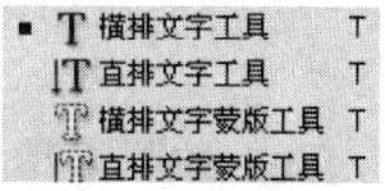

图 5.1　文字工具组

不管创建何种类型的文字,都需要使用文字工具,文字工具的选项栏如图 5.2 所示。

图 5.2　文字工具选项栏

各项含义如下。

(1) ：可以将当前正在编辑的文本在水平排列状态和垂直排列状态之间进行切换。

(2) ：用于设置文字的字体。单击右侧的 ，在打开的下拉列表框中选择需要的字体。

(3) ：用于设置文字字体的大小。单击右侧的 ,在打开的下拉列表框中选择需要的字体大小,也可以直接输入字体大小的值。

(4) ：用于设置是否消除文字锯齿以及使用何种方式来消除锯齿。Photoshop 可以通过部分地填充边缘像素来产生边缘平滑的文字,这样,文字边缘就会混合到背景中。

(5) ：用于设置文字的对齐方式。

(6) ：用于显示和设置文字的颜色。单击该按钮,可以打开"拾色器"对话框,从中选取字体的颜色。

（7）![icon]：用于创建变形文字。单击该按钮，可以打开"变形文字"对话框，从中可选择文字所需变形的形状。

（8）![icon]：单击该按钮，可以打开"字符"和"段落"调板，用于设置字符和段落的属性。

（9）![icon]：单击该按钮，可以取消对当前文本的所有编辑操作。

（10）![icon]：单击该按钮，可以完成当前文本的编辑。

5.1.1　点文字和段落文字

在 Photoshop 中，使用文字工具创建文本有"点文字"和"段落文字"两种方式。所谓"点文字"是用文字光标在页面中单击后输入的文字；"段落文字"是单击文字光标，在页面中拖曳，创建一个段落文本框后再输入文字。

点文字的文字行是独立的，文字行的长度随着文本的增加而增长，但是不会自动换行。因此，点文字对于输入一个字符或者一行字符很有用。如果在输入点文字时需要换行，必须按 Enter 键。

段落文字与点文字的最大区别在于，当输入的文字长度到达段落文本框的边缘时，文字自动换行。因此，段落文字对于一个或者多个段落形式输入文字并设置格式非常适用。

【实例 5-1】　创建点文字。

① 打开一个要输入文字的图像文件或者新建一个图像文件，如图 5.3 所示。

② 选择一个文字工具，如选择"横排文字工具"。

③ 将鼠标指针移动至图像窗口处，单击要输入文字的位置，如图 5.4 所示。

图 5.3　打开一个图像文件　　　　　　图 5.4　确定输入文字的位置

④ 进入文字编辑状态后，输入文字，在"图层"调板中可以看到 Photoshop 自动建立了一个新的文本图层，如图 5.5 所示。在输入文字的过程中，可以利用文字工具选项框中的工具调整文字的字号、字体和颜色等。

⑤ 文字输入完毕后，单击工具选项框中的![icon]按钮，确认输入。

【实例 5-2】　创建段落文字。

① 打开一个要输入文字的图像文件或者新建一个图像文件，如图 5.6 所示。

② 选择一个文字工具，如选择"横排文字工具"。

③ 将鼠标指针移动至图像窗口处，在页面中拖曳光标，创建一个段落文字输入框，如

图 5.5　点文字输入示例图

图 5.7 所示。

图 5.6　打开一个图像文件

图 5.7　创建一个段落文字输入框

④ 在文字输入框的左上角有一个闪烁的光标,在光标后输入文字,当输入的文字到达输入框的边缘时,文字会自动换行,如图 5.8 所示。

⑤ 文字输入完毕后,单击工具选项框中的 ✔ 按钮,确认输入。

图 5.8　段落文字输入示例

5.1.2　创建横排和直排文字

横排文字和直排文字工具分别用于输入横排和直排文字。

【**实例 5-3**】　创建横排文字和直排文字。

① 打开一个要输入文字的图像文件或者新建一个图像文件。

② 在工具箱中选择横排文字工具 **T**。

③ 在横排文字工具选项栏中设置参数。

④ 利用横排文字工具在页面中单击插入文本光标(也可用文字光标在页面中拖曳),然后在光标后输入文字。

⑤ 文字输入完毕后,单击工具选项框中的 ✔ 按钮,确认输入,如图 5.9 所示。

创建直排文本的操作方法与创建横排文本相同。单击横排文字工具,在隐藏工具中选择直排文字工具 IT,然后在页面中单击插入文本光标,在光标后输入文字,如图 5.10所示。

图 5.9　创建横排文字

图 5.10　创建直排文字

5.1.3　创建横排和直排文字形状选区

选择横排文字蒙版工具 T 或者直排文字蒙版工具 IT 并在图像窗口中单击即可输入文字选区。选择一个文字蒙版工具后,在画面中单击输入文字即可创建文字选区,也可以使用创建段落文字的方法,在画面中单击并拖曳出一个矩形定界框,在定界框内输入文字创建文字选区。文字选区可以像任何其他选区一样被移动复制、填充或者描边。

图 5.11　打开要创建文字形状选区的图像文件

【实例 5-4】 创建直排文字形状选区。

① 打开一个要创建文字形状选区的图像文件或者新建一个图像文件,如图 5.11 所示。

② 选择工具箱中的直排文字蒙版工具。

③ 在工具属性栏中设置文字的字体、大小等参数,如图 5.12 所示。

图 5.12　设置文字参数

图 5.13　输入文字

④ 单击插入文本光标,在光标后输入文字,如图 5.13所示。

⑤ 调整文字的属性后单击工具选项栏中的提交所有当前编辑按钮 ✓,创建文字选区,如图 5.14 所示。

⑥ 执行“图像”|“调整”|“反相”菜单命令,如图 5.15所示。

⑦ 执行“编辑”|“描边”菜单命令,按照图 5.16 设置参数,然后单击“确定”按钮关闭对话框。按下 Ctrl＋D 组合键取消选择,如图 5.17 所示。

图 5.14　创建文字选区

图 5.15　执行反相后的效果

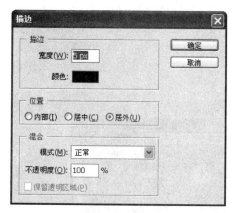

图 5.16　"描边"参数设置

图 5.17　创建直排文字选区效果图

5.2　文字的修改

在 Photoshop 中,输入的点文字和段落文字,都可以使用格式编排选项来指定字体类型、粗细、大小、颜色、字距微调、字距调整以及对齐等字符属性。用户可在输入字符之前就将文字属性设置好,也可以对文字图层中选择的字符重新设置属性,更改它们的外观。

5.2.1　文字的字符属性

在 Photoshop 中,设置文字的属性有两种方式。

(1) 利用文字工具选项栏设置文字的属性。

(2) 使用"字符"调板来设置文字的属性。单击文字工具选项栏中的 ▤ 按钮,打开"字符"调板,如图 5.18 所示,在"字符"调板中设置文字的属性。

文本图层具有反复修改的灵活性,因此当输入的文本内容有错误时,或者要重新设置文本格式时,可以编辑文本的内容。

【实例 5-5】 修改一幅 PSD 格式图片的文字的字符属性。

① 打开一个 PSD 格式且有文字图层的文件,如图 5.19 所示。

② 单击"图层"调板中的文字图层,然后在"字符"调板中进行文字属性的修改,如

图 5.20 所示。

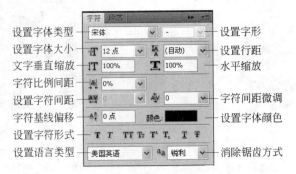

图 5.18 "字符"调板

图 5.19 打开一个格式为 PSD 且有文字图层的文件

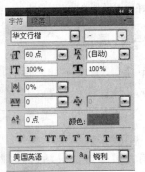

图 5.20 修改文字的字符属性后的效果图

5.2.2 文字的段落属性

"段落"调板可以设置段落文字的格式化选项,如左对齐、居中对齐文本和右对齐文本等,如图5.21所示。

段落对齐方式
段落左缩进设置 ——— 段落右缩进设置
段落首行缩进设置
段落前添加空格 ——— 段落后添加空格

图5.21 "段落"调板

【实例5-6】 修改一幅 PSD 格式图片的文字的段落属性。

- 打开一个 PSD 格式且有段落文字的文件,如图5.22所示。选择横排文字工具将光标移至文字中,单击鼠标设置插入点,可显示文字的定界框,如图5.23所示。

图5.22 打开一个待调整段落属性的文件

图5.23 显示文字的定界框

- 将光标移至定界框右下角的控制点上,单击并拖曳鼠标调整定界框的大小,文字会在调整后的定界框内重新排列。
- 按住 Ctrl 键拖曳控制点,可等比缩放文字,如图5.24所示。
- 将光标移至定界框外,当指针变为弯曲的双向箭头时拖曳鼠标可旋转文字,如图5.25所示。
- 当调整好所有段落属性后,单击工具选项栏中的提交所有当前编辑按钮 ✔ 完成并保存,如图5.26所示。

图5.24 等比例缩放段落文字

图 5.25 旋转段落文字

图 5.26 调整段落属性后的效果

5.2.3 文字的变形

使用变形可以扭曲文字以符合各种形状;例如,可以将文字变形为扇形或波浪形。选择的变形样式是文字图层的一个属性,可以随时更改图层的变形样式以更改变形的整体形状。变形选项可以精确控制变形效果的取向及透视。工具选项栏中的创建文字变形按钮 ，如图 5.27 所示。

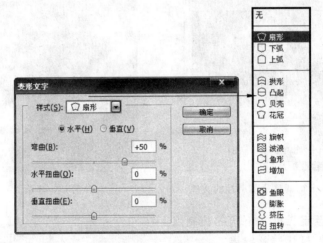

图 5.27 "变形文字"对话框

注意:不能变形包含"仿粗体"格式的文字图层,也不能变形使用不包含轮廓数据的字体(如位图字体)的文字图层。

首先在样式列表框中选择一种弯曲样式,再选择弯曲方向"水平"或者"垂直",然后在其下面的 3 个滑块上调整文本的"弯曲"程度、"水平扭曲"和"垂直扭曲"的比例。

【实例 5-7】 在一幅海水的图片上创建有波浪效果的变形文字。

① 打开一个文件,如图 5.28 所示。选择横排文字工具输入文字,然后在工具选项栏中设置文字的字体、字号和颜色等属性,效果如图 5.29 所示。

② 单击工具选项栏中的创建文字变形按钮 ，打开"变形文字"对话框。相关参数设置如图 5.30 所示。单击工具选项栏中的提交所有当前编辑按钮 ，完成文字的输入与变形操

图 5.28 打开一幅待编辑的图片

图 5.29 输入文字并设置属性

作,如图 5.31 所示。

图 5.30 "变形文字"相关参数设置

图 5.31 变形文字创建完成

③ 创建变形文字后,"图层"调板的文字图层缩览图的下方将显示出一条弧线,将文字图层的不透明度设置为 60%,如图 5.32 所示。文字的效果如图 5.33 所示。

图 5.32 "图层"参数设置

图 5.33 变形文字最终效果图

5.2.4 文字的转换

Photoshop 中,文字的转换可以分为两类。

1. 点文字和段落文字的相互转换

如果是点文字,可执行"图层"|"文字"|"转换为段落文本"菜单命令,将其转换为段落文

字。转换为段落文字后，各文本行彼此独立地排列，每个文本行的末尾（最后一行除外）都会添加 1 个回车符；如果是段落文字，可执行"图层"|"文字"|"转换为点文本"菜单命令，将其转换为点文字。

2. 水平文字与直排文字的相互转换

在创建文本后，如果想要调整文字的排列方向，可单击工具选项栏中的更改文本方向按钮 进行操作，也可以执行"图层"|"文字"|"水平"或"图层"|"文字"|"垂直"菜单命令来进行切换。

5.3　创建阴影文字和图像文字

5.3.1　创建阴影文字

阴影文字是常见的一种文字效果，通过文字添加阴影，可以使文字更加生动、突出。在 Photoshop 中，有多种制作文字阴影的方法，最基本的方法就是通过对文字文本图层进行阴影处理来实现。

在图层样式项目中选择投影或者内阴影就可以分别创造出投影和内部阴影。

【实例 5-8】　在一幅图片上创建投影文字。

① 打开一个文件，选择竖排文字工具输入文字，然后在工具选项栏中设置文字的字体、字号和颜色等属性，效果如图 5.34 所示。

② 执行"图层"|"图层样式"|"投影"菜单命令或者在混合选择对话框中选中投影，则出现如图 5.35 所示的对话框，该对话框中相关参数含义如下。

图 5.34　输入文字并设置属性

- 混合模式：设定阴影模式，有多种光线、色泽模式可供选择。
- 不透明度：设定阴影的不透明度，取值越大，阴影就越淡。
- 角度：设定阴影的投射角度，以水平向右为基准，逆时针旋转为正。
- 使用全局光：选中此复选框，投影以全局方式投射。
- 距离：设定阴影和文字的距离。
- 扩展：设定阴影模糊的像素点。
- 大小：模糊像素的大小。
- 品质：提供多种可供选择的投影方式，在等高线下拉列表中选择投影类型，如图 5.36 所示。单击某一类型的图标出现等高线编辑器，如图 5.37 所示。

应用该对话框，就可以制作文字的下投阴影，对各个选项进行相应的设定和更改，如图 5.38 所示，就可以得到下投阴影的文字效果，如图 5.39 所示。

【实例 5-9】　在一幅图片上创建内部阴影文字。

文字的内部阴影效果和下投阴影效果的用法基本相似，执行"图层"|"图层样式"|"内阴影"菜单命令，设置好参数以后，就可以在文字上加上内部阴影，如图 5.40 所示。

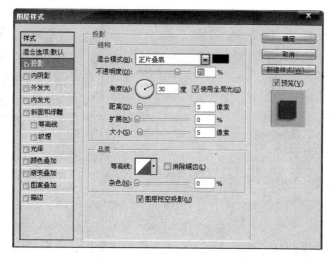

图 5.35 "图层样式"对话框

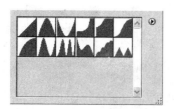

图 5.36 选择"投影类型"

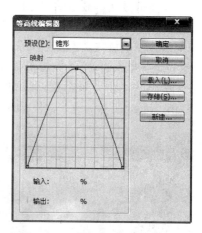

图 5.37 "等高线编辑器"对话框

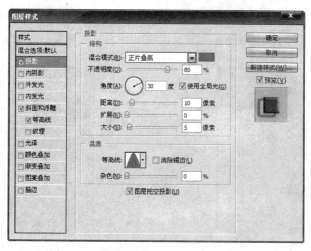

图 5.38 "图层样式"对话框相关参数设置

图 5.39　下投阴影的文字效果　　　　　　图 5.40　内部阴影的文字效果

5.3.2　图像文字

将剪贴蒙版应用于"图层"调板中位于文本图层上方的图像图层,可以用图像填充文字。

【实例 5-10】　创建图像文字。

① 打开要透过文本显示的图像的文件,如图 5.41 所示。

② 输入文字,按 Ctrl+Enter 组合键,使其不处于编辑状态。

③ 把图像图层放在文本图层上面。

注意:这一步至关重要,不然在执行下一步时将看不到效果。

在步骤中,先右击背景图层,弹出如图 5.42 所示的快捷菜单,选择"转换为智能对象"后,效果如图 5.43 所示。选中文字图层,将其拖放在图像图层的下方,如图 5.44 所示。

图 5.41　打开图像文件

图 5.42　"背景图层"快捷菜单

图 5.43　转换为智能图层后的效果

图 5.44　将文字图层放在图像图层的下方

④ 图像的图层处于选中状态，执行"图层"|"创建剪贴蒙版"。

⑤ 选择移动工具，拖曳文字以调整图像在文本里的位置。图 5.45 为用图像填充文字的效果。

图 5.45　图像填充文字的效果

5.4　在路径上环绕文字

为了克服"变形文字"工具只能在弧线或者沿着波浪放置文字所产生的局限性，在 Photoshop 引入了在路径上环绕文字的功能。路径文字是指创建在路径上的文字，它可以使文字沿所在的路径排列出图形效果。路径文字的特点是文字会沿着路径排列，移动路径或改变其形状时，文字的排列方式也会随之变化。Photoshop 用户能够使用普通的文字工具创建文本路径，并且可以把任意字体、大小或者格式的文字放置到图像的路径中。

【实例 5-11】　在路径上创建文字。

① 打开一个要创建路径文字的文件，如图 5.46 所示。

② 在选框工具组中选择椭圆选框工具，围绕篮球绘制出篮球的边界线，如图 5.47 所示。

图 5.46　打开一个待创建路径文字的文件

图 5.47　用椭圆选框工具绘制篮球的边界线

③ 在"路径"选项卡中使用"将路径转为选区"工具 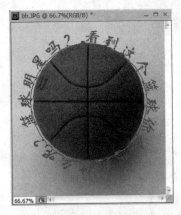，将绘制的篮球边界线转换为选区。

④ 使文字工具的基线指示符 位于路径上，然后单击，路径上会出现一个插入点，然后输入文字，如图 5.48 所示。

⑤ 按 Ctrl+Enter 组合键结束编辑，即可创建路径文字。在"路径"调板的空白处单击，隐藏路径。如图 5.49 所示为创建的路径文字。

图 5.48　在路径上输入文字

图 5.49　路径文字效果

⑥ 如需移动文字路径，选择路径选择工具 或移动工具 ，然后单击并将路径拖曳到新的位置。如果使用路径选择工具，请确保指针未变为带箭头的 I 型光标 ，否则，将会沿着路径移动文字。

习　题

一、选择题

1. 文字图层中的文字信息，（　　）不能进行修改和编辑。

 A. 文字颜色

 B. 文字内容，如加字或减字

 C. 文字大小

 D. 将文字图层转换为像素图层后可以改变文字的字体

2. 点文字可以通过（　　）命令转换为段落文字。

 A. "图层"|"文字"|"转换为段落文字"

 B. "图层"|"文字"|"转换为形状"

 C. "图层"|"图层样式"

 D. "图层"|"图层属性"

3. 在"文字工具"对话框中，将"消除锯齿"选项关闭会出现的结果为（　　）。

 A. 文字变为位图

 B. 文字依然保持文字轮廓

 C. 显示的文字边缘会不再光滑

D. 如果是从 Adobe Illustrator 中输入到 Photoshop 中的文字,没有任何影响

二、简答题

1. 简述创建横排文字选区的主要步骤。

2. 简述创建图像文字的主要步骤。

3. 简述创建路径文字的主要步骤。

第6章 图层的高级应用

图层在 Photoshop 的高级应用中是十分重要的一部分,本章主要讲述 Photoshop CS4 最主要的图层功能和应用,在掌握了图层的运用后,将会使艺术创作更为精彩。主要内容包含了图层的基本操作,图层的各种样式、应用实例以及图层组的相关操作,还介绍了剪贴蒙版、图层蒙版、图层的调整与填充、形状图层、图层混合以及智能对象的使用和中性色图层等内容。对于每一部分都给出了实例和详细的操作过程,方便读者更进一步掌握图层的相关知识和操作技巧。

【知识要点】

(1) 图层操作;

(2) 图层样式;

(3) 图层组;

(4) 剪贴蒙版;

(5) 图层蒙版;

(6) 调整图层与填充图层;

(7) 形状图层;

(8) 图层间的混合模式;

(9) 智能对象的使用;

(10) 中性色图层。

6.1 图 层 操 作

除了书中前面所述的基本操作外,还具有一些更加高级的操作,目的是使操作起来更简单,方便用户使用,主要包括图层的链接、图层的对齐与分布以及图层的合并等。

6.1.1 图层的链接

使用移动或旋转等工具一次只能对一个图层进行操作,如果需要同时对几个图层进行移动、旋转、自由变形等操作时,可以通过对图层进行链接的操作来实现。如果需要对多个图层组成的效果图进行整体移动,那么分别移动每个图层中的对象就不能确保移动后整体效果不会改变。最好的解决办法,就是多个层能够同时操作。在 Photoshop CS4 中提供了这种功能,那就是图层链接功能。

图 6.1 中有白色背景和有 3 个图层组成的图层组,3 个图层分别为“大”、“家”和“好” 3 个文字(见素材 sc6.1.1),图 6.1 中显示的为选中“好”的那个图层。

链接图层的方法也很简单,首先选择要链接的图层,在选中当前图层后,可以按下 Shift 键保持不放,然后单击另外一个图层,那么这两个图层间的连续图层都被选中,然后单击图层调板左下角的图标 或右击图层选择菜单项中的“链接图层”,这样,被选中的所有连续

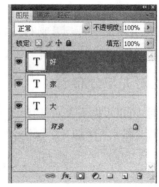

图 6.1　图层链接前

图层都被链接在一起。如果需要链接的是不连续的图层,那么可以按下 Ctrl 键保持不放,然后选中需要链接的图层,最后单击图层调板左下角的图标 或右击,从弹出的快捷菜单中选择"链接图层"项,可以将不相邻的图层链接在一起。链接后的图层在图层名称的右边出现了链接图标 ,如图 6.2 所示。

图 6.2　图层链接后

图层链接后可以同时对多个图层同时进行移动和变换,图 6.3 中显示出了同时对图 6.2 中三个图层内容同时旋转的结果。除了可以同时旋转以外,链接在一起的图层还可以同时进行移动、缩放、斜切、扭曲、透视和翻转等操作。

图 6.3　图层同时旋转

解除图层链接的方法和建立链接的操作类似,选中全链接图层中的一个或几个图层,然后单击图层调板左下角的图标 ⊖ 或右击,从弹出的快捷菜单中选择"取消图层链接"项,就可以解除链接。

6.1.2　图层的对齐与分布

在图层链接后,可以根据需要对链接图层按照某种排列方式进行对齐或分布。下面以图 6.4 所示内容进行说明。图 6.4 中的 3 个汉字分别位于 3 个图层,背景为白色背景(见素材 sc6.1.2)。

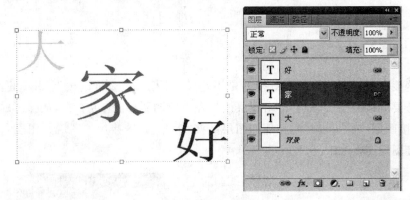

图 6.4　示例图像

现在要如何将 3 个图层上的 3 个汉字排列在一条水平线上呢? 这就需要用到图层对齐功能。首先把包含 3 个字的图层链接并确保选择层是其中之一,所选图层是对齐时的基准然后选择移动工具,上方工具栏就会出现对齐方式的选择,如图 6.5 所示。前面 6 个按钮功能分别是顶对齐、垂直居中对齐、底对齐、左对齐、水平居中对齐、右对齐。

(1) 顶对齐。使选中的不同图层内容的顶端位于同一水平位置,如图 6.6 所示。

图 6.5　排列与对齐图标　　　　　　　　　　　　图 6.6　顶对齐

(2) 垂直居中对齐。使选中的不同图层内容的高度的中点处于同一水平位置,如图 6.7 所示。

(3) 底对齐。使选中的不同图层内容的底端水平对齐,如图 6.8 所示。

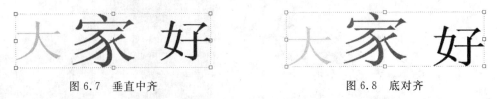

图 6.7　垂直中齐　　　　　　　　　　　　　　图 6.8　底对齐

(4) 左对齐。使选中的所有图层内容的左端处于统一垂直对齐状态,如图 6.9 所示。

(5) 水平居中对齐。使用所有图层内容的矩形轮廓的中心都位于与选中图层内容矩形轮廓中心相同的水平位置,如图 6.10 所示。

（6）右对齐。使选中的图层内容的右端相对齐，如图 6.11 所示。

图 6.9　左对齐　　　　图 6.10　水平居中　　　　图 6.11　右对齐

另外其他 6 个按钮分别是按顶分布、垂直居中分布、按底分布、按左分布、水平居中分布和按右分布。操作与上面的类似，读者可参照上述的操作来进行学习。

6.1.3　图层的合并

虽然将图像分层制作较为方便，但某些时候可能需要合并一些图层，就是把几个层合并成为一个图层或图像。可以将图层的合并分为 3 种类型来进行说明。

1. 合并选中图层

图层的合并首先需要选中需要合并的图层。若想选中图 6.12 所示的图层与图层的链接类似，可以按住 Shift 键并单击鼠标左键来选择连续的几个图层，或者按住 Ctrl 键并单击鼠标左键来选择不连续的几个图层，如图 6.13 所示。图层选择好后，可以执行“图层”|“合并图层”菜单命令或按 Ctrl＋E 组合键，即可把选中的图层进行合并，也可在图层调板中右击，从弹出的快捷菜单中选择“合并图层”项，也可以进行图层的合并（见素材 sc6.1.3），结果如图 6.14 所示。

图 6.12　合并前　　　　图 6.13　选中图层　　　　图 6.14　合并结果

2. 合并可见图层

若需要将图 6.15 中所有的可见图层进行合并，可以执行“图层”|“合并可见图层”菜单命令。也可在图层调板中右击，从弹出的快捷菜单中选择“合并可见图层”项，也可以进行可

见图层的合并,如图 6.16 所示。

图 6.15　图层选中

图 6.16　合并可见图层

3. 拼合图像

可以将所有的图层拼合为背景层,如果有图层隐藏拼合时会出现如图 6.17 的警告框。如果按下,原先处在隐藏状态的层都将被丢弃,结果如图 6.18 所示。

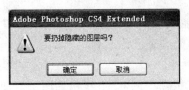

图 6.17　提示

图 6.18　拼合图像

6.2　图层样式

图层样式有助于快速应用各种效果,能够将平面图形转化为具有材质和光线效果的立体图形,也可以通过对图层应用多种效果创建自定样式。可应用的效果样式有投影效果、外发光、浮雕、描边等。

Photoshop CS4 还提供了很多预设的样式,可以在样式模板中直接选择所要的效果进行套用,应用预设样式后还可以在它的基础上再修改效果,通过在混合选项调板中添加各种效果,也可以自定义样式。当图层应用了样式后,在图层调板中图层名称的右边会出现"fx"图标。

6.2.1　投影

图层内容添加投影效果后,会产生层次感,会出现一个轮廓和层的内容相同的"影子",这个影子有一定的偏移量。在选中图层后,可以单击图层调板中的"fx"图标,会出现"图层样式"的操作调板,然后在左侧的列表中选中"投影"就可以进行投影的相关操作。阴影的默认混合模式是"正片叠底",不透明度为 75%(见素材 sc6.2.1),如图 6.19 所示。

投影效果的选项有以下几种。

(1) 混合模式。由于阴影的颜色一般都是偏暗的,因此这个值默认设置为"正片叠底",

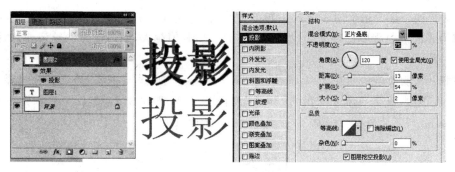

图 6.19　投影

也可以根据特定的需要进行更改。

（2）颜色设置。单击混合模式的右侧的颜色框可以对阴影的颜色进行设置。

（3）不透明度，默认值是 75%，通常这个值不需要调整。如果要阴影的颜色显得深一些，应当增大这个值，反之减少这个值。

（4）角度。设置阴影的方向，如果要进行微调，可以使用右边的编辑框直接输入角度。在圆圈中，指针指向光源的方向，显然，相反的方向就是阴影出现的地方，图 6.20 所示是将"角度"参数从 120 调整为 9 的结果。

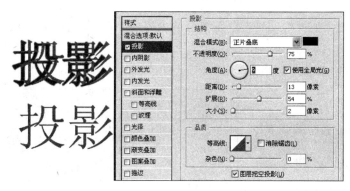

图 6.20　角度

（5）距离。阴影和层的内容之间的偏移量，这个值设置得越大，会让人感觉光源的角度越低，反之越高。就好比傍晚时太阳照射出的影子总是比中午时的长，如图 6.21 所示的效果为将"距离"从 13 像素调整为 39 像素后的效果。

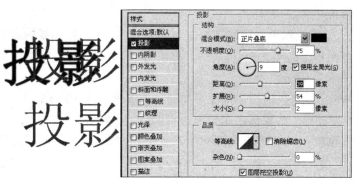

图 6.21　距离

（6）扩展。这个选项用来设置阴影的大小，其值越小，阴影的边缘显得越模糊，可以将其理解为光的散射程度比较高（比如白炽灯），反之，其值越大，阴影的边缘越清晰，如同探照灯照射一样。

注意：扩展的单位是百分比，具体的效果会和"大小"相关，"扩展"的设置值的影响范围仅仅在"大小"所限定的像素范围内，如果"大小"的值设置比较小，扩展的效果会不是很明显。图 6.22 所示为将"扩展"从 54% 减小为 6% 后的效果。

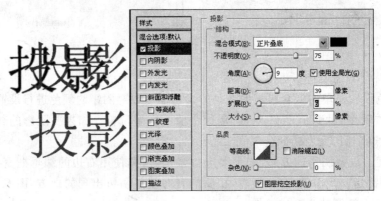

图 6.22　扩展

（7）大小。这个值可以反映光源距离层的内容的距离，其值越大，阴影越大，表明光源距离层的表面越近，反之阴影越小，表明光源距离层的表面越远。图 6.23 所示为将"大小"从 2 像素更改为 10 像素后的效果。

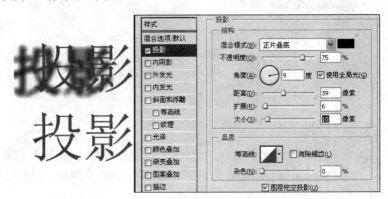

图 6.23　大小

（8）等高线。等高线用来对阴影部分进行进一步的设置，等高线的高处对应阴影上的暗轮廓，低处对应阴影上的亮轮廓，可以将其理解为"剖面图"。这时的投影中就会出现亮和暗两个轮廓，如图 6.24 所示。

（9）杂色（Noise）。杂色对阴影部分添加随机的透明点，如图 6.25 所示。

（10）图层挖空投影。如果选中了这个选项，当图层的不透明度小于 100% 时，阴影部分仍然是不可见的，也就是说使透明效果对阴影失效。例如，将图层的不透明度设置为小于 100% 的值，按说下面的阴影也会显示出来一部分，如果选中了"图层挖空投影"，阴影将不会被显示出来，如图 6.26 所示。

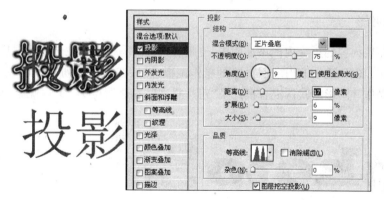

图 6.24　等高线

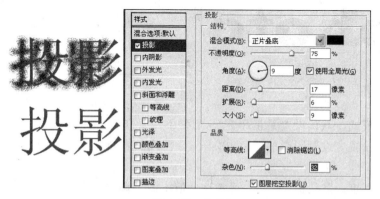

图 6.25　杂色

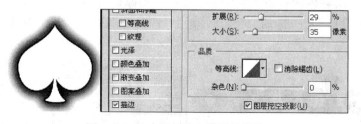

图 6.26　选中图层挖空阴影的效果

通常必须选中这个选项,道理很简单,如果物体是透明的,它怎么会留下阴影呢? 如果不选"图层挖空投影",并在"混合模式"中将"填充不透明度"减小,效果如图 6.27 所示。

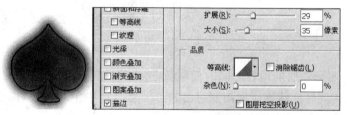

图 6.27　未选中图层挖空阴影的效果

6.2.2 内阴影

紧靠在图层内容的边缘内侧添加阴影,使图层具有凹陷外观。在选中图层后,可以单击图层调板中的 fx 图标,会出现"图层样式"的操作调板,然后在左侧的列表中选中"内阴影"就可以进行相关操作。阴影的默认混合模式是"正片叠底",不透明度为 75%(见素材 sc6.2.2),如图 6.28 所示。

图 6.28 不透明度

(1)混合模式。默认设置是正片叠底,通常不需要修改。

(2)颜色设置。设置阴影的颜色,单击混合模式的右侧的颜色框可以对阴影的颜色进行设置。

(3)不透明度。默认值是 75%,通常这个值不需要调整。如果需要将阴影的颜色更深一些,应当增大这个值,反之减少这个值。

(4)角度。调整内阴影的方向,也就是调整光源的方向,圆圈中的指针指向阴影的方向,原理和"投影"是一样的,将图 6.28 中的"角度"由 120 更改为 0,效果如图 6.29 所示。

图 6.29 角度

(5)距离。阴影和层的内容之间的偏移量,这个值设置得越大,会让人感觉光源的角度越低,反之越高。就好比傍晚时太阳照射出的影子总是比中午时的长,图 6.29 中的"距离"由 9 更改为 23 的效果如图 6.30 所示。

(6)阻塞。"阻塞"的设置值和"大小"的设置值相互作用,用来影响"大小"的范围内光

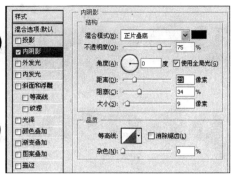

图 6.30　距离

线的渐变速度,比如在"大小"设置值相同的情况下,调整"阻塞"的值可以形成不同的效果,调整其效果如图 6.31 所示。

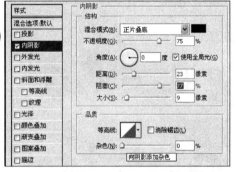

图 6.31　阻塞

(7) 大小。设置光线的照射范围,它需要"阻塞"配合。如果阻塞值设置得非常小,即便将"大小"设置得很大,光线的效果也出不来,反之亦然。将图 6.31 中的大小由 9 像素更改为 1 像素的效果如图 6.32 所示。

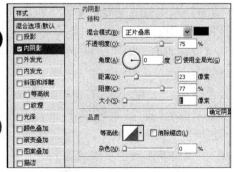

图 6.32　大小

(8) 等高线。用来设置阴影内部的光环效果,可以自己编辑等高线。编辑不同的等高线,可以得到不同的效果,如图 6.33 所示。

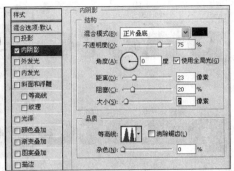

图 6.33　等高线

6.2.3　外发光

外发光是将图层内容增加由内容外边缘向外发光的效果(见素材 sc6.2.3),如图 6.34 所示。

图 6.34　外发光

外发光默认混合模式是"滤色",因此如果背景层被设置为白色,那么不论如何调整外发光的设置,效果都无法显示出来。要想在白色背景上看到外侧发光效果,必须将混合模式设置为"滤色"以外的其他值。

外发光可以设置的参数包括以下几个。

1. 结构

(1) 混合模式。包含"正常"、"溶解"、"变暗"等 25 个选项,其具体效果只需进行各种对应的操作就可看到,这里以"溶解"为例进行说明,如图 6.35 所示。

(2) 不透明度。光芒一般不会是不透明的,因此这个选项要设置小于 100%的值。光线越强越刺眼,应当将其不透明度设置得较大。

(3) 杂色。杂色用来为光芒部分添加随机的透明点。杂色的效果和将混合模式设置为"溶解"产生的效果有些类似,但是"溶解"不能微调,因此要制作细致的效果还是要使用"杂色",效果如图 6.36 所示。

(4) 渐变和颜色。外侧发光的颜色设置稍微有一点特别,可以通过单选框选择"单色"或者"渐变色"。即便选择"单色",光芒的效果也是渐变的,不过是渐变至透明而已。如果选

图 6.35 结构-混合模式-溶解效果

图 6.36 结构-杂色

择"渐变色",可以对渐变进行随意设置,分别如图 6.37 和图 6.38 所示。

图 6.37 结构-渐变编辑器

图 6.38 结构-渐变和颜色

2. 图案

（1）方法。设置值有两个，分别是"柔和"与"精确"，一般用"柔和"就足够了，"精确"可以用于一些发光较强的对象，或者棱角分明、反光效果比较明显的对象。下面使用"精确"方式与图 6.38 使用的"柔和"进行对比，如图 6.39 所示。

图 6.39 图案-方法-精确

（2）扩展。用于设置光芒中有颜色的区域和完全透明的区域之间的渐变速度。它的设置效果和颜色中的渐变设置以及下面的"大小"设置都有直接的关系，三个选项是相辅相成的。图 6.40 中的效果是在图 6.39 的基础上将"扩展"选项改成 10 得到的效果。

图 6.40 图案-扩展＝10

（3）大小。设置光芒的延伸范围，不过其最终的效果和颜色渐变的设置是相关的。

3. 品质

（1）等高线。其使用方法和前面介绍的一样，不过效果还是有一些区别的，在图 6.40 的基础上使用等高线的效果如图 6.41 所示。

图 6.41　品质-等高线

（2）范围。该选项用来设置等高线对光芒的作用范围，也就是说对等高线进行"缩放"，截取其中的一部分作用于光芒上。调整"范围"和重新设置一个新等高线的作用是一样的，不过当需要特别陡峭或者特别平缓的等高线时，使用"范围"对等高线进行调整可以更加精确，在图 6.41 的基础上，将范围更改为 70，效果如图 6.42 所示。

图 6.42　品质-范围

（3）抖动。"抖动"用来为光芒添加随意的颜色点，为了使"抖动"的效果能够显示出来，光芒至少应该有两种颜色。在图 6.42 的基础上，将"抖动"的值更改为 74，得到的效果如图 6.43 所示。

6.2.4　内发光

添加了"内侧发光"样式的层上方会多出一个"虚拟"的层，这个层由半透明的颜色填充，沿着下面层的边缘分布。

内侧发光效果在现实中并不多见，但是可以将其想象为一个内侧边缘安装有照明设备的隧道的截面，也可以理解为一个玻璃棒的横断面，这个玻璃棒外围有一圈光源。见素材

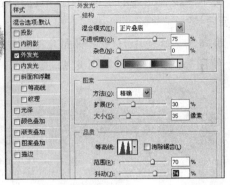

图 6.43　品质-抖动

（sc6.2.4），如图 6.44 所示。

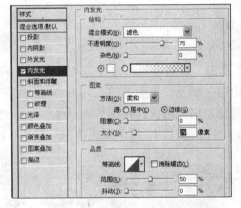

图 6.44　内发光示例

内侧发光可以选择的参数包括以下几个。

（1）混合模式。发光或者其他高光效果一般都用混合模式"屏幕"来表现，内侧发光样式也不例外。

（2）不透明度。"不透明度"是指"虚拟层"的不透明度，默认值是 75％。这个值设置得越大，光线显得越强，反之光线显得越弱，图 6.45 中为将图 6.44 中的不透明度更改为 100 得到的效果。

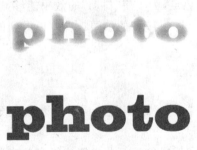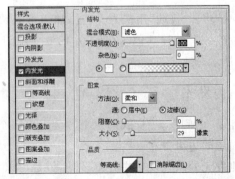

图 6.45　不透明度＝100

（3）杂色。"杂色"用来为光线部分添加随机的透明点，设置值越大，透明点越多，可以用来制作雾气缭绕或者毛玻璃的效果，在图 6.45 的基础上将"杂色"的值更改为 39 得到的效果如图 6.46 所示。

图 6.46　杂色＝39

（4）颜色。"颜色"设置部分的默认值是从一种颜色渐变到透明，单击左侧的颜色框可以选择其他颜色，图 6.47 为将颜色改为红色得到的效果图。

图 6.47　颜色-红色

可以单击右边的渐变色框选择其他的渐变色，效果如图 6.48 所示。

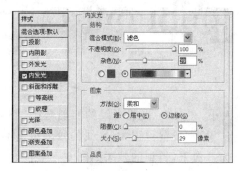

图 6.48　颜色-渐变

（5）方法。"方法"的选择值有两个，"精确"和"柔和"，"柔和"表现出的光线的穿透力则要弱一些，"精确"可以使光线的穿透力更强一些，效果如图 6.49 和图 6.50 所示。

图 6.49　方法-柔和

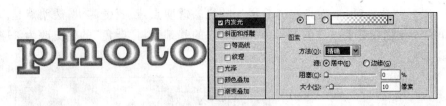

图 6.50　方法-精确

（6）源。"源"的可选值包括"居中"和"边缘"，"边缘"很好理解，就是说光源在对象的内侧表面，这也是内侧发光效果的默认值。如果选择"居中"，光源则似乎到了对象的中心，显然这和内侧发光刚好相反，不过可以将其理解为光源和介质的颜色调换了一下。源为"边缘"时效果如图 6.51 所示。

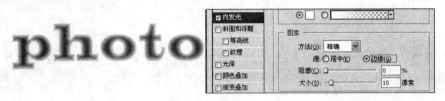

图 6.51　源-边缘

（7）阻塞。"阻塞"的设置值和"大小"的设置值相互作用，用来影响"大小"的范围内光线的渐变速度，比如在"大小"设置值相同的情况下，调整"阻塞"的值可以形成如下不同的效果，在图 6.49 的基础上，将阻塞的值更改为 66，得到的效果如图 6.52 所示。

图 6.52　阻塞＝66

（8）大小。"大小"设置光线的照射范围，它需要"阻塞"配合。如果阻塞值设置得非常小，即便将"大小"设置得很大，光线的效果也出不来，反之亦然，在图 6.52 的基础上，将大小的值更改为 5 像素，得到的效果如图 6.53 所示。

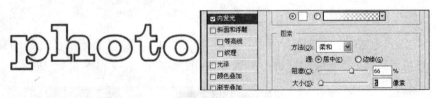

图 6.53　大小＝5

（9）等高线。等高线选项可以为光线部分制作出光环效果，如图 6.54 所示。

（10）抖动。抖动可以在光线部分产生随机的色点，制作出"抖动"效果的前提是在颜色设置中必须选择一个具有多种颜色的渐变色。如果使用默认的由某种颜色到透明的渐变，

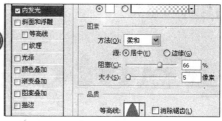

图 6.54　等高线

不论怎样设置"抖动"都不能产生预期的效果。在图 6.55 中,上面的文字是没有添加抖动的效果,下面的文字是抖动为 15 的效果。

图 6.55　抖动＝15

6.2.5　斜面和浮雕

斜面和浮雕是对图层添加高光与暗调的各种组合。斜面和浮雕可以说是 Photoshop CS4 层样式中最复杂的,其中包括内斜面、外斜面、浮雕、枕状浮雕和描边浮雕,虽然每一项中包含的设置选项都是一样的,但是制作出来的效果却大相径庭(见素材 sc6.2.5)。

1. 样式

样式包括外斜面、内斜面、浮雕、枕状浮雕和描边浮雕。

(1) 外斜面。外斜面被赋予了外斜面样式的层也会多出两个"虚拟"的层,一个在上,一个在下,分别是高光层和阴影层,如图 6.56 所示。

图 6.56　外斜面

（2）内斜面。效果如图 6.57 所示。

图 6.57　内斜面

（3）浮雕效果。效果如图 6.58 所示。

图 6.58　浮雕效果

（4）枕状浮雕。效果如图 6.59 所示。

图 6.59　枕状浮雕

2. 方法

该选项可以设置 3 个值：平滑、雕刻清晰和雕刻柔和。

（1）平滑。其中"平滑"是默认值，选中这个值可以对斜角的边缘进行模糊，从而制作出边缘光滑的高台效果，如图 6.60 所示。

图 6.60　平滑

（2）雕刻清晰。如果选择"雕刻清晰"，如图 6.61 所示。

图 6.61　雕刻清晰

（3）雕刻柔和。"雕刻柔和"是一个折中的值，如图 6.62 所示。

图 6.62　雕刻柔和

3. 深度

"深度"必须和"大小"配合使用，"大小"一定的情况下，用"深度"可以调整高台的截面梯形斜边的光滑程度。比如在"大小"值一定的情况下，不同的"深度"值产生的效果。首先将"深度"设置得小一些。在图 6.60 的基础上，将深度更改为 582 的效果如图 6.63 所示。

图 6.63　深度＝582％

4. 方向

方向的设置值只有"上"和"下"两种，其效果和设置"角度"是一样的。在制作按钮的时候，"上"和"下"可以分别对应按钮的正常状态和按下状态，比较使用角度进行设置更方便也更准确。在图6.63的基础上将方向改为"下"的效果如图6.64所示。

图6.64　方向

5. 大小

大小用来设置高台的高度，必须和"深度"配合使用，在图6.64的基础上将"大小"更改为9像素，得到的效果如图6.65所示。

图6.65　大小＝9像素

6. 软化

软化一般用来对整个效果进行进一步的模糊，使对象的表面更加柔和，减少棱角感，将图6.65中的"软化"更改为7像素，如图6.66所示。

图6.66　软化＝7像素

7. 角度

这里的角度设置要复杂一些。圆当中不是一个指针，而是一个小小的十字，通过前面的效果可知，角度通常可以和光源联系起来，对于斜面和浮雕效果也是如此，而且作用更大。斜面和浮雕的角度调节不仅能够反映光源方位的变化，而且可以反映光源和对象所在平面所成的角度，具体来说就是那个小小的十字和圆心所成的角度以及光源和层所成的角度（后者就是高度）。这些设置既可以在圆中拖曳设置，也可以在旁边的编辑框中直接输入，比如：将高度设置为30，效果如图6.67所示。

如果将高度设置为0，光源将会落到对象所在的平面上，斜面和浮雕效果就会消失。

图 6.67 高度＝30

8. 使用全局光

"使用全局光"这个选项一般都应当选上，表示所有的样式都受同一个光源的照射，也就是说，调整一种层样式（比如投影样式）的光照效果，其他的层样式的光照效果也会自动进行完全一样的调整，如果需要制作多个光源照射的效果，可以清除这个选项。将图 6.67 中的使用全局光取消掉，得到的效果如图 6.68 所示。

图 6.68 取消全局光

9. 光泽等高线

图 6.69 中，下面的文字是简单的"斜面和浮雕"的效果，在添加了光泽等高线效果以后，效果如图中上面的文字效果。

图 6.69 等高线 1

到"角度"中去将"角度"和"高度"都设置为 90 度（将光源放到对象正上方去），就可以明白光泽等高线究竟是怎样作用于对象的了，在图 6.69 的基础上将"角度"和"高度"都设为 90 度，得到的效果如图 6.70 所示。

10. 高光模式和不透明度

前面已经提到，"斜面和浮雕"效果可以分解为两个"虚拟"的层，分别是高光层和阴影

图 6.70　等高线 2

层。这个选项就是调整高光层的颜色和透明度的。如图 6.71 中下面的文字效果的不透明度为 26，上面的文字效果的不透明度为 92，其他设置相同，高光模式为默认的"滤色"，高光层的颜色为"白色"，效果如图 6.71 所示。

图 6.71　高光模式

将对象的高光层设置为红色实际等于将光源颜色设置为绿色，注意混合模式一般应当使用"正常"，因为这样才能反映出光源颜色和对象本身颜色的混合效果，如图 6.72 所示。

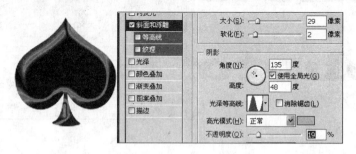

图 6.72　不透明度＝19

11. 阴影模式和不透明度

阴影模式的设置原理和上面是一样的，但是由于阴影层的默认混合模式是正片叠底，有时候修改了颜色后看不出效果，因此将此图层的调板中填充不透明度设置为 0，可以得到的效果如图 6.73 所示。

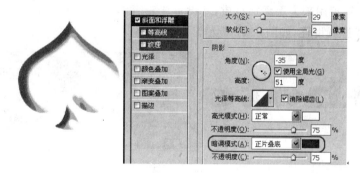

图 6.73　阴影模式和不透明度

12. 等高线和纹理

（1）等高线。"斜面和浮雕"样式中的等高线容易让人混淆，除了在对话框右侧有"等高线"设置，在对话框左侧也有"等高线"设置。其实仔细比较一下就可以发现，对话框右侧的"等高线"是"光泽等高线"，这个等高线只会影响"虚拟"的高光层和阴影层。而对话框左侧的等高线则是用来为对象（图层）本身赋予条纹状效果。这两个"等高线"混合作用的时候经常会产生一些让人不太好琢磨的效果。

左侧等高线效果，如图 6.74 所示。

图 6.74　左侧等高线

右侧等高线效果，如图 6.75 所示。

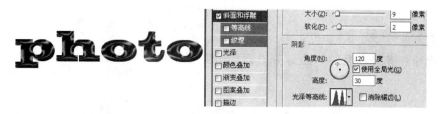

图 6.75　右侧等高线

左右侧等高线同时选中效果，如图 6.76 所示。

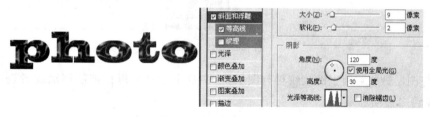

图 6.76　左右侧等高线

（2）纹理。纹理用来为层添加材质，其设置比较简单。首先在下拉框中选择纹理，然后纹理的应用方式进行设置，如图6.77所示。

图6.77 纹理

常用的选项包括以下几个。

① 缩放：对纹理贴图进行缩放，如图6.78所示。

图6.78 纹理-缩放

② 深度：修改纹理贴图的对比度。深度越大（对比度越大），层表面的凹凸感越强，反之凹凸感越弱，如图6.79所示。

图6.79 纹理-深度

③ 反相：将层表面的凹凸部分对调，在图6.79的基础上，"反相"的效果如图6.80所示。

图6.80 纹理-反相

④ 与图层链接：用于链接纹理与图层，选中这个选项可以保证层移动或者进行缩放操作时纹理随之移动和缩放。

6.2.6 光泽

光泽用来在层的上方添加一个波浪形（或者绸缎）效果。它的选项虽然不多，但是很难准确把握，有时候设置值微小的差别都会使效果产生很大的区别。可以将光泽效果理解为光线照射下的反光度比较高的波浪形表面（比如水面）显示出来的效果。

光泽在图层内部根据图层的形状应用阴影，通常都会创建出光滑的磨光效果（见素材sc6.2.6），如图6.81所示。

图 6.81　光泽

光泽效果之所以容易让人琢磨不透，主要是其效果会和图层的内容直接相关，也就是说，图层的轮廓不同，添加光泽样式之后产生的效果完全不同（即便参数设置完全一样）。如果图层中的内容是一个矩形，添加光泽样式后效果如图6.82所示，将同样的样式赋予一个内容为圆的图层时，效果如图6.83所示，而如果赋予一个外形不规则的图层时效果如图6.84所示。

图 6.82　光泽-矩形　　　　　图 6.83　光泽-圆　　　　　图 6.84　光泽-不规则图形

通过不断调整这几种图形的设置值，可以逐渐发现光泽样式的显示规律：有两组外形轮廓和层的内容相同的多层光环彼此交叠构成了光泽效果。以下的设置值都是调整这两组光环自身的层数以及彼此的交叠方式的。为了说明清楚，以矩形图层的光泽效果为例对主要选项进行说明。

1. 混合模式

默认的设置值是"正片叠底"。

2. 不透明度

设置值越大，光泽越明显，反之，光泽越暗淡。

3. 颜色

修改光泽的颜色，由于默认的混合模式为"正片叠底"，修改颜色产生的效果一般不会很明显。不过如果将混合模式改为"正常"后,颜色的效果就很明显。

4. 角度

设置照射波浪形表面的光源方向,在图 6.81 的基础上,将角度更改为−104,效果如图 6.85 所示。

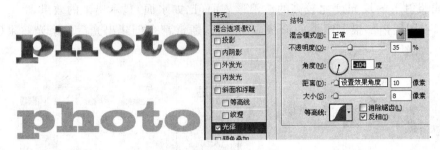

图 6.85　角度

5. 距离

设置两组光环之间的距离,两组光环的距离比较远,如图 6.86 所示。

图 6.86　远光环

两组光环交叠在一起,如图 6.87 所示。

图 6.87　光环交叠

6. 大小

大小用来设置每组光环的宽度,比如大小设置值较小时,如图 6.88 所示。

图 6.88　大小

7. 等高线

等高线用来设置光环的数量,比如设置这样的等高线(含两个波峰)时:得到的光环有两个,如图6.89所示。

图6.89　二波峰等高线及效果

如果将等高线调整为含有3个波峰,那么光环将相应的变成3个,效果如图6.90所示。

图6.90　三波峰等高线及效果

总的来说,光泽效果其实就是光环的交叠,但是由于光环的数量、距离以及交叠设置的灵活性非常大,制作的效果可以相当复杂,这也是光泽样式经常被用来制作绸缎或者水波效果的原因,因为这些对象的表面非常不规则,因此反光比较零乱。

6.2.7　颜色叠加

这是一个很简单的样式,作用实际就相当于为层着色,也可以认为这个样式在层的上方加了一个混合模式为"正常"、不透明度为100%的"虚拟"层。

例如为这样一个图层添加"颜色叠加"样式,并将叠加的"虚拟"层的颜色设置为深灰色,不透明度设置为100(见素材sc6.2.7)。

可以得到这样的效果,如图6.91所示。

图6.91　颜色叠加

注意:添加了样式后的颜色是图层原有颜色和"虚拟"层颜色的混合(这里的混合模式是"正常")。将图6.91中的不透明度改小到40,如图6.92所示。

图 6.92 不透明度

6.2.8 渐变叠加

"渐变叠加"和"颜色叠加"的原理是完全一样的,只不过"虚拟"层的颜色是渐变的而不是平板一块。"渐变叠加"的选项中,混合模式以及不透明度和"颜色叠加"的设置方法完全一样,不再介绍。"渐变叠加"样式多出来的选项包括:渐变、样式、缩放。

1. 渐变

设置渐变色,单击下拉框可以打开"渐变编辑器",单击下拉框的下拉按钮可以在预设置的渐变色中进行选择。在这个下拉框后面有一个"反向"复选框,用来将渐变色的"起始颜色"和"终止颜色"对调(见素材 sc6.2.8),如图 6.93 所示。

图 6.93 渐变

2. 反向

效果如图 6.94 所示,效果刚好与图 6.93 中的渐变方向相反。

图 6.94 反向

3. 样式

设置渐变的类型,包括线性、径向、对称、角度和菱形。

（1）径向效果如图 6.95 所示。

图 6.95　径向

（2）对称效果如图 6.96 所示。

图 6.96　对称

（3）角度效果如图 6.97 所示。

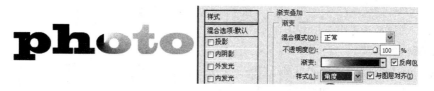

图 6.97　角度

（4）菱形效果如图 6.98 所示。

图 6.98　菱形

这几种渐变类型都比较直观，不过"角度"稍微有点特别，它会将渐变色围绕图层中心旋转 360 度展开，也就是沿着极坐标系的角度方向展开，其原理和在平面坐标系中沿 X 轴方向展开形成的"线性"渐变效果一样，如图 6.99 所示。

图 6.99　线性

如果将上面的"反向"复选框清除，效果如图 6.100 所示。

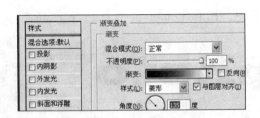

图 6.100　反向

（5）与图层对齐

如果选择了"角度"渐变类型，"与图层对齐"这个复选框就要特别注意，它的作用是确定极坐标系的原点，如果选中，原点在图层的内容的中心上，否则，原点将在整个图层（包括透明区域）的中心上，如果将该复选框取消，那么得到的效果如图 6.101 所示。

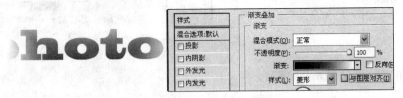

图 6.101　取消与图层对齐

4. 缩放

缩放用来截取渐变色的特定部分作用与"虚拟"层上，其值越大，所选取的渐变色的范围越小，否则范围越大，效果如图 6.102 和图 6.103 所示。

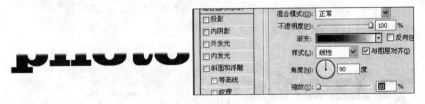

图 6.102　缩放＝10％

图 6.103　缩放＝80％

6.2.9　图案叠加

"图案叠加"样式的设置方法和前面在"斜面和浮雕"中介绍的"纹理"完全一样，这里将不再作介绍，仅给出如下的实例图片（见素材 sc6.2.9），效果如图 6.104 所示。

最后要注意一点，这 3 种叠加样式是有主次关系的，主次关系从高到低分别是颜色叠加、渐变叠加和图案叠加。这就是说，如果同时添加了这 3 种样式，并且将它们的不透明度

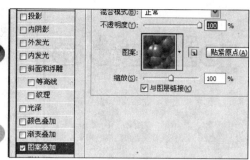

图 6.104　图案叠加

都设置为 100％,那么只能看到"颜色叠加"产生的效果。要想使层次较低的叠加效果能够显示出来,必须清除上层的叠加效果或者将上层叠加效果的不透明度设置为小于 100％的值。

6.2.10　描边

描边是使用颜色、渐变或图案在当前图层上对对象的轮廓进行描绘(见素材 sc6.2.10)。

描边样式很直观简单,就是沿着层中非透明部分的边缘描边,这在实际应用中很常见。

描边样式的选项主要包括大小、位置、填充类型等。

1. 大小

设置描边的宽度。值越大,所描边的宽度越大。

2. 位置

设置描边的位置,可以使用的选项包括内部、外部和居中,使用时,应注意看边和选区之间的关系。

(1) 外部描边,效果如图 6.105 所示。

图 6.105　外部描边

(2) 内部描边,效果如图 6.106 所示。

(3) 居中描边,效果如图 6.107 所示。

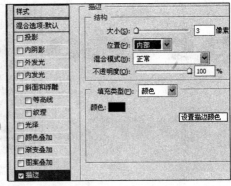

图 6.106　内部描边

图 6.107　居中描边

3. 填充类型

"填充类型"也有 3 种可供选择,分别是颜色、渐变和图案。用来设定边的填充方式。前面的例子中使用的就是"颜色"填充,下面是渐变填充和图案填充的例子。它们的设置方法前面都已经介绍过了。

(1) 渐变填充。渐变填充的效果如图 6.108 所示。

图 6.108　渐变填充

(2) 图案填充。图案填充的效果如图 6.109 所示。

图 6.109　图案填充

6.2.11　使用样式调板应用图层样式

Photoshop CS4 中的样式就是指图层样式，就是在图层的基础上为图层添加效果。可以执行"窗口"|"样式"菜单命令，打开样式调板。位于图 6.110 中样式列表第一行第一个的样式功能是清除样式，可以通过单击它来清除已有的样式。图 6.110 是星云纹理样式的效果，图 6.111 是条纹的锥形的效果（见素材 sc6.2.11）。

图 6.110　星云纹理样式

图 6.111　条纹锥形样式

6.3　图　层　组

为了有效地组织和管理复杂的图层，可以在图层中建立图层组，使图层变得有条理，更容易方便操作。使用图层编组，可以像对一个图层那样移动、拖曳、调整大小和处理多个图层。这非常有用，可以对选项卡中的所有图层进行编组并将它们作为单个对象来移动，而不是在每次希望移动图层时仔细选择与选项卡相关联的每个图层。

1. 创建图层组

（1）创建空的图层组，建立新图层组可通过执行"图层"|"新建"|"组"菜单命令，也可以通过图层调板右上角三角按钮选择"新建组"。不过最常用的方法是单击图层调板下方的

按钮,如图 6.112 中红色圆处所示。

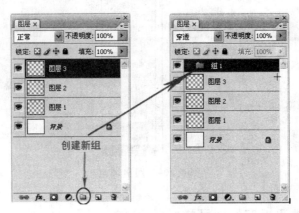

图 6.112　创建空的图层组

(2) 利用已有图层创建图层组,选中两个或两个以上的图层,然后按住 Alt 键,然后再单击 按钮即可,效果如图 6.113 所示。

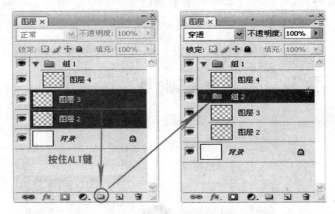

图 6.113　利用已有图层创建图层组

2. 图层组增加图层

选中需要增加的组,然后单击调板下方的按钮 即可,如图 6.114 所示。

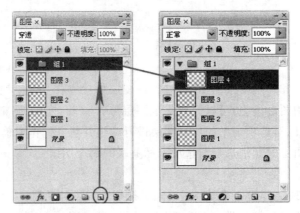

图 6.114　增加图层

也可以将当前存在的图层拖入到组中,如图 6.115 所示,图层 1 被放入组 1 中。

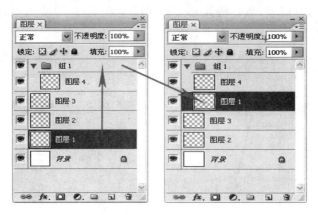

图　6.115

3. 图层组中图层的移出或删除

将选中需移出的图层,然后拖到需要放置的位置即可,如图 6.116 所示。

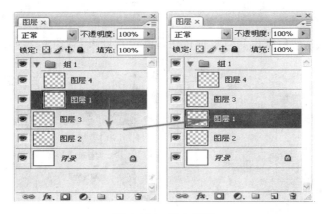

图 6.116　移出图层

选中需删除的图层,然后拖曳到垃圾桶按钮 🗑 的位置即可,如图 6.117 所示。

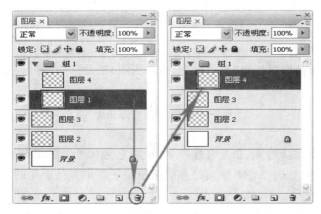

图 6.117　删除图层

4. 图层组的复制

选中需要复制的图层组,然后将其拖曳到按钮 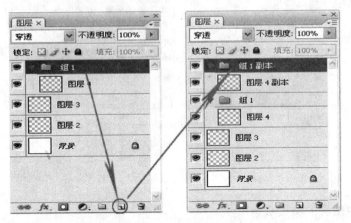 即可,如图 6.118 所示。也可以右击组,然后选中"复制组"即可。

图 6.118　复制图层组

5. 图层组的删除

选中需删除的组,然后拖曳到垃圾桶按钮 🗑 的位置即可,如图 6.119 所示。

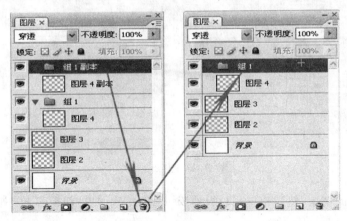

图 6.119　删除图层组

6. 要取消图层编组

执行"图层"|"取消图层编组"菜单命令,或右击组,然后选中"取消图层编组"即可。

6.4　剪　贴　蒙　版

剪贴蒙版是一个非常特别、非常有趣的蒙版,用它常常可以制作出一些特殊的效果。在"图层"调板中排列图层,以使带有蒙版的基底图层位于要蒙盖的图层的下方。

操作如下:

(1) 按住 Alt 键,将指针放在"图层"调板上用于分隔要在剪贴蒙版中包含的基底图层和其上方的第一个图层的线上(指针会变成两个交叠的圆 🖜),然后单击即可。

（2）选择"图层"调板中的基底图层上方的第一个图层，并执行"图层"|"创建剪贴蒙版"菜单命令即可。

打开素材 sc6.4，图 6.120 为创建剪贴蒙版前的图例，图 6.121 为创建剪贴蒙版后的效果图。

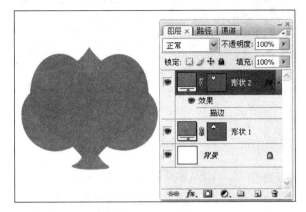

图 6.120　创建剪贴蒙版前

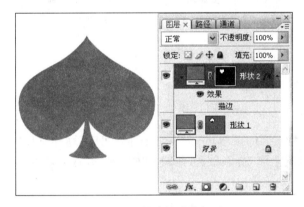

图 6.121　创建剪贴蒙版后

注意：如果在剪贴蒙版中的图层之间创建新图层，或在剪贴蒙版中的图层之间拖曳未剪贴的图层，该图层将成为剪贴蒙版的一部分。

6.5　图层蒙版

向图层添加蒙版，然后使用此蒙版隐藏部分图层并显示下面的图层。蒙版图层是一项重要的复合技术，可用于将多张照片组合成单个图像，也可用于局部的颜色和色调校正。在蒙版图层上进行操作的时候，可以使用画笔等工具用黑色进行擦除不需要的像素，但非常灵活，如果误擦除，还可以用白色的画笔等工具在把丢失的重新擦出来，非常便于操作，如果直接在图层上进行操作，如果误操作，那么只能在历史记录里面返回前面的步骤。下面关于图层蒙版的操作以图 6.122 为例（见素材 sc6.5）。

1. 创建整个图层蒙版

（1）创建显示整个图层的蒙版，在"图层"调板中单击"新建图层蒙版"按钮，或执行

图 6.122　图层蒙版

"图层"|"图层蒙版"|"显示全部"菜单命令,如图 6.123 所示。

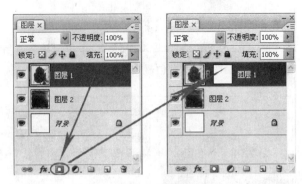

图 6.123　新建图层蒙版

(2) 创建隐藏整个图层的蒙版,请按住 Alt 键并单击"新建图层蒙版"按钮,或执行"图层"|"图层蒙版"|"隐藏全部"菜单命令,如图 6.124 所示,这时候发现原来位于图层 2 上的玫瑰花不见了,是隐藏蒙版的作用。

图 6.124　隐藏蒙版

2. 创建部分图层蒙版

用套索、魔棒等选择工具选择图像中的区域,如图 6.125 所示。

(1) 在"图层"调板中单击"新建图层蒙版"按钮□,以创建显示选区的蒙版。或执行"图层"|"图层蒙版"|"显示选区"菜单命令,如图 6.126 所示。

(2) 按住 Alt 键,并单击"新建图层蒙版"按钮以创建隐藏选区的蒙版。或执行"图层"|

图 6.125 选择要创建蒙版的部分

图 6.126 创建选区的蒙版

"图层蒙版"|"隐藏选区"菜单命令,如图 6.127 所示。

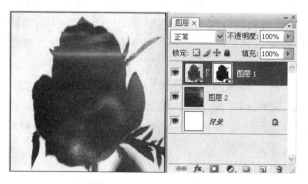

图 6.127 创建隐藏选区的蒙版

3. 应用另一个图层中的图层蒙版

执行下列操作之一。

(1)要将蒙版移到另一个图层,请将该蒙版拖曳到其他图层。

(2)要复制蒙版,请按住 Alt 键并将蒙版拖曳到另一个图层。将图层 1 的图层蒙版应用到图层 2 的效果如图 6.128 所示。

4. 应用或删除图层蒙版

可以应用图层蒙版以永久删除图层的隐藏部分。图层蒙版是作为 Alpha 通道存储的,因此应用和删除图层蒙版有助于减小文件大小。也可以删除图层蒙版,而不应用更改。单

图 6.128　应用另一个图层中的图层蒙版

击"图层"调板中的图层蒙版缩览图。在对图层永久应用一个图层蒙版之后,若要移去此图层蒙版,请单击"图层"调板底部的"删除"图标🗑,然后单击"应用"按钮。要移去图层蒙版,而不将其应用于图层,请单击"图层"调板底部的"删除"图标,然后单击"删除"按钮。也可以使用"图层"菜单"应用"或"删除"图层蒙版。

6.6　调整图层与填充图层

调整图层和填充图层使图层的使用更加灵活。填充图层可以用纯色、渐变或图案填充图层。与调整图层不同,填充图层不影响它们下面的图层,如果需要对结果进行更改,可以随时返回进行编辑、删除、调整或填充。调整图层可以对图像使用颜色和应用色调进行调整,而不会修改原始图像中的像素,可以在调整图层内对图像试用颜色和色调调整颜色或色调更改,该图层像一层透明的幻灯片一样,下层图层的图像可以透过它显示出来。调整图层会影响它下面的所有图层。这意味着可以通过单个调整来校正多个图层,而不是分别对每个图层进行调整。

调整图层和填充图层与图像图层有着相同的不透明度和混合模式选项,并且可以像图像图层那样重排、删除、隐藏和复制。默认情况下,调整图层和填充图层有图层蒙版,由图层缩览图左边的蒙版图标表示。如果在创建调整图层或填充图层时路径处于限用状态,则创建的是矢量蒙版而不是图层蒙版。

调整图层提供了以下优点。

(1) 编辑不会造成破坏。可以使用不同的设置并随时重新编辑调整图层,也可以通过降低调整图层的不透明度来减轻调整的效果。

(2) 通过合并的多个调整图层,可以使图像数据的损失有所减少。而直接调整像素值时,都会损失一些图像数据。可以使用多个调整图层并进行很小的调整。在将调整应用于图像之前,Photoshop 会合并所有调整图层。

(3) 编辑具有选择性。在调整图层的图层蒙版上绘画可将调整应用于图像的一部分。通过重新编辑图层蒙版,可以控制调整部分图像。通过使用不同的灰度色调在蒙版上绘画,并可以改变调整图层。

(4) 能够将调整图层应用于多个图像。在图像之间拷贝和粘贴调整图层,以便应用相同的颜色和色调调整。

1. 创建调整图层和填充图层

创建调整图层执行下列操作,单击"图层"调板底部的"新建调整图层"按钮 ⚫,然后选择调整图层类型。

执行"图层"|"新建调整图层"菜单命令,然后选择一个选项,命名图层,设置图层选项,然后单击"确定"按钮。

如图 6.129 中有三个形状图层,分别用不同的颜色进行了填充,执行"图层"|"新建调整图层"|"黑白"菜单命令后(见素材 sc6.6),效果如图 6.130 所示。

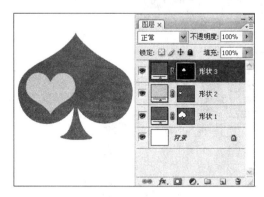

图 6.129　有 3 个形状图层

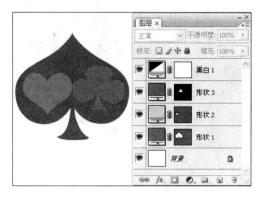

图 6.130　使用"黑"调整图层

创建填充图层执行下列操作:执行"图层"|"新建填充图层"菜单命令,然后选择一个选项,命名图层,设置图层选项,然后单击"确定"按钮。单击"图层"调板底部的"新建调整图层"按钮 ⚫,然后选择填充图层类型。

(1) 颜色。用当前前景色填充调整图层,使用拾色器选择其他填充颜色,如图 6.131 所示。

(2) 渐变。或单击倒箭头并从弹出式调板中选取一种渐变。如果需要,请设置其他选项。"样式"指定渐变的形状。"角度"指定应用渐变时使用的角度。"缩放"更改渐变的大小。"反向"翻转渐变的方向。"仿色"通过对渐变应用仿色减少带宽。"与图层对齐"使用图层的定界框来计算渐变填充。可以在图像窗口中拖曳以移动渐变中心,效果如图 6.132 所示。

图 6.131　颜色填充层

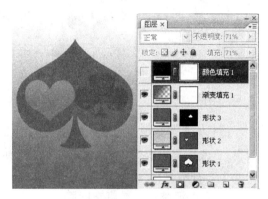

图 6.132　渐变填充层

（3）图案。从弹出式调板中选取一种图案。单击"比例"，并输入值或拖曳滑块。单击"贴紧原点"以使图案的原点与文档的原点相同。如果希望图案在图层移动时随图层一起移动，请选择"与图层链接"。选中"与图层链接"后，当"图案填充"对话框打开时可以在图像中拖曳以定位图案，如图 6.133 所示。

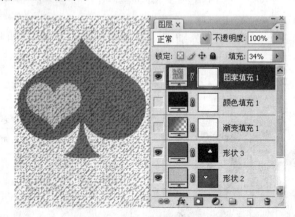

图 6.133　图案填充层

2. 编辑调整图层或填充图层

可以编辑调整或填充图层的设置，或使用另一个调整或填充类型替换它。也可以编辑调整图层或填充图层的蒙版以控制图层在图像上具有的效果。默认情况下，调整或填充图层的所有区域都没有"经过蒙版处理"，因此都是可见的。

（1）更改调整图层和填充图层的选项。执行下列操作：在"图层"调板中，双击调整图层或填充图层的缩览图或执行"图层"|"图层内容选项"菜单命令，进行所需的调整，并单击"确定"按钮。

注意：反相调整图层没有可编辑的设置，如图 6.134 所示。

图 6.134　编辑调整图层和填充图层的选项

（2）更改调整图层或填充图层的类型。选择要更改的调整图层或填充图层。执行"图层"|"更改图层内容"菜单命令，并从列表中选择一个不同的填充图层或调整图层，效果如图 6.135 所示。

3. 合并调整图层或填充图层

合并调整图层或填充图层有多种方式：与它下面的图层合并，与它本身的编组图层中

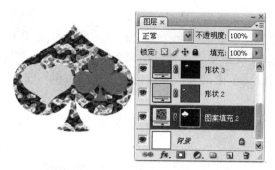

图 6.135　更改调整图层或填充图层的类型

的图层合并,与它链接到的图层合并,以及与所有其他可见图层合并。不过,不能将调整图层或填充图层用作合并的目标图层。将调整图层或填充图层与它下面的图层合并后,调整将被栅格化并永久应用于合并的图层内。也可以栅格化填充图层但不合并它。

6.7　形　状　图　层

　　形状图层是使用工具箱中的形状工具后系统自动建立的图层,形状图层与填充图层十分相似,在"图层"调板中出现一个缩小的浏览图和一个链接符号,而在链接符号左侧有一个剪辑路径缩览图。它既不是图层蒙版,却具有图层蒙版的功能,记载了路径之内的区域显示缩览图中的颜色,而在路径之外的区域,不显示填充颜色,始终为透明的,效果如图 6.136 所示。

　　使用形状工具或钢笔工具可以创建形状图层。形状中会自动填充当前的前景色,但也可以很方便地改用其他颜色、渐变或图案来进行填充。形状的轮廓存储在链接到图层的矢量蒙版中。在 Photoshop CS4 中,可以在图层中绘制多个形状,并指定重叠的形状如何相互作用,见素材(sc6.7)。

1. 创建新的形状图层

(1) 形状工具或钢笔工具,并单击选项栏中的"形状图层"按钮□。

(2) 如果要给形状图层应用样式,请从"样式"弹出式菜单中选择预设样式。

(3) 如果要改变形状图层的颜色,请单击选项栏中的色板并选取颜色。

(4) 设置其他的工具特定选项并绘制形状,如图 6.137 所示。

图 6.136　形状图层

图 6.137　创建形状图层

2. 编辑形状图层

形状图层是链接到矢量蒙版的填充图层。通过编辑形状的填充图层，可以很容易地将填充更改为其他颜色、渐变或图案。也可以编辑形状的矢量蒙版以修改形状轮廓，并对图层应用样式。可以选择图层菜单中的更改图层内容选项来编辑填充图层，如图 6.138 所示。

3. 改变颜色

双击图层调板中形状图层的缩览图，然后用拾色器选取一种不同的颜色来改变图层填充的颜色，如图 6.139 所示。

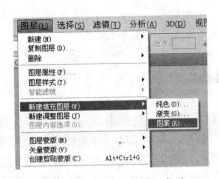

图 6.138　编辑形状图层菜单　　　　　图 6.139　改变颜色

4. 用图案或渐变填充形状

在图层调板中选择形状图层，执行下列操作：

（1）执行"图层"|"更改图层内容"|"渐变"菜单命令，并设置渐变选项，效果如图 6.140 所示。

（2）执行"图层"|"更改图层内容"|"图案"菜单命令，并设置渐变选项，效果如图 6.141 所示。

图 6.140　渐变填充

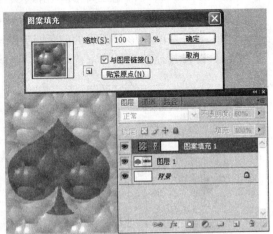

图 6.141　图案填充

5. 在图层中绘制多个形状

选择要添加形状的图层，选择绘图工具，并设置工具特定选项。在选项栏中选取下列选项之一。

  (1)"添加到形状区域" 。可为现有形状或路径添加新区域,如图 6.142 所示。

  (2)"从形状区域减去" 。可从现有形状或路径中删除重叠区域,如图 6.143 所示。

图 6.142　添加到形状区域

图 6.143　从形状区域减去

  (3)"交叉形状区域" 。可将区域限制为新区域与现有形状或路径的交叉区域,如图 6.144 所示。

  (4)"重叠形状区域除外" 。可从新区域和现有区域的合并区域中排除重叠区域,如图 6.145 所示。

图 6.144　交叉形状区域

图 6.145　重叠形状区域除外

  在利用形状工具绘画时,可使用下列键盘快捷键:按住 Shift 键可临时选择"添加到形状区域"选项;按住 Alt 键可临时选择"从形状区域减去"选项。

6.8　图层间的混合模式

  进行图像处理,深入理解图层的混合模式是很有必要并且是极有帮助的。图层混合模式是 Photoshop CS4 中较为突出的功能之一,它是通过色彩的混合来获得一些特殊的效果。色彩混合模式是将当前绘制的颜色与图像原有的底色,以某种模式进行混合。Photoshop CS4 中提供了许多种混合模式。当两个图层重叠时,默认状态为"正常"。可以在"图层"调板中单击"模式"列表框来选择需要的模式(见素材 sc6.8)。

  Photoshop CS4 中图层间的混合有 25 种模式,下面是各种混合模式的详细讲解。

6.8.1　正常

  正常即不透明度＝100,就是上图层不透明区的像素将遮盖住所有下面各图层的像素,如果为 100,则下图层内容则不可见,如图 6.146 所示。可以通过调节不透明度的大小来显示下一层的内容,如图层的不透明度选项的值小于 100,则下面的图层将可见,如图 6.147 所示。

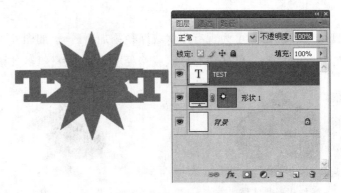

图 6.146　正常(不透明度＝100)

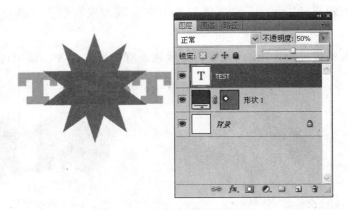

图 6.147　正常(不透明度＝50)

6.8.2　溶解

　　这是一种随机变换图层颜色像素的混合模式,主要取决于像素位置的透明度,因而在不透明度设为 100 时此模式跟正常模式一样其下面各层的像素将不可见,只有在不透明度小于 100 时才显示出溶解的效果来。溶解模式的效果从字面上也相当好理解——溶解,一个物体放在能溶解它的溶剂里溶化了,质地变得疏松,透明度增强了,通过这些透明度增强的地方可以隐约地看到下面图层的像素了,这就是溶解的效果。这溶化的程度就是不透明度设置的大小(在 0～100,0 表示全部已溶解,100 表示还没开始溶解),如图 6.148 所示。

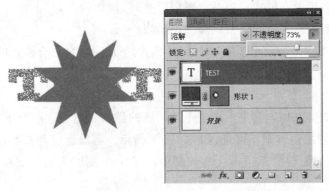

图 6.148　溶解(不透明度＝73)

1. 变暗

该模式是在混合时查看每个通道中的颜色信息,将绘制的颜色与底色之间的亮度进行对比,底色颜色亮的像素颜色被替换,而比底色颜色暗的像素颜色不改变,如图6.149所示。

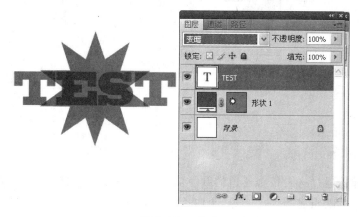

图6.149 变暗

2. 正片叠底

正片叠底模式就是将下面的各图层的像素与你选用图层颜色像素相乘,可以将选中的混合图层看成是一块滤色片,其结果颜色总是带有上图层色彩较暗图层的颜色。即将任何颜色(0~255的任意值)与黑色(0)相乘产生黑色(0×任意数=0)。将任何颜色与白色(255)相乘则颜色保持不变(任何大于255的像素也只能是白色)。当图层中的黑色或白色以外的任何颜色混合时,将产生逐渐变暗的颜色,如图6.150所示。

图6.150 正片叠底

6.8.3 颜色加深

查看每个通道中的颜色信息,通过像素对比度,使底色变暗来显示当前层绘制的颜色,与白色混合不会产生变化,效果如图6.151所示。

图 6.151　颜色加深

6.8.4　线性加深

　　该模式同样是通过查看每个通道的颜色信息,与颜色加深不同的是,它是通过降低其亮度使颜色变暗来反映当前图层的颜色,与白色混合不会产生变化,效果如图 6.152 所示。

图 6.152　线性加深

6.8.5　深色

　　通过查看每个通道的颜色信息,与下层图像的颜色信息进行对比,如果小于下层图像的颜色信息,则用下层颜色信息来替代,否则保持不变,效果如图 6.153 所示。

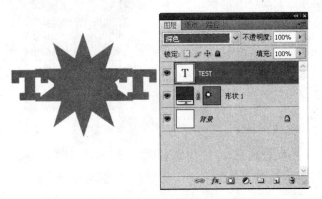

图 6.153　深色

6.8.6 变亮

该模式与变暗模式相反,查看每个通道中的颜色信息,混合时的颜色取绘图色与底色中较亮的颜色,底色中较暗的像素被绘制色中较亮的项所取代,较亮的像素颜色值保持不变,效果如图 6.154 所示。

图 6.154　变亮

6.8.7 滤色

该模式与正片叠底模式相反,它是将混合颜色的互补色与底色相乘,然后除以 255 得到混合效果,结果颜色总是较亮的颜色,像是被漂白一样。用黑色执行该模式使颜色保持不变,用白色执行该模式则生成白色。效果与多个幻灯片互相在上面投影相似,黑色仍然是黑色,但白色部分会更亮。这还是可以理解成上图层是一块滤色片,不过这块滤色片有一点比较特殊,它产生的效果不是变暗,而是较亮。

6.8.8 颜色减淡

查看每个通道中的颜色信息,通过增加对比度使底色变亮从而显示当前图层的颜色。使底色变亮以反映混合颜色。与黑色混合不会产生变化。

6.8.9 线性减淡

该模式用于查看每个通道的颜色信息,然后通过降低其他颜色的亮度从而反映当前图层的颜色。用白色时不改变图像色彩。

6.8.10 浅色

通过查看每个通道的颜色信息,与下层图像的颜色信息进行对比,如果大于下层图像的颜色信息,则用下层颜色信息来替代,否则保持不变。

6.8.11 叠加

该模式将绘制的颜色与底色相互叠加,提取底色的高光和阴影部分。底色不会被替换,而是和绘图颜色相互混合来显示图像的亮度和暗度,如图 6.155 所示。

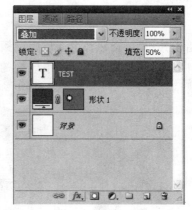

图 6.155　叠加

6.8.12　柔光

该模式是根据绘图色的明暗程度来决定图像的最终效果是变亮还是变暗。效果与将发散的聚光灯照在图像上相似。如果当前层颜色(光源)比 50% 灰色亮,则图像会变亮,就像被减淡一样。如果当前层颜色比 50% 灰色暗,则图像会被变暗,就像被加深一样。用纯黑色或纯白色绘画,会产生明显较暗或较亮的黑色或白色区域,但不会产生纯黑色或纯白色,如图 6.156 所示。

图 6.156　柔光

6.8.13　强光

该模式是根据当前层颜色的明暗程度来决定最终的效果是变亮还是变暗。若当前层颜色比 50% 灰色亮,就增加图像的高光,如果当前层颜色比 50% 灰色暗,则图像的暗部会更暗。可以产生耀眼的聚光灯照在图像上的效果,如图 6.157 所示。

6.8.14　亮光

该模式根据绘图色,通过增加或降低当前层颜色亮度来加深或减淡颜色,如果当前层颜

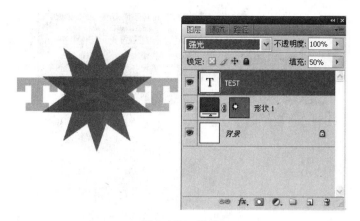

图 6.157 强光

色比 50％灰亮,图像通过降低对比度而变亮;如果当前层颜色比 50％灰暗,图像通过增加对比度而变暗。

6.8.15 线性光

该模式是通过增加或降低当前层颜色来加深或减淡颜色。如果当前层颜色比 50％灰亮,图像通过增加整体亮度使整体变亮;如果当前层颜色比 50％灰暗,图像通过增加整体亮度使整体变暗。

6.8.16 点光

该模式根据当前图层颜色来替换颜色。如果当前图层颜色比 50％的灰亮,则当前图层颜色被替换,而比当前层颜色亮的像素不变。如果当前图层颜色比 50％灰暗,比当前图层颜色亮的像素被替换,而比当前层颜色暗的像素不变,效果如图 6.158 所示。

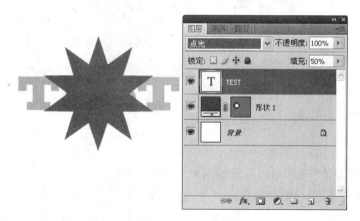

图 6.158 点光

6.8.17 实色混合

该模式将两个图层叠加后,当前层产生较强的硬性边缘,如图 6.159 所示。

图 6.159　实色混合

6.8.18　差值

差值模式是将当前图层的颜色与其下方图层颜色的亮度进行对比,用较亮颜色的像素值减去较暗颜色的像素值,所得的差值就是最后的结果像素值。差值混合模式是一种特殊的反相效果,它反相的区域、深度取决于混合颜色的亮度,混合颜色的亮度越大,则反相效果越明显,如混合颜色为白色时,其最终效果就是反相;亮度越暗,其反相效果越不明显,如混合颜色为黑色时,原图层将不会发生任何变化,如图 6.160 所示。

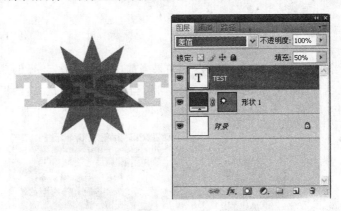

图 6.160　差值

6.8.19　排除

创建一种与“差值”模式相似但对比度较低的效果,但比差值模式的效果要柔和一些。与白色混合会使底色值反相;与黑色混合不产生变化,如图 6.161 所示。

6.8.20　色相

用红、黄、蓝这样的名称来区别颜色,这种颜色的差异称为色相。选择下方图层颜色亮度和饱和度值进行混合创建结果颜色,混合后的亮度和饱和度取决于底色,色相取决于当前层的颜色。具体操作很简单,执行“图像”|“调整”|“色相/饱和度”菜单命令,然后在弹出的对话框中左右拖曳“色相”调节三角箭头即可。

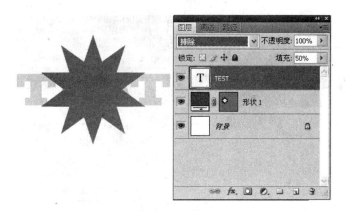

图 6.161　排除

6.8.21　饱和度

饱和度是指色彩的生动程度（强度和纯度）。它是以色彩同具有同一亮度的中性灰度的区别程度来衡量的。饱和度越大，灰色比例越小，颜色就越鲜艳；反之，当饱和度为 0 时，就是灰色了。可以用底色的光度和色相以及混合颜色的饱和度创建结果颜色。在无饱和度即灰色色调图像的区域上用此模式绘画不会引起变化。具体操作很简单，执行"图像"|"调整"|"色相/饱和度"菜单命令，然后在弹出的对话框中左右拖曳"饱和度"三角箭头即可。

6.8.22　颜色

用底色的光度以及混合颜色的色相和饱和度创建结果颜色。这样可以保护图像中的灰色色调，而且对于给单色图像上色以及给彩色图像着色都是很有用的，混合后的整体颜色由当前的绘制色决定，如图 6.162 所示。

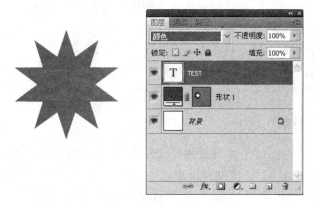

图 6.162　颜色

6.8.23　明度

该模式使用底色的色相和饱和度创建最终结果颜色，此模式创建与"颜色"模式相反的效果，如图 6.163 所示。

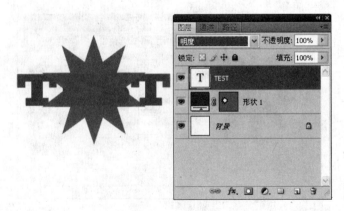

图 6.163　明度

6.9　智能对象的使用

智能对象是包含栅格或矢量图像中的图像数据的图层。智能对象将保留图像的源内容及其所有原始特性,从而能够对图层执行非破坏性编辑。如果导入的是矢量图形,作为智能对象导入后,该图形还保持矢量的特征,可以对图层进行缩放、旋转、斜切、扭曲、透视变换或使图层变形,而不会丢失原始图像数据或降低品质,因为变换不会影响原始数据。

可以利用智能对象执行以下操作。

(1) 执行非破坏性变换。

(2) 处理矢量数据,若不使用智能对象,需要在将这些矢量数据先进行栅格化,然后才能处理。

(3) 非破坏性应用滤镜。可以随时编辑应用于智能对象的滤镜。

(4) 编辑一个智能对象并自动更新其所有的链接实例。

(5) 应用与智能对象图层链接或未链接的图层蒙版。

(6) 无法对智能对象图层直接执行会改变像素数据的操作(如绘画、减淡、加深或仿制),除非先将该图层转换成常规图层(进行栅格化)。

6.9.1　创建智能对象

以文本图层为例,在图层中添加文本"TEST",然后可以用以下几种方法创建智能对象:执行"图层"|"智能对象"|"转换为智能对象"菜单命令或右击,然后在弹出的快捷菜单中选择"转换为智能对象"项,就可以将当前对象创建为"智能对象"。创建智能对象前如图 6.164 所示,创建智能对象后如图 6.165 所示,可以看到图层的缩略图右下角出现了智能对象的图标(见素材 sc6.9.1)。

6.9.2　编辑智能对象

双击任何一个智能对象图层右下角的智能对象图标,可以看到一个提示框,提示可以对智能对象进行统一修改并保存为一个单独文件,如图 6.166 所示。如果对这个文件进行了

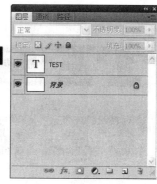

图 6.164 创建智能对象前

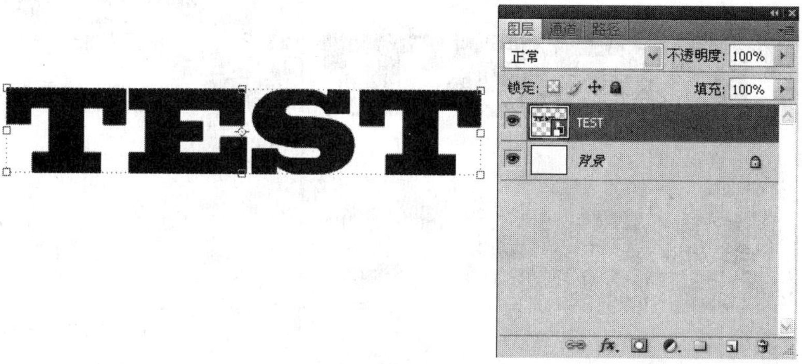

图 6.165 创建智能对象后

重新编辑,那么所有使用这个智能对象的图像都会变化以反映这个更改(见素材 sc6.9.2)。

图 6.166 编辑智能对象

　　可以看到,智能对象会被保存为另外一个文件,它的内容就是当初转化为智能对象的那个图层中的内容。它被单独保存为一个 PSB 文件,图 6.167 所示为智能对象的单独窗口,可以进行编辑和修改。

　　可以对这个智能对象文件进行修改,为其添加内发光的效果,如图 6.168 所示。

　　图 6.167 中对智能对象进行了编辑,但此时图层中这个智能对象并没有内发光的效果,

图 6.167　智能对象

图 6.168　智能对象编辑 1

这时候需要对该智能对象进行保存,之后更改后的编辑效果就可反映到图层中的智能对象,如图 6.169 所示。

图 6.169　智能对象编辑 2

如果对更改的效果不满意,可以随时对智能对象进行编辑和修改,而不必对图层中的矢量数据进行栅格后进行更改,非常方便。

6.9.3　替换编辑内容

如果需要对智能对象的内容进行修改,只需对智能图像文件尽心修改就可以达到目标,

例如，将文本"TEST"替换为"DATA"，执行"图层"|"智能对象"|"编辑内容"菜单命令或者双击图层右下角的智能对象图标，然后将智能对象的内容替换为"DATA"即可（见素材sc6.9.3），如图 6.170 所示。

图 6.170　替换智能对象内容 1

将智能对象修改后的内容存储后，就可以得到修改内容的效果，如图 6.171 所示。

图 6.171　替换智能对象内容 2

6.9.4　导出智能对象的内容

以素材 sc6.9.4 为例，包含文本图层"TEST"智能对象和文本图层 DATA 智能对象，可以按照下面的步骤完成导出智能对象内容。

（1）选中想要导出的那个智能对象，选中后出现虚线方框，如图 6.172 所示。

图 6.172　选中智能对象

（2）选中智能对象后，然后执行"图层"|"智能对象"|"导出内容"菜单命令，在弹出的

"存储"对话框中选择智能对象内容的位置,然后单击"保存"按钮。Photoshop 将以智能对象的原始置入格式导出智能对象。如果智能对象是利用图层创建的,则以 PSB 格式将其导出,如图 6.173 所示。导出结果打开后如图 6.174 所示。

图 6.173　导出智能对象为.psb 文件

图 6.174　导出智能对象结果

6.9.5　将智能对象转换为图层

将智能对象转换为常规图层的操作将按当前大小栅格化其内容。当不再需要编辑智能对象数据时,可将智能对象转换为常规图层。在对某个智能对象进行栅格化之后,应用于该智能对象的变换、变形和滤镜将不再可编辑。

选择智能对象,然后执行"图层"|"栅格化"|"智能对象"菜单命令。

如果要重新创建智能对象,请重新选择其原始图层并从头开始。新智能对象将不会保留应用于原始智能对象的变换。

6.10　中性色图层

不能将某些滤镜(如"光照效果"滤镜)应用于没有像素的图层。执行"图层"|"新建"|"图层"菜单命令,在"新图层"对话框中选择"填充(模式)中性色"可以解决这个问题,因为这样会首先使用预设的中性色来填充图层。将依据图层的混合模式来分配这种不可见的中性色。如果不应用效果,用中性色填充对其余图层没有任何影响。"填充中性色"选项不可用于使用"正常"、"溶解"、"实色混合"、"色相"、"饱和度"、"颜色"或"明度"模式的图层。图 6.175 和图 6.176 分别为使用和不使用中性色图层的效果。

图 6.175　使用中性色图层前　　　　　　　图 6.176　使用中性色图层后

习　题

1. 参照第 6.1 节,新建几个图层,按照该节中的操作方法和步骤,进行图层的链接、排列以及合并等操作,体会其操作过程和效果(参考素材 sc6.1.1,sc6.1.2 和 sc6.1.3)。

2. 参照第 6.2.1 小节和第 6.2.2 小节,新建文字图层,按照该节中的操作方法和步骤,为图层内容添加"投影和内投影"效果,体会两种投影方法的特点和区别以及同时使用两者的效果;另外,请调节各参数值,体会各参数的作用(参考素材 sc6.2.1 和 sc6.2.2)。

3. 参照第 6.2.3 小节和第 6.2.4 小节,新建文字图层,按照该节中的操作方法和步骤,为图层内容添加"外发光和内发光"的效果,体会两种发光效果方法的特点和区别,同时调节各参数大小,掌握各参数的作用(参考素材 sc6.2.3 和 sc6.2.4)。

4. 参照第 6.2.5 小节,新建文字图层,按照该节中的描述,为图层内容添加"斜面和浮雕"效果,并掌握不同"样式"下的效果以及调节各参数时的效果,掌握各参数的作用(参考素材 sc6.2.5)。

5. 参照第 6.2.6 小节,新建文字图层,按照该节中的操作和说明,为图层内容添加"光泽"效果,并掌握同"样式"的效果,以及调节各参数时的效果,掌握各参数的作用(参考素材 sc6.2.6)。

6. 参照第 6.2.7 小节、第 6.2.8 小节和第 6.2.9 小节的内容,新建文字图层,分别进行"颜色"、"渐变"和"图案"三种叠加方式的操作,掌握三种方法的效果,另外请通过调节各参数的大小来体会效果的改变(参考素材 sc6.2.7,sc6.2.8 和 sc6.2.9)。

7. 参照第 6.2.10 小节,新建文字图层,按照该节中的操作和描述,为图层内容添加"描边"效果,重点掌握"位置"下的描边效果以及调节各参数时的效果改变,掌握各参数的作用(参考素材 sc6.2.10)。

8. 参照第 6.2.11 小节,新建文字图层,使用"样式"为改变图层内容效果,掌握如何将系统的样式效果应用到图层内容(参考素材 sc6.2.11)。

9. 参照第 6.2 节中的内容,请对图层内容进行不同效果的组合操作,体会并掌握组合效果(参考第 6.2 节中各素材)。

10. 参照第 6.3 节,新建若干图层,并将其进行分组,掌握分组的操作方法,体会"分组"的优点(参考素材 sc6.3)。

11. 参照第 6.4 节和第 6.5 节,掌握"剪贴蒙版"和图层蒙版的操作方法和效果,并体会二者的区别和特点(参考素材 sc6.4 和 sc6.5)。

12. 参照第 6.6 节,新建若干图层,掌握利用"调整图层和填充图层"的不同操作方法,并调节各参数,体会和掌握各参数产生的效果和作用(参考素材 sc6.6)。

13. 参照第 6.9 节,根据该节中的描述和操作,掌握和理解智能对象的创建,编辑以及内容替换等操作,并结合实例进行操作(参考素材 sc6.9)。

第7章 图像的描绘与修饰

本章将介绍有关图像编辑的基础操作方法和技巧,如图像编辑的基本工具的使用、色彩模式及其转换、色彩和色调的调整,以及部分"图像"菜单命令。当然,在进行图像编辑之前还需要掌握一些图像和色彩的基础知识。通过本章的学习,读者将进一步领略到Photoshop强大的图像编辑功能和神奇的图像处理特效,并为掌握下面各章较高级的图像处理方法和技巧打下坚实的基础。

【知识要点】

(1) 学会使用图像编辑的基本工具;

(2) 学会对图像进行简单的修饰,熟悉图像调整的常用工具;

(3) 学会色彩模式和色调调整。

7.1 描 绘 工 具

描绘工具包括画笔工具、铅笔工具、油漆桶工具、渐变工具和各种擦除工具,它们可以修改图像中的像素。画笔工具和铅笔工具通过画笔描边来应用颜色,类似于传统的绘图工具;擦除工具用来修改图像中的现有颜色。

7.1.1 画笔工具

运用画笔工具可以创建出较柔和的笔触,笔触的颜色为前景色,此工具的使用方法与前面讲的喷笔工具相似。单击工具箱中的毛笔工具图标即可调出画笔工具选项窗口,如图7.1所示。

图 7.1 画笔工具的选项浮动窗口

7.1.2 铅笔工具

运用铅笔工具可以创建出硬边的曲线或直线,它的颜色为前景色。在铅笔工具选项浮动窗口的左上方有一个弹出式菜单栏,此菜单栏用以设定铅笔工具的绘图模式。其中自动抹掉选项被选定以后,如果鼠标的起点处是工具箱中的背景色,铅笔工具将用前景色绘图。当在画笔浮动窗口中选择铅笔工具的笔触大小时,会发现只有硬边的笔触样式。

7.1.3 油漆桶工具

油漆桶工具可以根据图像中像素颜色的近似程度来填充前景色或连续图案。单击工具箱中的油漆桶工具,就会调出油漆桶工具选项浮动窗口,如图7.2所示。

图 7.2　油漆桶工具的选项浮动窗口

7.1.4　渐变工具

渐变填充工具可以在图像区域或图像选择区域填充一种渐变混合色。此类工具的使用方法是按住鼠标拖曳,形成一条直线,直线的长度和方向决定渐变填充的区域和方向。如果在拖曳鼠标时按住 Shift 键,就可保证渐变的方向是水平、竖直或呈 45°角。

Photoshop 的渐变工具组和之前版本基本相同,均是包括 5 种基本渐变工具:线性渐变工具、径向渐变工具、角度渐变工具、对称渐变工具、菱形渐变工具。每一种渐变工具都有其相对应的选项浮动窗口。可以在选项浮动窗口中任意地定义、编辑渐变色,并且无论多少色都可以。线性渐变工具的选项浮动窗口如图 7.3 所示。

图 7.3　渐变工具的选项浮动窗口

双击线性渐变工具列表中的某种渐变图标,则会出现"渐变编辑器"对话框,可以通过此对话框建立一个新的渐变色或编辑一个旧的渐变色,如图 7.4 所示,使用效果如图 7.5 所示。

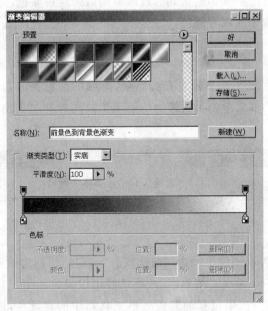

图 7.4　"渐变编辑器"对话框

7.1.5　橡皮擦工具

橡皮擦工具是在图片处理过程中常用的一种工具,在 Photoshop 中有橡皮擦工具、背景橡皮擦工具和魔术橡皮擦工具。

图 7.5 渐变的三种变化效果

橡皮擦工具就是擦除图像露出的背景色。

橡皮工具选项浮动窗口如图 7.6 所示,使用后效果如图 7.7 所示。

图 7.6 橡皮擦工具的选项栏

图 7.7 使用普通橡皮擦前后的变化效果

7.1.6 背景橡皮擦工具

背景橡皮擦工具可将被擦除区域的背景色擦掉,被擦除的区域将变成透明,使用背景橡皮擦可以有选择地擦除图像,主要通过设置采样色,然后擦除图像中颜色和采样色相近的部分。背景橡皮擦工具的选项浮动窗口如图 7.8 所示,使用背景橡皮擦后的效果如图 7.9所示。

图 7.8 背景橡皮擦工具的选项浮动窗口

7.1.7 魔术橡皮擦工具

魔术橡皮擦工具有着更灵活的擦除功能,操作也更简捷。魔术橡皮擦工具在作用上与背景色橡皮擦类似,都是将像素抹除以得到透明区域。只是两者的操作方法不同,背景色橡皮擦工具采用了类似画笔的绘制(涂抹)型操作方式。而这个魔术橡皮擦则是区域型的擦除

图 7.9 使用背景橡皮擦工具前后的变化效果

（即一次单击就可针对一片区域）的操作方式。

　　与魔棒工具的性能相似，魔棒单击后会根据单击处的像素颜色及设定的容差值产生一块选区。魔术橡皮擦工具的操作方式也是如此，只不过它将这些相似的像素予以抹除，从而留下透明区域。换言之，魔术橡皮擦的作用过程可以理解为是三合一：用魔棒创建选区、删除选区内像素、取消选区。

　　如图 7.10 所示是魔术橡皮擦工具的选项浮动窗口，可以看出与魔棒工具是多么的相似。"容差"和"连续"两项的作用在此不再赘述。"对所有图层取样"如果开启将对所有图层有效，若关闭，则只能针对目前所选择的图层有效。"不透明度"决定删除像素的程度，100%的话为完全删除，被操作的区域将完全透明。减小数值的话就得到半透明的区域。设置好魔术棒的属性后，只需单击鼠标，就可以擦除预定的图像，使用后效果如图 7.11 所示。

图 7.10 魔术橡皮擦工具的选项浮动窗口

图 7.11 使用魔术橡皮擦工具前后的变化效果

7.2 形状工具

7.2.1 矩形工具

　　矩形工具可以在图像中快捷地画出一个矩形，并且可以控制矩形区域的形状和颜色，打开矩形工具选项浮动窗口，如图 7.12 所示。

　　浮动窗口中，有几个选项需要说明，打开矩形选项对话框下拉窗口，如图 7.13 所示，在该对话框中有几项单选按钮和复选框分别是不受限制、方形、固定大小、比例、从中心、对齐像素。图 7.14 就是使用矩形工具的选项画出的图案。

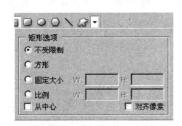

图 7.12　矩形工具的工具栏

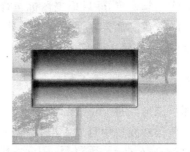

图 7.13　矩形工具的选项浮动窗口的下拉窗口　　　图 7.14　矩形工具选项画出的图案

7.2.2　圆角矩形工具

圆角矩形工具和矩形工具的用法基本相同,都是用来在图像中画矩形,但是圆角矩形工具画出来的矩形不是直角的。使用圆角矩形工具的方法和矩形工具基本相同,都是按下鼠标然后拖曳,在矩形圆角工具的选项浮动窗口中间有一个半径输入项,这个半径是指圆角的弧半径,其余的几项与矩形基本相同。

7.2.3　椭圆工具

椭圆工具可以在图像中画入椭圆,它的用法和前面的矩形工具基本类似。在椭圆工具的"选项"对话框中,可以选择长短轴尺寸,或选择长短轴的比例,或选择椭圆的中心点来确定椭圆的位置。按住 Shift 键可以画出一个正圆的选区,按住 Alt 键可以以所在点为中心画椭圆选区。

7.2.4　多边形工具

多边形工具是画各种规则形状的多边形的,如图 7.15 所示在该窗口里根据需要和效果选择适当的多边形边界形状,另外在多边形的选项浮动窗口中,中间有一个边数填充项,该项的意义是确定所要画的多边形的边数。绘制效果如图 7.16 所示。

图 7.15　多边形工具的选项浮动窗口的下拉窗口

图 7.16　多边形工具画出的图案

7.2.5　直线工具

直线工具可以创建一条直线。其使用方法是选择直线工具后,在图像中单击鼠标确定此直线的起始点,然后拖曳鼠标至合适的终点处再单击一下鼠标,即可创建一条以前景色为颜色的直线。如果在使用直线工具时按住 Shift 键,即可控制直线的方向,画出的线一定成水平、竖直或呈 45°。

7.2.6　自定形状工具

自定形状是 Photoshop 新增的一种绘图工具,它是除了上述图形之外各种常见的形状。从选项浮动窗口中可以看出,常见形状图形工具的选项浮动窗口和其他几种图形工具基本类似,中间的块 ▢▢◯◯◇\▧※▾ 是几种图形工具的快速切换工具,单击常见形状图形工具的选项对话框如图 7.17 和图 7.18 所示。

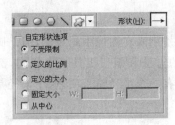

图 7.17　自定形状工具的选项浮动窗口的下拉窗口

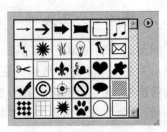

图 7.18　常见形状的图形形状

7.3　图像修饰工具

7.3.1　仿制图章工具

仿制图章工具是 Photoshop 工具箱中很重要的一种编辑工具。在实际工作中,仿制图章可以复制图像的一部分或全部从而产生某部分或全部的拷贝,它是修补图像时经常要用到的编辑工具。仿制图章工具的选项窗口如图 7.19 所示。

图 7.19　仿制图章工具的选项浮动窗口

利用仿制图章工具复制图像如图 7.20 所示,首先要按下 Alt 键,利用图章定义好一个基准点,然后放开 Alt 键,反复涂抹就可以复制了。当选择“对齐的”选项后,可产生一个与原图一样的单一的复制图像;当取消“对齐的”选项,则每次松开鼠标后再次单击将从原始取样点开始重新复制图像。

7.3.2　图案图章工具

在使用图案图章工具之前,必须先选取图像的一部分并执行“编辑”|“定义图案”菜单命令定义一个图案,然后才能使用图案印章工具将设定好的图案复制到鼠标的拖放处。单击

图 7.20 利用仿制图章工具复制图像

工具箱中的图案图章工具,就会调出图案图章工具选项浮动窗口。此浮动工具窗口与图章工具选项浮动窗口的选项基本一致,只是多出了一个图案选项。当选择"对齐的"选项后,使用图案图章工具可为图像填充连续图案。如果第二次执行定义指令,则此时所设定的图案就会取代上一次所设定的图案。当取消"对齐的"选项,则每次开始使用图案图章工具,都会重新开始复制填充。

下面两图是利用图案图章工具复制图案的实例,图 7.22 是将图 7.21 所示的选区作为图案进行涂抹的结果。

图 7.21 原始图像及作为图案的选区

图 7.22 使用图案图章工具将图案连续复制

7.3.3 修复画笔工具

修复画笔工具 用于修复图像中的缺陷,并能使修复的结果自然溶入周围的图像。和图章工具类似,"修复画笔工具"也是从图像中取样复制到其他部位,或直接用图案进行填充。但不同的是,"修复画笔工具"在复制或填充图案时,会将取样点的像素信息自然溶入到复制的图像位置,并保持其纹理、亮度和层次,被修复的像素和周围的图像完美结合。图 7.23 是修复前的效果,图 7.24 是修复后的效果。

在修复画笔工具选项浮动窗口中,可看到和图章工具类似的选项,如图 7.25 所示。在画笔弹出调板中选择画笔的大小来定义修复画笔工具的大小,在"模式"后面的弹出调板中只能选择圆形的画笔,只能调节画笔的粗细、硬度、间距、角度和圆度的数值,这是和图章工具的不同之处,如图 7.26 所示。

图 7.23　利用修复画笔工具修复前　　　　　图 7.24　利用修复画笔工具修复后

图 7.25　修复画笔工具的选项浮动窗口

在"源"后面有两个选项,当选中"取样"时,和仿制图章工具相似,首先按住 Alt 键确定取样起点,然后松开 Alt 键,将鼠标移动到要复制的位置,单击或拖曳鼠标,当选中"图案"时,和图案图章工具相似,在弹出的调板中选择不同的图案或自定义图案进行图像的填充。

7.3.4　污点修复画笔工具

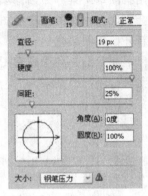

污点修复画笔工具 用于快速移去图像中的污点和其他不理想的部分。和修复画笔工具相似,污点修复画笔工具使用图像或图案中的样本进行绘画,并将样本的纹理,光照,透明度和阴影与所修复的像素相匹配。与修复画笔不同,污点修复画笔不需要指定样本点,污点修复画笔将会在需要修复区域外的图像周围自动取样。图 7.27 是修复前,图 7.28 是修复后的效果。

图 7.26　修复画笔工具的选项
　　　　　浮动窗口的下拉窗口

图 7.27　利用污点修复画笔工具修复前　　　图 7.28　利用污点修复画笔工具修复后

在污点修复画笔工具的工具选项栏中,在画笔弹出调板中选择画笔的大小来定义修复画笔工具大小和形状。"模式"中选择正片叠底混合方式,如图 7.29 所示。

图 7.29　污点修复画笔工具的选项浮动窗口

在"类型"后面有两个选项,当选中"近似匹配"时,自动修复的像素可以获得较平滑的修复结果,当选择"创建纹理"时,自动修复的像素将会以修复区域周围的纹理填充修复结果。

"对所有图层取样"选项可以使污点修复画笔工具在修复过程中取样于所有可见图层。图 7.30 是原始图像,使用"污点修复画笔工具"选择合适的画笔大小,在需要修复的图像直接绘制,图 7.31 是使用"近似匹配"选项的效果,图 7.32 是使用"创建纹理"选项的效果。

图 7.30　原始图像

图 7.31　使用"近似匹配"修改后的效果

图 7.32　使用"创建纹理"修改后的效果

7.3.5　修补工具

使用修补工具 ⬡ 可以从图像的其他区域或使用图案来修补当前选中的区域,如图 7.33 所示。和修复画笔工具相同之处是修复的同时也保留图像原来的纹理、亮度及层次等信息。

图 7.33　修补工具的选项浮动窗口

在执行修补操作之前,首先要确定修补的选区,可以直接使用"修补工具"在图像上拖曳鼠标形成任意形状的选区,也可以采用其他的选择工具进行选区的创建。

将图 7.34 的字体用"修补工具"圈选起来,然后在"修补工具"的选项栏中选择"源"选项,按住鼠标将选区拖曳到另一个区域,然后再松开鼠标,原来圈选的区域就被图 7.35 中选区所示的范围所修补,结果如图 7.36 所示。用同样的方法进行其他区域的修补,修补结果如图 7.37 所示。

7.3.6　红眼工具

红眼工具可以移去闪光灯拍摄的人物照片中的红眼,也可以移去用闪光灯拍摄的动物照片中的白色或绿色反光。红眼是由于相机闪光灯在视网膜上反光引起的。

图 7.34　修补前

图 7.35　修补到相邻区域

图 7.36　修补中用相似区域替换原区域图案

图 7.37　修补后的效果

　　打开有红眼要修改的图像,如图 7.38 所示,在工具栏中选择红眼工具,在需要修复红眼的图像处单击,如结果不满意还可以使用 Ctrl＋Z 键进行撤销,调整工具选项栏中"瞳孔大小"和"变暗量"的变量,如图 7.40 所示,再次使用红眼工具单击修复红眼,直到结果满意为止,如图 7.39 所示。

图 7.38　修改前

图 7.39　修改后

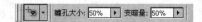

图 7.40　调整红眼工具的选项浮动窗口

　　(1)瞳孔大小。设置瞳孔(眼睛暗色的中心)的大小。

　　(2)变暗量。设置瞳孔的变暗程度。

7.3.7　颜色替换工具

　　使用颜色替换工具 能够简化图像中特定颜色的替换,可以用校正颜色在目标颜色上绘画(例如,图像中衣服的颜色)。其操作步骤如下。

打开需要修改的图像,如图 7.41 所示,在选项栏中选取画笔笔尖。设置混合模式为"颜色",选择前景色为"蓝色"。先使用吸管工具将背景色设定为衣服的颜色,在工具栏中选中"连续"图标,将容差设定为:30%,如图 7.42 所示,使用颜色替换工具在"衣服中心图案"部位进行绘制,将绿色改为蓝色,如图 7.43 所示。

图 7.41　修改前

图 7.43　修改后

图 7.42　颜色替换工具的选项浮动窗口

1. 取样

(1)"连续"。用来拖曳鼠标时对颜色连续取样。

(2)"一次"。用来替换第一次单击的颜色所在区域中的目标颜色。

(3)"背景色板"。用来抹除包含当前背景色的区域。

2. 限制

(1)"不连续"。用来替换现在指针下任何位置的样本颜色。

(2)"临近"。用来替换与紧挨在指针下的颜色临近的颜色。

(3)"查找边缘"。用来替换包含样本颜色的相连区域,同时更好地保留形状边缘的锐化程度。

3. 容差

用来输入一个百分比值(范围为 1%～100%)或者拖曳滑块。选取较低的百分比可以替换与所单击像素非常相似的颜色,而增加该百分比可替换范围更广的颜色。

4. 消除锯齿

用来为所校正的区域定义平滑的边缘。

(颜色替换工具不适用于"位图"、"索引"或"多通道"颜色模式的图像。)

7.3.8　模糊工具、锐化工具和涂抹工具

模糊工具 ◯ 呈水滴状,锐化工具 △ 呈三角形,它们可使图像的一部分边缘模糊或清晰,常用于对细节的修饰。在按住 Alt 键的同时单击工具箱中的此工具图标即可在模糊工具和锐化工具之间切换。两者的工具选项栏中的选项也是相同的,如图 7.44 所示,模糊和锐化效果如图 7.45 所示。

其中可调节"强度"的大小,强度越大,工具产生的效果就越明显。在"模式"后面的弹出

图 7.44　模糊工具的选项浮动窗口

菜单中可设定工具和底图不同的作用模式。

当选中"用于所有图层"复选框时,这两个工具在操作过程中就不会受不同图层的影响,不管当前是哪个活动层,模糊工具和锐化工具都对所有图层上的像素起作用。

图 7.45　原始图像分别经过模糊和锐化后的效果变化

涂抹工具 用于模拟用手指涂抹油墨的效果,以涂抹工具在颜色的交界处作用,会有一种相邻颜色互相挤入而产生的模糊感。涂抹工具不能在"位图"和"索引颜色"模式的图像上使用。

在涂抹工具的选项中,如图 7.46 所示,可以通过"强度"来控制手指作用在画面上的工作力度。默认的"强度"为 50%,"强度"设置为 100% 时,则可拖出无限长的线条来,直至松开鼠标按键。

图 7.46　涂抹工具的选项浮动窗口

当选中"手指绘画"复选框时,每次拖曳鼠标绘制的开始就会使用工具箱中的前景色。如果我们将"强度"设置为 100%,则绘图效果与画笔工具完全相同。

另外,在涂抹工具的使用过程中,Alt 键可以随时控制"手指绘画"选项的开关。即选中"手指绘画"复选框时,按下 Alt 键相当于暂时关闭这一选择,而未选中时,按下 Alt 键则相当于选中了它。

"用于所有图层"复选框和图层有关,当选中此复选框时,涂抹工具的操作对所有的图层都起作用。图 7.47 所示为原始图像,图 7.48 所示为使用涂抹工具后的效果。

图 7.47　修改前

图 7.48　修改后

7.3.9 减淡工具、加深工具与海绵工具

(1) 减淡工具。它可使图像的细节部分变亮,类似于给图像的某一部分淡化。如果单击工具箱中的减淡工具,就可以调出减淡工具选项浮动窗口,如图 7.49 所示。

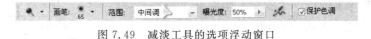

图 7.49 减淡工具的选项浮动窗口

(2) 加深工具。它可使图像的细节部分变暗,类似于减淡工具的操作。在加深工具选项浮动窗口中可以分别设定暗调、中间调或高光来对图像的细节进行调节,另外也可以设定不同的曝光度,这些操作的设置和亮化工具的选项属性完全一样,如图 7.50 所示。

图 7.50 加深工具的选项浮动窗口

(3) 海绵工具。它用来增加或降低图像中某种颜色的饱和度。海绵工具的选项条如图 7.51 所示,处理效果如图 7.52～图 7.55 所示。

图 7.51 海绵工具的选项浮动窗口

图 7.52 原始图像

图 7.53 使用减淡工具处理结果

图 7.54 使用加深工具处理结果

图 7.55 使用海绵工具处理结果

7.4 混 合 模 式

混合模式的控制是 Photoshop 的一项较为突出的功能。通过使用色彩混合模式可以获得一些出乎意料的效果,完成一些高难度的操作。混合模式在很多编辑操作中都要使用,如进行填充和描边、多个层之间混合和层与通道之间混合等。

色彩混合是指当前用绘画或编辑工具应用的颜色与图像原有的底色进行混合,从而产生一种结果颜色。例如:当对图层进行色彩混合时,即表示当前选定的层与在它底下的层进行色彩混合。不同的色彩可以产生不同的效果,在计算混合结果时,Photoshop 根据像素的每一个参数(如 R、G、B 或 C、M、Y、K)分别计算。下面介绍各种混合模式的特点和作用。

图7.56　图层混合模式

7.4.1　正常模式

正常模式是默认的色彩混合模式,在这种模式下上一图层的图像将完全地覆盖住下层图像,可通过工具栏中的"不透明度"来设定不同的透明度,如图7.56所示。

图7.57所示为正常模式,即不透明度为100％时的效果。图7.58所示为正常模式,即不透明度为70％时的效果。

7.4.2　溶解模式

溶解模式的最终色和绘图色相同,只是根据每个像素点所在位置的透明度的不同,可随机以绘图色和底色取代。透明度越大,溶解效果就越明显。

图7.57　不透明度为100％时的效果

图7.58　不透明度为70％时的效果

图7.59所示为溶解模式,其不透明度为100％时的效果,因为线条的边缘柔软,也就是有一定的透明度,所以可看到边缘溶解的效果。图7.60所示为不透明度为70％时的效果。

7.4.3　背后模式

背后模式的最终色和绘图色相同。当在有透明区域的图层上操作时背后模式才会出现,可将绘制的线条放在图层中图像的后面。

如图7.61所示,花朵所在的图层为一个有透明区域的图层,在图层调板中可看到蝴蝶图层。采用画笔工具在此模式下进行绘制,可得到图7.62所示的效果。

图 7.59　不透明度为 100％时的溶解模式效果　　　　图 7.60　不透明度为 70％时的溶解模式效果

图 7.61　有透明区域的图层　　　　　　　图 7.62　采用画笔工具在背后模式下进行绘制的效果

7.4.4　清除模式

　　清除模式同背后模式一样当在图层上操作时,清除模式才会出现。利用清除模式可将图层中有像素的部分清除掉,使之透明,如图 7.63 所示。

　　当有图层时,利用清除模式,使用油漆桶工具可以将图层中的颜色相近的区域清除掉。可在油漆桶工具的选项栏中设定"容差值"以确定喷漆工具所清除的范围。工具选项中的"用于所有图层"选项在清除模式下无效。

图 7.63　利用清除模式将图层中有像素的
　　　　　部分清除掉

7.4.5　变暗模式和变亮模式

　　变暗模式可以查找各个颜色通道内的颜色信息,并按照像素对比的底色和绘图色,将较暗的颜色作为混合模式得到的最终效果。比背景亮的颜色被替换,暗色则保持不变。

　　变亮模式只影响图像中比所选前景色更深的像素,它和变暗模式是相反的。变亮模式产生的效果比滤色模式、正片叠底模式产生的效果要强烈。亮颜色被保留,暗颜色被替换。

图 7.64 和图 7.65 是分别使用两种模式的效果。

图 7.64　使用变暗模式的效果

图 7.65　使用变亮模式的效果

7.4.6　正片叠底模式模式

正片叠底模式将两个颜色的像素值相乘,然后再除以 255 得到的结果就是最终色的像素值。通常执行正片叠底模式后的颜色比原来两种颜色都深。任何颜色和黑色执行正片叠底模式得到的仍然是黑色,任何颜色和白色执行"正片叠底"模式则保持原来的颜色不变,而与其他颜色执行此模式会产生暗室中以此种颜色照明的效果。

像素点的像素值是 0～255,黑色的像素值是 0,白色的像素值是 255,如图 7.66 所示。

图 7.66　使用正片叠底模式的效果

7.4.7　颜色加深模式和颜色减淡模式

颜色加深模式查看每个通道的颜色信息,通过增加"对比度"使底色的颜色变暗来反映绘图色,和白色混合没有变化,如图 7.67 所示。

颜色减淡模式查看每个通道的颜色信息,通过降低"对比度"使底色的颜色变亮来反映绘图色,和黑色混合没有变化,如图 7.68 所示。

图 7.67　使用颜色加深模式的效果

图 7.68　使用颜色减淡模式的效果

7.4.8　线性加深模式和线性减淡模式

　　线性加深模式查看每个通道的颜色信息,通过降低"亮度"使底色的颜色变暗来反映绘图色,和白色混合没有变化,如图7.69所示。

　　线性减淡模式查看每个通道的颜色信息,通过增加"亮度"使底色的颜色变亮来反映绘图色,和黑色混合没有变化,如图7.70所示。

图7.69　使用线性加深模式的效果

图7.70　使用线性减淡模式的效果

7.4.9　叠加模式

　　叠加模式在保留底色明暗变化的基础上使用"正片叠底"或"滤色"模式,绘图色的颜色被叠加到底色上,但保留底色的高光和阴影部分。底色的颜色没有被取代,而是和绘图色混合来体现原图的亮部和暗部,使用此模式可使底色的图像的饱和度及对比度得到相应的提高,使图像看起来更加鲜亮,如图7.71所示。

图7.71　使用叠加模式的效果

7.4.10　柔光模式和强光模式

　　柔光模式根据绘图色的明暗程度来决定最终色是变亮还是变暗。当绘图色比50%的灰要亮时,则底色图像变亮,如果绘图色比50%的灰要暗,则底色图像就变暗。如果绘图色有纯黑色或纯白色,最终色不是黑色或白色,而是稍微变暗或变亮。如果底色是纯白色或纯黑色不产生任何效果。此效果与发散的聚光灯照在图像上相似,如图7.72所示。

　　强光模式根据绘图色来决定是执行"正片叠底"模式还是"滤色"模式。当绘图色比50%的灰要亮时,则底色变亮,就像执行"滤色"模式一样,这对增加图像的高光非常有帮助,如果绘图色比50%的灰要暗,则就像执行"正片叠底"模式一样,可增加图像的暗部,当绘图色是纯白色或黑色时得到的是纯白色和黑色。此效果与耀眼的聚光灯照在图像上相似,如图7.73所示。

图 7.72　使用柔光模式的效果　　　　　图 7.73　使用强光模式的效果

7.4.11　亮光模式

亮光模式根据绘图色通过增加或降低"对比度"，加深或减淡颜色。如果绘图色比 50% 的灰亮。图像通过降低对比度被照亮，如果绘图色比 50% 的灰暗，图像通过增加对比度变暗，如图 7.74 所示。

图 7.74　使用亮光模式的效果　　　　　图 7.75　使用线性光模式的效果

7.4.12　线性光模式

线性光模式根据绘图色通过增加或降低"亮度"，加深或减淡颜色。如果绘图色比 50% 的灰度亮，图像通过增加亮度被照亮，如果绘图色比 50% 的灰度暗，图像通过降低亮度变暗，如图 7.75 所示。

7.4.13　点光模式

点光模式根据绘图色替换颜色。如果绘图色比 50% 的灰要亮，比绘图色暗的像素被替换，比绘图色亮的像素不变化。如果绘图色比 50% 的灰要暗，比绘图色亮的像素被替换，比绘图色暗的像素不变化。点光模式对图像增加特殊效果非常有用，如图 7.76 所示。

7.4.14　实色混合模式

　　实色混合模式根据绘图颜色与底图颜色的颜色数值相加,当相加的颜色数值大于该颜色模式颜色数值的最大值,混合颜色为最大值;当相加的颜色数值小于该颜色模式颜色数值的最大值,混合颜色为 0;当相加的颜色数值等于该颜色模式颜色数值的最大值,混合颜色由实色混合能够产生颜色较少,边缘较硬的图像效果,如图 7.77 所示。

图 7.76　使用点光模式的效果　　　　　　图 7.77　使用实色混合模式的效果

7.4.15　差值模式与排除模式

　　差值模式查看每个通道中的颜色信息,比较底色和绘图色,用较亮的像素点的像素值减去较暗的像素点的像素值,差值作为最终色的像素值。与白色混合将使底色反相,与黑色混合则不产生变化,如图 7.78 所示。

　　排除模式可生成和差值模式相似的效果,但比差值模式生成的颜色对比度较小,因而颜色较柔和。与白色混合将使底色反相,与黑色混合则不产生变化,如图 7.79 所示。

图 7.78　使用差值模式的效果　　　　　　图 7.79　使用排除模式的效果

7.4.16　色相模式

　　色相模式是采用底色的亮度、饱和度以及绘图的色相来创建最终色,如图 7.80 所示。

图 7.80　使用色相模式的效果　　　　　　图 7.81　使用饱和度模式的效果

7.4.17　饱和度模式

饱和度模式是采用底色的亮度、色相以及绘图色的饱和度来创建最终色。如果绘图色的饱和度为 0，则原图没有变化，如图 7.81 所示。

7.4.18　颜色模式

颜色模式是采用底色的亮度以及绘图色的色相、饱和度来创建最终色。它可保护原图的灰阶层次，对于图像的色彩微调，给单色和彩色图像着色都非常有用，如图 7.82 所示。

图 7.82　使用颜色模式的效果　　　　　　图 7.83　使用亮度模式的效果

7.4.19　亮度模式

亮度模式是采用底色的色相和饱和度以及绘图色的亮度来创建最终色，此模式创建与颜色模式相反的效果，如图 7.83 所示。

7.5　图像的调整

7.5.1　裁剪工具

在实际的工作中，经常会用到图像的裁剪，可以使用工具箱中的裁剪工具 ，或执行"图像"|"裁剪"菜单命令来实现，也可以执行"图像"|"裁剪"菜单命令来修剪图像。

单击工具箱中的裁剪工具,弹出裁剪工具的选项栏,如图 7.84 所示,在选项栏中可分别输入裁剪"宽度"和"高度"值,并输入所需的分辨率。无论画出的裁剪框有多大,当确认后,最终的图像大小都与选项栏中所定的尺寸及分辨率完全一样。也可以让这些数据框保持空白,使用裁剪工具进行裁剪后,尺寸将和拖曳的裁剪框相同,并保持图像原来的分辨率。

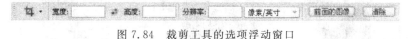

图 7.84　裁剪工具的选项浮动窗口

在工具箱中选择裁剪工具 ,在图像拖曳,可形成有 8 个把手的裁剪框,如图 7.85 所示,当光标放置在裁剪框的角把手上时,会显示为双箭头符号,按住鼠标拖曳可改变裁剪框的大小,每边中间的把手用来移动单个的边而其他的部分不受影响,当光标移动到每个把手之外时,光标的外形会显示一个转弯的双箭头符号,此时可对裁剪框进行旋转。

图 7.85　裁剪工具选择的矩形区域

裁剪框的中心有一个图标表示裁剪框的中心点,其内定的状态是位于裁剪框的中心。可用鼠标将其拖曳到任意位置。

当使用裁剪工具画完裁剪框以后,其选项栏显示为图 7.86 所示的状态。

图 7.86　使用裁剪工具后的选项浮动窗口

在"裁剪区域"后面有两个单选按钮,如果选中"删除"单选按钮,执行裁剪命令后,裁剪框以外的部分被删除,如果选中"隐藏"单选按钮,裁剪框以外的部分被隐藏起来,使用工具箱中的抓手可以对图像进行移动,隐藏的部分可以被移动出来。

如果"裁剪区域"后面的两个单选按钮不可选,说明当前的图像只有一个背景层,可在图层调板中将背景层转为普通图层。

当用鼠标拖曳形成裁剪框后,裁剪框以外的图像内容被部分透明的黑色遮盖起来,可以单击"屏蔽颜色"后面的色块,在弹出的拾色器中更改遮盖的颜色,在"不透明度"数据框中输入百分比数字定义不透明度。

选中"透视"复选框后,裁剪框的每个把手都可以任意移动,可以使正常的图像具有透视效果,如图 7.87 所示,也可以使具有透视效果的图像变成平面的效果,如图 7.88 所示。

建立了透视裁剪框之后,按 Alt 键的同时拖曳裁剪框上的把手,或直接拖曳裁剪边框的

图 7.87　透视效果

图 7.88　平面的效果

中心点,可在保留透视的同时扩展裁剪边界。当使用"透视"选项裁剪时,为了能正确执行"透视"操作,不要移动裁剪的中心点。

7.5.2　裁剪命令

裁剪命令的使用非常简单,将要保留的图像部分用选框工具选中,然后执行"图像"|"裁剪"菜单命令即可。裁剪的结果只能是矩形,如果选中的图像部分是圆形或其他不规则形状,执行"裁剪"菜单命令后,会根据圆形或其他不规则形状的大小自动创建矩形。执行"裁剪"菜单命令后,原来的浮动选择线依然保留。

7.5.3　裁切

使用"裁切"菜单命令就无须"裁剪"菜单命令那样先创建选区。执行"图像"|"裁切"菜单命令,将弹出"裁切"对话框,如图 7.89 所示。在"基于"选项栏中,可选择不同的选项进行图像裁切。

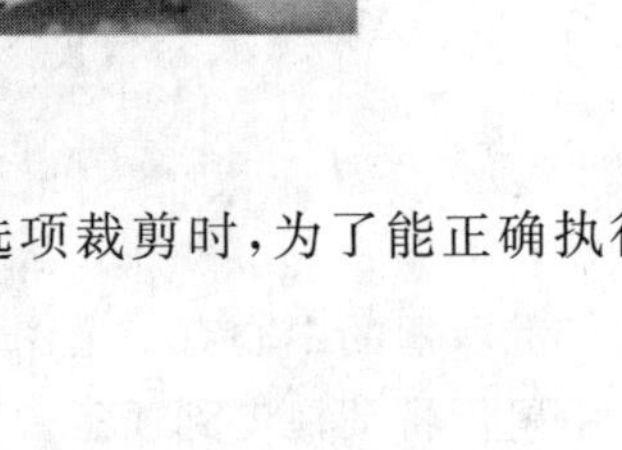

(1)透明像素。当图层中有透明区域时,此选项才有效,可裁剪掉图像边缘的透明区域,留下包含像素的最小图像。图 7.90 所示为执行"裁切"菜单命令前的效果,图 7.91 所示为执行"裁切"菜单命令后的效果。

(2)"左上角像素颜色"和"右下角像素颜色"两个单选项

图 7.89　"裁切"对话框

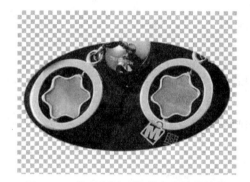

图 7.90　执行"裁切"菜单命令前的效果　　　　图 7.91　执行"裁切"菜单命令后的效果

对于去除图像的杂边有效,为了明显起见,制作了一个很宽的白边,当执行"裁切"菜单命令后,将得到图 7.92 所示的效果。图 7.93 为不带白边的效果。

图 7.92　带白边的效果　　　　　　　　图 7.93　不带白边的效果

（3）"裁切掉"复选栏。该栏中有 4 个选项：顶、底、左和右,如果 4 个单选按钮都被选中,图像的四周的像素将都被剪掉,根据需要也可选择剪掉一边、两边或三边的图像区域。

7.5.4　图像大小的调整

有时候,绘画的图像会出现太小或者太大的情况,这时候就需要更改图像的大小来改变图像的效果。

执行"图像"|"图像大小"菜单命令,可弹出"图像大小"对话框,如图 7.94 所示。重新输

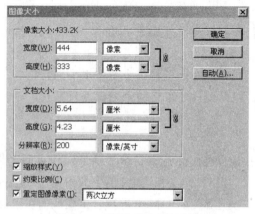

图 7.94　"图像大小"对话框

入"宽度"、"高度"值就可以更改图像大小。

7.5.5 画布大小的调整

有时候画布大小也会出现太小或者太大的情况,这时候就需要调整画布的大小来改变图像的效果。

执行"图像"|"画布大小"菜单命令,可弹出"画布大小"对话框,如图7.95所示。重新输入"宽度"、"高度"值就可以更改画布大小。

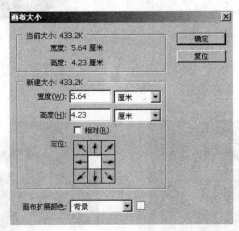

图7.95 "画布大小"对话框

7.5.6 画布的旋转

对整个图像进行旋转和翻转主要通过执行"编辑"|"旋转画布"菜单命令来完成。执行这些命令之前,用户不需要选取范围,直接就可以使用。但是这些命令是针对整个图像的,所以,即使在图像中选取了范围,旋转或翻转仍然是对整个图像进行。

各命令的含义如下。

(1) 180度。执行此命令可将整个图像旋转180°。

(2) 90度(顺时针)。执行此命令可将整个图像顺时针旋转90°。

(3) 90度(逆时针)。执行此命令可将整个图像逆时针旋转90°。

(4) 任意角度。执行该命令会出现如图7.96所示的对话框,可以将图像顺时针或是逆时针旋转任意角度。

(5) 水平翻转画布。执行此命令可将整个图像水平翻转。

(6) 垂直翻转画布。执行此命令可将整个图像垂直翻转。

7.5.7 图像的变换

对图像进行自由变换的操作与对选区自由变换的操作大同小异,只不过是自由变换的对象不同而已。因此,执行"编辑"|"变换"子菜单中的相应命令就可以完成。

若执行了"选择"|"变换选区"菜单命令,进行自由变换的对象是选取范围。

分别执行"缩放"、"旋转"、"斜切"、"扭曲"、"透视"菜单命令可以完成5种不同的变形操

图 7.96　多种角度的翻转

作,在这些命令上方有一个"再次"菜单命令,该命令只有当已经执行过旋转或变换命令后才可使用,即执行此命令可以重复上一次的旋转或变形。

当用户进行自由变换时,可以执行"数字"菜单命令打开对话框,用准确的数字来控制图像旋转、翻转的角度以及尺寸和比例。用户也可以执行"编辑"|"自由变换"菜单命令或按Ctrl＋T 键进行自由变换,当进入自由转换状态后,就可以进行移动、改变大小、自由旋转和变换等操作。图 7.97 为旋转效果,图 7.98 为扭曲效果,图 7.99 为透视效果。

图 7.97　旋转

图 7.98　扭曲

图 7.99　透视

<h1 style="text-align:center">习　题</h1>

一、选择题（下列选择题有一个或多个选项正确）

1. 下面选项,(　　)可以使用仿制图章工具在图像上取样。

　A. 按住 Alt 键的同时单击取样位置

　B. 按住 Shift 键的同时单击取样位置来选择多个取样像素

　C. 按住 Ctrl 键的同时单击取样位置

　D. 在取样的位置单击鼠标并拖曳

2. 下面选项,(　　)属于规则选择工具。

　A. 矩形工具　　　　　　　　　　B. 椭圆形工具

　C. 魔术棒工具　　　　　　　　　D. 套索工具

3. 下面工具,(　　)可以将图案填充到选区内。

　A. 画笔工具　　　　　　　　　　B. 图案图章工具

　C. 橡皮图章工具　　　　　　　　D. 喷枪工具

4. 下面对模糊工具功能的描述,正确的是(　　)。

　A. 模糊工具只能使图像的一部分边缘模糊

　B. 模糊工具的压力是不能调整的

　C. 模糊工具可降低相邻像素的对比度

　D. 如果在有图层的图像上使用模糊工具,只有所选中的图层才会起变化

5. 当编辑图像时,使用减淡工具,可以达到的目的是(　　)。

　A. 使图像中某些区域变暗

　B. 删除图像中的某些像素

　C. 使图像中某些区域变亮

　D. 使图像中某些区域的饱和度增加

6. 下面工具,(　　)可以减少图像的饱和度。

　A. 加深工具

　B. 减淡工具

　C. 海绵工具

　D. 任何一个在选项调板中有饱和度滑块的绘图工具

7. 下面选项,能以 100％的比例显示图像的方法是( )。

    A. 在图像上按住 Alt 键的同时单击鼠标

    B. 选择"视图"|"满画布显示"命令

    C. 双击"抓手工具"

    D. 双击"缩放工具"

8. 下列工具,( )可以选择连续的相似颜色的区域。

    A. 矩形选择工具   B. 椭圆选择工具

    C. 魔术棒工具   D. 磁性套索工具

9. 下列选项,( )不是"橡皮擦工具"选项栏中的橡皮类型。

    A. Paintbrush(画笔)   B. Airbrush(喷枪)

    C. Line(直线)   D. Block(块)

10. 若一幅图像在扫描时放反了方向,使图像头朝下了则应该( )。

    A. 将扫描后图像在软件中垂直翻转一下

    B. 将扫描后图像在软件中旋转 180°

    C. 重扫一遍

    D. 以上都不对

二、判断题

1. 在对图像编辑时,即使不使用选框工具也可以对局部进行移动、复制、填充颜色或执行一些特殊操作。 ( )

2. 修复画笔工具和修补工具的工作原理相同,得到的修复结果也是相同的,只是工作方式不同。 ( )

3. 在使用裁剪工具时,必须在选项栏中输入"宽度"、"高度"、"分辨率"后才能裁剪图像。 ( )

4. 历史记录画笔和仿制图章都可以用来修复图像,但历史记录画笔适用于图像的任意状态或快照,而仿制图章仅限于当前的状态或快照。 ( )

5. "颜色"模式是使用底色的亮度、绘图色的色相、饱和度来创建最终色。使用此种模式可以保护原图的灰阶层。 ( )

6. 在使用"背景橡皮擦工具"时,如果在其工具选项栏中的"取样"选项中选择"连续",则将连续不断地从画笔中心所在区域取样,因此将擦除画笔中心经过的像素颜色。 ( )

三、操作题

1. 打开图 7.34,使用 Photoshop 工具箱中的工具将文字部分去除。(仿制图章工具,修复画笔工具,修补工具)

2. 选取自己的带风景的照片,对其中的人物脸部进行修饰,对某些区域的背景进行描绘。(图像调整)

第8章 蒙版与通道

蒙版与通道是 Photoshop 图像处理的重要概念,它们的应用非常广泛,尤其是在建立和保存特殊区域方面更能显示出其强大的功能和灵活性。

【知识要点】
(1) 掌握关于蒙版的相关知识;
(2) 掌握关于通道的相关知识。

8.1 关于蒙版

8.1.1 什么是蒙版

首先必须先搞清蒙版这一概念。在创作过程中,往往只希望对一幅图像上的一块区域进行修饰,一般而言,可以通过对局部图像进行选取,建立选区后再进行下一步工作,但是,每次已建立的选区在下一次的选取时就会丢失,那样操作是很麻烦的,Photoshop 为此设计了这一蒙版功能。这一技术允许用户将一个已建立的选区作为一个屏蔽蒙版保存到一个新的附加通道中去(如 Alpha 通道);然后就可以进入通道选项卡中,任意操控新的附加通道,使用更多的蒙版通道,随心所欲地在几个不同选区之间进行任意的切换,而不用再为此而烦恼了。

蒙版的用途其实远远不止相互切换选区这么简单。通过它,甚至可以对各选区进行相加、相减、重叠的工作。由此可见,蒙版是 Photoshop 中非常重要的一个环节,只有对它有了一定的认识,工作才能更富于灵活性,制作的图像也将更丰富多彩。

蒙版有 3 种类型:永久性的蒙版、快速蒙版、图层蒙版。永久性的蒙版即 Alpha 通道;快速蒙版是临时性的蒙版,主要用于快速选择图像;图层蒙版是一种特殊的蒙版,它总是和图层链接在一起,只对图层起作用。

8.1.2 快速蒙版与选区

使用“快速蒙版”模式,可以将任何选区作为蒙版进行编辑,而无须使用“通道”调板,在查看图像时也可如此。将选区作为蒙版来编辑的优点,是几乎可以使用任何 Photoshop 工具或滤镜修改蒙版。例如,如果用选框工具创建了一个矩形选区,可以进入快速蒙版模式并使用画笔扩展或收缩选区,或者也可以使用滤镜扭曲选区边缘。

从选中区域开始,使用快速蒙版模式在该区域中添加或减去以创建蒙版。另外,也可完全在快速蒙版模式中创建蒙版。受保护区域和未受保护区域以不同颜色进行区分。当离开快速蒙版模式时,未受保护区域成为选区。

当在快速蒙版模式中工作时,“通道”调板中出现一个临时快速蒙版通道。但是,所有的蒙版编辑是在图像窗口中完成的。

创建一个快速蒙版方法如下。首先使用任意一个选区工具,选择要更改的图像部分。单击工具箱中的"快速蒙版"模式按钮 ,颜色叠加(类似于红片)覆盖并保护选区外的区域。选中的区域不受该蒙版的保护。此时,在"通道"调板中多了一个"快速蒙版"通道,如图8.1所示。

默认情况下,"快速蒙版"模式会用红色、50%不透明的叠加为受保护区域着色。在工具箱中,单击两次"快速蒙版"模式按钮 ,会弹出"快速蒙版选项"对话框,如图8.2所示。

图8.1　创建"快速蒙版"

图8.2　"快速蒙版选项"对话框

(1) 色彩指示。被蒙版区域,将被蒙版区域设置为黑色(不透明),并将所选区域设置为白色(透明)。用黑色绘画可扩大被蒙版区域;用白色绘画可扩大选中区域。选定了该选项时,工具箱中的"快速蒙版"按钮将变为灰色背景上的白圆圈 。所选区域,将被蒙版区域设置为白色(透明),并将所选区域设置为黑色(不透明)。用白色绘画可扩大被蒙版区域;用黑色绘画可扩大选中区域。选定了该选项时,工具箱中的"快速蒙版"按钮将变为白色背景上的灰圆圈 。

(2) 颜色。选取新的蒙版颜色,请单击颜色框并选取新颜色。更改不透明度,请输入0%~100%的值。颜色和不透明度设置都只是影响蒙版的外观,对如何保护蒙版下面的区域没有影响。更改这些设置能使蒙版与图像中的颜色对比更加鲜明,从而具有更好的可视性。

要编辑蒙版,请从工具箱中选择绘画工具,工具箱中的色板自动变成黑白色。单击工具箱中的"标准"模式按钮,关闭"快速蒙版"并返回到原图像,选区边界现在包围"快速蒙版"的未保护区域。

8.1.3　图层蒙版

图层蒙版是加在工作图层上,它可以遮盖住上层图像而使下层图像露出来的灰阶图像,蒙版的黑色部分代表透明状态,白色部分代表不透明的状态,灰色部分则为半透明度的状态。这个蒙版绑定了相应的图层,也就是说,这个遮罩功能只对该图层有效。

可以创建两种类型的蒙版。

(1) 图层蒙版是与分辨率相关的位图图像,它们是由绘画或选择工具创建的。

(2) 矢量蒙版与分辨率无关,并且由钢笔或形状工具创建。

1. 创建图层蒙版

(1) 执行"选择"|"取消选择"菜单命令以清除图像中的任何选区边框。

（2）在"图层"调板中,选择图层或组。执行下列操作之一。

① 要创建显示整个图层的蒙版,请在"图层"调板中单击"新图层蒙版"  按钮,或执行"图层"|"图层蒙版"|"显示全部"菜单命令。

② 要创建隐藏整个图层的蒙版,请按住 Alt 键单击"新图层蒙版" 按钮,或执行"图层"|"图层蒙版"|"隐藏全部"菜单命令。

效果如图 8.3 所示。

图 8.3　创建图层蒙版

如要应用另一个图层中的图层蒙版,执行下列操作之一。

① 要将蒙版移到另一个图层,请将该蒙版拖曳到其他图层。

② 要复制蒙版,请按住 Alt 键并将蒙版拖曳到其他图层。

2. 编辑图层蒙版

（1）单击图层调板中的图层蒙版缩览图,使之成为选中状态,蒙版缩览图的周围将出现一个边框。

（2）选择任意一个编辑或绘画工具。

（3）执行下列操作之一。

① 要从蒙版中减去并显示图层,请将蒙版涂成白色。

② 要能够看到图层部分,请将蒙版涂成灰色。

③ 要向蒙版中添加并隐藏图层或组,请将蒙版涂成黑色。

要编辑图层而不是图层蒙版,请单击图层调板中的图层缩览图以选择它。图层缩览图的周围将出现一个边框。

3. 停用或启用图层蒙版

执行下列操作之一。

（1）按住 Shift 键并单击图层调板中的图层蒙版缩览图。

（2）选择包含要停用或启用的图层蒙版的图层,然后执行"图层"|"图层蒙版"|"停用"或"图层"|"图层蒙版"|"启用"菜单命令。

当蒙版处于禁用状态时,"图层"调板中的蒙版缩览图上会出现一个红色的×,并且会显示出不带蒙版效果的图层内容。

4. 删除图层蒙版

当不需要图层蒙版时,可以用下面几种方法将其删除。

（1）在"图层"调板中选取图层蒙版后,然后将其拖曳到"删除图层"按钮上,此时会出现一个警告对话框（如图 8.4 所示）,询问在移去之前是否将蒙版应用到图层上,单击"删除"按钮,即可将图层蒙版删除。

(2) 选中图层蒙版后,执行"图层"|"图层蒙版"|"删除"菜单命令,即可将图层蒙版删除。

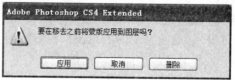

图 8.4　删除蒙版对话框

在图层调板中,图层蒙版和矢量蒙版都显示为图层缩览图右边的附加缩览图。对于图层蒙版,此缩览图代表添加图层蒙版时创建的灰度通道。矢量蒙版缩览图代表从图层内容中剪下来的路径。

8.1.4　剪贴蒙版

剪贴蒙版是由多个图层组成的群体组织,最下面的一个图层叫做基底图层(简称基层),位于其上的图层叫做顶层。基层只能有一个,顶层可以有若干个。

从广义的角度讲,剪贴蒙版是指包括基层和所有顶层在内的图层群体。

从狭义的角度讲,剪贴蒙版单指其中的基层。因为基层是这个群体内的唯一影响源,它的任何属性都可能影响到所有顶层;而每个顶层则只是受基层影响的对象,不具有影响其他层的能力。由此可见,基层充当着类似于一般意义上蒙版的角色。下文所称的剪贴蒙版即特指基层。

如图 8.5 所示,剪贴图层的内容(土豆)仅在基底图层的内容中可见(徽标)。可以在剪贴蒙版中使用多个图层,但它们必须是连续的图层。蒙版中的基底图层名称带下划线,上层图层的缩览图是缩进的。叠加图层将显示一个剪贴蒙版图标↓。

图 8.5　剪贴蒙版

1. 创建剪贴蒙版

(1) 在"图层"调板中排列图层,以使带有蒙版的基底图层位于要蒙盖的图层的下方。

(2) 执行下列操作之一。

① 按住 Alt 键,将指针放在"图层"调板中分隔两个图层的线上(指针将变为两个交叠的圆⚭),然后单击鼠标。

② 在"图层"调板中选择一个图层,然后执行"图层"|"创建剪贴蒙版"菜单命令。剪贴蒙版会被分配组中最底层图层的不透明度和模式属性。

2. 删除剪贴蒙版

执行下列操作之一。

(1) 按住 Alt 键,将指针放在"图层"调板中分隔两组图层的线上(指针会变成两个交叠的圆⚭),然后单击。

(2) 在"图层"调板中,选择剪贴蒙版中的一个图层,并执行"图层"|"释放剪贴蒙版"菜

单命令。此命令从剪贴蒙版中移去所选图层和它上面的任何图层。

8.1.5 矢量蒙版

每个图层,包括图层组都能包含图层蒙版或是矢量蒙版,或是两者兼有。图层蒙版被用来创建基于像素的柔和边缘蒙版,遮蔽整个图层或图层组,或者只遮蔽其中的所选部分;而矢量蒙版则被用于创建基于矢量形状的边缘清晰的设计元素。

1. 添加一个矢量蒙版

执行"图层"|"添加矢量蒙版"|"显示全部"菜单命令,或者按住 Ctrl 键并单击图层调板底部的蒙版图标,如图 8.6 所示。

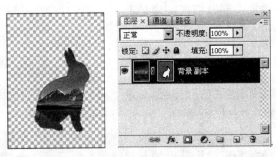

图 8.6 矢量蒙版

在图层调板中,添加矢量蒙版和普通图层蒙版的区别之一,在于链接图标的左边有一条竖线。此外,无论选择图层还是矢量蒙版,图层调板上显示的总是画笔标识。矢量蒙版的缩览图不同于图层蒙版,图层蒙版缩览图代表添加图层蒙版时创建的灰度通道,有 256 阶灰度,而矢量蒙版的缩览图只呈现灰色、白色两种颜色和里面的路径,代表从图层内容中剪下来的路径。用钢笔和形状工具可以创建矢量蒙版路径,因为它是面向对象的,所以可以使用路径工具简单的像编辑路径对象一样编辑矢量蒙版路径。

2. 编辑矢量蒙版

单击图层调板中的矢量蒙版缩览图或"路径"调板中的缩览图。然后使用形状和钢笔工具更改形状。

3. 删除矢量蒙版

在图层调板中执行下列任意一个操作。

(1) 将矢量蒙版缩览图拖曳到"删除"图标。

(2) 选择包含要删除的矢量蒙版的图层,然后执行"图层"|"矢量蒙版"|"删除"菜单命令。

(3) 停用或启用矢量蒙版。执行下列操作之一。

① 按住 Shift 键并单击图层调板中的矢量蒙版缩览图。

② 选择包含要停用或启用的矢量蒙版的图层,并执行"图层"|"矢量蒙版"|"停用"菜单命令或执行"图层"|"矢量蒙版"|"启用"菜单命令。

当蒙版处于禁用状态时,"图层"调板中的蒙版缩览图上会出现一个红色的×,并且会显示出不带蒙版效果的图层内容。

4. 将矢量蒙版转换为图层蒙版

选择包含要转换的矢量蒙版的图层,并执行"图层"|"栅格化"|"矢量蒙版"菜单命令。将矢量蒙版栅格化后,无法再将其更改回矢量对象。

【实例 8-1】 蒙版的功能与应用。

① 执行"文件"|"打开..."菜单命令,打开两幅素材图像,如图 8.7 和图 8.8 所示。选中"图像 1"窗口,按 Ctrl+A 键,将"图像 1"全部选中,按 Ctrl+C 键,复制选中的图像,切换到"图像 2"窗口,按 Ctrl+V 键,将"图像 1"粘贴到"图像 2"中,完成后图层窗口如图 8.9 所示。

② 执行"窗口"|"显示图层"菜单命令,打开"图层调板",单击"图层调板"上的"添加蒙版"按钮,为上面的图层创建图层蒙版,如图 8.10 所示。

图 8.7 图像 1

图 8.8 图像 2

图 8.9 图层窗口

图 8.10 创建蒙版后

③ 在工具箱中将"前景色"设置为黑色,然后选择"笔刷工具",用柔角类的笔刷在蒙版上绘制,将图层中需要隐藏起来的地方用蒙版蒙住,这样底下的图像就显露出来了,效果如图 8.11 和图 8.12 所示。

图 8.11 使用蒙版后

图 8.12 图层窗口

④ 可以将蒙版删除,用鼠标将蒙版的缩览图拖曳到图层调板的"删除图层"按钮上,在弹出的提示框中单击"应用"按钮,如图 8.13～图 8.15 所示。

图 8.13 删除蒙版

图 8.14 提示框

图 8.15 最终效果图

8.2 关 于 通 道

通道主要用于存放图像的颜色信息,还可以用来存放选区和蒙版,让用户以复杂的方式操作和控制图像的特定部分。每个通道都是一个拥有 256 级灰阶的灰度图像,一幅图像最多可以有 24 个通道。

8.2.1 通道的分类

在 Photoshop 中,根据通道的内容和用途,可将常用的通道划分为颜色通道、专色通道和 Alpha 通道。

1. 颜色通道

颜色通道是一类主要用于保存图像颜色信息的通道,用它可以查看各种通道信息且可以对通道进行编辑,从而达到编辑图像的目的。根据图像色彩的不同,图像的色彩通道数也不同。例如,一个 RGB 模式的图像,其每一个像素的颜色数据是由红色、绿色和蓝色这 3 种颜色分量组成的,因此有红、绿、蓝 3 个单色通道。这 3 个单色通道组成了一个 RGB 复合通道,如图 8.16 所示。对于 CMYK 模式的图像,颜色数据分别由青、洋红、黄和黑 4 个单色通道组合成一个 CMYK 复合通道,如图 8.17 所示。

图 8.16 RGB 复合通道

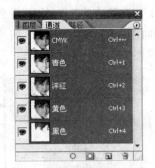
图 8.17 CMYK 复合通道

2. 专色通道

除了颜色通道外,还可以在图像中创建专色通道。专色是特殊的预混油墨,用于替代或补充印刷色(CMYK)油墨。通常印刷彩色图像时,图像中的各种颜色都是通过混合 CMYK 四色油墨获得的,但某些特殊颜色可能无法通过混合 CMYK 四色油墨得到,此时便可借助专色通道为图像增加一些特殊混合油墨来辅助印刷。在印刷时,每个专色通道都有一个属于自己的印版。当打印一个包含有专色通道的图像时,该通道将被单独打印输出。

3. Alpha 通道

Alpha 通道不是用来保存颜色数据的,而是用来保存选区的。一个选区被保存后,就可以作为蒙版保存在一个新增的通道中,通常将这些通道称为 Alpha 通道。

Alpha 通道实际上是一幅 256 色灰度图像,其中的黑色部分为透明区,白色部分为不透明区,而灰色部分为半透明区。使用 Alpha 通道,可以进行更多的图像控制,并得到一些特殊效果。

8.2.2　创建 Alpha 通道

通道的相关操作都在通道调板中进行。通过单击窗口菜单下通道菜单项,可显示或关闭通道调板。

创建 Alpha 通道,单击通道调板右上角的黑色三角按钮,就可以打开通道调板菜单,如图 8.18 所示。选择"新建通道"命令,将弹出"新建通道"对话框,如图 8.19 所示。设置其中的参数后单击"确定"按钮,就可以创建一个 Alpha 通道,如图 8.20 所示。

图 8.18　通道调板菜单

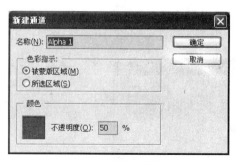

图 8.19　"新建通道"对话框

图 8.20　新建通道

8.2.3　通道的复制与删除

在对通道编辑前,为了在编辑后可以对图像进行还原,通常在编辑前对通道进行复制。通道的复制操作步骤如下。

(1) 在"通道"调板中,选择要复制的通道。

(2) 从"通道"调板菜单中选取"复制通道",或者右击要复制的通道,从弹出的快捷菜单中选取"复制通道",弹出"复制通道"对话框,如图 8.21 所示。

(3) 设置好对话框中的参数后,单击"确定"按钮即可。

① 为。指定复制后通道的名称。

② 文档。选取一个目标图像文件,只有与当前图像具有相同像素尺寸的打开的图像才可用。要在同一文件中复制通道,请选择通道的当前文件。选取"新建",将通道复制到新图像中,这样将创建一个包含单个通道的多通道图像。键入新图像的名称。

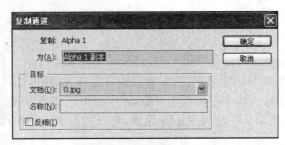

图 8.21　"复制通道"对话框

③ 反相。要反转复制的通道中选中并蒙版的区域，请选择"反相"。

也可以直接把要复制的通道拖到"创建新通道"按钮上完成复制。

对于那些不需要的通道，在保存图像之前可将其删除，这样可以节省硬盘存储空间，提高程序运行速度。通道的删除有以下 3 种方法。

- 将要删除的通道拖到"删除当前通道"按钮上即可。
- 右击要删除的通道，在弹出的快捷菜单中选取"删除通道"即可。
- 选择要删除的通道，从"通道"调板的菜单中选取"删除通道"。

8.2.4　通道与选区的转换

1. 将选区存储为通道

(1) 在图像中制作有一个选区时，执行"选择"|"存储选区"菜单命令，弹出"存储选区"对话框，如图 8.22 所示。

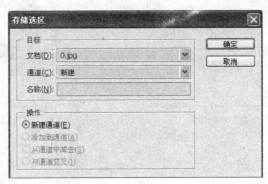

图 8.22　"存储选区"对话框

(2) 在"存储选区"对话框中指定以下各项，然后单击"确定"按钮。

① 文档。为选区选取一个目标图像。默认情况下，选区放在现用图像中的通道内。可以选取将选区存储到其他打开的且具有相同像素尺寸的图像的通道中，或存储到新图像中。

② 通道。为选区选取一个目标通道。默认情况下，选区存储在新通道中。可以选取将选区存储到选中图像的任意现有通道中，或存储到图层蒙版中（如果图像包含图层）。如果要将选区存储为新通道，请在"名称"文本框中为该通道键入一个名称。

(3) 如果要将选区存储到现有通道中，请选择组合选区的方式。

① 新建通道。替换通道中的当前选区。

② 添加到通道。将选区添加到当前通道内容。

③ 从通道中减去。从通道内容中删除选区。

④ 与通道交叉。保留与通道内容交叉的新选区的区域。

2. 将通道载入为选区

任何通道都可以将其载入为选区。执行"选择"|"载入选区"菜单命令,从打开的"载入选区"对话框中,选择一个通道,还可设置与当前选区的运算,如图 8.23 所示。

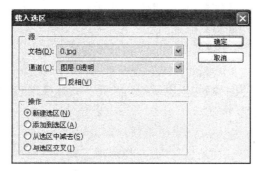

图 8.23 "载入选区"对话框

8.2.5 通道的分离与合并

利用"通道"调板菜单中的"分离通道"命令,可以将一个图像文件中的各个通道分离出来,各自成为一个单独文件。分离后的各个文件以单独的窗口显示在屏幕上,且均是灰度图,不含有任何彩色的元素,并在其框架标题栏上显示文件名。其文件名为原文件名加上通道名称,如"文件名_R.扩展名"、"文件名_G.扩展名"、"文件名_B.扩展名"等。

分离后的通道在编辑和修改后,可以利用"通道"调板菜单中"合并通道"菜单命令来合并通道。打开如图 8.24 所示的"合并通道"对话框,在其中设置合并后图像的颜色模式,并键入通道的数目。单击"确定"按钮,将弹出"合并 RGB 通道"对话框,如图 8.25 所示。可以在该对话框中分别为各个通道指定各自的源文件。

图 8.24 "合并通道"对话框

图 8.25 "合并 RGB 通道"对话框

习　　题

一、选择题

1. 如需要新建一个通道,可单击(　　)按钮来完成。

A. ⬭　　　　　B. ▣　　　　　C. ◳

2. (   )色彩模式的图像转换为多通道模式时,建立的通道名称均为 Alpha。

    A. RGB 模式   B. CMYK 模式

    C. Lab 模式   D. Multichannel 模式

3. 下面对图层蒙版的描述,正确的是(   )。(请选择两个正确答案)

    A. 当图层上增加蒙版时,在通道调板中会形成一个 8 位灰阶的 Alpha 通道

    B. 当按住 Alt 键单击图层调板中的蒙版图标,图像窗口中就会显示蒙版的内容

    C. 图层上的蒙版一旦建立,是不能被删除的

    D. 在图层上建立的蒙版只能是白色的

4. 四色调图像有(   )个通道。

    A. 1   B. 2   C. 3   D. 4

5. 按(   )键,可以使图像的"快速蒙版"状态变为"标准模式"状态。

    A. A   B. C   C. Q   D. T

6. 如果在图层上增加一个蒙版,当要单独移动蒙版时下面的操作,(   )是正确的。

    A. 首先单击图层上面的蒙版,然后选择移动工具就可以移动

    B. 首先单击图层上面的蒙版,然后选择全选用选择工具拖曳

    C. 首先要解掉图层与蒙版之间的锁,然后选择移动工具就可移动了

    D. 首先要解掉图层与蒙版之间的锁,再选择蒙版,然后就可移动了

7. 下面对图层蒙版加显示、关闭和删除的描述,(   )是正确的。

    A. 按住 Shift 键同时单击图层选项栏中的蒙版图标就可以关闭蒙版,使之不在图像中显示

    B. 当在图层调板的蒙版图标上出现一个黑色的×记号,表示将图像蒙版暂时关闭

    C. 图层蒙版可以通过图层调板中的垃圾桶图标进行删除

    D. 图层蒙版创建后就不能被删除

二、填空题

1. 通道的数量取决于图像的_____,与图像的_____无关。

2. 通道可以用于_____和_____。

第9章　滤镜的应用

滤镜是 Photoshop CS4 中功能最丰富、效果最奇特的工具之一，它按照一定的程序算法，对图像中像素的颜色、亮度、饱和度、对比度、色调、分布、排列等属性进行计算和变换处理，最终使图像产生特殊效果。

本章主要针对 Photoshop CS4 的内置滤镜进行讲解，通过具体的综合实例和相关参数的设置使读者能够掌握滤镜的基本使用方法，为今后的设计工作开辟更广阔的创意空间。是否能够恰到好处地运用滤镜去设计和润色作品，还依赖于大量的实践和探索，希望读者能够在今后的设计工作中，逐步掌握滤镜的奥妙。

【知识要点】

(1) 介绍滤镜的基础知识；

(2) "像素化"滤镜组的功能与应用；

(3) "扭曲"滤镜组的功能与应用；

(4) "杂色"滤镜组的功能与应用；

(5) "模糊"滤镜组的功能与应用；

(6) "渲染"滤镜组的功能与应用；

(7) "画笔描边"滤镜组的功能与应用；

(8) "素描"滤镜组的功能与应用；

(9) "纹理"滤镜组的功能与应用；

(10) "艺术效果"滤镜组的功能与应用；

(11) "视频"滤镜组的功能与应用；

(12) "其他"滤镜组的功能与应用；

(13) "风格化"滤镜组；

(14) "其他"滤镜组；

(15) 滤镜库的功能与应用；

(16) 液化的功能与应用；

(17) 消失点的功能与应用；

(18) "嵌入水印"及"读取水印"滤镜的功能与应用；

(19) 智能滤镜的功能与应用。

9.1　滤镜的基础知识

Photoshop CS4 的所有滤镜都放置在"滤镜"菜单下，使用时直接从"滤镜"菜单下选中相应的命令即可，如图 9.1 所示。

在使用滤镜命令的时候，有以下几点基本操作规则需要注意。

(1) 如果定义有选区，则仅对选中部分进行滤镜效果处理，否则对整个图像进行处理；

如果选中某一图层或者通道,则仅对当前图层或者通道进行处理。

(2) 滤镜不能应用于位图模式、索引颜色和 48 位 RGB 模式的图像,某些滤镜只对 RGB 模式的图像起作用,而不能在 CMYK 模式下使用。还有,滤镜只能应用于图层的有色区域,对完全透明的区域没有效果。

(3) 滤镜是以像素为单位对图像进行处理,因此同一张图片在分辨率不同的情况下应用相同滤镜会产生不同效果。

(4) 在对选区进行滤镜效果处理时,可以设置选区的羽化值,使其能很好的和选区周边的区域相融合。

(5) 有些滤镜完全在内存中处理,所以内存的容量对滤镜的生成速度影响很大。

(6) 有些滤镜很复杂亦或是要应用滤镜的图像尺寸很大,执行时需要很长时间,如果想结束正在生成的滤镜效果,只需按 Esc 键即可。

(7) 上次使用的滤镜将出现在滤镜菜单的顶部,可以通过执行此命令对图像再次应用上次使用过的滤镜效果。

图 9.1 滤镜菜单

(8) 如果在滤镜设置窗口中对自己调节的效果感觉不满意,希望恢复调节前的参数,可以按住 Alt 键,这时"取消"按钮会变为"复位"按钮,单击此钮就可以将参数重置为调节前的状态。

9.1.1 Photoshop 的滤镜类型

Photoshop 滤镜可以分为 3 种类型:内阙滤镜、内置滤镜(自带滤镜)、外挂滤镜(第三方滤镜)。

(1) 内阙滤镜是指内阙于 Photoshop 程序内部的滤镜,不能被删除,即使将 Photoshop 目录下的 Plug-Ins 目录删除,这些滤镜依然存在,并且不能单独汉化,要结合 Photoshop 主程序的汉化进行。

(2) 内置滤镜是指在默认方式安装 Photoshop 时,安装程序自动安装到 Plug-Ins 目录下的那些滤镜。

(3) 外挂滤镜是指除上述两类以外,由第三方厂商为 Photoshop 所生产的滤镜,不但数量庞大、种类繁多、功能不一,而且版本和种类不断升级和更新。著名的外挂滤镜有 KPT、PhotoTools、Eye Candy、Xenofen、Ulead Effects 等。如果想成为一个 PS 高手,那么就必须了解外挂滤镜的应用。

9.1.2 外挂滤镜的安装

Photoshop 外挂滤镜基本都安装在其 Plug-Ins 目录下,一般有以下 3 种安装方式:

(1) 有些外挂滤镜本身带有搜索 Photoshop 目录的功能,会把滤镜部分安装在 Photoshop 目录下,把启动部分安装在 Program Files 下。需要进行注册才可以使用。

(2) 有些外挂滤镜不具备自动搜索功能,所以必须手工选择安装路径,而且必须是 Photoshop 的 Plug-Ins 目录下。例如,Photoshop CS4 安装在 C:盘下,那么 Plug-Ins 文件夹位于 C:\Program Files\Adobe\Adobe Photoshop CS4\Plug-Ins 路径下。

（3）如果直接得到的是.8bf文件，那么这种滤镜不需要安装，只要直接将.8bf文件拷贝到Plug-Ins目录下就可以使用了。

注意：外挂滤镜安装完成后，需要重新启动Photoshop软件才能够使用。

9.2 "像素化"滤镜组

在Photoshop中通常处理的是像素图，图像由多个像素点构成，可以通过"像素化"滤镜组将图像中颜色值相近的像素进行分块，如方形、不规则多边形和点状等，由色块构成图像，视觉上看就是图像被转换成由不同色块组成的图像。

彩块化
彩色半调…
点状化…
晶格化…
马赛克…
碎片
铜版雕刻…

"像素化"滤镜组总共有7种效果，如图9.2所示。

图9.2 "像素化"滤镜组菜单

9.2.1 彩块化

"彩块化"滤镜通过将纯色或相似颜色的像素结为彩色像素块而使图像产生出一种色块效果。执行完该滤镜之后，有时需要对图像放大，才能看到该命令执行后的效果，如图9.3所示。

图9.3 "彩块化"滤镜

9.2.2 彩色半调

"彩色半调"滤镜可以分别对4个通道进行分解，将每个通道分解为若干个矩形，然后用圆形替换掉矩形，圆形的大小与矩形的亮度成正比，产生一种类似铜版画的效果。

如图9.4为参数设置及图像的效果。

注意：对于灰度图像，只使用通道1；

对于RGB图像，使用1,2和3通道，分别对应红色、绿色和蓝色通道；

对于CMYK图像，使用所有4个通道，对应青色、洋红、黄色和黑色通道。

9.2.3 晶格化

"晶格化"滤镜将图像中颜色相近的像素集中到一个多边形网格中，把图像分割成许多个多边形的小色块，产生晶格化的效果。

如图9.5为图像应用"晶格化"滤镜后的效果。

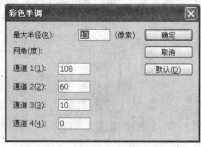

图 9.4 "彩色半调"滤镜

图 9.5 "晶格化"滤镜

9.2.4 点状化

　　"点状化"滤镜可将图像分解为随机分布的网点,点内使用平均颜色填充,点与点之间使用背景色填充,模拟点状绘画的效果。

　　如图 9.6 为图像应用"点状化"滤镜后的效果,其中背景色设置为黑色,单元格大小设置为 20。

9.2.5 碎片

　　"碎片"滤镜将原始图像创建 4 个副本,并将它们移位、平均,以生成一种不聚焦的效果,执行"碎片"命令后,图像会变得模糊,产生类似重影的效果。该滤镜没有参数设置。

　　如图 9.7 为图像应用"碎片"滤镜后的效果。

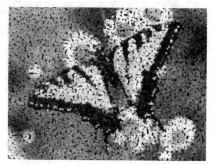

图 9.6 "点状化"滤镜

图 9.7 "碎片"滤镜

9.2.6 铜版雕刻

"铜版雕刻"滤镜通过选择不同的点、线条或者笔画用黑白或颜色完全饱和的网点图案新绘制图像,模拟出版刻画或者金属版画的效果。

参数类型如下。

(1) 精细点。由小方块构成的,方块的颜色根据图像颜色,随机性。

(2) 中等点。由小方块构成的,但是没有那么精细。

(3) 粒状点。由小方块构成的但是由于颜色的不同所以产生那种粒状点。

(4) 粗网点。执行完粗网点,图像表面会变得很粗糙。

(5) 短线:纹理由水平的线条构成。

(6) 中长直线。纹理由水平的线条构成。但是线长稍长一些。

(7) 长线。纹理由水平的线条构成。但是线长会更长一些。

(8) 短描边。水平的线条会变得稍短一些,不规则。

(9) 中长描边。水平的线条会变得中长一些。

(10) 长边。水平的线条会变得更长一些。

如图 9.8 为图像应用"铜版雕刻"滤镜后的效果,其中参数选择"中长描边"。

9.2.7 马赛克

"马赛克"滤镜将图像分解成许多规则排列的小方格,每个格子中的像素均使用本方格内的平均颜色填充,产生马赛克效果。

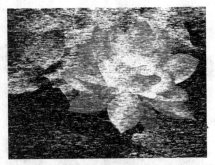

图 9.8 "铜版雕刻"滤镜

如图 9.9 为图像应用"马赛克"滤镜后的效果,其中单元格大小设置为 14。

图 9.9 "马赛克"滤镜

9.3 "扭曲"滤镜组

"扭曲"滤镜主要是通过对图像进行扭曲、拉伸、变形等操作实现各种效果,如水波、波纹、挤压。

"扭曲"滤镜组总共有 13 种效果,如图 9.10 所示。

9.3.1 切变

"切变"滤镜通过设置垂直方向上的曲线使图像发生扭曲变形。

在调整参数窗口中的曲线时,需要掌握加点和减点以及移动点的操作。

图 9.10 "扭曲"滤镜组菜单

(1) 加点。在米字线缩略图中需要添加点的地方单击鼠标。

(2) 减点。将需要减去的点拖出米字线缩略图后松开鼠标。

(3) 移动点。按住需要移动的点沿曲线滑动到目标位置。

在图 9.11(c)的切变参数设置窗口中,参数含义如下。

(1) 折回。以图像中因弯曲而移出画面的部分补充空白区域。

(2) 重复边缘像素。以图像中扭曲边缘的像素补充空白区域。

图 9.11(b)为应用"切变"滤镜后的效果,其参数设置如 9.11(c)所示。

图 9.11 "切变"滤镜

9.3.2 扩散亮光

"扩散亮光"滤镜向图像中添加透明的背景色颗粒,在图像的亮区向外进行扩散添加,产生一种类似漫射灯光的效果。

参数类型如下。

(1) 粒度。添加背景色颗粒的数量。

(2) 发光量。增加图像的亮度。

(3) 清除数量。控制背景色影响图像的区域大小。

图 9.12 为应用"扩散亮光"滤镜后的效果,其中背景色设置为白色;粒度:6;发光量:2;清除数量:11。

图 9.12 "扩散亮光"滤镜

注意:"扩散亮光"滤镜不能应用于 CMYK 和 Lab 模式的图像。

9.3.3 挤压

"挤压"滤镜能模拟膨胀或挤压的效果,在图像的中心产生凸起或者凹下的效果,从而可以放大或者缩小图像的某些部分。

参数设置通过拖曳滑块来进行挤压的程度调整。向左为负值可以使图像凸起,向右为正值可以使图像凹下,中心为0,表示图片没有发生变形的情况。

如图9.13(b)为使用"挤压"滤镜前的效果,凸起效果参数设置如图9.13(a)所示,凹下参数设置如图9.13(c)所示。

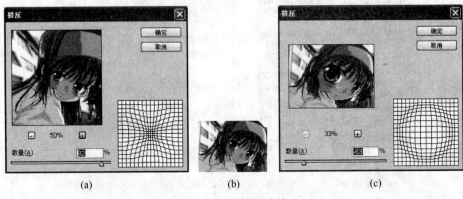

图9.13 "挤压"滤镜

9.3.4 旋转扭曲

"旋转扭曲"滤镜可以产生类似于漩涡的效果。

图9.14所示的缩略框中为应用"旋转扭曲"滤镜后的效果。

图9.14 "旋转扭曲"滤镜

9.3.5 极坐标

"极坐标"滤镜的工作原理是完成平面坐标与极坐标之间的相互转换。

两种坐标系的特点如下。

(1)平面坐标到极坐标。由图像的中间为中心点进行极坐标旋转。

(2)极坐标到平面坐标。由图像的底部为中心然后进行旋转。

图9.15(a)为应用"极坐标"滤镜前的效果,图9.15(b)为平面坐标到极坐标效果,图9.15(c)为极坐标到平面坐标效果。

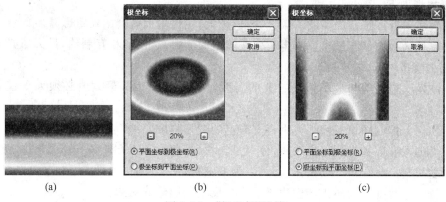

(a)　　　　　　　(b)　　　　　　　(c)

图 9.15　"极坐标"滤镜

9.3.6　水波

"水波"滤镜可以产生同心圆状的波纹效果,可以仿效水中的涟漪。

参数类型如下。

(1) 数量。控制水波纹的数量。

(2) 起伏。控制水波纹的起伏程度。

(3) 围绕中心。将图像的像素绕中心旋转。

(4) 从中心向外。靠近或远离中心置换像素。

(5) 水池波纹。仿制水池波纹的效果。

图 9.16 所示的缩略框中为应用"水波"滤镜后的效果。

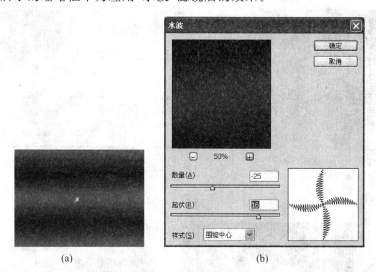

(a)　　　　　　　(b)

图 9.16　"水波"滤镜

9.3.7　波浪

"波浪"滤镜可根据设定的波长、波幅等参数模拟波浪扭曲的效果。

参数类型如下。

（1）生成器数。控制产生波的数量，数值越大，图像里面就会出现重影越多。

（2）波长。最大值与最小值决定相邻波峰之间的距离，两值相互制约，最大值必须大于或等于最小值。

（3）波幅。最大值与最小值决定波的高度，两值相互制约，最大值必须大于或等于最小值。

（4）比例。控制图像在水平或垂直方向上的变形程度。

（5）类型。有 3 种类型可供选择，分别是正弦、三角形和正方形。

（6）随机化。每单击一下按钮，都可以为波浪指定一种随机效果。

（7）折回。将变形后超出图像边缘的部分反卷到图像的对边。

（8）重复边缘像素。将图像中因为弯曲变形超出图像的部分分布到图像的边界上。

【实例 9-1】 波浪的制作。

① 新建一个宽高比为 1024×768 像素的文件，分辨率为 72，双击背景图层为普通图层。

② 使用深蓝色(14,7,66)到浅蓝色(141,228,246)渐变工具从左上角到右下角拉一条渐变线，如图 9.17 所示。

③ 执行"滤镜"|"扭曲"|"波浪"菜单命令，设置参数如图 9.18 所示，可多次使用"随机化"。

图 9.17　制作渐变图层

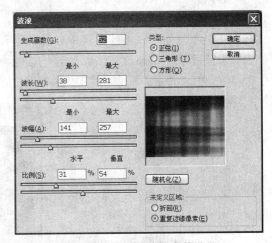

图 9.18　"波浪"滤镜参数设置

④ 复制该图层，选择正片叠底效果，最终效果如图 9.19 所示。

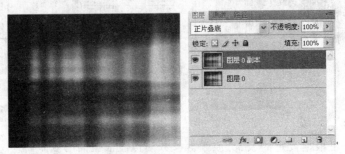

图 9.19　波浪制作最终效果

9.3.8 波纹

"波纹"滤镜可以模仿类似水波纹的效果。

参数类型如下。

(1) 数量。控制波纹的变形幅度,范围是−999％～999％。

(2) 大小。有大、中、小3种波纹可供选择。

图9.20为选择大波纹后的效果,如果效果不明显,可以复制该图层,选择正片叠底方式混合图层。

9.3.9 海洋波纹

"海洋波纹"滤镜可以模仿海洋波纹的效果,与波纹效果不同的地方在于可以灵活控制波纹的大小,但是该滤镜不能应用于 CMYK 和 Lab 模式的图像。

参数类型如下。

(1) 波纹大小。调节波纹的尺寸。

(2) 波纹幅度。控制波纹振动的幅度。

9.3.10 玻璃

"玻璃"滤镜可以模拟透过玻璃观看的效果,该滤镜不能应用于 CMYK 和 Lab 模式的图像。

参数类型如下。

(1) 扭曲度。控制图像的扭曲程度,范围是0～20。

(2) 平滑度。平滑图像的扭曲效果,范围是1～15。

(3) 纹理。用于选择特定纹理效果。

(4) 缩放。控制纹理的缩放比例。

(5) 反相。使图像的暗区和亮区相互转换。

图9.21为应用"玻璃"滤镜后的效果。

图 9.20 "波纹"滤镜

图 9.21 "玻璃"滤镜

9.3.11　球面化

"球面化"滤镜可以使图像膨胀或者凹陷,产生球体效果,可以模仿类似放大镜等效果。参数类型如下。

(1) 数量。控制图像变形的强度,正值产生膨胀效果,负值产生凹陷效果。

(2) 正常。在水平和垂直方向上共同变形。

(3) 水平优先。只在水平方向上变形。

(4) 垂直优先。只在垂直方向上变形。

【实例 9-2】　制作一个放大镜效果。

① 打开素材文件"放大镜.Jpg"。

② 使用椭圆选择工具在皮毛部分画一个正圆,羽化值设置为5。

③ 执行"滤镜"|"扭曲"|"球面化"菜单命令,参数设置如图 9.22 所示,如果放大效果不够明显,可以多次使用"球面化"滤镜,直到效果满意为止。

④ 新建一个图层,执行"选择"|"修改"|"边界"菜单命令,宽度设置为15像素。

⑤ 使用渐变工具在选区中填充渐变色,按 Ctrl+D 键取消选区,接着使用路径工具把放大镜柄绘制出来,填充颜色,添加样式,最终效果如图 9.23 所示。

图 9.22　"球面化"滤镜

图 9.23　"球面化"滤镜的效果

9.3.12　置换

"置换"滤镜可以使图像产生位移,位移效果不仅取决于设定的参数,而且取决于位移图(即置换图)的选取。它会读取位移图中像素的色度数值来决定位移量,以此处理当前图像中的各个像素。

注意:置换图必须是一幅 PSD 格式的图像。

参数类型如下。

(1) 水平比例。滤镜根据位移图的颜色值将图像的像素在水平方向上移动多少。

(2) 垂直比例。滤镜根据位移图的颜色值将图像的像素在垂直方向上移动多少。

(3) 伸展以适合。为变换位移图的大小以匹配图像的尺寸。

（4）拼贴。将位移图重复覆盖在图像上。

（5）折回。将图像中未变形的部分反卷到图像的对边。

（6）重复边缘像素。将图像中未变形的部分分布到图像的边界上。

图 9.24 为应用"置换"滤镜后的效果，图 9.24(a)为原图，图 9.24(b)为置换图，图 9.24(c)为置换后效果。

 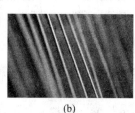 

     (a)   (b)   (c)

图 9.24 "置换"滤镜

9.3.13 镜头校正

"镜头校正"滤镜能够校正桶形畸变和枕形畸变，还可以校正俯仰角度的不足或者缺陷，通过角度偏移的设置，可以让图像在工作界面中旋转，从而校正拍摄物体的倾斜、变形。

9.4 "杂色"滤镜组

"杂色"滤镜组主要用于对图像添加一些随机产生的干扰颗粒，也就是杂色点（又称为"噪声"），也可以减少图像中某些干扰颗粒的影响。在 Photoshop CS4 版本中，总共有 5 种"杂色"滤镜，如图 9.25 所示，其中减少杂色是 CS4 版本的新增功能。

| 减少杂色 |
| 蒙尘与划痕… |
| 去斑 |
| 添加杂色… |
| 中间值… |

图 9.25 "杂色"滤镜组菜单

9.4.1 中间值

"中间值"滤镜能减少选区像素亮度混合时产生的干扰。它搜索亮度相似的像素，去掉与周围像素反差极大的像素，以所捕捉的像素的平均亮度来代替选区中心的亮度。

中间值参数：用规定半径内像素的平均亮度值来取代半径中心像素的亮度值。其值决定参与分析的像素数，数值越大，图像越模糊。

图 9.26 为应用"中间值"滤镜后的效果，其中半径参数设置为 23。

9.4.2 减少杂色

"减少杂色"滤镜可以使图像迅速地消除杂色并且保持图像的清晰度，主要针对亮度和色度的杂色进行处理，并且能够平衡随着杂色减小带来的负作用—锐度减小，从而达到最佳效果。

参数类型如下。

（1）强度。控制应用于所有图像通道的亮度杂色减少量。

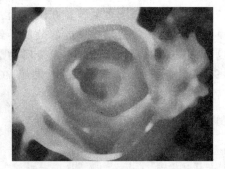

图 9.26 "中间值"滤镜

（2）保留细节。保留边缘和图像细节（如头发或纹理对象）。如果值为 100，则会保留大多数图像细节，但会将亮度杂色减到最少。平衡设置"强度"和"保留细节"控件的值，以便对杂色减少操作进行微调。

（3）减少杂色。移去随机的颜色像素。值越大，减少的颜色杂色越多。

（4）锐化细节。对图像进行锐化。移去杂色将会降低图像的锐化程度。稍后可使用对话框中的锐化控件或其他某个 Photoshop 锐化滤镜来恢复锐化程度。

（5）移去 JPEG 不自然感。移去由于使用低 JPEG 品质设置存储图像而导致的斑驳的图像伪像和光晕。

如果亮度杂色在一个或两个颜色通道中较明显，请单击"高级"按钮，然后从"通道"菜单中选取颜色通道。使用"强度"和"保留细节"控件来减少该通道中的杂色。图 9.27 为应用"减少杂色"滤镜后的效果。

图 9.27 "减少杂色"滤镜

9.4.3 去斑

"去斑"滤镜能除去与整体图像不太协调的斑点，它能够自动寻找与周围不匹配的小色块，用周围的颜色将它们掩盖掉，在去除图像杂色的同时，同时也柔化部分图像。该滤镜没有参数设置。

9.4.4 添加杂色

滤镜向图像中添加一些干扰像素，像素混合时产生一种漫射的效果，增加图像的图案感。它可以掩饰图像被人工修改过的痕迹，干扰有高斯和统一两种方式。

参数类型如下。

（1）数量。控制添加杂色的百分比。

（2）平均分布。使用随机分布产生杂色。

（3）高斯分布。根据高斯钟形曲线进行分布，产生的杂色效果更明显。

（4）单色。选中此项，添加的杂色将只影响图像的色调，而不会改变图像的颜色。

图 9.28 为应用"添加杂色"滤镜后的效果。

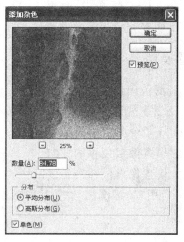

图 9.28 "添加杂色"滤镜

9.4.5 蒙尘与划痕

"蒙尘与划痕"滤镜可以弥补图像中的缺陷。其原理是搜索图像或选区中的缺陷，然后对局部进行模糊，将其融合到周围的像素中去。

参数类型如下。

（1）半径。控制捕捉相异像素的范围。

（2）阈值。用于确定像素的差异究竟达到多少时才被消除。

图 9.29 为应用"蒙尘与划痕"滤镜后的效果，注意仅对选定区域进行操作。

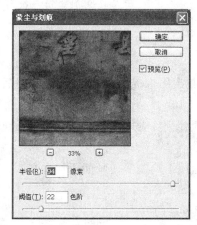

图 9.29 "蒙尘与划痕"滤镜

9.5 "模糊"滤镜组

"模糊"滤镜组主要是通过减少相邻像素间颜色的差异,使选区或图像产生柔和,模糊的效果,经常用于掩盖图像的缺陷(例如人物面部的皱纹或者斑点)或创造出特殊效果(例如动感运动的效果)的作用。

在 Photoshop CS4 版本中,总共有 11 种"模糊"滤镜,如图 9.30 所示,下面来介绍一下这些滤镜的功能及常见用途。

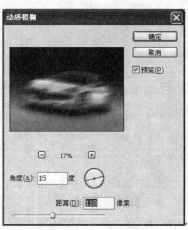

图 9.30 "模糊"滤镜组菜单

9.5.1 动感模糊

"动感模糊"滤镜模仿运动模糊的效果,使图像中的像素沿着一定的方向及强度进行位移。

参数类型如下。

(1) 角度。设置像素位移的方向。

(2) 距离。设置像素位移的长度。

图 9.31 为应用"动感模糊"滤镜后的效果。

图 9.31 "动感模糊"滤镜

9.5.2 平均

"平均"滤镜是找出图像或选区的平均颜色,然后用该颜色填充图像或选区以创建平滑的外观。

该滤镜没有参数设置,应用完命令后得到一个纯色图层,图层的颜色为该图像或者选区的平均颜色。

【实例 9-3】 运用平均滤镜使画面更加柔和。

① 打开"平均.Jpg"文件。

② 创建一个背景层的副本。

③ 执行"滤镜"|"模糊"|"平均"菜单命令,得到一个新的纯色图层,该颜色是图像的平

均颜色。

④ 在图层的叠加模式中选择线形光效果,发现画面变得柔和了许多,颜色也更加靓丽,效果如图 9.32 所示。

图 9.32 "平均"滤镜

9.5.3 形状模糊

"形状模糊"滤镜使用定义好的形状来创建模糊。

操作方法如下:从自定形状预设列表中选取一种内核,并使用"半径"滑块来调整其大小。通过单击三角形并从列表中进行选取,可以载入不同的形状库。半径决定了内核的大小;内核越大,模糊效果越好。

9.5.4 径向模糊

"径向模糊"滤镜可以使图像从中心辐射的方式进行模糊。

【实例 9-4】 制作一头发怒的牛。

① 打开"径向模糊.Jpg"文件。

② 在牛头位置画一个椭圆选区,羽化值设置为 10。

③ 执行"选择"|"反向"菜单命令。

④ 执行"滤镜"|"模糊"|"径向模糊"菜单命令,最终效果如图 9.33(a)所示,参数设置如图 9.33(b)所示。

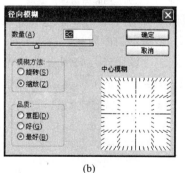

(a)   (b)

图 9.33 "径向模糊"滤镜

9.5.5 方框模糊

"方框模糊"滤镜基于相邻像素的平均颜色值来模糊图像。该滤镜可以调整用于计算给定像素的平均值的区域大小;半径越大,产生的模糊效果越好。

图 9.34 为应用"方框模糊"滤镜后的效果,应用时先在图像中选择一个带有羽化值的区域,然后再进行适当的半径设置,模糊的部分可以衬托清晰的部分的艺术效果。

图 9.34 "方框模糊"滤镜

9.5.6 模糊

"模糊"滤镜可以柔化选区或者整个图像,可以起到修饰画面的作用。它通过平衡图像中已定义的线条和遮蔽区域的清晰边缘旁边的像素,使变化显得柔和。

注意:要将"模糊"滤镜应用到图层的边缘,请取消选择"图层"调板中的"锁定透明像素"选项。

9.5.7 特殊模糊

"特殊模糊"滤镜需要设定模糊范围的边界,然后再进行模糊处理,并且保留了边界的锐度。

参数类型如下。

(1) 半径。值越大,保留原始色彩的区域距离边界会越小。

(2) 阈值。值越高,模糊的程度也就越高。

(3) 品质。决定画面质量。

(4) 模式。边缘优先与叠加边缘模式主要是用来预览边界的识别的情况,但也可以做出一些特殊的效果。

【实例 9-5】 对小猫的皮毛进行柔化。

① 打开"特殊模糊.Jpg"文件,如图 9.35(a)所示,可以看到这只小猫的毛过于尖锐。

② 执行"选择"|"色彩范围"菜单命令,把猫选出来,要注意尽量选出猫的身体边缘的毛。

③ 按 Ctrl+J 组合键,复制该选区内容,生成新的图层。

④ 选择"滤镜"|"模糊"|"特殊模糊",参数设置如图 9.35(c)所示。

⑤ 最后再用带有透明度的橡皮擦工具把小猫面部,以及边缘区域模糊过度的地方擦掉,

这样可以使柔化后的毛保留一些细节,最终效果如图9.35(b)所示。设置如图9.35(c)所示。

图 9.35 "特殊模糊"滤镜

9.5.8 表面模糊

"表面模糊"滤镜对亮度反差小的区域进行模糊,能够自动识别图像边缘,并保留边缘细节对图像内部进行模糊处理,从而去除图像表面的杂色。经常用于消除人物脸上的雀斑。

参数类型如下。

(1) 半径。控制搜索的像素范围。

(2) 阈值。控制需要进行模糊的像素范围,值越大,图像模糊程度越高,边缘细节保留越少。

图9.36(a)为原图,图9.36(b)为对其黄色墙面应用"表面模糊"滤镜后的效果,图9.36(c)是参数设置。

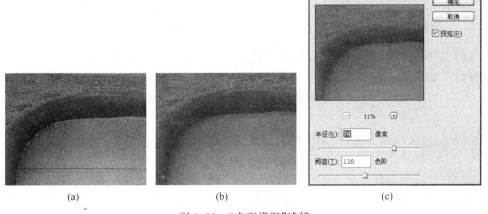

图 9.36 "表面模糊"滤镜

9.5.9 进一步模糊

"进一步模糊"滤镜对图像作强烈的柔化处理,其效果比模糊滤镜强 3~4 倍。

9.5.10 镜头模糊

"镜头模糊"滤镜用来模拟各种镜头景深产生的模糊效果。可以使用简单的选区来确定哪些区域变模糊,或者可以提供单独的 Alpha 通道深度映射来准确描述希望如何增加模糊。

先用磁性套索工具将玉龙的外形选出来,选择时配合 2 个羽化值,如图 9.37(a)所示。使用"镜头模糊"滤镜,按照图 9.37(b)所示的参数进行配置,最终得到图 9.37(c)的图像效果。

(a)   (b)   (c)

图 9.37 "镜头模糊"滤镜

9.5.11 高斯模糊

"高斯模糊"滤镜可以根据设定好的数值对图像进行比较精确的模糊。

参数类型如下。

半径。该参数用于控制图像的模糊程度,数值越大则模糊的程度也就越大。

9.6 "渲染"滤镜组

"渲染"滤镜组可以为图像添加三维效果,光线照射效果以及模拟光线的照射效果,比如云彩、镜头折光等效果。

"渲染"滤镜组总共有 5 种效果,如图 9.38 所示。

9.6.1 云彩

"云彩"滤镜是可以在任意图层上根据前景色和背景色进
行随机运算,产生云彩的效果,注意效果的生成与当前图层的
内容毫无关系。

图 9.38 "渲染"滤镜组菜单

9.6.2 光照效果

"光照效果"滤镜可以在 RGB 图像上制作出各种各样的光照效果,也可以加入新的纹理
及浮雕效果等,使平面图像产生三维立体的效果,但是该滤镜不支持灰度,CMYK 和 Lab 模
式的图像。

参数类型如下。

(1) 样式。滤镜自带了 17 种灯光布置的样式,可以直接调用,也可以将设置参数存储
为样式,日后再调用。

(2) 灯光类型。点光、平行光和全光源。

(3) 点光。当光源的照射范围框为椭圆形时为斜射状态,投射下椭圆形的光圈;当光源
的照射范围框为圆形时为直射状态,效果与全光源相同。

(4) 平行光。均匀地照射整个图像,此类型灯光无聚焦选项。

(5) 全光源。光源为直射状态,投射下圆形光圈。

(6) 强度。调节灯光的亮度,若为负值则产生吸光效果。

(7) 聚焦。调节灯光的衰减范围。

(8) 属性。每种灯光都有光泽、材料、曝光度和环境 4 种属性。通过单击窗口右侧的两
个色块可以设置光照颜色和环境色。

(9) 纹理通道。选择要建立凹凸效果的通道。

(10) 白色部分凸出。默认此项为勾选状态,若取消此项的勾选,凸出的将是通道中的
黑色部分。

(11) 高度。控制纹理的凹凸程度。

图 9.39(a)为应用"光照效果"滤镜前后的效果,参数设置如图 9.39(b)所示,在进行光
线颜色设置时,选中缩略框中的点就选中了相应的灯,可以进行灯光位置、投影范围的修改,
再在右边设置灯光的颜色。

9.6.3 分层云彩

"分层云彩"滤镜首先用"云彩"滤镜一样的原理生成云彩背景,然后再用图像像素值减
去云彩像素值,最终产生朦胧的效果。注意,该滤镜不能应用于 Lab 模式的图像。

【实例 9-6】 制作阴云的效果。

① 打开"分层云彩.jpg"文件。执行"选择"|"色彩范围"菜单命令,选取图中白色文字,
复制为单独图层,置于顶端图层,如图 9.40 所示。

② 复制背景层,将前景色设置为 RGB(53,108,201)的蓝色,背景色设置为白色。

③ 在复制的背景图层上应用"分层云彩"效果。

④ 执行"调整"|"色阶"菜单命令,对该层进行色阶调整,具体设置如图 9.41 所示。

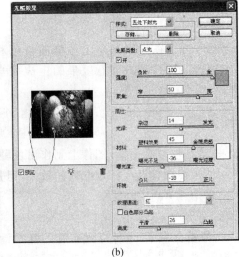

(a)   (b)

图 9.39　"光照效果"滤镜

图 9.40　打开素材制作文字图层

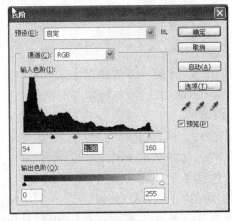

图 9.41　色阶调整参数设置图

⑤ 将该图层混合模式设置为：变暗；执行"调整"|"色相/饱和度"菜单命令，具体参数设置如图 9.42 所示。

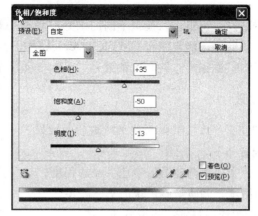

图 9.42　色相/饱和度调整效果图

9.6.4　纤维

"纤维"滤镜可以通过设置灰度纹理的差异值和强度，以及随机化参数来对图像或者选区进行填充。

9.6.5　镜头光晕

"镜头光晕"滤镜能够模拟亮光照射到相机镜头所产生的光晕效果。

注意：该滤镜不能应用于灰度、CMYK 和 Lab 模式的图像。

图 9.43 缩略框中为图像应用"镜头光晕"滤镜后的效果。

图 9.43　"镜头光晕"滤镜

9.7 "画笔描边"滤镜组

"画笔描边"滤镜组可以模拟不同的画笔或者油墨笔刷对图像进行描边,最终实现绘画效果。但是该滤镜不能应用在 CMYK 和 Lab 模式下。

"画笔描边"滤镜组总共有 8 种效果,如图 9.44 所示。

图 9.44 "画笔描边"滤镜组菜单

9.7.1 喷溅

"喷溅"滤镜可以模拟画面被水喷溅后的效果。

参数设置如下。

(1) 喷色半径。调整图像喷色半径的程度。

(2) 平滑度。调整喷溅色块的平滑程度。

图 9.45 为使用"喷溅"滤镜后的效果。

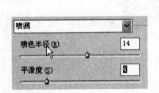

图 9.45 "喷溅"滤镜

9.7.2 喷色描边

"喷色描边"滤镜可以模拟类似"喷溅"滤镜的效果,但是该滤镜还可以控制喷溅的角度方向。

参数类型如下。

(1) 描边长度。调节勾画线条的长度。

(2) 喷色半径。形成喷溅色块的半径。

(3) 描边方向。控制喷溅色块走向,共有 4 种方向:垂直,水平,左对角线和右对角线。

图 9.46 为使用"喷色描边"滤镜后的效果。

图 9.46 "喷色描边"滤镜

9.7.3 墨水轮廓

"墨水轮廓"滤镜可以通过油画风格的画笔绘制图像边缘部分。

参数类型如下。

（1）描边长度。调整描边线条的长度。

（2）深色强度。调整油墨的颜色强度。

（3）光照强度。调整光线照射的强弱。

图9.47为使用"墨水轮廓"滤镜后的效果。

图9.47 "墨水轮廓"滤镜

9.7.4 强化的边缘

"强化的边缘"滤镜模拟使用彩色画笔对图像边缘进行强化处理。

参数类型如下。

（1）边缘宽度。设置强化边缘的宽度。

（2）边缘亮度。控制强化边缘的亮度。

（3）平滑度。调节强化边缘的平滑度。

图9.48为使用"强化的边缘"滤镜后的效果。

图9.48 "强化的边缘"滤镜

9.7.5 成角的线条

"成角的线条"滤镜使用成角的线条勾画图像，模拟油画中线条修长、笔触锋利的斜线效果。

参数设置如下。

（1）方向平衡。调节向左下角和右下角勾画的强度。

（2）描边长度。控制成角线条的长度。

（3）锐化程度。调节勾画线条的锐化度。数值越大颜色越亮，效果越生硬。

图 9.49 为使用"成角的线条"滤镜后的效果。

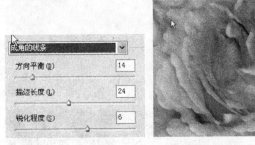

图 9.49 "成角的线条"滤镜

9.7.6 深色线条

"深色线条"滤镜用黑色线条描绘图像的暗区，用白色线条描绘图像的亮区，模拟强视觉效果的黑色阴影。

参数类型如下。

（1）平衡。控制笔触的方向。

（2）黑色强度。控制图像暗区线条的强度。

（3）白色强度。控制图像亮区线条的强度。

图 9.50 为使用"深色线条"滤镜后的效果。

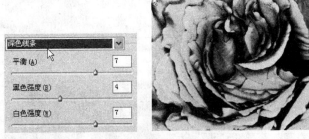

图 9.50 "深色线条"滤镜

9.7.7 烟灰墨

"烟灰墨"滤镜模拟使用黑色墨水的画笔在纸上进行绘画的过程，可以产生较柔和的深色线条效果。

参数类型如下。

（1）描边宽度。调节描边笔触的宽度。

（2）描边压力。调节描边笔触的压力值。

（3）对比度。调节图像的对比度。

图 9.51 为使用"烟灰墨"滤镜后的效果。

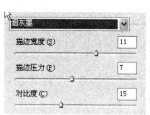

图 9.51 "烟灰墨"滤镜

9.7.8 阴影线

"阴影线"滤镜使用十字交叉线网格对图像进行勾画,可以模仿编织效果。

参数类型如下。

(1)描边长度。调整阴影线的长度,较低的值有利于保留图像的细节。

(2)锐化程度。调整阴影线锐化程度。

(3)强度。调整阴影线的强度,数值越大效果越生硬。

图 9.52 为使用"阴影线"滤镜后的效果。

图 9.52 "阴影线"滤镜

9.8 "素描"滤镜组

"素描"滤镜组用来在图像中添加纹理,使图像产生模拟素描、速写及三维的艺术效果。该滤镜组不能应用在 CMYK 和 Lab 模式下。

注意:要注意前景色和背景色的设置,因为许多"素描"滤镜在重绘图像时使用的是前景色和背景色。

"素描"滤镜组总共有 14 种效果,如图 9.53 所示。

9.8.1 便条纸

"便条纸"滤镜可以模拟纸浮雕的效果。图像中凸出部分用前景色处理,凹陷部分用背景色处理。

图 9.53 "素描"滤镜组菜单

参数类型如下。

（1）图像平衡。用于调节图像中凸出和凹陷所影响的范围。凸出部分用前景色填充，凹陷部分用背景色填充。

（2）粒度。控制图像中添加颗粒的数量。

（3）凸现。调节颗粒的凹凸效果。

图 9.54 为使用"便条纸"滤镜后的效果，其中前景色为蓝色，背景色为白色。

图 9.54　"便条纸"滤镜

9.8.2　半调图案

"半调图案"滤镜使用前景色和背景色在当前图片中产生半调网屏的效果。

注意：该滤镜执行完后，图像以前的色彩将被去掉，以灰色为主。

参数类型如下。

（1）大小。调整图像纹理的大小。

（2）对比度。调节图像的对比度。

（3）图案类型。包含圆圈、网点和直线三种图案类型。

图 9.55 为使用"半调图案"滤镜后的效果，其中前景色为黑色，背景色为白色。

图 9.55　"半调图案"滤镜

9.8.3　图章

"图章"滤镜通过简化图像，从而模拟图章盖印的效果，该滤镜一般用于黑白图像。

参数类型如下。

（1）明/暗平衡。调节图像的对比度。

（2）平滑度。控制图像边缘的平滑程度。

图 9.56 为使用"图章"滤镜后的效果,其中前景色为黑色,背景色为白色。

图 9.56　"图章"滤镜

9.8.4　基底凸现

"基底凸现"滤镜可以为图像添加浮雕和突出光照共同作用下的效果。图像的较暗区域使用前景色替换,较亮区域使用背景色替换。

注意:该滤镜执行完之后,当前文件图像颜色只存在黑、灰、白三色。

参数类型如下。

(1) 细节。控制图像基底凸现的程度。

(2) 平滑度。控制图像的平滑度。

(3) 光照。可以选择光照射的方向。

图 9.57 为使用"基底凸现"滤镜后的效果,其中前景色为黑色,背景色为白色。

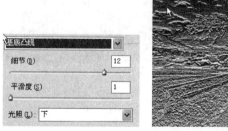

图 9.57　"基底凸现"滤镜

9.8.5　塑料效果

"塑料效果"滤镜模拟塑料浮雕效果,并使用前景色和背景色为结果图像着色。暗区凸起,亮区凹陷。

参数类型如下。

(1) 图像平衡。控制前景色和背景色的平衡。

(2) 平滑度。控制图像边缘的平滑程度。

(3) 光照。确定图像的受光方向。

图 9.58 为使用"塑料效果"滤镜后的效果,其中前景色为黑色,背景色为白色。

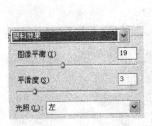

图 9.58　"塑料效果"滤镜

9.8.6　影印

"影印"滤镜模拟凹陷压印的立体感效果。

注意：该滤镜执行完之后，图像呈现棕色，类似木雕效果。

参数类型如下。

（1）细节。控制结果图像里嵌套的图案细节。

（2）暗度。控制暗部区域的对比度。

图 9.59 为使用"影印"滤镜后的效果，其中前景色为黑色，背景色为白色。

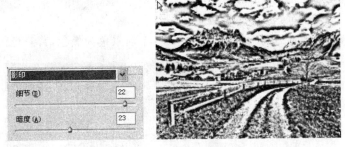

图 9.59　"影印"滤镜

9.8.7　撕边

"撕边"滤镜可以重建图像，使之呈现撕纸的效果，并用前景色和背景色对图像着色。

参数类型如下。

（1）图像平衡。控制前景色和背景色的平衡。

（2）平滑度。控制图像边缘的平滑程度。

（3）对比度。调节色彩对比度。

图 9.60 为使用"撕边"滤镜后的效果，其中前景色为黑色，背景色为白色。

9.8.8　水彩画纸

"水彩画纸"滤镜模拟在纤维上绘画的效果，通过颜色溢出、混合而产生渗透的效果。

参数类型如下。

（1）纤维长度。调整画纸材质的纤维长度。

图 9.60　"撕边"滤镜

（2）亮度。控制图像的亮度。

（3）对比度。控制色彩的对比度。

图 9.61 为使用"水彩画纸"滤镜后的效果，其中前景色为蓝色，背景色为绿色。

图 9.61　"水彩画纸"滤镜

9.8.9　炭笔

"炭笔"滤镜产生色调分离的，涂抹的素描效果。边缘使用粗线条绘制，中间色调用对角描边进行勾画。炭笔应用前景色，纸张应用背景色。

参数类型如下。

（1）炭笔粗细。调节炭笔笔触的大小。

（2）细节。控制勾画的细节范围。

（3）明/暗平衡。调节图像的对比度。

图 9.62 为使用"炭笔"滤镜后的效果，其中前景色为黑色，背景色为白色。

图 9.62　"炭笔"滤镜

9.8.10　炭精笔

"炭精笔"滤镜模拟炭精笔绘画时的纹理效果。暗区使用前景色,亮区使用背景色替换。
参数类型如下。

(1) 前景色阶。调节前景色的作用强度。

(2) 背景色阶。调节背景色的作用强度。

(3) 光照。指定光源照射的方向。

(4) 反相。可以使图像的亮色和暗色进行反转。

图 9.63 为使用"炭精笔"滤镜后的效果,其中前景色为黑色,背景色为白色。

图 9.63　"炭精笔"滤镜

9.8.11　粉笔和炭笔

"粉笔和炭笔"滤镜模拟炭笔素描画的效果。粉笔用背景色绘制图像背景,炭笔用前景色勾画暗区。

参数类型如下。

(1) 炭笔区。控制炭笔区的勾画范围。

(2) 粉笔区。控制粉笔区的勾画范围。

(3) 描边压力。控制图像勾画的对比度。

图 9.64 为使用"粉笔和炭笔"滤镜的效果,其中前景色为黑色,背景色为白色。

图 9.64　"粉笔和炭笔"滤镜

9.8.12 绘图笔

"绘图笔"滤镜使用油墨线条来重新勾勒图像中的细节,模拟素描画的效果。使用前景色作为油墨线条,使用背景色作为原图像中的颜色。

注意:执行完绘图笔命令后,图像变为黑白图。

参数类型如下。

(1)描边长度。调整油墨线条的长度。

(2)明/暗平衡。调整明暗平衡度。

(3)描边方向。控制油墨线条的走向。

图 9.65 为使用"绘图笔"滤镜的效果,其中前景色为黑色,背景色为白色。

图 9.65 "绘图笔"滤镜

9.8.13 网状

"网状"滤镜模拟胶片感光乳剂的受控收缩和扭曲的效果,使图像的暗色调区域好像被结块,高光区域好像被轻微颗粒化。

参数类型如下。

(1)浓度。控制颗粒的密度。

(2)前景色阶。控制暗调区的色阶范围。

(3)背景色阶。控制高光区的色阶范围。

图 9.66 为使用"网状"滤镜的效果,其中前景色为黑色,背景色为白色。

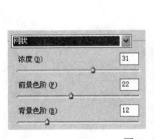

图 9.66 "网状"滤镜

9.8.14 铬黄

"铬黄"滤镜可以将图像处理成光滑的铬质效果。亮部为高反射点;暗部为低反射点。

注意:该滤镜执行完之后,图像只存在黑灰两种颜色。

参数类型如下。

(1) 细节。控制细节表现的程度。

(2) 平滑度。控制图像的平滑度。

图 9.67 为使用"铬黄"滤镜的效果,其中前景色为黑色,背景色为白色。

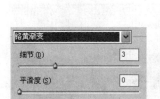

图 9.67 "铬黄"滤镜

9.9 "纹理"滤镜组

"纹理"滤镜组将各种纹理图案嵌入到图像中,使图像具有材质感。该滤镜组不能应用于 CMYK 和 Lab 模式的图像。滤镜组中的功能如图 9.68 所示。

9.9.1 拼缀图

"拼缀图"滤镜在"马赛克拼贴"滤镜的基础上增加了一些立体感,使图像产生一种类似于建筑物上使用瓷砖拼成图像的效果。

图 9.68 "纹理"滤镜组菜单

参数类型如下。

(1) 方形大小。设置拼缀图方块的大小。

(2) 凸现。调整拼缀图方块凸出的程度。

图 9.69 为使用"拼缀图"滤镜的效果。

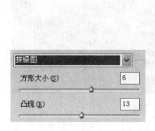

图 9.69 "拼缀图"滤镜

9.9.2 染色玻璃

"染色玻璃"滤镜可以将图像变换成彩色玻璃效果,其中边框的颜色由前景色决定。
参数类型如下。

(1) 单元格大小。调整构成彩色玻璃的单元格尺寸。

(2) 边框粗细。调整各单元格间距,即单元格边框的尺寸。

(3) 光照强度。调整由图像中心向周围衰减的光源亮度。

图 9.70 为使用"染色玻璃"滤镜的效果,其中前景色为黑色。

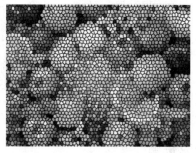

图 9.70　"染色玻璃"滤镜

9.9.3 纹理化

"纹理化"滤镜可以通过向图像中添加不同类型的纹理,使图像看起来富有材质感。
参数类型如下。

(1) 纹理。可以从砖形、粗麻布、画布和砂岩中选择一种纹理,也可以载入其他的纹理。

(2) 缩放。改变纹理的尺寸。

(3) 凸现。调整纹理图像的深度。

(4) 光照。调整图像的光源方向。

(5) 反相。反转纹理表面的亮色和暗色。

图 9.71 为使用"纹理化"滤镜的效果。

图 9.71　"纹理化"滤镜

9.9.4 颗粒

"颗粒"滤镜通过给图像添加杂色点,使图像表面产生颗粒效果。

参数类型如下。

(1) 强度。调节纹理的强度。

(2) 对比度。调节图像的对比度。

(3) 颗粒类型。提供多种的颗粒类型进行填充。

图 9.72 为使用"颗粒"滤镜的效果。

图 9.72 "颗粒"滤镜

9.9.5 马赛克拼贴

"马赛克拼贴"滤镜可以使图像看起来好像是由位置均匀分布但形状不规则的马赛克拼贴出来的浮雕效果。

参数类型如下。

(1) 拼贴大小。调整拼贴块的尺寸。

(2) 缝隙宽度。调整缝隙的宽度。

(3) 加亮缝隙。对缝隙的亮度进行调整,从而起到在视觉上改变了缝隙深度的效果。

图 9.73 为使用"马赛克拼贴"滤镜的效果。

图 9.73 "马赛克拼贴"滤镜

9.9.6 龟裂缝

"龟裂缝"滤镜可以产生类似龟甲上的纹路图案,嵌入到图像中产生浮雕效果。

参数类型如下。

(1) 裂缝间距。调节纹理凹陷部分的尺寸。

(2) 裂缝深度。调节凹陷部分的深度。

(3) 裂缝亮度。通过改变纹理图像的对比度来影响浮雕的效果。

图 9.74 为使用"龟裂缝"滤镜的效果。

图 9.74 "龟裂缝"滤镜

9.10 "艺术效果"滤镜组

"艺术效果"滤镜组可以模拟各种画派的绘画风格,如油画、水彩画、铅笔画、粉笔画、水粉画等。不过,该滤镜组不能应用于 CMYK 和 Lab 模式的图像。滤镜组中的各项功能如图 9.75 所示。

9.10.1 塑料包装

"塑料包装"滤镜可以产生塑料薄膜封包的效果,使"塑料薄膜"沿着图像的轮廓线分布,从而令整幅图像具有鲜明的立体质感。

参数类型如下。

(1)高光强度。调节高光的强度。

(2)细节。调节绘制图像细节的程度。

(3)平滑度。控制发光塑料的柔和度。

图 9.76 为使用"塑料包装"滤镜的效果。

图 9.75 "艺术效果"
滤镜组菜单

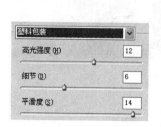

图 9.76 "塑料包装"滤镜

9.10.2 壁画

"壁画"滤镜可以通过提高图像的对比度,增强暗调区域的轮廓边缘,从而使图像具有壁画的风格。

参数类型如下。

(1) 画笔大小。调节画笔的大小。

(2) 画笔细节。控制绘制图像的细节程度。

(3) 纹理。控制纹理的对比度。

图 9.77 为使用"壁画"滤镜的效果。

图 9.77 "壁画"滤镜

9.10.3 干画笔

"干画笔"滤镜模拟使用干画笔绘制图像,形成介于油画和水彩画之间的效果。

参数类型如下。

(1) 画笔大小。调节笔触的大小。

(2) 画笔细节。调节画笔的细微细节。

(3) 纹理。调节图像的纹理,数值大纹理效果就越大,数值小纹理效果就小。

图 9.78 为使用"干画笔"滤镜的效果。

图 9.78 "干画笔"滤镜

9.10.4 底纹效果

"底纹效果"滤镜能够产生具有纹理的图像,看起来图像好像是从背面画出来的。

参数类型如下。

(1) 画笔大小。控制笔触的大小。

(2) 纹理覆盖。控制纹理覆盖的程度。

(3) 纹理。可以选择砖形、画布、粗麻布和砂岩纹理或是载入其他的纹理。

(4) 缩放。控制纹理的缩放比例。

（5）凸现。调节纹理的凸起效果。

（6）光照。选择光源的照射方向。

（7）反相。反转纹理表面的亮色和暗色。

图 9.79 为使用"底纹效果"滤镜的效果。

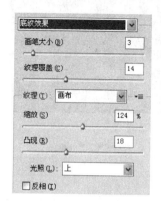

图 9.79 "底纹效果"滤镜

9.10.5 彩色铅笔

"彩色铅笔"滤镜模拟使用彩色铅笔在纯色背景上绘制图像的过程。主要的边缘被保留并带有粗糙的阴影线外观,纯背景色通过较光滑区域显示出来。

参数类型如下。

（1）铅笔宽度。调节铅笔笔触的宽度。

（2）描边压力。调节铅笔笔触绘制的硬度。

（3）纸张亮度。调节笔触绘制区域的亮度。

图 9.80 为使用"彩色铅笔"滤镜的效果,其背景色为白色。

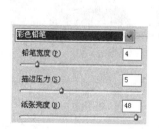

图 9.80 "彩色铅笔"滤镜

9.10.6 木刻

"木刻"滤镜模拟使用彩色纸片拼贴图像的效果。

参数类型如下。

（1）色阶数。调整图像的色阶。

（2）边缘简化度。简化图像的边界。

（3）边缘逼真度。控制图像边缘的细节。

图 9.81 为使用"木刻"滤镜的效果。

图 9.81 "木刻"滤镜

9.10.7 水彩

"水彩"滤镜可以描绘出图像中景物形状，同时简化颜色，进而产生较暗的水彩画的效果。

参数类型如下。

（1）画笔细节。设置笔刷的细腻程度。

（2）阴影强度。设置阴影强度。

（3）纹理。调整水彩效果的程度。

图 9.82 为使用"水彩"滤镜的效果。

图 9.82 "水彩"滤镜

9.10.8 海报边缘

"海报边缘"滤镜可以增强图像对比度，然后使用带有柔化效果的黑色线条绘制图像的轮廓。

参数类型如下。

（1）边缘厚度。调节边缘绘制的柔和度。

（2）边缘强度。调节边缘绘制的对比度。

（3）海报化。控制图像轮廓的柔和度。

图 9.83 为使用"海报边缘"滤镜的效果。

图 9.83　"海报边缘"滤镜

9.10.9　海绵

　　"海绵"滤镜可以模拟用海绵沾上颜料在画纸上作画的效果。

　　参数类型如下。

　　(1) 画笔大小。调节笔触的大小。

　　(2) 清晰度。调整当前海绵的质感,数值越大,效果越清晰。

　　(3) 平滑度。控制色彩之间的融合度。

　　图 9.84 为使用"海绵"滤镜的效果。

图 9.84　"海绵"滤镜

9.10.10　涂抹棒

　　"涂抹棒"滤镜可以模拟在画纸上用粉笔或蜡笔进行涂画的效果。

　　参数类型如下。

　　(1) 描边长度。控制笔触的大小。

　　(2) 高光区域。调节图像的高光对比度。

　　(3) 强度。控制图像纹理的对比度。

　　图 9.85 为使用"涂抹棒"滤镜的效果。

9.10.11　粗糙蜡笔

　　"粗糙蜡笔"滤镜可以模拟用彩色蜡笔在带纹理的图像上的描边效果。该滤镜既带有内置的纹理,还可以由用户载入其他文件作为纹理使用。

图 9.85 "涂抹棒"滤镜

参数类型如下。

(1) 描边长度。调节勾画线条的长度。

(2) 描边细节。调节勾画线条的对比度。

(3) 纹理。可以选择砖形、画布、粗麻布和砂岩纹理或是载入其他的纹理。

(4) 缩放。控制纹理的缩放比例。

(5) 凸现。调节纹理的凸起效果。

(6) 光照。选择光源的照射方向。

(7) 反相。反转纹理表面的亮色和暗色。

图 9.86 为使用"粗糙蜡笔"滤镜的效果。

图 9.86 "粗糙蜡笔"滤镜

9.10.12 绘画涂抹

"绘画涂抹"滤镜可以模拟用不同画笔在画布上进行涂抹的效果。

参数类型如下。

(1) 描边长度。调节笔触的大小。

(2) 高光区域。控制图像的锐化值。

(3) 强度。选择不同的涂抹方式。

图 9.87 为使用"绘画涂抹"滤镜的效果。

图 9.87 "绘画涂抹"滤镜

9.10.13 胶片颗粒

"胶片颗粒"滤镜可以在图像上添加杂色,调亮并强调图像的局部像素,从而产生胶片颗粒的纹理效果。

参数类型如下。

(1) 颗粒。控制颗粒的数量。

(2) 高光区域。控制高光的区域范围。

(3) 强度。控制图像颗粒的强度。数值越小,效果越清晰。

图 9.88 为使用"胶片颗粒"滤镜的效果。

图 9.88 "胶片颗粒"滤镜

9.10.14 调色刀

"调色刀"滤镜可以通过降低图像细节,产生柔和的写意效果。

参数类型如下。

(1) 描边大小。调节描边笔触的大小。

(2) 描边细节。控制线条刻画的强度。

(3) 软化度。淡化色彩间的边界,柔化图像。

图 9.89 为使用"调色刀"滤镜的效果。

9.10.15 霓虹灯光

"霓虹灯光"滤镜能够产生负片图像,模拟霓虹灯光照射图像的效果。并且图像背景将用前景色填充。

图 9.89 "调色刀"滤镜

参数类型如下。

(1) 发光大小。正值为照亮图像,负值使图像变暗。

(2) 发光亮度。控制亮度数值。

(3) 发光颜色。设置发光的颜色。

图 9.90 为使用"霓虹灯光"滤镜的效果,前景色为白色,背景色为黑色,发光为蓝色。

图 9.90 "霓虹灯光"滤镜

9.11 "视频"滤镜组

由于电视的扫描方式和计算机屏幕的显示方式不同(电视是隔行扫描,而计算机屏幕是逐行扫描),所以需要"视频"滤镜组为视频(输出对象为电视)与平面(输出对象为计算机)之间交互工作提供转化平台。

"视频"滤镜组总共有两种滤镜,如图 9.91 所示。

图 9.91 "视频"滤镜组菜单

9.11.1 NTSC 颜色

"NTSC 颜色"滤镜可消除普通视频显示器上不能显示的非法颜色,使图像可被电视机正确显示。该滤镜不能应用于灰度、CMYK 和 Lab 模式的图像。

9.11.2 逐行

"逐行"滤镜通过移去视频图像中的奇数或偶数隔行线,使在视频上捕捉的运动图像变得平滑。可以选择通过复制或插值来替换扔掉的线条。

参数类型如下。

（1）奇数场。消除奇数场。

（2）偶数场。消除偶数场。

（3）复制。利用复制的方式创建新场。

（4）插值。利用插值的方式创建新场。

9.12 "锐化"滤镜组

"锐化"滤镜组通过增强相邻像素间的对比度，使图像的轮廓更加突出，可以使过于模糊的图像变清晰。该滤镜组各项功能如图9.92所示。

图9.92 "锐化"滤镜组菜单

9.12.1 USM 锐化

"USM 锐化"滤镜是通过锐化图像的轮廓，改善图像边缘的清晰度。与其他锐化滤镜不同的是，该滤镜允许用户设定锐化的程度。

参数类型如下。

（1）数量。控制锐化效果的强度。

（2）半径。指定锐化的半径。

（3）阈值。指定相邻像素之间的比较值。

图9.93为使用"USM 锐化"滤镜的效果。

图9.93 "USM 锐化"滤镜

9.12.2 智能锐化

"智能锐化"滤镜具有"USM 锐化"滤镜所没有的锐化控制功能。可以设置锐化算法，或控制在阴影和高光区域中进行的锐化量。

注意：将文档窗口缩放到100%，可以更加精确地查看锐化效果。

参数类型如下。

（1）数量。设置锐化量。

（2）半径。确定边缘像素周围受锐化影响的像素数量。

（3）移去。设置用于对图像进行锐化的锐化算法。其中"高斯模糊"是"USM 锐化"滤镜使用的方法。"镜头模糊"将检测图像中的边缘和细节，可对细节进行更精细的锐化，并减少锐化光晕。"动感模糊"将尝试减少由于相机或主体移动而导致的模糊效果，如果选取了"动感模糊"，还要设置"角度"控件。

（4）更加准确。更精确地移去模糊。

（5）"阴影"和"高光"选项卡。调整较暗和较亮区域的锐化。（单击"高级"按钮可显示这些选项卡）

（6）渐隐量。调整高光或阴影中的锐化量。

（7）色调宽度。控制阴影或高光中色调的修改范围。

（8）半径。控制每个像素周围的区域的大小，该大小用于确定像素是在阴影还是在高光中。

图 9.94 为使用"智能锐化"滤镜的效果。

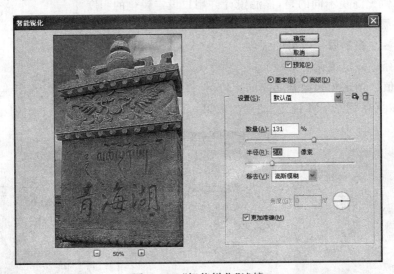

图 9.94 "智能锐化"滤镜

9.12.3 进一步锐化

"进一步锐化"滤镜可以通过增强图像相邻像素的对比度来达到清晰图像的目的。相对"锐化"滤镜而言，强度大一些。

9.12.4 锐化

"锐化"滤镜可以产生简单的锐化效果。

9.12.5 锐化边缘

"锐化边缘"滤镜仅对图像的边缘进行锐化。

9.13 "风格化"滤镜组

"风格化"滤镜组通过置换像素强化图像的色彩边界,从而提高图像的对比度,产生一种绘画式或印象派艺术效果。该滤镜各项功能如图9.95所示。

9.13.1 凸出

"凸出"滤镜可以根据不同选项将图像分割为指定的三维立方块或棱锥体,该滤镜不能应用在 Lab 模式下。

参数类型如下。

（1）块。将图像分解为三维立方块。

（2）金字塔。将图像分解为类似金字塔形的三棱锥体。

（3）大小。设置凸出类型的底面尺寸。

（4）深度。控制块突出的深度。

（5）随机。选中此项后使块的深度取随机数。

（6）基于色阶。基于色阶来调整图片。

（7）立方体正面。用该块的平均颜色填充立方块的正面。

（8）蒙版不完整块。使所有块的突起包括在颜色区域。

图9.96为使用"凸出"滤镜的效果。

图 9.95 "风格化"滤镜组菜单

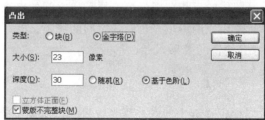

图 9.96 "凸出"滤镜

9.13.2 扩散

"扩散"滤镜通过随机移动像素,或者对明暗像素进行互换,产生类似透过磨砂玻璃观看图像的模糊效果。

参数类型如下。

（1）正常。计算机默认的扩散效果。

（2）变暗优先。用较暗的像素替换较亮的像素。

（3）变亮优先。用较亮的像素替换较暗的像素。

图 9.97 为使用"扩散"滤镜的效果。

图 9.97 "扩散"滤镜

9.13.3 拼贴

"拼贴"滤镜可以按设定好的参数值将图像分裂成若干个正方形的拼贴图块，并按设置的位移百分比的值进行随机偏移。

参数类型如下。

（1）拼贴数。设置行或列中分裂出的最小拼贴块数。

（2）最大位移。为贴块偏移其原始位置的最大距离（百分数）。

（3）背景色。用背景色填充拼贴块之间的缝隙。

（4）前景颜色。用前景色填充拼贴块之间的缝隙。

（5）反向图像。用原图像的反相色图像填充拼贴块之间的缝隙。

（6）未改变的图像。使用原图像填充拼贴块之间的缝隙。

图 9.98 为使用"拼贴"滤镜的效果。

9.13.4 曝光过度

"曝光过度"滤镜可以模拟摄影中的底片曝光效果。该滤镜不能应用在 Lab 模式下。

图 9.99 为使用"曝光过度"滤镜的效果。

9.13.5 查找边缘

"查找边缘"滤镜用相对于白色背景的深色线条来勾画图像的边缘，得到图像的大致轮廓。

注意：使用前最好先增大图像的对比度，这样可以得到更多边缘细节。

图 9.100 为使用"查找边缘"滤镜的效果。

图 9.98 "拼贴"滤镜

图 9.99 "曝光过度"滤镜的效果

图 9.100 "查找边缘"滤镜的效果

9.13.6 浮雕效果

"浮雕效果"滤镜能通过勾画图像的轮廓和降低周围色值来产生灰色的浮凸效果。

参数类型如下。

(1) 角度。为光源照射的方向。

(2) 高度。为凸出的高度。

(3) 数量。为颜色数量的百分比,可以突出图像的细节。

图 9.101 为使用"浮雕效果"滤镜的效果。

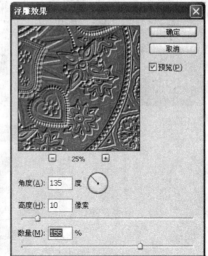

图 9.101　"浮雕效果"滤镜的效果

9.13.7　照亮边缘

"照亮边缘"滤镜使图像产生比较明亮的轮廓线,类似于霓虹灯的发光效果。该滤镜不能应用在 Lab、CMYK 和灰度模式下。

参数类型如下。

(1) 边缘宽度。调整被照亮的边缘的宽度。

(2) 边缘亮度。控制边缘的亮度值。

(3) 平滑度。平滑被照亮的边缘。

图 9.102 为使用"照亮边缘"滤镜的效果。

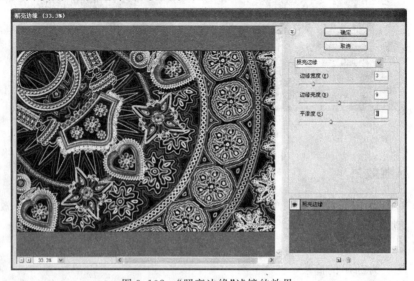

图 9.102　"照亮边缘"滤镜的效果

9.13.8 等高线

"等高线"滤镜类似于"查找边缘"滤镜的效果,但允许指定过渡区域的色调水平,主要作用是勾画图像的色阶范围。执行完该命令后,图像最终以线条的形式出现。

参数类型如下。

(1) 色阶。调整当前图像等高线的色阶。

(2) 较低。勾画像素的颜色低于指定色阶的区域。

(3) 较高。勾画像素的颜色高于指定色阶的区域。

图 9.103 为使用"等高线"滤镜的效果。

9.13.9 风

"风"滤镜可以在图像中添加色彩相差较大的边界上增加细小的水平短线,在水平方向上模拟风吹的效果。

参数类型如下。

(1) 风。细腻的微风效果。

(2) 大风。比风效果要强烈得多,图像改变很大。

(3) 飓风。最强烈的风效果,图像已发生变形。

(4) 从左。风从左面吹来。

(5) 从右。风从右面吹来。

图 9.104 为使用"风"滤镜的效果。

图 9.103 "等高线"滤镜的效果

图 9.104 "风"滤镜的效果

9.14 "其他"滤镜组

"其他"滤镜组可以创建用户自己的滤镜、使用滤镜修改蒙版、在图像中使选区发生位移和快速调整颜色。

"其他"滤镜组总共有 5 种滤镜,如图 9.105 所示。

9.14.1 位移

"位移"滤镜可以控制图像在水平或者垂直方向上偏移,而图像的原位置变成空白区域。可以用当前背景色、图像的另一部分填充这块区域,或者如果该区域靠近图像边缘,也可以使用所选择的填充内容进行填充。

参数类型如下。

(1) 水平。控制水平向右移动的距离。

(2) 垂直。控制垂直向下移动的距离。

图 9.106 为应用"位移"滤镜的前后效果。

图 9.105 "其他"滤镜组菜单

图 9.106 "位移"滤镜的效果

9.14.2 最大值

"最大值"滤镜可以向外扩展亮部区域或者收缩暗部区域。

参数类型如下。

半径。设定图像的亮区和暗区的边界半径。

图 9.107 为应用"最大值"滤镜的效果。

9.14.3 最小值

"最小值"滤镜可以向外扩展暗部区域或者收缩亮部区域。效果与"最大值"滤镜刚好相反。

参数类型如下。

半径。设定图像的亮区和暗区的边界半径。

9.14.4 自定

"自定"滤镜允许用户定义自己的滤镜。根据预定义的数学运算(每一个被计算的像素

图 9.107 "最大值"滤镜的效果

由编辑框组中心的编辑框来表示。工作时，Photoshop 重新计算图像或选择区域中的每一个像素亮度值，与对话框矩阵内数据相乘结果的亮度相加，除以缩放值，再与位移值相加，最后得到该像素的亮度值）更改图像中像素的亮度值，经常用于模拟锐化、模糊、浮雕等效果。可以将自己设置的参数存储起来下次再调用。

参数类型如下。

（1）中心的文本框。中心的文本框里的数字控制当前像素的亮度增加的倍数。

（2）缩放。为亮度值总和的除数。

（3）位移。为将要加到缩放计算结果上的数值。

图 9.108 为应用"自定"滤镜的效果。

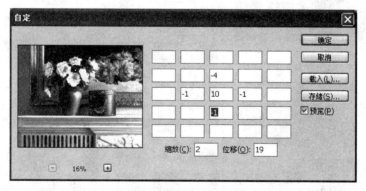

图 9.108 "自定"滤镜

9.14.5 高反差保留

"高反差保留"滤镜可以在有强烈颜色转变发生的地方按指定的半径保留图像边缘的细节。该滤镜移去图像中的低频细节，效果与"高斯模糊"滤镜相反。

参数类型如下。

半径。控制过渡边界的大小。

图 9.109 为应用"高反差保留"滤镜的效果。

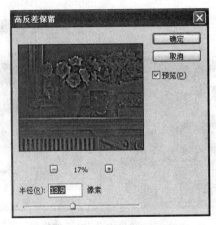

图 9.109 "高反差保留"滤镜

9.15 滤 镜 库

滤镜库里面通过资源管理器的形式包含了所有的通用滤镜,需要哪个滤镜,仅需在资源管理器窗口中选中该滤镜,再在右边的参数窗口中调节其参数即可,这时在左边预览框中同时可以看到图片应用该滤镜后的效果。

图 9.110 为使用滤镜库时的窗口。

图 9.110 滤镜库

9.16 液 化

"液化"滤镜可以对图像进行艺术化的扭曲并且可以控制扭曲的范围和强度。通常用来对图像进行艺术化的夸张和局部的修饰。

参数类型如下。

(1) 变形工具。可以在图像上拖曳像素产生变形效果。

(2) 湍流工具。可平滑地移动像素,产生各种特殊效果。

(3) 顺时针旋转扭曲工具。当按住鼠标按钮或来回拖曳时,顺时针旋转像素。

(4) 逆时针旋转扭曲工具。当按住鼠标按钮或来回拖曳时,逆时针旋转像素。

(5) 褶皱工具。当按住鼠标按钮或来回拖曳时像素靠近画笔区域的中心。

(6) 膨胀工具。当按住鼠标按钮或来回拖曳时像素远离画笔区域的中心。

(7) 移动像素工具。移动与鼠标拖曳方向垂直的像素。

(8) 对称工具。将范围内的像素进行对称拷贝。

(9) 重建工具。对变形的图像进行完全或部分的恢复。

(10) 冻结工具。可以使用此工具绘制不会被扭曲的区域。

(11) 解冻工具。使用此工具可以使冻结的区域解冻。

(12) 缩放工具。可以放大或缩小图像。

(13) 抓手工具。当图像无法完整显示时,可以使用此工具对其进行移动操作。

(14) 载入网格。单击此按钮,从弹出的窗口中选择要载入的网格。

(15) 存储网格。单击此按钮,可以存储当前的变形网格。

(16) 画笔大小。指定变形工具的影响范围。

(17) 画笔压力。指定变形工具的作用强度。

(18) 湍流抖动。调节湍流的紊乱度。

(19) 光笔压力。确定是否使用从光笔绘图板读出的压力。

(20) 模式。可以选择重建的模式共有 8 种:恢复、刚硬的、僵硬的、平滑的、疏松的、置换、膨胀的和相关的。

(21) 重建。单击此钮,可以依照选定的模式重建图像。

(22) 恢复。单击此钮,可以将图像恢复至变形前的状态。

(23) 通道。可以选择要冻结的通道。

(24) 反相。将绘制的冻结区域与未绘制的区域进行转换。

(25) 全部解冻。将所有的冻结区域清除。

(26) 冻结区域。勾选此项,在预览区中将显示冻结区域。

(27) 网格。勾选此项,在预览区中将显示网格。

(28) 图像。勾选此项,在预览区中将显示要变形的图像。

(29) 网格大小。选择网格的尺寸。

(30) 网格颜色。指定网格的颜色。

(31) 冻结颜色。指定冻结区域的颜色。

(32) 背景幕布。勾选此项,可以在右侧的列表框中选择作为背景的其他层或所有层都显示。

(33) 不透明度。调节背景幕布的不透明度。

图 9.112 为图 9.111 使用"液化"滤镜前后的效果,变换时使用褶皱工具使猫的耳朵变小,使用膨胀工具使猫脸变胖,产生卡通效果。

图 9.111 "液化"滤镜使用前效果图

图 9.112 "液化"滤镜参数设置图

9.17 消 失 点

"消失点"滤镜允许在包含有透视平面(例如,建筑物侧面或任何矩形对象)的图像中进行透视校正编辑。通过使用消失点,可以在图像中指定平面,然后应用诸如绘画、仿制、拷贝或粘贴以及变换等编辑操作,实现以立体方式在图像中的透视平面上工作。

参数类型如下。

(1) 编辑平面工具。选择、编辑、移动平面并调整平面大小。

(2) 创建平面工具。定义平面的 4 个角结点、调整平面的大小和形状并拉出新的平面。

(3) 选框工具。建立方形或矩形选区,同时移动或仿制选区。

(4) 图章工具。使用图像的一个样本绘画。与仿制图章工具不同,消失点中的图章工具不能仿制其他图像中的元素。

（5）画笔工具。用平面中选定的颜色绘画。

（6）变换工具。通过移动外框手柄来缩放、旋转和移动浮动选区。它的行为类似于在矩形选区上使用"自由变换"菜单命令。

（7）吸管工具。在预览图像中单击时，选择一种用于绘画的颜色。

（8）测量工具。在平面中测量项目的距离和角度。

（9）缩放工具。在预览窗口中放大或缩小图像的视图。

（10）抓手工具。在预览窗口中移动图像。

使用"消失点"滤镜的方法如下。

（1）打开包含有透视平面的图像。

（2）执行"滤镜"|"消失点"菜单命令，打开"消失点"对话框。

（3）该对话框包含用于定义透视平面的工具、用于编辑图像的工具以及一个在其中工作的图像预览。首先在预览图像中指定透视平面，然后就可以在这些平面中绘制、仿制、拷贝、粘贴和变换内容。

（4）编辑直到满意为止，最后单击"确定"按钮。

【**实例 9-7**】 使用"消失点"滤镜巧妙制作透视效果文字图片。

① 打开"消失点.Jpg"文件，如图 9.113 所示。

图 9.113　打开素材文件

② 执行"滤镜"|"消失点"菜单命令，使用左上角创建平面工具建立如同图 9.114 右下角虚线所示的网格，然后用选框工具选择该网格区域，按住 Ctrl 键的同时移动选框，盖住下面的文字，多次执行该操作，使文字消除。注意羽化值调为 0。

③ 执行"文字"菜单命令，输入"走向新世纪"，字体选择：方正姚体，字号：90。按住 Ctrl 键的同时用鼠标单击文字图层的图标，出现字体选区，复制并粘贴选区内容，形成新的图层，在该图层上给文字添加渐变色，按住 Ctrl 键的同时用鼠标单击该层的图标，文字选区出现，使用渐变工具添加渐变色给文字，最后效果如图 9.115 所示。

④ 去掉文字图层前的眼睛图标，隐去该图层；回到图层 1，按住 Ctrl 键的同时用鼠标单击该图层的图标，文字选区出现，按 Ctrl＋X 键，剪贴文字到剪贴板；执行"滤镜"|"消失点"菜单命令，如图 9.116 所示。用创建平面工具建立网格，然后用选框工具选择该网格区域，按 Ctrl＋V 键，粘贴文字过来，并把文字放入透视选区中。

⑤ 使用变换工具，调节文字大小，如图 9.117 所示。

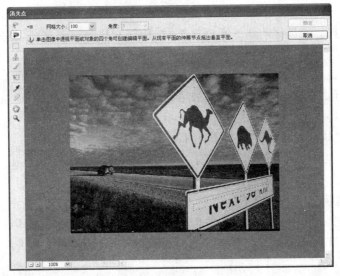

图 9.114 "消失点"滤镜

图 9.115 "消失点"滤镜

图 9.116 "消失点"滤镜

图 9.117 "消失点"滤镜

9.18 "嵌入及读取水印"滤镜

"嵌入及读取水印"滤镜为用户提供添加和查看图像中的版权信息的功能。

1. "嵌入水印"滤镜

"嵌入水印"滤镜可以在图像中产生水印。用户可以选择图像是受保护的还是完全免费的。水印是作为杂色添加到图像中的数字代码,它可以以数字和打印的形式长期保存,且图像经过普通的编辑和格式转换后水印依然存在。水印的耐用程度设置得越高,则越经得起多次的复制。如果要用数字水印注册图像,可单击个人注册按钮,用户可以访问 Digimarc 的 Web 站点获取一个注册号。

2. "读取水印"滤镜

"读取水印"滤镜可以查看并阅读该图像的版权信息。

9.19 智 能 滤 镜

普通的滤镜功能一执行,原图层就被更改为滤镜的效果了,如果因效果不理想而想恢复,只能从历史记录里退回到执行前。而智能滤镜,就像给图层加样式一样,在"图层"调板可以把这个滤镜给删除,或者重新修改这个滤镜的参数,可以关掉滤镜效果的小眼睛而显示原图,所以很方便再次修改。这就是智能滤镜的好处。应用于智能对象的任何滤镜都是智能滤镜。智能滤镜将出现在"图层"调板中应用这些智能滤镜的智能对象图层的下方,由于可以调整、移去或隐藏智能滤镜,这些滤镜是非破坏性的。除"抽出"、"液化"、"图案生成器"和"消失点"之外,可以按智能滤镜应用任意 Photoshop 滤镜(可与智能滤镜一起使用)。此外,可以将"阴影/高光"和"变化"调整作为智能滤镜应用。要使用智能滤镜,请选择智能对象图层,选择一个滤镜,然后设置滤镜选项。应用智能滤镜之后,可以对其进行调整、重新排序或删除。

要展开或折叠智能滤镜的视图,请单击在"图层"调板中的智能对象图层的右侧显示的"智能滤镜"图标旁边的三角形(此方法还会显示或隐藏"图层样式")。或者从"图层"调板菜单中选择"图层调板选项",然后在对话框中选择"扩展新效果"。使用滤镜蒙版有选择地遮盖智能滤镜效果。

注意：如果在 Photoshop 中打开一个包含已应用智能滤镜的智能对象图层的文件，Photoshop 会在打开该文件时保留智能滤镜效果(包括滤镜蒙版)。不过，如果随后对该智能对象图层进行编辑，则 Photoshop 将不会显示该图层的智能滤镜。

习　题

一、简答题

1. 简述滤镜的种类？

2. 如何添加外挂滤镜？

3. 简述"消失点"滤镜的作用？

4. 列举"模糊"滤镜组常用的 3 种命令及其用途？

二、操作题

1. 使用滤镜工具按照下列步骤调整图像清晰度。

方法简述如下。

① 复制通道。如果是灰度图，则只有一个通道。如果是 RGB 图，先转化成 Lab 模式，然后复制"亮度"通道。

② 执行"滤镜"|"风格化"|"查找边缘"菜单命令，参数可设置为 4。

③ 执行"图像"|"调整"|"反相"菜单命令。

④ 执行"滤镜"|"其他"|"最大值"菜单命令，参数可设置为，加宽边缘的像素。

⑤ 执行"滤镜"|"杂色"|"中间值"菜单命令，参数可设置为 4，降低图像中的杂色。

⑥ 执行"滤镜"|"模糊"|"高斯模糊"菜单命令进行模糊。

⑦ 选择①中复制的"亮度"通道上的区域。

⑧ 删除该通道，执行"滤镜"|"锐化"|"USM"菜单命令，参数可设置为 4，完成锐化调整操作。

注意：所使用参数均相同。

变化前后效果如图 9.118 所示。

图 9.118　滤镜练习题 1

2. 使用滤镜按照下列步骤制作雨的效果。

方法简述如下。

① 新建一个图层，用黑色填充。

② 执行"滤镜"|"杂色"|"添加杂色"菜单命令添加杂色。

③ 执行"滤镜"|"模糊"|"动感模糊"菜单命令进行模糊。

④ 将图层混合模式调整为滤色。

⑤ 执行"图像"|"调整"|"色阶"菜单命令,调整画面的亮度。

⑥ 复制该图层,执行"编辑"|"自由变换"菜单命令,调整雨的稠密程度。

⑦ 调整背景图层的阴天效果,可以加渐变图层,或者调整图层。变化前后效果如图 9.119
所示。

图 9.119　滤镜练习题 2

第10章　色彩理论及其应用

使用 Photoshop 对图像进行各种编辑与处理之前,除了先了解关于像素、图像分辨率的知识外,还需要理解图像色彩模式等知识。只有掌握了这些图像处理的基本概念,才不至于使处理的图像失真或达不到自己预想的效果。

本章将在介绍色彩理论的基础上,说明 Photoshop 中颜色的使用方法,使读者初步掌握 Photoshop 中图像的一些基本概念和色彩颜色模式以及颜色选取的基本方法。

【知识要点】
(1) 常见的几种颜色模式;
(2) 颜色的选取。

10.1　常见的几种颜色模式

为了能在计算机图像处理中成功地选择正确的颜色,首先必须懂得色彩模式。色彩模式决定用于显示和打印图像的颜色模型,颜色模型是用于表现颜色的一种数学算法,从而使颜色能够在多种媒体上得到连续的描述,能够跨平台使用(比如从显示器到打印机,从 Mac 机到 PC)。常见的色彩模式有 RGB、CMYK、HSB、Lab 等。

10.1.1　RGB 颜色模式

RGB 颜色模式是一种加光模式。它是基于与自然界中光线相同的基本特性的,颜色可由红(R)、绿(G)、蓝(B)三种波长产生,这就是 RGB 色彩模式的基础。红、绿、蓝三色称为光的基色。显示器上的颜色系统便是 RGB 色彩模式的。这三种基色的每一种都有一个 0~255 的亮度值的范围,通过对红、绿、蓝的各种亮度值进行组合来改变像素的颜色。所有基色的值为 255 时相加便形成白色。反之,当所有的基色的值都为 0 时相加,便得到了黑色。

注意:RGB 色彩空间是与设备有关的,不同的 RGB 设备再现的颜色可能是完全不相同的。

10.1.2　CMYK 颜色模式

CMYK 色彩模式是一种减光模式。它是四色处理打印的基础。这四色是青(Cyan)、洋红(Megenta)、黄(Yellow)、黑(Black)。在印刷中代表 4 种颜色的油墨。CMYK 颜色模式和 RGB 颜色模式使用不同的色彩原理进行定义。在 RGB 颜色模式中由光源发出的色光混合成颜色,而在 CMYK 颜色模式中,由光线照射到不同比例的青、洋红、黄和黑油墨混合后的油墨的纸上,部分光谱被吸收后,反射到人眼中的光产生的颜色。由于 4 种颜色在混合成色时,随着 4 种成分的增多,反射到人眼中的光会越来越少,光线的亮度会越来越低,所以 CMYK 颜色模式产生颜色的方法称为色光减色法。CMYK 颜色模式被应用于印刷技术,印刷品通过吸收与反射光线的原理表现色彩。

10.1.3 HSB 颜色模式

HSB 色彩模式是基于人对颜色的感觉，将颜色看作由色泽、饱和度、明亮度组成的，为将自然颜色转换为计算机创建的色彩提供了一种直觉方法。在进行图像色彩校正时，经常会用到色域饱和度命令，它非常直观。

10.1.4 Lab 颜色模式

Lab 模式是由国际照明委员会(CIE)于 1976 年公布的一种色彩模式。

如前所述，RGB 模式是一种发光屏幕的加色模式，CMYK 模式是一种颜色反光的印刷减色模式。那么，Lab 又是什么处理模式呢？Lab 模式既不依赖光线，也不依赖于颜料，它是 CIE 组织确定的一个理论上包括了人眼可以看见的所有色彩的色彩模式。Lab 模式弥补了 RGB 和 CMYK 两种色彩模式的不足。Lab 模式由 3 个通道组成，但不是 R、G、B 通道，是以一个亮度分量 L 及两个颜色分量 a 和 b 来表示颜色的。其中 L 的取值范围是 0～100，a 分量代表由深绿色(低亮度值)到灰色(中亮度值)再到亮粉红色(高亮度值)的光谱变化，而 b 分量代表从亮蓝色(低亮度值)到灰色(中亮度值)再到黄色(高亮度值)的光谱变化，a 和 b 的取值范围均为 −120～120。因此，这种色彩混合后将产生明亮的色彩。

Lab 模式所定义的色彩最多，且与光线及设备无关，它的处理速度与 RGB 模式同样快，比 CMYK 模式快很多。因此，可以放心地在图像编辑中使用 Lab 模式。而且，Lab 模式在转换成 CMYK 模式时色彩没有丢失或被替换。因此，最佳避免色彩损失的方法是，应用 Lab 模式编辑图像，再转换为 CMYK 模式打印输出。当将 RGB 模式转换成 CMYK 模式时，Photoshop 自动将 RGB 模式转换为 Lab 模式，再转换为 CMYK 模式。

10.1.5 其他颜色模式

1. 灰度模式

灰度模式是用黑白双色的 8 位通道表现图像，由 256 级灰度颜色组成的图像。灰度图像的每个像素都可以是 0～255 的任意一个亮度值。任何一种彩色图像转换成灰度图像时，所有彩色信息都将丢失。

图 10.1 是一幅彩色图像，执行"图像"|"模式"|"灰度"菜单命令，打开如图 10.2 所示的"信息"对话框，单击"扔掉"按钮，就将彩色图像转换为灰度图像，如图 10.3 所示。

图 10.1　打开的一幅彩色图　　　图 10.2　"信息"对话框　　　图 10.3　调整为灰度图像的效果

在执行"图像"|"调整"|"黑白"菜单命令后,打开如图 10.4 所示的"黑白"对话框,再调整相关的参数后,就将彩色图像转换为灰度图像,如图 10.5 所示。

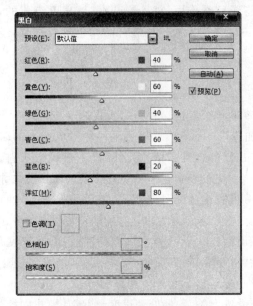

图 10.4　"黑白"对话框

图 10.5　使用"黑白"调整为灰度图

2. 位图模式

位图模式是以黑色和白色构成图像的,这类模式的图像是非常纯粹的黑白图像。这是因为位图图像由一位像素组成,因此,文件非常小,所占磁盘空间少。

只有灰度模式的图像才能被转换成位图模式。将图像转换成灰度模式,再转换为位图模式可以减少图像的损伤。

将图 10.3 的灰度图像执行"图像"|"模式"|"位图"菜单命令后,打开如图 10.6 所示的"位图"对话框。

图 10.6　"位图"对话框

参数类型如下。

(1) 50%阈值。将 50%色调作为分界点,灰色值高于中间色阶 128 的像素转换为白色,灰色值低于中间色阶 128 的像素转换为黑色,进而创建高对比度的黑白图像,如图 10.7 所示。

(2) 图案仿色。可使用黑白点的图案来模拟色调,如图 10.8 所示。

图 10.7　50％阈值效果图

图 10.8　图案仿色效果图

（3）扩散仿色。通过使用从图像左上角开始的误差扩散过程来转换图像，由于转换过程的误差原因，会产生颗粒状的纹理，如图 10.9 所示。

（4）半调网屏。可模拟平面印刷中使用的半调网点外观，如图 10.10 所示。

（5）自定图案。可选择一种图案来模拟图像中的色调，如图 10.11 所示。

图 10.9　扩散仿色效果图

图 10.10　半调网屏效果图

图 10.11　自定图案效果图

3. 双色调模式

双色调模式是用一个颜色通道表现某一颜色值的图像，虽然不是全色彩，但是合理使用会营造特殊的氛围。要将其他模式的图像转换为双色调模式的图像，必须先转换成灰度模式。

打开如图 10.3 所示的灰度图像，执行"图像"|"模式"|"双色调"菜单命令，打开如图 10.12 所示的"双色调选项"对话框。

参数类型如下。

（1）类型。在该下拉列表中的选项有"单色调"、"双色调"、"三色调"和"四色调"。

（2）油墨。用来对油墨进行编辑，选择"单色调"时，只能编辑一种油墨，选择"四色调"时，则可以编辑全部的 4 种油墨。单击 ▨ 状图标可以打开"双色调曲线"对话框，调整对话框中的曲线可以改变油墨的百分比，如图 10.13 所示。

单击"油墨"选项右侧的颜色块，可以在打开的"拾色器"对话框中设置油墨的颜色。如果单击"拾色器"中的"颜色库"按钮，则可以选择一个颜色系统中的预设颜色，如图 10.14 所示。

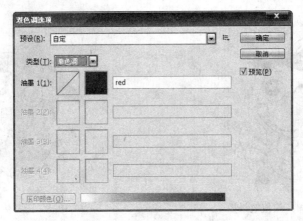

图 10.12 "双色调选项"对话框

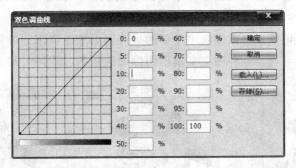

图 10.13 "双色调曲线"对话框

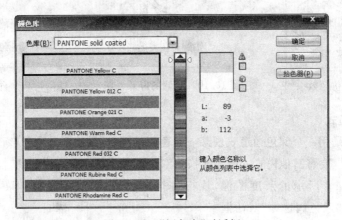

图 10.14 "颜色库"对话框

图 10.15 和图 10.16 分别为使用单色调（油墨为蓝色）的效果图和使用双色调（油墨颜色为蓝色和黄色）的效果图。

4. 索引模式

索引模式通常只用 256 种颜色来表现图像。当其他颜色模式的图像转换为索引模式时，Photoshop 将构建颜色查找表，以存放并索引图像中的颜色。如果原图像中的某种颜色未出现在该查找表中，Photoshop 将选取现有颜色中与其最接近的一种，或者使用现有颜色模拟该颜色。

图 10.15 单色调效果图

图 10.16 双色调效果图

由于索引模式限制了颜色调板,所以索引颜色可以在保持图像视觉品质的同时减少文件大小,这种颜色模式多用于因特网和多媒体中。

执行"图像"|"模式"|"索引颜色"菜单命令,打开"索引颜色"对话框,如图 10.17 所示。

参数类型如下。

(1) 调板。可选择转换为索引颜色后使用的调板类型,它决定了将使用哪些颜色。

(2) 颜色。如果在"调板"选项中选择了"平均分布"、"可感知"、"可选择"或"随样性",可以通过输入"颜色"值指定要显示的实际颜色数量(多达 256 种)。

(3) 强制。可选择将某些颜色强制包括在颜色表中的选项。

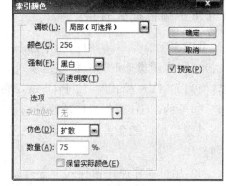

图 10.17 "索引颜色"对话框

色表中的选项。选择"黑色和白色",可将纯黑色和纯白色添加到颜色表中。选择"原色",可添加红色、绿色、蓝色、青色、洋红、黄色、黑色和白色。选择"Web",可添加 256 种 Web 安全色;选择"自定",则允许定义要添加的自定颜色。

(4) 杂边。可指定用于填充与图像的透明区域相邻的消除锯齿边缘的背景色。

(5) 仿色。在该下拉列表中可以选择是否使用仿色,除非正在使用"实际"颜色表选项,否则颜色表可能不会包含图像中使用的所有颜色。若要模拟颜色表中没有的颜色,可以采用仿色。仿色混合现有颜色的像素,以模拟缺少的颜色。要使用仿色,可在该选项下拉列表中选择仿色选项,并输入仿色数量的百分比值,该值越高,所仿颜色越多,但是可能会增加文件大小。

5. 多通道模式

多通道模式是指在每个通道中使用 256 级灰度,多通道图像对特殊的打印非常有用。将 CMYK 模式的图像转换为多通道模式,可以创建青、洋红、黑和黄专色通道。将 CMYK 模式图像转换为多通道模式后,也可以创建青、洋红、黑和黄专色通道。

当用户从 RGB、CMYK 或 Lab 模式的图像中删除任何一个颜色通道后,该图像将自动转换为多通道模式。

6. 8/16 位通道模式

位深度也叫像素深度或者颜色深度,用来度量在图像中有多少颜色信息显示或打印像素。较大的位深度(每像素信息的位数更多)意味着数字图像中有更多的颜色和更精确的颜色表示。例如,1 位深度的像素可能有两个可能的值:黑和白;8 位深度的像素有 256 个可能的值;n 位深度的像素可能有 2^n 个可能的值。常用的位深度值范围在 1～64 位/像素。对于图像的每个通道,Photoshop 支持最大为 16 位/像素。

在 Photoshop 中,RGB、CMYK 及灰度模式的图像每个通道都由 8 位组成。例如,RGB 模式是由 R、G、B 这 3 个通道组成的,因此,总共可表现出 24 位的深度。

16 位/像素图像可以支持以下命令:复制、羽化、修改、色调、自动色调、曲线、直方图、色相/饱和度、亮度/对比度、色彩平衡、色调均化、反相、通道混合器、图像大小、变换选区和旋转画布。它只支持以下工具:选框、套索、裁剪、度量、缩放、抓手、钢笔、吸管、颜色取样器和仿制图章工具。另外,它只支持 PSD、TIF 和 RAW 的文件格式,因此,通常只能在 8 位/通道下工作,然后在转化为 16 位/通道模式。

执行"图像"|"模式"|"16 位/通道"菜单命令,可以把图像转换成 16 位/通道模式。

10.1.6 颜色模式转换

由于实际需要不同,用户经常将一幅图像从一种模式(源模式)转换为另一种模式(目标模式)。当为图像选取另一种颜色模式时,就永久更改了图像中的颜色值。例如,将 RGB 图像转换为 CMYK 模式时,位于 CMYK 色域(由"颜色设置"对话框中的 CMYK 工作空间设置定义)外的 RGB 颜色值将被调整到色域之内。因此,如果将图像从 CMYK 转换回 RGB,一些图像数据可能会丢失并且无法恢复。将图像从原来的模式在转换图像之前,最好执行下列操作。

(1) 尽可能在原图像模式下进行编辑。

(2) 在转换之前存储副本。请务必存储包含所有图层的图像副本,以便在转换后编辑图像的原版本。

(3) 在转换之前拼合文件。当模式更改时,图层混合模式之间的颜色相互作用也将更改。

(4) 图像在转换为多通道、位图或索引颜色模式时应进行拼合,因为这些模式不支持图层。

虽然用户可以自由地转换图像的各种色彩模式,但正因为各种色彩模式之间存在差异,所以在进行转换时,要注意以下问题。

(1) 图像输出方式。印刷输出必须使用 CMYK 模式存储;在屏幕上显示输出,以 RGB 或者索引颜色模式较多。

(2) 图像输入方式。在扫描输入图像时通常采用拥有较广阔的颜色范围和操作空间的 RGB 模式。

(3) 编辑功能。CMYK 模式的图像不能使用某些滤镜,位图模式不能使用自由旋转等功能。面对这些情况,通常在编辑时选择 RGB 模式来操作,图像制作完毕后再另存为其他模式。这主要是基于 RGB 图像可以使用所有的滤镜和其他的一些功能。

(4) 颜色范围。RGB 和 Lab 模式可以选择的颜色范围比较广泛,通常设置为这两种模式以获得理想的图像效果。

(5) 文件占用内存及磁盘空间。不同模式保存时占用空间是不同的,文件越大占用内存越多,因此可以选择占用空间较小的模式,但综合而言选择 RGB 模式较为理想。

有些模式转换会拼合文件。例如,RGB 模式到索引颜色模式或者多通道模式的转换;CMYK 模式到多通道模式的转换;Lab 模式到多通道、位图或者灰度模式的转换;灰度模式到位图模式、索引颜色模式或者多通道模式的转换;双色调模式到位图模式、索引颜色模式或者多通道模式的转换。

由于不同的图像模式包含的像素性质不同,所以包含像素少的图像不能再向包含像素多的图像模式转换,因此建议在转换之前最好将原模式备份。

10.1.7   色域

色域是颜色系统可以显示或打印的颜色范围。人眼看到的色谱比任何颜色模型中的色域都宽。

在 Photoshop 使用的各种颜色模型中,Lab 具有最宽的色域,包括 RGB 和 CMYK 色域中的所有颜色。通常,对于可在计算机显示器或电视机屏幕(它们发出红、绿和蓝光)上显示的颜色,RGB 色域包含这些颜色的子集。因此,某些颜色如纯青或纯黄无法在显示器上精确显示。CMYK 色域较窄,仅包含使用印刷色油墨能够打印的颜色。值得注意的是,RGB 或 CMYK 图像的色域取决于其文档配置文件。

当不能打印的颜色显示在屏幕上时,称其为溢色——超出 CMYK 色域范围。

10.1.8   溢色

可以在 RGB 或 HSB 模式中显示的颜色对 CMYK 设置可能为溢色,因此不能打印。将一个图像转换为 CMYK 时,Photoshop 自动将所有颜色调入色域。但是可能在转换为 CMYK 之前,识别图像中的溢色或手动进行校正。

在 RGB 模式中,可以按下列方式识别溢色。

(1) 在“信息”调板中,当将指针移到溢色上,CMYK 值的旁边都会出现一个惊叹号。

(2) 当选择了一种溢色时,拾色器和“颜色”调板中都会出现一个警告三角形,并显示最接近的 CMYK 等色阶。若要选择 CMYK 等色阶,请单击该三角形或色块。

单击“溢色警告”按钮,也可以快速识别 RGB 图像中的所有溢色。

10.2   颜色的选取

在 Photoshop 中,选取颜色是指选取前景色和背景色。通常使用前景色绘画、填充和描边选区,使用背景色生成渐变填充和在图像的涂抹区域中填充。一些特殊效果滤镜也使用前景色和背景色。在 Photoshop 操作中,选取颜色是一个非常重要的内容,许多绘图工具(如喷枪工具、画笔工具等),在使用之前都需要先选取好一种颜色,这样才能绘制出所需要的效果。本节以下内容将介绍 Photoshop 选取颜色的方法。

10.2.1   用拾色器选取颜色

可以使用 Photoshop 拾色器选择前景色或背景色,从色谱中选取或通过用数字定义颜色。另外,还可以选择基于 HSB、RGB、Lab 和 CMYK 颜色模型的颜色,只选用 Web 安全颜色,以及从多个自定颜色系统中选取默认情况下,程序使用的是 Photoshop 拾色器。

单击工具箱中的"前景色或背景色"选区框或者单击"颜色"调板中的现用颜色选区框可以显示 Photoshop 拾色器。

在"拾色器"对话框中可以用鼠标或者键盘来选取颜色,如图 10.18 所示。

图 10.18 "拾色器"对话框

"拾色器"对话框中各部分含义如下。

(1) 色域。图 10.18 中左侧的颜色方框叫做色域,是用来选取颜色的。色域中的小圆圈是颜色选取后的标志。

(2) 颜色滑块。色域右边的竖长条是颜色滑块,可以用来调整颜色的不同色调,使用时拖曳上面的小三角形滑块即可,也可以在长条上面用鼠标单击来调整。

(3) 颜色显示区域。彩色滑块的右侧有一块显示颜色的区域,分成两部分,上半部分显示当前所选的颜色,下半部分显示打开拾色器之前选定的颜色。

(4) 溢色警告。演示显示区域右侧有一个带有感叹号的小三角形,称为溢色警告,其下方的小方块所选颜色中最接近 CMYK 的颜色,一般来说它比所选的颜色要暗一些。如果出现溢色警告,说明所选择的颜色已经超出了打印机所能识别的颜色范围,打印机无法把它们准确地打印出来。单击"溢色警告"按钮,即可将当前所选颜色置换成与之相对应的颜色。

(5) 三原色按钮组。对话框的右下角有 9 个单选按钮,分别是 HSB、RGB 和 Lab 颜色三种模式的三原色按钮,当选中某个单选按钮时,滑块就变成该颜色的控制器。通过调整滑块并配合颜色域即可选择成千上万种颜色。

(6) 颜色文本框。可以通过向对话框右侧的文本框中输入数据来定义颜色,倘若在 RGB 模式下选取颜色,只要分别在 R、G、B 文本框中输入一个数据值即可。或者通过在"#"(颜色编号)文本框中输入一个编号来设定颜色。最后,单击"确定"按钮即可完成操作。

采用 Windows 调色板也可以实现颜色的选择,具体操作步骤如下。

(1) 执行"编辑"|"首选项"|"常规"菜单命令,打开"首选项"对话框,如图 10.19 所示。

(2) 在"拾色器"下拉列表框中选择 Windows 选项。

(3) 单击"确定"按钮完成设置。此时,单击"前景色"或者"背景色"按钮,即可打开如图 10.20 所示的"颜色"对话框。

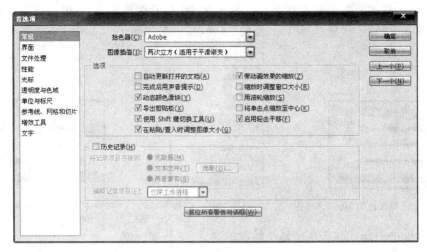

图 10.19　设定 Windows 调色板

注意：使用 Windows 调色板选择颜色不如使用 Photoshop 自带的拾色器精确。

在"拾色器"对话框中单击"颜色库"按钮，即可打开"颜色库"对话框进行颜色的选取，如图 10.21 所示。

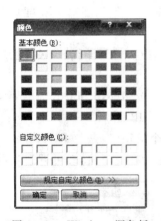

图 10.20　Windows 调色板

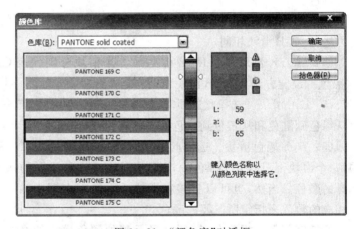

图 10.21　"颜色库"对话框

在"颜色库"对话框中，可以很方便地选取颜色，具体操作步骤如下。

（1）在"色库"下拉列表框中选择一种颜色的型号。

（2）用鼠标拖曳滑块上的小三角滑块，指定所需要的颜色的大致范围。

（3）在对话框左边的颜色显示框中选定所需要的颜色。

（4）单击"确定"按钮，完成选择。

10.2.2　使用"颜色"调板

"颜色"调板是常用的一种选取颜色的方法。使用"颜色"调板选取颜色与使用"拾色器"对话框选取颜色的操作相类似。默认情况下，"颜色"调板提供的是 RGB 颜色模式的滑块，如图 10.22 所示。其中三个滑块分别代表 R、G、B 分量。如果需要用其他颜色模式的滑块来选取颜色时,只需要单击调板右上方的小三角按钮打开调板菜单,从中选择相应的选项即可,如图 10.23 所示。这里选择"Lab 滑块"选择项,效果如图 10.24 所示。

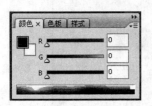

图 10.22 "颜色"调板　　　　　图 10.23 "颜色"调板菜单　　　　图 10.24 Lab 滑块

使用不同的滑块选择颜色的操作略有不同,以下分别介绍。

(1) 灰度滑块。选择此选项后,调板中只有一个 K(黑色)滑块,控制范围为 0~255。

(2) RGB 滑块。在选择此选项时,调板中显示 R(红)、G(绿)、B(蓝)3 个滑块,三者的范围均为 0~255。拖曳滑块,即可调整当前选择的颜色。选定后的颜色会出现在"前景色"和"背景色"按钮中。当然,也可以直接在滑块后面的文本框中输入相应的数值来指定所需要的颜色。

(3) HSB 滑块。与 RGB 相类似,3 个滑块分别代表 H(色相)、S(饱和度)、B(亮度),设定方法与 RGB 滑块相同。

(4) CMYK 滑块。与 RGB 相类似,4 个滑块分别代表 C(青色)、M(洋红)、Y(黄色)、K(黑色),设定方法与 RGB 滑块相同。

(5) Lab 滑块。选择此选项时,L 滑块用于调整亮度,范围为 0~100,a 和 b 分别用于调整从绿色到红色和从黄色到蓝色的光谱变化,取值范围为 -120~120。

(6) Web 颜色滑块。选择此选项时,滑块变为 R、G、B 三个滑块,但是与 RGB 滑块不同,每个滑块上只有 6 个颜色段,因此一种有 216 种不同的颜色。拖曳滑块,即可调整当前选择的颜色。当然,也可以直接在滑块后面的文本框中输入相应的数值来指定所需要的颜色。

调板底部有一根颜色条,用来显示某种颜色模式的光谱,默认设置 RGB 模式的光谱。使用这根颜色条也可以选取颜色。具体方法是,将鼠标指针移动到颜色条内单击,如图 10.25 所示。

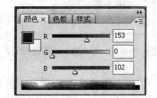

图 10.25 在颜色条上选取颜色

10.2.3 使用"色板"调板

除了使用"颜色"调板来选取颜色外,还可以使用"色板"调板来选取颜色,色板中的颜色都是预先设置好的,可以很方便地取用。

使用"色板"调板来选取颜色,首先执行"窗口"|"色板"菜单命令,打开"色板"调板,如图 10.26 所示,然后就可以通过单击来选取颜色了。

也可以在"色板"调板中加入一些常用的颜色,或者将一些不常用的颜色从调板中删除。具体步骤如下。

（1）添加色样。将鼠标指针移至"色板"调板的空白处，将鼠标指针变成油漆桶状时单击鼠标。此时将弹出"色板名称"对话框，可对色样进行命名，如图 10.27 所示，命名后单击"确定"按钮即可，添加的颜色为当前所使用的前景色，或者单击"色板"调板中的"新建色板"按钮，也可从"色板"调板的菜单中选取"新建色板"项。

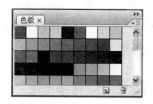

图 10.26　在"色板"调板上选取颜色

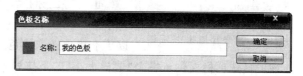

图 10.27　"色板名称"对话框

（2）删除色样。按下 Alt 键，同时单击将删除的颜色，即可删除，此时，光标呈剪刀状；也可以将色板拖曳到"删除"图标。

如果需要恢复"色板"调板的默认设置，可以单击调板右上方的小三角按钮，打开调板菜单，选择其中的"复位色板"项，系统出现如图 10.28 所示的对话框，单击"确定"按钮，出现如图 10.29 所示的对话框，单击"是"按钮后出现如图 10.30 所示的对话框，输入文件名后单击"保存"按钮即可。

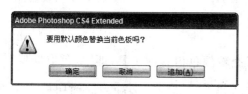

图 10.28　复位色板默认值操作 1

图 10.29　复位色板默认值操作 2

图 10.30　复位色板默认值操作 3

10.2.4　吸管工具

"吸管工具"可以在图像区域中进行颜色采样,并用采样颜色重新定义前景色或者背景色。具体操作方法是,选中"吸管工具",将鼠标指针移到图像上要选的颜色处单击。这样就完成了前景色或者背景色的取样工作。

图 10.31　"吸管工具"选项栏

也可将鼠标指针移到"色板"调板或者"颜色"调板的颜色条上单击选取颜色。调节"吸管工具"选项栏中的参数可以更准确地选取颜色,如图 10.31 所示。

该工具选项栏提供了一个"取样大小"的下拉列表框,其中有 7 个选项供选择。

(1) 取样点。这是默认设置,它表示选取的颜色精确到一个像素,即鼠标单击的位置就是当前选取的颜色。

(2) 3×3 平均。选中此选项表示以一个 3×3 像素的平均值来选取颜色。

(3) 5×5 平均。选中此选项表示以一个 5×5 像素的平均值来选取颜色。

(4) 11×11 平均。选中此选项表示以一个 11×11 像素的平均值来选取颜色。

(5) 31×31 平均。选中此选项表示以一个 31×31 像素的平均值来选取颜色。

(6) 51×51 平均。选中此选项表示以一个 51×51 像素的平均值来选取颜色。

(7) 101×101 平均。选中此选项表示以一个 101×101 像素的平均值来选取颜色。

10.2.5　颜色取样器工具

除了"吸管工具"以外,Photoshop 还提供了查看颜色信息的工具,即"颜色取样器"工具,通过它可以帮助查看图像窗口中任意一点的颜色信息,使用方法如下。

图 10.32　吸管工具菜单

(1) 右击"吸管工具",出现如图 10.32 所示的菜单,选择第二个"颜色取样器工具"。

(2) 鼠标指针移到打开图像的窗口中,如图 10.33 所示,单击定点取样,如图 10.34 所示。假设在图像上单击 4 次,建立 4 个取样点。

图 10.33　使用"颜色取样器工具"取样

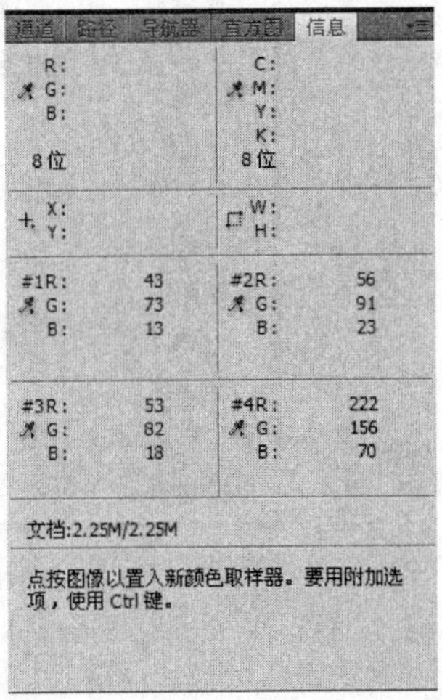

图 10.34　信息调板显示的取样信息

（3）此时自动打开"信息"调板，并在调板上显示出颜色取样处的颜色信息♯1、♯2、♯3、♯4。通过查看"信息"调板中的颜色数值信息，可以了解图像中的颜色设置。

（4）如果要删除取样点，可以按 Alt 键，单击取样点，或者将取样点拖出图像窗口之外的区域，还可以在工具栏中（先选中颜色取样器工具），单击"清除"按钮来删除取样点。

习　　题

一、选择题

1．RGB 颜色模式是一种（　　）模式。

    A．减光   B．加光   C．混合光   D．调光

2．下面选项中，（　　）模式的色域最广。

    A．灰度   B．RGB   C．CMYK   D．Lab

3．当 RGB 模式转换为 CMYK 模式时，（　　）模式用来作为转换的中间过渡模式。

    A．Lab   B．灰度   C．多通道   D．索引颜色

4．下面对背景色橡皮擦工具与魔术橡皮擦工具描述错误的是（　　）。

    A．背景色橡皮擦工具与橡皮擦工具使用方法基本相似，背景色橡皮擦工具可将颜色擦掉变成没有颜色的透明部分

    B．魔术橡皮擦工具可根据颜色近似程度来确定将图像擦成透明的程度

    C．背景色橡皮擦工具选项栏中的"容差"选项是用来控制擦除颜色的范围

    D．魔术橡皮擦工具选项栏中的"容差"选项在执行后只擦除图像连续的部分

5．下列的色彩模式，（　　）模式可以直接转化为位图模式。

    A．RGB   B．CMYK   C．HSB   D．灰度

6．在 Photoshop 中，（　　）模式可以直接转化为其他任何一种模式（限于"图像"|"模式"子菜单中所列出的模式）。

    A．RGB   B．CMYK   C．双色调   D．灰度

7．在 Photoshop 中，（　　）模式可以直接转化为双色调模式。

    A．RGB   B．CMYK   C．Lab   D．灰度

8．像素图的图像分辨率是指（　　）。

    A．单位长度上的锚点数量   B．单位长度上的像素数量

    C．单位长度上的路径数量   D．单位长度上的网点数量

9．对于双色调模式的图像可以设定单色调、双色调、三色调和四色调，在通道调板中，它们包含的通道数量及对应的通道名称分别为（　　）。

    A．分别为 1、2、3、4 个通道，根据各自的数量不同，通道名称分别为通道 1、通道 2、通道 3、通道 4

    B．均为 1 个通道，4 种情况下，通道的名称分别为单色调、双色调、三色调和四色调

    C．均为 2 个通道，4 种情况下，通道的名称均为通道 1 和通道 2

    D．分别为 1、2、3、4 个通道，通道的名称和在"双色调选项"对话框中设定的油墨名称相同

10．下列关于不同色彩模式转换的描述，正确的是（　　）。

A. RGB 模式在转化为 CMYK 模式之后，才可以进行分色输出

B. 在处理图像的过程中，RGB 模式和 CMYK 模式之间可多次转换，对图像的色彩信息没有任何影响

C. 通常情况下，会将 RGB 模式转换为 Lab 模式，然后转换为 CMYK 模式，才不会丢失任何颜色信息

D. RGB 模式中的所有颜色在转换为 CMYK 模式后都不会丢失

二、简答题

1. 什么是分辨率？它的重要作用是什么？

2. RGB 颜色模式与 CMYK 颜色模式有什么区别？

3. 什么是色彩模式？

第 11 章   图像色彩的校正

在 Photoshop 中处理一幅图像,其处理的关键是色彩和色调的控制。把握好图像的亮度、对比度、饱和度和色相,才能制作出赏心悦目的图像。系统的"图像"|"调整"菜单命令,就提供了对图像影调、色彩等各种属性的调节的工具。

【知识要点】

(1) 如何查看和分析图像的色彩和色调的数字信息;

(2) 利用图像调整工具调整色彩和色调的方法和技巧。

11.1   "直方图"调板的使用

一幅图像中的明度信息是可以凭借"直方图"调板来判断的。直方图用图形表示图像的每个亮度级别的像素数量,展示像素在图像中的分布情况。直方图显示图像在阴影(显示在直方图中左边部分)、中间调(显示在中间部分)和高光(显示在右边部分)中包含的细节是否足以在图像中进行适当的校正。

直方图还提供了图像色调范围或图像基本色调类型的快速浏览图。低色调图像的细节集中在阴影处,高色调图像的细节集中在高光处,而平均色调图像的细节集中在中间调处。全色调范围的图像在所有区域中都有大量的像素。识别色调范围有助于确定相应的色调校正。直方图默认是和"信息"调板组合在一起的,可以从右边的调板中选择直方图按钮 打开"直方图"调板,也可以执行"窗口"|"直方图"菜单命令调出。单击右上角的下拉三角按钮,选择"扩展视图"和"显示统计数据"选项,在"通道"中选择相应信息选项,如图 11.1 所示。

如图 11.2 所示,直方图中 X 轴方向代表了明度的大小,左端代表的明度为 0,右端为 255。所有的明度都分布在这条线段上,所以这条线所代表的也是绝对明度范围。那么 Y 轴方向上的"山峰",则代表分布在这幅图像中某一级明度上像素的数量,"山峰"越高的地方这个亮度的像素数量越多。

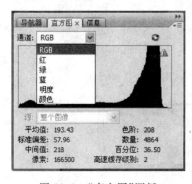

图 11.1   "直方图"调板

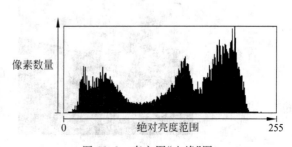

图 11.2   直方图"山峰"图

当尖峰分布在直方图左侧时，说明图像的阴影区域包含较多的细节，如图 11.3 所示。当尖峰分布在直方图右侧时，说明图像的高光区域包含较多的细节，如图 11.4 所示。

图 11.3　暗部细节较多

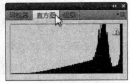

图 11.4　亮部细节较多

　　当尖峰分布在直方图中间时，说明图像的细节集中在中间色调处，一般情况下，这表示图像的调整效果较好，但也有可能缺少色彩的对比，如图 11.5 所示。当尖峰分布在直方图的两侧时，说明图像的细节集中在阴影处和高光区域，中间色调缺少细节，如图 11.6 所示。

图 11.5　中间色调集中图

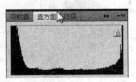

图 11.6　中间色调缺少图

鼠标在直方图中移动时,统计数据会显示目前所处的明度色阶,以及该明度色阶上的像素数量。也可以拖曳选择一个范围,统计数据会显示所选的范围的色阶值,以及范围中所包含的像素数量。在使用曲线等工具的调整过程中,直方图也会同时给出比较效果,原明度色阶分布以灰色显示,新分布以黑色显示。不过不具备"信息"调板的数值对比功能,如图 11.7 所示。

如何通过直方图判断图像中是否有纯黑和纯白像素?就是将鼠标移动到 0 或 255 色阶位置,看看像素数量是否为 0 即可。要注意的一个问题是,直方图 Y 轴所代表的像素数量,可能会有超出窗口上限的情况,因此不能单凭视觉来判断像素数量,要以统计数据为准。如果在 Photoshop 中制作较大尺寸的图像,直方图右上角可能会出现一个警告标志⚠。这是因为如果图像较大,计算机计算直方图的工作量也较大,为了保证显示的即时性而采取了粗略计算的方法。将来随着计算机运算速度的提高,这种情况就会改善。粗略的直方图和统计数据可能和真实情况有一些出入。单击这个警告标志即可看到正确计算的结果,也可双击直方图区域或单击右上方的🔄按钮,如图 11.8 所示。

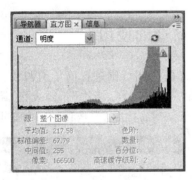

图 11.7　直方图明度信息

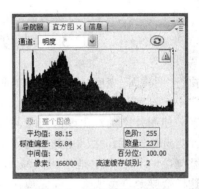

图 11.8　直方图统计数据

11.2　"信息"调板的使用

选择右边调板栏的"信息"调板按钮🛈,它可以显示指针下的颜色值,以及其他有用的信息(取决于所使用的工具)。"信息"调板还显示有关使用选定工具的提示、提供文档状态信息,并可以显示 8 位、16 位或 32 位值。在显示 CMYK 值时,如果指针或颜色取样器下的颜色超出了可打印的 CMYK 色域,则"信息"调板将在 CMYK 值旁边显示一个惊叹号。

当使用选框工具时,"信息"调板会随着拖曳显示指针位置的 X 坐标和 Y 坐标以及选框的宽度(W)和高度(H)。在使用裁剪工具或缩放工具时,"信息"调板会随着拖曳显示选框的宽度(W)和高度(H)。该调板还显示裁剪选框的旋转角度。当使用直线工具、钢笔工具或渐变工具移动选区时,"信息"调板将在您进行拖曳时显示起始位置的 X 和 Y 坐标、X 坐标的变化(DX)、Y 坐标的变化(DY)、角度(A)和长度(D)。在使用二维变换命令时,"信息"调板会显示宽度(W)和高度(H)的百分比变化、旋转角度(A)以及水平切线(H)或垂直切线(V)的角度。在使用任意一个颜色调整对话框(如"曲线")时,"信息"调板会显示指针和颜色取样器下的像素的前后颜色值。如果启用了"显示工具提示"选项,将看到有关使用工具箱中的选定工具的提示。取决于所选的选项,"信息"调板会显示状态信息,如文档大小、文档配置文件、文档尺寸、暂存盘大小、效率、计时以及当前工具,如图 11.9 所示。

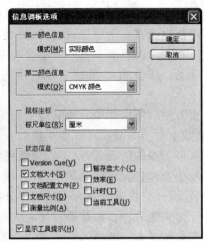

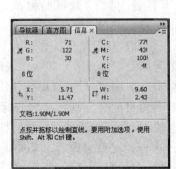

图 11.9 使用"信息"调板查看颜色信息

11.3 "亮度/对比度"命令的使用

执行"图像"|"亮度/对比度"菜单命令,可以对图像的色调范围进行简单的调整。在正常模式中,"亮度/对比度"会与"色阶"和"曲线"菜单命令调整一样,按比例(非线性)调整图像像素。使图片增加对比度的同时,能保留更多的细节。换言之,也就是其对比度变得更加柔和。当选中"使用旧版"复选框时,"亮度/对比度"在调整亮度时只是简单地增大或减小所有像素值。由于这样会导致修剪或丢失高光或阴影区域中的图像细节,因此对于高端输出,建议不要在"使用旧版"模式选项中使用"亮度/对比度"菜单命令。"亮度/对比度"对话框如图 11.10 所示。

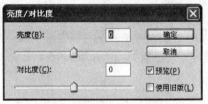

图 11.10 "亮度/对比度"对话框

在"亮度/对比度"对话框内由两个部分组成,亮度和对比度。每一部分都有一个调节滑条,向右拖曳亮度部分的滑条,将提高所有图像层次的亮度,向左拖曳滑条将使整个图像变暗。向右拖曳对比度部分的滑块,将提高整个图像的明暗反差,反之则降低整个图像的反差。滑条右上方的数字框显示的是滑块位置对应的数值。数值的变动范围分别是 −150～150 和 −100～100。调整效果如图 11.11 所示。

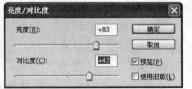

图 11.11 "亮度/对比度"调节效果

11.4 色　阶

"色阶"菜单命令允许用户通过修改图像的阴影区、中间色调区和高光区的亮度水平来调整图像的色调范围和颜色平衡。打开一个图像文件，执行"图像"|"调整"|"色阶"菜单命令，或使用快捷键 Ctrl+L 键，可以打开"色阶"对话框。对话框中包含了一个直方图、"输入色阶"和"输出色阶"选项与滑块；此外，还提供了 3 个吸管工具，如图 11.12 所示。

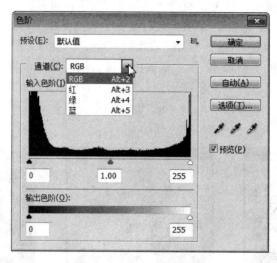

图 11.12 "色阶"对话框

（1）预设。提供了一些标准的色阶调整方式。

（2）通道。在该选项下拉列表中可以选择要调整的通道。用户可以对指定的通道进行设置。在通道的选项中，可以看到 RGB 三色通道组合及红、绿、蓝 3 个单独通道一共 4 项。如果要同时编辑多个颜色通道，可在执行"色阶"菜单命令之前，按住 Shift 键在图像通道调板中先选择这些要同时调整的通道。之后，在这个"通道"菜单会显示目标通道的缩写，例如，RG 表示选择了红色和绿色通道。

（3）输入色阶。中间显示了当前图像的直方图，直方图的左侧代表了阴影区域，中间代表了中间色调，右侧代表了高光区域。在直方图下有一个调节滑动杆，可使用 3 个三角形滑块调节。黑色三角滑块控制的是图像的阴影部，灰色三角滑块控制的是图像的中间层次，白色三角滑块控制的是图像的高光部。分别拖曳 3 个三角滑块可以看到图像发生的变化。

直方图下方有三个数字框，每当移动滑块时，其中的数字也发生变化。它们对应的是输入色阶值，是与 3 个三角滑块一一对应的。也就是说，当移动黑色滑块时，最左边的数字框中的数字发生变化；当移动白色三角滑块时，最右边的数字框内的数字发生变化。当然，也可以在数字框内输入数字来精确控制调节幅度。可以看到，默认状态时，数字框最左和最右的数字显示 0 和 255，这对应的是图像的 256 个影调层级。如果向中间移动左右两端的调节滑块，就等于压缩了整个图像的层次。

例如将第一个方框设为 15，表示将色调值为 15 的像素设置为最暗的，则原图像中色调值为 0～15 的像素，都将成为黑色，图像也由此变暗；将第三个方框设为 230，表示色调值为

230 的像素设置为最亮的,则原图像中色调值在 230～255 的所有像素,都将成为白色,图像也由此变亮。这样的处理也就减小了图像的色调范围。中间的方框用于扩大或缩小图像中中间色调的范围,初始值为 1.00,输入一个比 1 大的数将扩大中间色调的范围,这样做能使中间色调占很大比例的图像,产生较小的对比度和较多的细节,输入一个比 1 小的数,将会缩小中间色调的范围,这样做会增大图像的对比度,图像的细节也会减少,注意输入的值必须在 0.10～9.99 之间,一旦溢出将按默认值 1.00 处理。

(4) 输出色阶。用来限定图像的亮度范围,拖曳滑块调整,或者在滑块下面的数值栏中输入数值,可以降低图像的对比度。与输入色阶选项不同,向右拖曳输出色阶暗调滑块,对应的下方的方框内的值也会增大,但图像此时变亮了。向左拖曳高光滑块,第二个方框的值也会减小,但图像此时却变暗,这是因为在输出时 Photoshop 是这样处理的:如图 11.13 所示,比如将第一个方框的值调为 90,则表示输出图像会以在输入图像中色调值为 90 的像素的暗度为最低暗度,所以图像会变亮,如图 11.14 所示;将第二个方框的值调为 150,则表示输出图像会以在输入图像中色调值为 150 的像素的亮度为最高亮度,所以图像会变暗,如图 11.15 所示。

图 11.13　原图　　　　　图 11.14　输出色阶调亮图　　　　　图 11.15　输出色阶调暗图

(5) 自动。提供自动调节阴影部分及高光部分。只需单击对话框右侧的自动命令按钮。载入命令可让用户加载过去保存过的设置,存储命令可对当前的设置进行保存。对于比较明显的缺乏对比度的图像可以用"自动"菜单命令,它可以自动调整图像中的黑场和白场,它剪切每个通道中的阴影和高光部分,并将每个颜色通道中最亮和最暗的像素映射到纯白(色阶为 255)和纯黑(色阶为 0)。中间像素值按比例重新分布。因此,使用"自动"会增强图像中的对比度,原因是像素值会增大。因为"自动"单独调整每个颜色通道,所以可能会移去颜色或引入色痕,如图 11.16 所示。

(6) 右侧按钮列最下方还有 3 个吸管工具图标。可以设置图像的黑场、灰场和白场,要想准确设置图像的最暗处和最亮处的色调,可以通过 3 个吸管工具配合"信息"调板中的颜色信息来确定。选择黑场设置吸管在图像中单击一下,可将单击点的像素变为黑色,原图像中比该点暗的像素也变为黑色;选择灰场设置吸管在图像中单击,可根据单击点的像素的亮度来调整其他中间色调的平均亮度;选择白场设置吸管在图像中单击,可将单击点的像素变为白色,原图像中比该点亮度值大的像素也都变为白色。也可以双击各吸管,则弹出颜色拾取器,在这里可以选择你认为典型的最暗色调和最亮色调,通常这样做可以使色调比较平均的图像产生较好的暗调和高光,如图 11.17 所示。

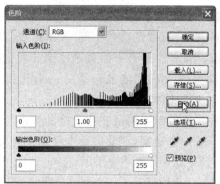

图 11.16　使用自动色阶调节

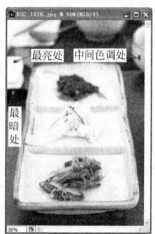

图 11.17　使用颜色吸管调节

（7）如果对调整的效果不满意，可以按住 Alt 键，对话框中的"取消"按钮变为"复位"按钮，再用光标单击"复位"按钮，即可恢复到源图像状态。

（8）设置"自动"选项。

（9）在"色阶"对话框或"曲线"对话框中，单击"选项"按钮，"自动颜色校正选项"控制由"色阶"和"曲线"中的"自动颜色"、"自动色阶"、"自动对比度"和"自动"选项应用的色调和颜色校正。自动颜色校正选项允许指定阴影和高光剪切百分比，并为阴影、中间调和高光指定颜色值。

也可以在单独使用"色阶"对话框或"曲线"对话框时应用这些设置，也可以将这些设置存储为在"色阶"和"曲线"中应用"自动色阶"、"自动对比度"、"自动颜色"和"自动"选项时的默认值，如图 11.18 所示。

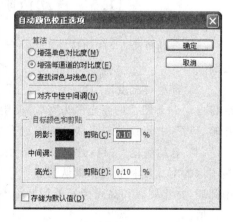

图 11.18　"自动颜色校正选项"对话框

① 算法。指定需要 Photoshop 用来调整图像整体色调范围的算法。
- 增强单色对比度。统一修剪所有通道。这样可以在使高光显得更亮而阴影显得更暗的同时保留整体色调关系。"自动对比度"菜单命令使用此种算法。
- 增强每通道的对比度。使每个通道中的色调范围最大化以产生更显著的校正效果。因为各通道是单独调整的，所以"增强每通道的对比度"可能会消除或引入色痕。"自动色阶"菜单命令使用此种算法。
- 查找深色与浅色。查找图像中平均最亮和最暗的像素，并使用它们来使对比度最大化，同时使修剪最小化。"自动颜色"菜单命令使用此种算法。

如果需要 Photoshop 查找图像中平均接近的中性色，请选择"对齐中性中间调"，然后调整灰度系数(中间调)值使颜色成为中性色。可执行"自动颜色"菜单命令使用此种算法。

② 目标颜色和剪贴。
- 若指定要剪切黑色和白色像素的量，请在"剪贴"文本框中输入百分比。建议输入 $0.0\%\sim1\%$ 的一个值。默认情况下，Photoshop 将剪切白色和黑色像素的 0.1%，也就是说，在标识图像中的最亮和最暗像素时忽略两个极端像素值的前 0.1%。由于当今的扫描仪和数字照相机的输出品质更高，因此默认的剪切百分比可能会太大。
- 要给图像的最暗区域、中性区域和最亮区域指定颜色值(或设置目标颜色值)，单击颜色板。

③ "确定"按钮。要使用当前"色阶"或"曲线"对话框中的设置，单击"确定"按钮。如果单击"自动"按钮，Photoshop 会将同样的设置重新应用到此图像。要将设置存储为默认值，请选择"存储为默认值"，然后单击"确定"按钮。下次在打开"色阶"或"曲线"对话框时，单击"自动"按钮即可应用相同的设置。"自动色阶"、"自动对比度"和"自动颜色"菜单命令也使用这些默认的剪贴百分比。

注意：如果将自动颜色校正选项存储为"自动颜色"、"自动色阶"和"自动对比度"的默认值，选择什么算法都无关紧要。这三个自动校正命令只使用为目标颜色和剪切设置的那些值。唯一的例外是，"自动颜色"菜单命令还使用"对齐中性中间调"选项。

11.5 自动色阶、自动对比度、自动颜色

(1) 自动色阶。"自动色阶"菜单命令与"色阶"对话框中的"自动"菜单命令功能是一致的。

(2) 自动对比度。"自动对比度"菜单命令的作用是控制图像影调的反差，使用这一命令将自动调节图像的高光部为亮色，而阴影部为暗色。这会使高光看上去更亮，阴影看上去更暗。对一些影调比较平淡的图像这个功能是十分有效的。

(3) 自动颜色。"自动颜色"菜单命令通过搜索图像来标识阴影、中间调和高光，从而调整图像的对比度和颜色。默认情况下，"自动颜色"使用 RGB 128 灰色这一目标颜色来中和中间调，并将阴影和高光像素剪切 0.5%。可以在"自动颜色校正选项"对话框中更改这些默认值。

11.6 曲 线

与色阶一样,利用"曲线"菜单命令也可用于调整图像的色彩与色调。但色阶只有 3 个调整功能:白场、黑场和灰度系数,而曲线则允许在图像的整个色调范围(从阴影到高光)内最多调整 14 个不同的点。在所有调整工具中,曲线可以提供最为精确的调整结果。快捷键为 Ctrl+M。它可对图像所有影调区域和色彩平衡进行调节,不仅是图像高光区,中间层次和阴影区,使用影调曲线图表可以调节 0~255 范围内的任何一种亮度级别,调节更为精确。单击此命令,弹出一个"曲线"对话框,如图 11.19 所示。

(1) 预设。单击该选项右侧的下拉按钮,可以打开一个下拉列表,如图 11.20 所示。选择"默认值"时,可通过拖曳曲线来调整图像,调整曲线时,该选项会自动改变为"自定"。选择其他选项时,则使用系统预设的调整设置。

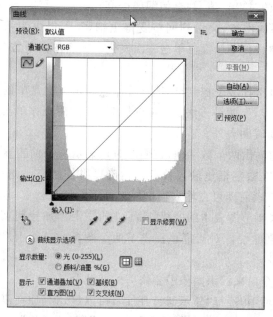

图 11.19 "曲线"对话框

图 11.20 "曲线"的预设值

(2) 通道。在选项中可以选择需要调整色调的通道,如在处理某一通道色明显偏重的 RGB 图像或 CMYK 图像时,就可以仅选择这一通道进行调整,而不会影响到其他颜色通道的色调分布。

① 在图中可以看到色调范围显示为一条直的对角线,线最上端的点对应着图像的高光部,线段中间的点对应的是图像的中间层次,最下端的点对应着图像的阴影部。此时输入色阶(像素的原始强度值)和输出色阶(新的颜色值)是完全相同的。

② 曲线各点说明。曲线图表的水平方向代表原始图像的亮度分布,即输入的图像层级;垂直方向代表目标图像的亮度分布,即输出的影调层级。在还未调整的默认情况下,输入的图像层级与输出的图像层级是成比例的,因此,看到的是一条 45°的斜线,意味着所有像素的输入与输出亮度相同,用曲线调整图像色阶的过程,也就是通过调整曲线的形状来改

变像素的输入输出亮度,从而改变整个图像的色阶。首先,要在通道项中选择需要调整的通道,调整时可以在曲线上增加控制点。当希望保留或调整 RGB 图像中的特定细节时,添加点的最好方法是选择,可以在图像中单击并拖曳就能够调整曲线了。如果勾选了预览项,在拖曳控制点的时候,就能同时观察到图像发生的变化。

③ 通过在"曲线"对话框中更改曲线的形状,可以调整图像的色调和颜色。通过在曲线上单击时,若按住鼠标不放,则可移动曲线。将曲线向上或向下移动将会使图像变亮或变暗,具体情况取决于对话框是设置为显示色阶还是显示颜料/油墨百分比。曲线中较陡的部分表示对比度较高的区域;曲线中较平的部分表示对比度较低的区域。如果将"曲线"对话框设置为显示色阶而不是百分比,则会在图形的右上角呈现高光。移动曲线顶部的点将调整高光;移动曲线中心的点将调整中间调;而移动曲线底部的点将调整阴影。要使高光变暗,请将曲线顶部附近的点向下移动。将点向下或向右移动会将"输入"值映射到较小的"输出"值,并会使图像变暗。要使阴影变亮,请将曲线底部附近的点向上移动。将点向上或向左移动会将较小的"输入"值映射到较大的"输出"值,并会使图像变亮。

④ 按住 Alt 键的同时单击曲线底层的网格,会看到网格变得更细密,可以更为精确地拖曳控制点。要想恢复到默认状态,只要按住 Alt 键再单击一次网格。或者单击下方"曲线显示选项"中的网格调整图标。

⑤ 按住 Shift 键并单击控制点,可以选择多个控制点,选择控制点后按下键盘中的方向键可轻微移动控制点。要删除一个控制点,有两种方法:一是按住 Ctrl 键,用光标单击想要删除的控制点,二是直接拖曳控制点到曲线图表外。

⑥ 曲线图表左下方和左边有输入和输出两个数字框,它们即时地显示着当前正在使用的控制点的输入和输出值,另外,还可以在数字框里输入数字来精确操纵控制点。此外,图中下面渐变色条两边的黑白三角按钮,移动后即可在输入输出框中显示数值。

⑦ "曲线"对话框提供了两种方式来调节图表中的曲线,除了在曲线上添加控制点进行调节,还有一种方式是直接在图表中绘制曲线。对话框也提供了两个图标让用户在两种模式下快速转换。

⑧ 选择"显示修剪",可以用全黑或全白来标识图像中要修剪的区域。

(3) 在最下方的"显示"参数菜单选项中,选择"显示通道叠加",可以显示叠加在复合曲线上方的颜色通道曲线;选择"显示直方图",可以显示直方图叠加;选择"显示基线",可以在网格上显示以 45°绘制的基线;选择"显示交叉线",可以显示水平线和垂直线以帮助在相对于直方图或网格进行拖曳时将点对齐。

【实例 11-1】 用曲线调整图像。

① 打开图片(sc11-1),对于缺乏对比度的图像,这类图像的色调过于集中在中间色调范围内,缺少明暗对比。这时可以在曲线中锁定中间色调,在当前控制点的上面和下面各添加一个控制点,将阴影区曲线稍稍下调,将高光区曲线稍稍上扬,将曲线调整为 s 形,这样可以使阴影区更暗,高光区更亮,明暗对比就明显一些了,增加了图像的对比度,如图 11.21 所示。

② 打开图片(sc11-2),对于颜色过暗的图像,色调过暗往往会导致图像细节的丢失,这时可以在曲线中将阴影区曲线上扬,将阴暗区减少,这样调的同时中间色调区曲线和高光区曲线也会微微上扬,结果是图像的各色调区按一定比例加亮,比起直接整体加亮显得更有层次感,如图 11.22 所示。

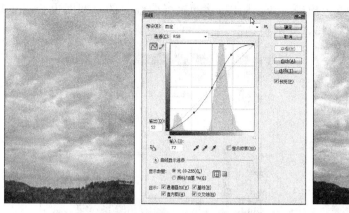

图 11.21　缺乏对比度曲线调整

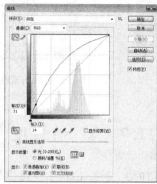

图 11.22　颜色过暗曲线调整

③ 打开图片(sc11-3)，对于颜色过亮的图像，色调过亮导致图像细节丢失，这时在曲线中将高亮区曲线稍稍下调，将高亮区减少同时中间色调区和阴影区曲线也会微微下调，这样各色调区会按一定比例变暗，比起直接整体变暗来说更显层次感，如图 11.23 所示。

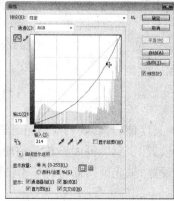

图 11.23　颜色过亮曲线调整

若对图像的色调分布把握不准，可以在弹出"曲线"对话框后单击，则会发现鼠标变成了吸管工具,同时"曲线"菜单上出现一个小圆圈,移动鼠标曲线上的小圆圈也会跟着移动,此小圆圈的横坐标就表示了取样点处的色调值,如图11.24所示。

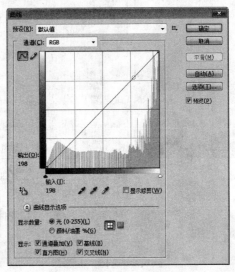

图 11.24　曲线中吸管工具的应用

11.7　曝　光　度

　　执行"图像"|"曝光度"菜单命令,在弹出的"曝光度"对话框中可调整高动态范围(HDR)图像的色调,但也可用于8位和16位图像。曝光度是通过在线性颜色空间(灰度系数1.0)而不是图像的当前颜色空间执行计算而得出的,如图11.25所示。

图 11.25　"曝光度"对话框

　　(1)曝光度。调整色调范围的高光端,对极限阴影的影响很轻微。

　　(2)位移。使阴影和中间色调变暗,对高光的影响很轻微。

　　(3)灰度系数校正。使用简单的乘方函数调整图像灰度系数。负值会被视为它们的相应正值(也就是说,这些值仍然保持为负,但仍然会被调整,就像它们是正值一样)。

　　(4)吸管工具将调整图像的亮度值(与影响所有颜色通道的"色阶"吸管工具不同)。

　　①"设置黑场"吸管工具将设置"位移",同时将单击的像素改变为零。

　　②"设置白场"吸管工具将设置"曝光度",同时将单击的点改变为白色(对于HDR图像为1.0)。

　　③"设置灰场"吸管工具将设置"曝光度",同时将单击的值变为中度灰色。调节效果如图11.26所示。

　　HDR本身是High-Dynamic Range(高动态范围)的缩写,这本来是一个CG概念。现

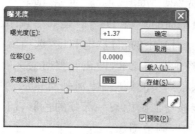

图 11.26 "曝光度"调节

实世界中的可视动态范围(暗区和亮区之间的比例)远远超过了人类视觉可及的范围以及打印或显示在显示器上的图像的范围。尽管人眼可以适应差异很大的亮度级别,但大多数相机和计算机显示器只能捕捉和还原固定的动态范围。HDR 文件是一种特殊图形文件格式,它的每一个像素除了普通的 RGB 信息,还有该点的实际亮度信息。普通的图形文件每个像素只有 0～255 的灰度范围,这实际上是不够的。想象一下太阳的发光强度和一个纯黑的物体之间的灰度范围或者说亮度范围的差别,远远超过了 256 个级别。因此,一张普通的白天风景图片,看上去白云和太阳可能都呈现同样的灰度/亮度,都是纯白色,但实际上白云和太阳之间实际的亮度不可能一样,它们之间的亮度差别是巨大的。因此,普通的图形文件格式是很不精确的,远远没有记录到现实世界的实际状况。HDR 照片是使用多张不同曝光的图片,然后再用软件将其叠加合成一张图片。HDR 照片的优势是最终可以得到一张无论在阴影部分还是高光部分都有细节的图片,而在正常的摄影当中,或许你只能选择两者之一。简单来说,HDR 照片可以用三句话来概括:

(1) 亮的地方可以非常亮;

(2) 暗的地方可以非常暗;

(3) 亮暗部的细节都很明显。

打开图片(sc11-4),如图 11.27 所示。

图 11.27 HDR 照片

11.8 自然饱和度

　　"自然饱和度"对话框中的"饱和度"选项与"色相/饱和度"对话框中的"饱和度"选项效果相同，使用它可以增加整个画面的"饱和度"，但是如果调节到较高数值时，图像会产生色彩过饱和从而引起图像失真。而其中的"自然饱和度"选项就不会出现这种情况。它在调节图像饱和度的时候会保护已经饱和的像素，即在调整时会大幅增加不饱和像素的饱和度，而对已经饱和的像素只做很少、很细微的调整，特别是对皮肤的肤色有很好的保护作用，可防止肤色过度饱和，这样不但能够增加图像某一部分的色彩，而且能使整幅图像饱和度正常。

　　【实例 11-2】 用自然饱和度调整图像。

　　① 现以两种饱和度的调整为例，以同样的数值来调整一张人像照片，打开图片（sc11-5），如图 11.28 所示。

　　② 将"自然饱和度"和"饱和度"的数值都调整为 50，可以看到，前者肤色饱和度正常，照片真实自然，如图 11.29 所示，而后者则可以看到图片中人物的面部饱和度已过，如图 11.30 所示。

图 11.28　原图　　　　　图 11.29　调整自然饱和度　　　　　图 11.30　调整饱和度

11.9 色相/饱和度

　　执行"图像"|"色相/饱和度"菜单命令，在弹出的"色相/饱和度"对话框中可以调整图像中特定颜色分量的色相、饱和度和亮度，或者同时调整图像中的所有颜色。在 Photoshop 中，此命令尤其适用于调整 CMYK 图像中的特定颜色，以便它们包含在输出设备的色域内，如图 11.31 所示。

　　（1）首先在编辑项中选择要进行调节的色彩。选择全图项，可以一次性对所有的色彩进行调节。选择其他的选项将只对所选的色彩加以操作。当选择单个色彩编辑时，在对话

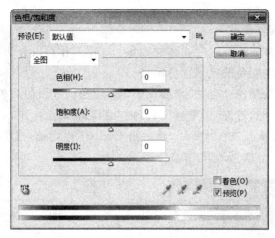

图 11.31 "色相/饱和度"对话框

框下端的色彩条中会出现调节滑块,用于选择色调的任何范围,如图 11.32 所示是选择红色时的显示。

图 11.32 选择红色

(2) 在编辑项中选择一种要调整的单个色彩,色彩条中出现调节滑块,拖曳三角滑块将调整颜色衰减量(羽化调整)而不影响范围。拖曳三角与竖形滑块之间的区域将调整范围而不影响衰减量。通过拖曳其中的一个白色垂直条来调整颜色分量的范围。从调整滑块的中心向外移动垂直条,并使其靠近三角形,从而增加颜色范围并减少衰减。将垂直条移近调整滑块的中心并使其远离三角形,从而缩小颜色范围并增加衰减。此外,对话框中还提供了 3个吸管工具让用户通过在源图像中选取色彩来编辑色彩范围,当选择编辑单色时,3 个吸管工具就变成了可选项,选择普通吸管可以具体编辑所调色的范围,选择带加号的吸管可以增加所调色的范围,选择带减号的吸管则能减少所调色的范围。

(3) 在色相滑条中拖曳调节滑块,在图像中观察色调发生的变化,直到满意时,松开滑块。滑条右上方的数值框中显示的就是滑块所对应的数据。因为色调的调整是基于色彩盘,移动滑块就相当于在色彩盘中旋转选择色彩,数字框中的数值如为正值,表示在色彩盘中顺时针旋转,负值则表示逆时针旋转。饱和度和明度的操作方法与色相一样,可拖曳滑块或直接在数字框中输入数值以改变图像颜色效果。

(4) 也可以使用 ⌘ 快捷按钮,在图像中按住要修改的地方拖曳可以修改饱和度值,按住 Ctrl 键单击并拖曳可以修改色相值。

(5) 如果源图像是一个灰度图像,并先用"图像"|"模式"|"RGB 颜色"菜单命令转换了彩色模式,在"色相/饱和度"对话框中调节时,勾选"着色"选项,源图像将被转换为以当前的前景色为色调的彩色图像(前景色不为白色或黑色)。这种命令对源图像的各部分像素的亮度不会造成影响,源图像的像素明暗度将被保留,并可以通过调节色调、饱和度和亮度值来

做进一步编辑。

【实例 11-3】 衣服换色练习一。

在照片处理中,经常要改变一些物体的颜色。这项工作可以分为两个步骤:

第一步,把所要改变颜色的区域选择出来;

第二步,改变它们的颜色。现在,来改变一个小女孩的衣服的颜色。

① 打开图像(sc11-6),首先,用选择工具,把衣服的轮廓选出来,如图 11.33 所示。

② 在图层调板上,单击一下背景层,然后按 Ctrl＋J 组合键,这样就把选区部分独立地放到上面的图层 1 中了。取消选择,如图 11.34 所示。

图 11.33　衣服轮廓选择

图 11.34　复制选择到新图层

③ 接着选择图层 1,在图层 1 上改变衣服的颜色。执行"图像"|"色相/饱和度"菜单命令,或者按 Ctrl＋U 组合键。在"色相/饱和度"对话框中,先勾选"着色"选项,然后分别调整"色相"和"饱和度"滑条就可以随意地改变颜色了,如图 11.35 所示。

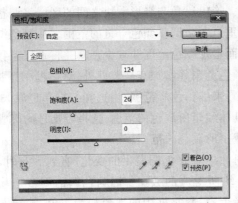

图 11.35　调整颜色

11.10　色彩平衡

执行"图像"|"色彩平衡"菜单命令,可以改变灰暗的图像颜色。它可以简单快捷地调整图像阴影区、中间色调区和高光区的各色彩成分,并混合各色彩达到平衡。不过它只能做粗略的调整,若要精确调整图像中各色彩的成分,还是需要用曲线命令或色阶命令调节。在选择此项命令之前,首先要确保通道调板中的色彩混合通道保持为选择状态,如果只有一个通

道被选择,此项命令显示为灰色,表明不可用。执行"图像"|"色彩平衡"菜单命令,弹出"色彩平衡"对话框,如图 11.36 所示。

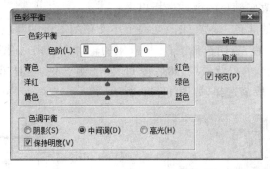

图 11.36 "色彩平衡"对话框

(1) 色彩平衡。在"色阶"数值栏中输入数值,或者拖曳滑块可向图像中增加或减少颜色。例如,如果将最上面的滑块移向"青色"时,可以在图像中增加青色,减少红色;如果将滑块移向"红色"时,则减少青色,增加红色。

(2) 色调平衡。可选择一个色调范围来进行调整,包括"阴影"、"中间调"和"高光"。如果勾选"保持明度"选项,将在调整图像色彩平衡时保持源图像相应位置像素的亮度值,维持源图像的亮度层次,这样可防止图像的亮度随颜色的更改而改变,进而保持图像的色调平衡。

(3) 在"色彩平衡"对话框中提供了 3 个可供调节的互补色彩滑条。它们分别是青色到红色;洋红到绿色;黄色到蓝色。在每个滑条的中间都有一个可拖曳的滑块,同一滑条两侧的颜色正好互为互补色,当减少红色的同时必然会导致青色的增加,第二种规律如下:每一种颜色都是由它左右相邻的颜色所混合而成的。例如黄色,它是由红色与绿色相混合而成的。如果加强了红色与绿色,那么等于说是加强了黄色。反过来,如果同时减小了红色与绿色,就是减小了黄色。再拿蓝色为例,如果同时增强了青色与洋红,等于是加强了蓝色。如果同时减小了青色与洋红,则等于减小了蓝色。这也正是调节的原理所在,如果图像的某一色调区红色过重,就可以靠增加它的互补色青色来减少该色调区的红色。

(4) 打开图像(sc11-7),调整效果如图 11.37 所示。

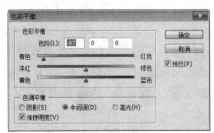

图 11.37 在"色彩平衡"对话框中进行调整

【实例 11-4】 衣服换色练习二。

① 在照片处理中,经常要改变一些物体的颜色。这项工作可以分为两个步骤:

第一步,是把所要改变颜色的区域选择出来;

第二步,改变它们的颜色。现在来改变一个小女孩的衣服的颜色。

打开图像(scl1-6),首先,用选择工具,把衣服的轮廓选择出来,如图 11.38 所示。

② 在"图层"调板上,单击背景层,然后按 Ctrl+J 组合键,这样就把选区部分独立地放到上面的图层 1 中了。取消选择,如图 11.39 所示。

图 11.38 衣服的轮廓选择

图 11.39 复制选择到新图层

③ 接着选择图层 1,就在图层 1 上改变衣服的颜色。执行"图像"|"色彩平衡"菜单命令或者按 Ctrl+B 组合键。移动上面的 3 个滑块就可以随意地改变颜色了。颜色变化的规律符合色轮的规定,如图 11.40 所示。

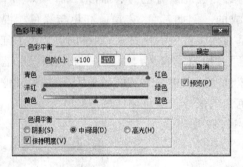

图 11.40 改变颜色

11.11 黑 白

执行"图像"|"调整"|"黑白"菜单命令,可将彩色图像转换为灰度图像,同时保持对各颜色的转换方式的完全控制。也可以通过对图像应用色调来为灰度着色,例如创建棕褐色怀旧照片效果。"黑白"菜单命令与"通道混合器"的功能相似,也可以将彩色图像转换为单色图像,并允许调整颜色通道输入。

执行"图像"|"调整"|"黑白"菜单命令,Photoshop 将基于图像中的颜色混合执行默认灰度转换。图片变成了灰度效果的同时出现一个界面,可以看到有 6 个色彩控制,除了主要

的 RGB 色彩之外,还有黄色、青色、洋红这 3 个次级色彩。这意味着对不同色彩区域的控制更加精确,从而制作出高质量的黑白照片。默认的设置中可以看到不同色彩通道的明度比例。如图 11.41 所示。

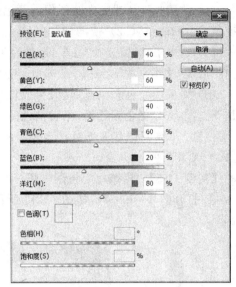

图 11.41　"黑白"对话框

(1) 预设。可以选择预定义的灰度混合或以前存储的混合。要存储混合,请从"调板"的菜单中选择"存储预设"。

(2) 自动命令。设置基于图像的颜色值的灰度混合,并使灰度值的分布最大化。"自动"混合通常会产生极佳的效果,并可以用作使用颜色滑块调整灰度值的起点。

(3) 颜色滑块。以调整图像中特定颜色的灰色调。将滑块向左拖曳或向右拖曳分别可使图像的原色的灰色调变暗或变亮。将鼠标指针移动到图像上方时,此指针将变为吸管。单击某个图像区域并按住鼠标可以高亮显示该位置的主色的色卡。在图像中单击并拖曳可移动该颜色的颜色滑块,从而使该颜色在图像中变暗或变亮。单击并释放可高亮显示选定滑块的文本框数值。

(4) 色调。要对灰度应用色调,可选择该选项,并根据需要调整"色相"滑块和"饱和度"滑块。"色相"滑块可更改色调颜色,而"饱和度"滑块可提高或降低颜色的集中度。单击色卡可打开拾色器并进一步微调色调颜色。

(5) 按住 Alt 键并单击某个色卡可将单个滑块复位到其初始设置。按住 Alt 键可将"取消"按钮更改为"复位","复位"按钮可复位所有颜色滑块。预览或取消选择此选项可在图像的原始颜色模式下查看图像。

11.12　照　片　滤　镜

此命令可以模拟通过彩色校正滤镜拍摄照片的效果。色温简单点说,就是照片偏蓝,色温就高,照片偏红,色温就低。"照片滤镜"菜单命令还允许选择预设的颜色,以便向图像应用色相调整。如果希望应用自定颜色调整,则"照片滤镜"菜单命令允许使用拾色器来指定

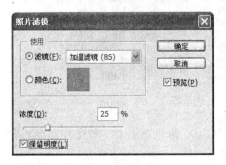

图 11.42　"照片滤镜"菜单

颜色,菜单如图 11.42 所示。

(1) "加温滤镜(85)"、"加温滤镜(LBA)"、"冷却滤镜(80)"和"冷却滤镜(LBB)"。

(2) 用于调整图像中的白平衡的颜色转换滤镜。如果图像是使用色温较低的光(微黄色)拍摄的,则"冷却滤镜(80)"使图像的颜色更蓝,以便补偿色温较低的环境光。相反,如果照片是用色温较高的光(微蓝色)拍摄的,则"加温滤镜(85)"会使图像的颜色更暖,以便补偿色温较高的环境光。

（3）"加温滤镜(81)"和"冷却滤镜(82)"。

（4）使用光平衡滤镜来对图像的颜色品质进行细微调整。"加温滤镜(81)"使图像变暖（变黄），"冷却滤镜(82)"使图像变冷（变蓝）。

（5）选中了"保留亮度"选项，图像将不会由于添加颜色滤镜而变暗，调整"浓度"滑块或者在"浓度"文本框中输入一个百分比，数值越高，颜色调整幅度就越大。

（6）如果图像色彩偏蓝，这时可以使用"加温滤镜(81)"做色温补偿，来降低色温，或用"加温滤镜(85)"做色温转换，来转换色温。

注意：在使用暖色调滤镜纠正蓝色偏差时，因为亮度信号有一定损失，所以应将亮度与对比度调高一些，效果会好一些。

【实例 11-5】 用照片滤镜调整图片。

① 打开图片(sc11-7)，如图 11.43 所示，因天空环境色温较高，所以拍出来的图片色调偏蓝。

图 11.43　原始图像色调偏蓝

② 用"加温滤镜(81)"做色温补偿，来降低色温，浓度为 20％，再调一下亮度对比度。纠正色温后的图像效果如图 11.44 所示。

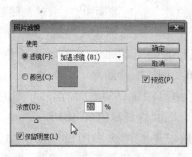

图 11.44　用"加温滤镜(81)"做色温补偿

③ 如果图像色彩偏红，这时可以使用"冷却滤镜(82)"做色温补偿，来提升色温，或用"冷却滤镜(80)"做色温转换，来转换色温。

注意：在使用冷色调升色温滤镜纠正红色偏差时，因为亮度信号有一定损失，所以应将亮度与对比度调高一些,效果会好一些。打开图片(sc11-8),如图 11.45 所示本幅照片色调偏暖,色温偏低。

图 11.45　原始图像色调偏暖

　　④ 用"冷却滤镜(80)"或"冷却滤镜(82)"冷色调升色温滤镜进行修正,这里选择"冷却滤镜(80)",浓度为 25%。修正后的照片带些蓝色调,丰富了画面,更突出了主题,如图 11.46 所示。

图 11.46　"冷却滤镜(80)"修正

11.13　通道混合器

　　使用"通道混合器"菜单命令,可以使用图像中现有(源)颜色通道的混合来修改目标(输出)颜色通道,从而控制单个通道的颜色,可以通过从每个颜色通道中选取它所占的百分比,来创建高品质的灰度图像。还可以创建高品质的棕褐色调或其他彩色图像。使用"通道混合器",还可以进行用其他色彩调整工具不易实现的创意色彩调整,如图 11.47 所示。

　　(1) 预设。在该选项的下拉列表中包含了 Photoshop 提供的预设调整设置,可以选择一个设置来直接使用。

　　(2) 输出通道。可以选择要在其中混合一个或多个现有通道的通道。

　　(3) 源通道。用来设置输出通道中源通道所占的百分比。将一个源通道的滑块向左拖

图 11.47 "通道混合器"对话框

曳时,可减小该通道在输出通道中所占的百分比;向右拖曳则增加百分比,负值可以使源通道在被添加到输出通道之前反相。

(4) 总计。显示了源通道的总计值。如果合并的通道值高于 100%,Photoshop 会在总计旁边显示一个警告图标。

(5) 常数。用来调整输出通道的灰度值。负值增加更多的黑色,正值增加更多的白色。−200%值使输出通道成为全黑;+200%值使输出通道成为全白。

(6) 单色。勾选该项,可将彩色图像变为黑白图像。

【实例 11-6】 使用"通道混合器"获得灰度图像。

① 打开图像(scl11-9),执行"图像"|"调整"|"通道混合器"菜单命令,打开"通道混合器"对话框,如图 11.48 所示。在"预设"下拉列表中选择"使用绿色滤镜的黑白",单击"确定"按钮,关闭对话框。调节效果如图 11.49 所示。

图 11.48 制作灰度图像

② 图 11.50 为对原彩色图像执行"图像"|"调整"|"去色"菜单命令获得的灰度的效果,对比图 11.49 和图 11.50 不难看出,使用"去色"菜单命令创建的灰度图像效果看起来很平淡,也不够清晰。

图 11.49 使用通道混合器命令

图 11.50 使用去色命令

11.14 反　　相

此命令可以反转图像中的颜色,将所有像素的亮度和色彩都颠倒过来。使用这一命令,源图像各个通道中每个像素的亮度值都会转换为 256 级颜色值刻度上相反的值。例如,值为 255 的正片图像中的像素转换为 0,值为 15 的像素转换为 240,如图 11.51 所示。

图 11.51 反相命令

11.15 色调分离

使用"色调分离"菜单命令,可以指定图像中每个通道的色调级(或亮度值)的数目,然后将像素映射为最接近的匹配级别。例如,在 RGB 图像中选取两个色调级可以产生 6 种颜色。两种红色、两种绿色、两种蓝色。在照片中创建特殊效果,如创建大的单调区域时,此命令非常有用。在减少灰度图像中的灰色色阶数时,它的效果最为明显。但它也可以在彩色图像中产生一些特殊效果。如果想在图像中使用特定数量的颜色,请将图像转换为灰度并指定需要的色阶数。然后将图像转换回以前的颜色模式,并使用想要的颜色替换不同的灰色调,如图 11.52 所示。

图 11.52　"色调分离"菜单命令调节

11.16　阈　　值

这一命令的效果是使彩色的图像或灰度图像转换为高对比度的黑白的图像。用户可以指定一个阈值,亮度高于这一阈值的像素将被转换成白色,而亮度低于整个阈值的像素将被转换为黑色,如图 11.53 所示。

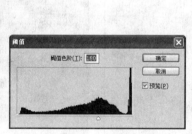

图 11.53　"阈值"调节

11.17　渐 变 映 射

此命令将相等的图像灰度范围映射到指定的渐变填充色。也就是将一幅图像的最暗色调映射为一组渐变色的最暗色调,将图像最亮色调映射为渐变色的最亮色调,从而将图像的色阶映射为这组渐变色的色阶,如图 11.54 所示。

(1)"仿色"选项能添加随机杂色以平滑渐变填充的外观并减少带宽效应。

(2)"反向"选项可以切换渐变填充的方向,从而反向渐变映射。

图 11.54 "渐变映射"对话框

【实例 11-7】 使用"渐变映射"。

① 打开图片(sc11-10)。

② 执行"渐变映射"菜单命令,选择"色谱"中的"渐变色"选项,调节后效果如图 11.55 所示。

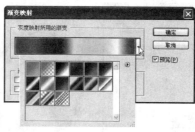

图 11.55 渐变映射调节

11.18 可选颜色

这一命令可让用户对 CMYK 这 4 种油墨色的其中一种进行单独的调节,而不会影响图像中其他的 3 色。尽管它是对 CMYK 色彩调整来修正图像色彩,但对于 RGB 色彩的图像一样支持得很好,如图 11.56 所示。

(1)颜色。在选项中选择要修正的色彩,可选项有红色、黄色、绿色、青色、蓝色、洋红、白色、中性色和黑色。

(2)颜色调节滑条。调节对话框中相应颜色滑条的滑块,同时数字框内显示当前滑块调节的数值。

(3)方法。有两个选项,它们是用来表示如何计算每种印刷色的相对改变量的计算的方法。例如一个起始含有 50%洋红色的像素,如果选择的是"相对"项,增加 20%意义是增加当前色彩含量数值的 20%,则该像素的洋红色含量变为 60%。如果选择的是"绝对"项,增加 20%的意义是在当前色彩数值百分数上加 20%,则该像素的洋红色含量变为 70%。

【实例 11-8】 调节梅花颜色。

① 打开图片(sc11-11),如图 11.57 所示。

② 执行"可选颜色"命令,在颜色选项中选择红色。选择计算方法为"绝对",调节洋红参数为 80,黄色为-100,调节后效果如图 11.58 所示。

图 11.56 "可选颜色"对话框

图 11.57 原始图像

图 11.58 "可选颜色"命令调节

11.19 阴影/高光

此命令适用于校正由强逆光而形成剪影的照片,或者校正由于太接近相机闪光灯而有些发白的焦点。在用其他方式采光的图像中,这种调整也可用于使阴影区域变亮。该命令不是简单地使图像变亮或变暗,它基于阴影或高光中的周围像素(局部相邻像素)增亮或变暗,允许分别控制阴影和高光。默认值设置为修复具有逆光问题的图像。

它与"亮度/对比度"菜单命令不同,图像用了"亮度/对比度"菜单命令后会损失细节,而"阴影/高光"功能在加亮阴影时损失的细节少,调整合适时还会提高阴影里的细节,在修正曝光过度时也同样。此命令还有"中间调对比度"滑块、"修剪黑色"选项和"修剪白色"选项,它们用来调整图像的整体对比度,菜单如图 11.59 所示。

(1) 阴影。调整画面中阴影色调,是图片阴影调整的重要参数。此参数对图片的明暗度和阴影比值有很大影响。

① 数量。向右拖数值越大图片阴影颜色越小,反之向左则阴影颜色越大,图片越黑。

② 色调宽度。此值是调整阴影色调的范围的,向右拖数值越大则阴影宽度越小,图片

越亮。反之向左数值越小,阴影宽度越大,图片越黑。

③ 半径。此值调整阴影区半径,向右拖数值越大,影阴区半径减小,图片增亮,反之则半径增大,图片变暗。

上面这3个参数都是调整画面中阴影色调的,不但可以调整照片阴影的细节,而且进行调片调整时不会对阴影部分的色调值有所损失而影响画面质量。

(2) 高光。调整画面的高光,使高光区变亮或变暗,高光区域增大或缩小,以及对高光的半径进行调整。

① 数量。调节高光的数量,向右拖数值大则图片发暗,高光部分减少。向左图片变亮,高光区增多。

② 色调宽度。向右拖数值增大则高光色调宽度减小,向左数值减小则高光色调宽度增大,图片变亮。

③ 半径。向右拖数值加大,则高光半径增大,向左反之则高光半径减小。

(3) 调整。调整彩色与灰度以及中间调的对比关系。

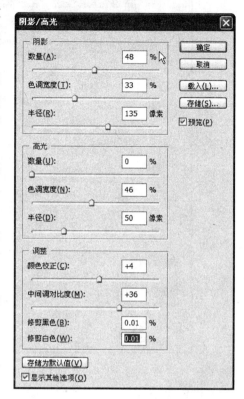

图 11.59 "阴影/高光"对话框

① 颜色校正。向右拖则彩色对比强烈,向左拖则向灰色图状态转化并对灰白色调进行对比。

② 中间调对比度。对图片的中间色调进行对比调整。向左移动滑块会降低对比度,向右移动会增加对比度。增大中间调对比度会在中间调中产生较强的对比度,同时倾向于使阴影变暗并使高光变亮。

③ 修剪黑色。调整黑色调,数值越大,黑色调越重,图片的黑色部分越黑,尤其是阴影部分。

④ 修剪白色。调整白色调,数值越大,白色调越白,图片的白色部分越白,尤其是高光部分。

(4) 存储为默认值。将设定的参数值保存为默认值,在下次应用时不会返回到默认状态。

【实例11-9】 用"阴影/高光"调节。

打开图片(sc11-12),图像较暗,细节不明显,调节参数及效果如图11.60所示。

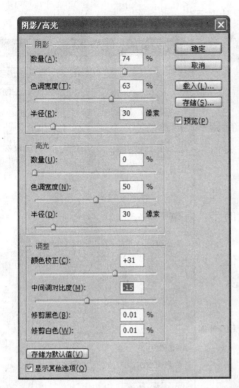

图 11.60 "阴影/高光"调节

11.20 变　化

这一命令通过显示一系列直观的可选择的源图像变化效果缩略图,让用户调节图像的色彩平衡、对比度及饱和度。变化命令可以让用户看到图像或选区调整前和调整后的缩略图,使调节更为简单清楚。这个命令对于色调平均、不需要精确调节的图像,是非常适用的。

注意:这一命令并不适用于索引颜色模式的图片。执行"变化"菜单命令,弹出"变化"对话框,如图 11.61 所示。

(1)在对话框顶部的两幅缩略图"原稿"和"当前挑选",显示了原始选区或原始图像,还有当前调整以后的选区和图像。第一次打开对话框时,这两幅缩略图是一样的。进行调整时"当前挑选"就会随着调整的进行发生变化,显示的是调整后的效果。

(2)选中显示剪辑选项,可以使图像中部分因为调整而将被忽略的区域以霓虹灯效果显示,即转化为纯白色或纯黑色。

注意:当调整的是中间色调区时,剪辑是不会被显示的。

(3)在阴影区、中间色调区、高光区中选择其一作为调整的色调区。选中饱和度选项,可以改变图像中色相的饱和度,如果同时选中了"显示修剪",则当调整超过了颜色的最大饱和度时,剪贴会产生不想要的颜色变化,因为原图像中截然不同的颜色被映射为相同的颜色,就会显示剪辑提醒用户应该降低饱和度,调整中间色调时不会发生剪贴。

(4)拖曳"精细/粗糙"滑块可以确定每次调整数量,移动一格就会使调整数量加倍。

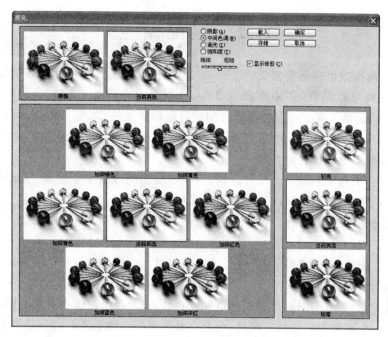

图 11.61 "变化"对话框

（5）调整颜色和亮度。要增加一种颜色，可以单击相应的缩略图。要减少一种颜色，可以单击增加其互补色的缩略图，要减少绿色时，就可以通过增加洋红色来实现，要增加或减少亮度，只要在对话框右侧的相应缩略图上单击即可。

11.21 去 色

此命令将彩色图像转换为相同颜色模式下的灰度图像。例如，它给 RGB 图像中的每个像素指定相等的红色、绿色和蓝色值，使图像表现为灰度。每个像素的明度值不改变。此命令与在"色相/饱和度"对话框中将"饱和度"设置为－100 有相同的效果，如图 11.62 所示。

图 11.62 "去色"命令调节效果

11.22 匹配颜色

虽然通过曲线或色彩平衡之类的工具,可以任意地改变图像的色调,但如果要参照另外一幅图片的色调来作调整,还是比较复杂的,特别是在色调相差比较大的情况下。为此Photoshop专门提供了这个在多幅图像之间进行色调匹配的命令。

注意:必须在Photoshop中同时开启多幅RGB模式(CMYK模式下不可用)的图像,才能够在多幅图像中进行色彩匹配。

"匹配颜色"工具可匹配多个图像之间、多个图层之间或者多个选区之间的颜色。它还允许通过更改亮度和色彩范围以及中和色痕来调整图像中的颜色。可以将一个图像(源图像)的颜色与另一个图像(目标图像)中的颜色相匹配。该命令比较适合使多个图片的颜色保持一致。

当使用"匹配颜色"工具时,指针将变成吸管工具。在调整图像时,使用吸管工具可以在"信息"调板中查看颜色的像素值。此调板会在使用"匹配颜色"工具时向提供有关颜色值变化的反馈。当想要使不同照片中的颜色保持一致,或者一个图像中的某些颜色(如皮肤色调)必须与另一个图像中的颜色匹配时,此命令非常有用。除了匹配两个图像之间的颜色以外,"匹配颜色"工具还可以匹配同一个图像中不同图层之间的颜色,如图11.63所示。

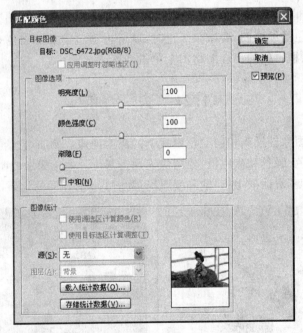

图 11.63 "匹配颜色"对话框

(1) 目标。显示了目标图像的名称和颜色模式等信息。

(2) 应用调整时忽略选区。如果当前图像中包含选区,勾选该项可忽略目标图像中的选区,并将调整应用于整个目标图像。

(3) 明亮度。可增加或减小目标图像的亮度。

（4）颜色强度。用来调整目标图像的色彩饱和度。该值为 11 时,可生成灰度图像。

（5）渐隐。可控制应用于图像的调整量。该值越高,调整的强度越弱。

（6）中和。勾选该项可消除图像中的色彩偏差,其作用是将使颜色匹配的效果减半,这样最终效果中将保留一部分原先的色调,可以用来自动移去目标图像中的色痕。

（7）使用源选区计算颜色。如果在源图像中创建了选区,勾选该项,可使用选区中的图像匹配颜色;取消勾选,则会使用整幅图像进行匹配。

（8）使用目标选区计算调整。如果在源图像中创建了选区,勾选该项,可使用选区中的图像匹配亮度和颜色强度;取消勾选,则会使用整幅图像进行匹配。

（9）源。可选择要将颜色与目标图像中的颜色相匹配的源图像。

（10）图层。用来选择需要匹配的颜色的图层。如果要将"匹配颜色"命令应用于目标图像中的特定图层,应确保在使用"匹配颜色"工具时该图层处于当前选择状态。

（11）存储统计数据及载入统计数据。单击"存储统计数据"按钮,是将本次匹配的色彩数据存储起来,文件扩展名为.sta。这样下次进行匹配的时候可选择载入这次匹配的数据,而不再需要打开这次的源文件,也就是说在这种情况下就不需要再在 Photoshop 中同时打开其他的图像了。单击"载入统计数据"按钮,可以载入已存储的设置,无须在 Photoshop 中打开源图像,就可以完成匹配当前目标图像的操作,这样很方便地针对大量图像进行同样的颜色匹配操作。

（12）确保选中"预览"选项,这样,图像就会随着做出的调整而更新。

【**实例 11-10**】 使用颜色匹配命令。

① 打开图片（sc11-13）作为目标图像,打开图片（sc11-14）作为源图像,如图 11.64 所示。

图 11.64　原始图像

② 使用颜色匹配,明亮度设为 43,颜色强度为 100,渐隐为 5,由于作为源图像的 sc11-14.jpg 的主色调是金黄色,所以作为目标图像的 sc11-13.jpg 的颜色在匹配后也变成了金黄色,匹配后的效果如图 11.65 所示。

③ 如果将两者交换后进行完全颜色匹配,也就是将 sc11-14.jpg 作为目标图像,将 sc11-13.jpg 作为源图像,明亮度设为 195,颜色强度为 180,渐隐为 0。由于作为源图像的 sc11-13.jpg 的主色调是黑色和亮白色,所以作为目标图像的 sc11-14.jpg 的颜色在匹配后也变成了较暗的银色,如图 11.66 所示。

图 11.65　颜色匹配后的效果

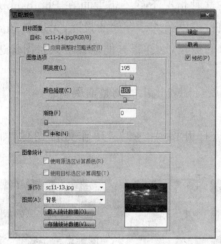

图 11.66　颜色匹配后的效果

11.23　替换颜色

执行"替换颜色"菜单命令,可以创建蒙版,从而选择图像中的特定颜色,然后将其替换。可以设置选定区域的色相、饱和度和亮度。也可以使用拾色器选择替换颜色。由"替换颜色"菜单命令创建的蒙版是临时性的,对话框如图 11.67 所示。

(1) 吸管工具。用吸管工具 ✐ 在图像中单击,可以选择由蒙版显示的区域;用添加到取样工具 ✐ 在图像中单击,可以添加选取的颜色;用从取样中减去工具 ✐ 在图像中单击,可以减少选取的颜色。

(2) 颜色容差。可调整蒙版的容差,控制颜色的选择精度范围。该值越高,包括的颜色范围越广。

（3）选区/图像。勾选"选区"，可在预览区中显示蒙版。其中黑色代表了未被选择的区域，白色代表了被选择的区域，灰色代表了被部分选择的区域。如果勾选"图像"，则预览区中可显示图像。

（4）替换。用来设置用于替换的颜色的色相、饱和度和明度。

（5）结果。方框内显示的是即将被替换后的颜色。

【实例11-11】 调整花瓣颜色。

① 打开图片(sc11-14)，选择吸管工具在花瓣上单击取样，这时选区图框里出现了花瓣的形状，其中白色的部分意味着原图像的相应区域已经作为了选区，即将被替换颜色。

② 调节颜色容差直到想选择的部分被选进来，调整替换颜色值，可以看到图片中的花瓣的颜色被改变了。此时还可以使用吸管的工具添加或减少要替换的颜色，调节结果如图11.68所示。

图 11.67 "替换颜色"对话框

图 11.68 "替换颜色"命令调节

11.24 色调均化

此命令将重新分配源图像的像素亮度值。应用命令后，程序在源图像中找最亮和最暗值，并映射到新图像中。会将图像中最亮值被重新定义为白色，最暗值被重新定义为黑色，然后将亮度值进行均化,就是说将整个灰度范围均匀分配给中间色调的像素,调节效果如图11.69所示。

图 11.69 "色调均化"菜单命令调节

11.25 "调整"调板

可以在"调整"调板中找到用于调整颜色和色调的工具,如图 11.70 所示。单击"调整"图标 以选择调整命令,选择相应工具可以创建调整图层。使用"调整"调板中的控件和选项进行的调整会创建非破坏性调整图层。

为了方便操作,"调整"调板具有应用常规图像校正的一系列调整预设。预设可用于色阶、曲线、曝光度、色相/饱和度、黑白、通道混合器以及可选颜色。单击"预设",使用调整图层将其应用于图像。可以将调整设置存储为预设,它会被添加到预设列表中。单击"调整"按钮或预设以显示特定调整的设置选项。

如果要对图像的一部分进行调整,请选择相应的部分。如果没有建立选区,则调整将应用于整个图像。添加过"调整"命令后,可以按 按钮返回当前调整图层的控制,可以方便地调节各种调整选项,如图 11.71 所示。

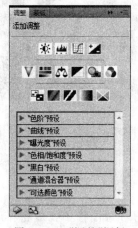

图 11.70 "调整"调板

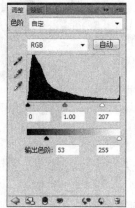

图 11.71 调整图层的调节选项

（1）要切换调整的可见性，请单击"切换图层可见性"按钮 。

（2）要将调整恢复到其原始设置，请单击"复位"按钮 ，如果是多次修改参数，可以单击"复位到上一个状态"按钮 ，取消最后一次的修改。也可以按住 按钮查看上一次的修改状态。

（3）要扔掉调整，请单击"删除此调整图层"按钮 。

（4）要在当前的调整图层上添加一个调整图层，请单击"返回"按钮 。该步骤将"调整"调板返回到显示调整按钮和预设列表。

（5）要从"调整"调板中的调整图标和预设返回到当前的调整设置选项，请单击箭头 。

（6）要扩展"调整"调板的宽度，可单击"扩展视图"按钮 。

（7）将调整效果应用于下面的图层，在"调整"调板中，单击"切到图层"按钮 ，将调整效果应用于当前图层；再次单击按钮 ，将调整效果应用于"图层"调板中该图层下的所有图层。

（8）使用"调整"调板存储和应用预设。

（9）"调整"调板具有一系列用于常规颜色和色调调整的预设。另外，可以存储和应用有关色阶、曲线、曝光度、色相/饱和度、黑白、通道混合器以及可选颜色的预设。存储预设后，它将被添加到预设列表。

（10）要将调整设置存储为预设，可从"调整"调板的菜单中选择"存储预设"选项。

（11）要想应用调整预设，可单击三角形展开特定调整的预设列表，然后单击"预设"按钮。按住 Alt 键单击三角形可以展开所有预设选项。

习　题

一、选择题（下列选择题有一个或多个选项正确）

1. 下列色彩调整命令，（　　）可提供最精确的调整。

　　A. 色阶　　　　　　B. 亮度/对比度　　　　　　C. 曲线　　　　　　D. 色彩平衡

2. 设定图像的白点（白场）的方法是（　　）。

　　A. 选择工具箱中的吸管工具，并在图像的高光处单击

　　B. 选择工具箱中的颜色取样器工具，并在图像的高光处单击

　　C. 在"色阶"对话框中选择白色吸管工具，并在图像的高光处单击

　　D. 在"色彩范围"对话框中选择白色吸管工具，并在图像的高光处单击

3. "色阶"对话框中输入色阶的水平轴表示的是（　　）。

　　A. 色相　　　　　　B. 饱和度　　　　　　　　C. 亮度　　　　　　D. 像素数量

4. 关于"图像"|"调整"|"色阶"菜单命令，以下说法正确的是（　　）。

　　A. 任何情况下，色阶调节命令对话框中的直方图与图像/直方图命令中的直方图是完全一样的

　　B. 将色阶命令对话框中输入色阶中间的灰色三角向左移动，其作用是压缩暗调层次，拉开亮调层次

　　C. 使用色阶命令对话框右下角的黑色吸管在画面中单击，可以实现对图像的黑场定标

D. 使用色阶调节命令也可以单独针对某个通道进行层次调节

5. Adobe Photoshop 中,关于"图像"|"调整"|"去色"菜单命令的使用,下列描述正确的是(　　　　)。

    A. 使用此命令可以在不转换色彩模式的前提下,将彩色图像变成灰阶图像,并保留原来像素的亮度不变

    B. 如果当前图像是一个多图层的图像,此命令只对当前选中的图层有效

    C. 如果当前图像是一个多图层的图像,此命令会对所有的图层有效

    D. 此命令只对像素图层有效,对文字图层无效,对使用图层样式产生的颜色也无效

6. 色阶命令的快捷键是(　　　　)。

    A. Ctrl+R   B. Ctrl+L   C. Alt+C   D. Ctrl+C

7. 曲线命令的快捷键是(　　　　)。

    A. Ctrl+K   B. Ctrl+U   C. Ctrl+M   D. Ctrl+F

8. 对图像使用反相命令,原先图像中值为 25 的正片图像中的像素会转换成(　　　　)像素。

    A. 100   B. 125   C. 230   D. 231

9. 在"可选颜色"命令中,调节一个起始含有 50% 洋红色的像素,如果选择的是"相对"项,增加 20%,则该像素的洋红色含量变为(　　　　)。

    A. 20%   B. 10%   C. 70%   D. 60%

10. 在使用"变化"命令调节图像时,在"调整颜色和亮度"参数选项中,要增加一种颜色,可以单击相应的缩略图。要减少一种颜色,可以单击增加其互补色的缩略图,要减少绿色时,就可以通过增加(　　　　)来实现。

    A. 红色   B. 蓝色   C. 洋红色   D. 青色

二、问答题

1. 在 Photoshop 中图像色彩调节有哪些方法?都可以调节哪些内容?

2. 简述"色调均化"命令的作用。

三、操作题

1. 打开所给图形,分别使用"色阶"和"曲线"功能调整,观察其中的不同之处。

2. 打开所给图形,使用"渐变映射"功能,选择不同的渐变色,观察其效果与特点。

第 12 章　图像的存储与打印

作品完成后,一般需要将作品以文件的形式保存到存储介质上;同时,也有可能需要将其打印或印刷到纸张或其他媒介上以供使用。要实现图像的打印,必须知道图像内容的打印需求,然后根据要求调整相应的参数,最后完成图像的打印。

【知识要点】

(1) 图像的存储;

(2) 图像的打印。

12.1　图像的存储

存储也就是平时所说的保存,即把内存中的数据保存到外存储器,以防止断电造成数据丢失,同时,保存的文件可供以后使用。图像的保存有以下几种方式。

(1) 以"存储为"的方式保存图像。执行"文件"|"存储为"菜单命令,打开如图 12.1 所示的"存储为"对话框。在"保存在"框中选择文件存放的位置,默认是存储在"我的文档"中;在"文件名"框中写入要保存的文件名;在"格式"下拉列表框中选择要保存的图像格式;在"存储选项"中可进行存储和颜色的相关设置。在各种设置完成后,单击"保存"按钮可将图像按照设置的参数进行保存,若指定的文件已经存在,则会出现是否替换的提示。单击"取消"按钮,则关闭"存储为"对话框。

图 12.1　"存储为"对话框

（2）以"存储"的方式保存图像。执行"文件"|"存储"菜单命令，则用当前修改后的图像副本自动覆盖原来的图像。若该文件没有保存过，则会出现"存储为"对话框。

注意：该方式只能在图像副本改动后可用。

（3）以"Web"和"设备格式"保存图像。执行"文件"|"存储为 Web 和设备所用格式"菜单命令，打开如图 12.2 所示的"存储为 Web 和设备所用格式"对话框，进行相关设置后，选择"存储"进行图像的保存，单击"取消"按钮，则取消当前设置，单击"完成"按钮，则自动保存当前图像设置并退出"存储为 Web 和设备所用格式"对话框。存储 GIF 格式文件通常使用"'Web'和'设备格式'保存图像"方式。

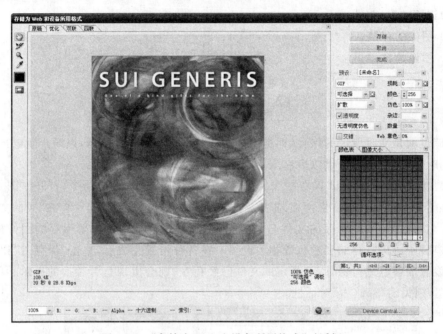

图 12.2 "存储为 Web 和设备所用格式"对话框

12.2 图像的打印

无论是将图像打印到桌面打印机还是将图像发送到印前设备，了解一些有关打印的基础知识会使打印更顺利，并有助于确保完成的图像达到预期的效果。Photoshop CS4 支持打印超过 30 000 像素的文档。

1. 打印类型

对于用户而言，打印文件是指将计算机中显示的图像发送到打印机。Photoshop 可以将图像发送到多种设备。例如，可以直接在纸上打印图像；也可以将图像转换为胶片上的正片或负片图像，并且可以利用胶片创建主印板，以便通过机械印刷机印刷。

2. 半调

为了在图像中产生连续色调的错觉，打印机会将图像分解为网点。对于在印刷设备上印刷的照片，此分解过程称为半调处理。改变半调网屏中网点的大小可在图像中产生灰度变化或连续颜色的视觉错觉。

3. 分色

用于商业再生产并包含多种颜色的图片必须在单独的主印板上打印,一种颜色一个印板,此过程称为分色。通常使用青色、洋红、黄色和黑色即 CMYK 油墨。在 Photoshop 中,可以调整生成各种印板方式。

4. 专色

许多彩色图像是由 4 种原色油墨组合打印而成的,就是青色、洋红、黄色和黑色即 CMYK 油墨。但是 Photoshop 还允许添加预混油墨,即专色。

5. 输出设备

输出设备包括各种打印机、晒图仪、胶片记录仪以及其他各种设备。

6. 校准

在 Photoshop 环境中,校准意味着调整扫描仪、显示器和打印机的颜色显示标准,以保证扫描的内容与屏幕上看到的效果一致,同时也与打印机上打印出来的效果一致。

7. 校样

对图像进行校样是指在最终印刷之前查看图像在页面上的实际效果。用户校样设备包括激光打印机和彩色喷墨打印机,它们所提供的质量和分辨率仅能满足对最终输出结果的大致比较。

8. 细节品质

打印图像的精细程度取决于分辨率和网屏。输出设备的分辨率越高,可以使用的网屏刻度就更精细。

9. 出血

出血是指加大设计产品外尺寸的图案,在裁切位加一些图案的延伸,专门给各生产工序在其工艺公差范围内使用,以避免裁切后的成品露白边或裁到内容。在制作的时候,分为设计尺寸和成品尺寸,设计尺寸总是比成品尺寸大,大出来的边是要在印刷后裁切掉的,这个要印出来并裁切掉的部分就称为印刷出血。在 Photoshop 中,可以通过在"打印"对话框中单击"出血"按钮创建出血效果。

12.2.1 图像分辨率的设置

图像分辨率是指单位长度上的点数,以每英寸长度上的点数表示。在数字化图像中,分辨率的大小直接影响图像的质量。

图像分辨率、尺寸大小和像素数目三者之间存在着密切关系。一个分辨率相同的图像,如果尺寸不同,它的像素数目也不同,尺寸越大所对应的文件也就越大。同样,增加一个图像的分辨率,也会使图像文件变大。因此修改了前二者的参数就直接决定了第三者的参数。当像素数目固定不变,图像分辨率变动时,图像尺寸必定随之改变;同样,图像尺寸变动时,分辨率也将自动按相反方向变化,不存在取样的问题。

注意:图像分辨率影响图像在屏幕上的显示大小,在图像的长、宽尺寸不变情况下,分辨率增大一倍,则原图像将以实际图像的两倍显示在屏幕上。在实际工作中,通常需要在不改变分辨率的情况下,调整图像尺寸,或者是固定尺寸而增减分辨率,在这种情况下,像素数目也就会随之改变。当固定尺寸而增加分辨率时,必须在图像中增加像素数目,这时就会在图像中重新取样,以便在失真最少的情况下增减图像中的像素数目。

执行"图像"|"图像大小"菜单命令,打开如图 12.3 所示的"图像大小"对话框。在该对话框中,可以进行"像素大小"和"文档大小"的设置,单击"确定"按钮,则保存该设置;单击"取消"按钮,则取消该设置;单击"自动"按钮,则软件自动调整设置参数。

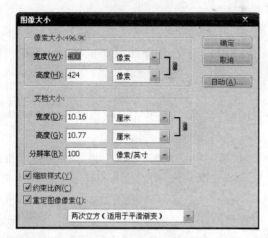

图 12.3 "图像大小"对话框

12.2.2 印刷校样

印刷校样(有时称为校样打印或匹配打印)是对最终输出在印刷机上的印刷效果的打印模拟。印刷校样通常在比印刷机便宜的输出设备上生成,如某些喷墨打印机的分辨率也足以生成可用作印刷校样的样稿。

(1) 执行"视图"|"校样设置"菜单命令,然后选择想要模拟的输出条件。通过使用预置值或创建自定校样设置可以达到此目的。视图将选取的校样参数自动更改,除非选取了"自定"。在这种情况下,将出现"自定校样条件"对话框。必须存储自定校样设置,才能使它们出现在"打印"对话框的"校样设置预设"菜单中。

(2) 在选择一种校样后,执行"文件"|"打印"菜单命令,出现如图 12.4 所示的"打印"对话框。

(3) 在右上角的下拉列表框中选择"色彩管理"。

(4) 在"打印"区域中选择"校样"。

(5) 在"选项"区域中,为"颜色处理"选择"Photoshop 管理颜色"。

(6) 对于"打印机配置文件",选择适用的输出设备的配置文件。

(7) 如果从"打印"区域中选择了"校样",则"校样设置"选项可用。从弹出式菜单中选择以本地方式存于硬盘驱动器上的任何自定校样。

(8) 模拟纸张颜色选项模拟颜色在模拟设备的纸张上的显示效果。使用此选项可生成最准确的校样,但它并不适用于所有配置文件。

(9) 模拟黑色油墨对模拟设备的深色亮度进行模拟。使用此选项可生成更准确的深色校样,但它并不适用于所有配置文件。

(10) 在单击"打印"按钮,自动出现的对话框中访问打印机驱动程序的色彩管理选项。

(11) 禁用打印机的色彩管理,以便打印机配置文件设置不会覆盖原来的配置文件设

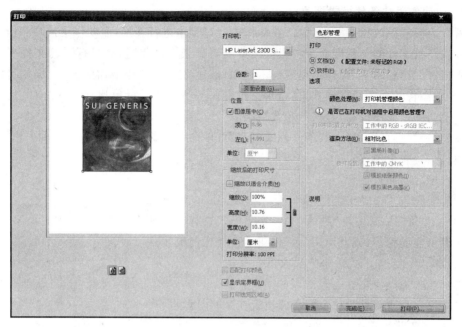

图 12.4 "打印"对话框

置。每个打印机驱动程序都有不同的色彩管理选项。如果不清楚如何禁用色彩管理,请查阅打印机文档。

注意:如果看到图像大小超出纸张可打印区域的警告,请单击"取消"按钮,执行"文件"|"打印"菜单命令,在弹出的"打印"对话框中选择"缩放以适合介质"。要对纸张大小和布局进行更改,可执行"文件"|"页面设置"菜单命令,并尝试再次打印文件。

12.2.3 色彩模式的转换

可以将图像从原来的模式(源模式)转换为另一种模式(目标模式)。当为图像选取另一种颜色模式时,就永久更改了图像中的颜色值。例如,将 RGB 图像转换为 CMYK 模式时,位于 CMYK 色域(由"颜色设置"对话框中的 CMYK 工作空间设置定义)外的 RGB 颜色值将被调整到色域之内。因此,如果将图像从 CMYK 转换回 RGB,一些图像数据可能会丢失并且无法恢复。

在转换图像之前,最好执行下列操作。

(1) 尽可能在原图像模式下进行编辑(通常,大多数扫描仪或数字照相机使用 RGB 图像模式,传统的滚筒扫描仪所使用的图像模式为 CMYK 色)。

(2) 在转换之前存储副本。请务必存储包含所有图层的图像副本,以便在转换后编辑图像的原版本。

(3) 在转换之前合并图层。当模式更改时,图层混合模式之间的颜色相互作用也将更改。

(4) 执行"图像"|"模式"菜单命令,然后从子菜单中选取所需的模式。不适用于图像的模式在菜单中呈灰色。图像在转换为多通道、位图或索引颜色模式时应进行图层合并,因为这些模式不支持图层。

1. 向动作添加条件模式更改

可以为模式更改指定条件，以便在动作执行过程中进行转换，而动作是按顺序应用于单个文件或一批文件的一系列命令。当模式更改属于某个动作时，如果打开的文件未处于该动作所指定的源模式下，则会出现错误。例如，假定在某个动作中，有一个步骤是将源模式为 RGB 的图像转换为目标模式 CMYK。如果在灰度模式或者包括 RGB 在内的任何其他源模式下向图像应用该动作，将会导致错误。

在记录动作时，可以使用"条件模式更改"菜单命令为源模式指定一个或多个模式，并为目标模式指定一个模式。

（1）开始记录动作。

（2）执行"文件"|"自动"|"条件模式更改"菜单命令。

（3）在"条件模式更改"对话框中，为源模式选择一个或多个模式。单击"全部"按钮来选择所有可能的模式，或者使用"无"按钮不选择任何模式。

（4）从"模式"弹出式菜单中选取目标模式。

（5）单击"确定"按钮。

条件模式更改将作为一个新步骤出现在"动作"调板中。

2. 将彩色照片转换为灰度模式

（1）打开要转换为黑白照片的照片。

（2）执行"图像"|"模式"|"灰度"菜单命令。

（3）当询问是否要扔掉颜色信息时，单击"确定"按钮。Photoshop 会将图像中的颜色转换为黑色、白色和不同灰度级别。

3. 将灰度或 RGB 图像转换为索引颜色模式

转换为索引颜色会将图像中的颜色数目减少到最多 256 种，这是 GIF 和 PNG-8 格式以及许多多媒体应用程序支持的标准颜色数目。该转换通过删除图像中的颜色信息来减小文件大小。

要转换为索引颜色，必须从 8 位/通道的图像以及灰度或 RGB 模式的图像开始。

（1）执行"图像"|"模式"|"索引颜色"菜单命令。

注意：所有可见图层将被合并，所有隐藏图层将被扔掉。

对于灰度图像，转换将自动进行。对于 RGB 图像，将出现"索引颜色"对话框。

（2）选择"索引颜色"对话框中的"预览"按钮，以显示所做更改的预览效果。

（3）指定转换选项。

4. 将位图模式图像转换为灰度模式

可以将位图模式图像转换为灰度模式，以便对其进行编辑。请记住，在灰度模式下编辑过的位图模式图像在转换回位图模式后，看起来可能与原先不一样。例如，假定在位图模式下为黑色的像素，在灰度模式下经过编辑后可能会转换为灰度级。在将图像转回到位图模式时，如果该像素的灰度值高于中间灰度值 128，则将其渲染为白色。

（1）执行"图像"|"模式"|"灰度"菜单命令。

（2）输入一个 1～16 的大小比例值。

该大小比例是缩小图像的因子。例如，若要将灰度图像缩小 50%，则输入的大小比例为 2。如果输入的值大于 1，则程序将位图模式图像中的多个像素平均，以产生灰度图像中的单个像素。通过该过程,可以从经过 1 位扫描仪扫描的图像中产生多个灰度级。

5. 将图像转换为位图模式

将图像转换为位图模式会使图像减少到两种颜色,从而大大简化图像中的颜色信息并减小文件大小。

在将彩色图像转换为位图模式时,请先将其转换为灰度模式。这将删除像素中的色相和饱和度信息,而只保留亮度值。但是,由于只有很少的编辑选项可用于位图模式图像,通常最好先在灰度模式下编辑图像,然后再将它转换为位图模式。

注意:在位图模式下,图像的每个通道包含 1 位。必须先将 16 位或 32 位/通道的图像转换为 8 位灰度模式,然后才能将其转换为位图模式。

执行下列操作之一。

(1) 如果图像位于彩色模式,执行"图像"|"模式"|"灰度"菜单命令。然后,执行"图像"|"模式"|"位图"菜单命令。

(2) 如果图像是灰度模式,则执行"图像"|"模式"|"位图"菜单命令。

对于"输出"为位图模式图像的输出分辨率输入一个值,并选取测量单位。默认情况下,当前图像分辨率同时作为输入和输出分辨率。

从"使用"弹出式菜单中选取下列位图转换方法之一。

(1) 50%阈值。将灰色值高于中间灰阶(128)的像素转换为白色,将灰色值低于该灰阶的像素转换为黑色。结果将是高对比度的黑白图像,效果如图 12.5 所示。

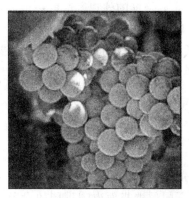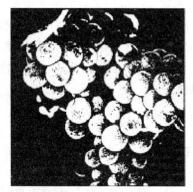

图 12.5 原灰度图像和阈值为 50%的转换效果示意图

(2) 图案仿色。通过将灰阶组织成白色和黑色网点的几何配置来转换图像,效果如图 12.6(a)所示。

(3) 扩散仿色。通过使用从图像左上角开始的误差扩散过程来转换图像。如果像素值高于中间灰阶(128),则像素将更改为白色;如果低于该灰阶,则更改为黑色。因为原像素很少是纯白色或纯黑色,所以不可避免地会产生误差。此误差将传递到周围的像素并在整个图像中扩散,从而导致粒状、类似胶片的纹理。该选项对于在黑白屏幕上查看图像很有用,效果如图 12.6(b)所示。

(4) 半调网屏。模拟转换后的图像中半调网点的外观。在"半调网屏"对话框中输入值。

① 在"频率"中输入一个网频值,并选取测量单位。线/英寸的取值范围可以是 1～

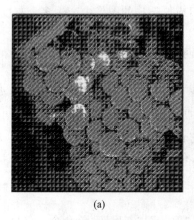 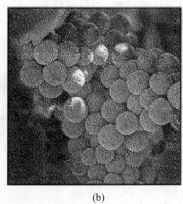

(a)   (b)

图 12.6　图案仿色转换方法和扩散仿色转换效果示意图

999,而线/厘米的取值范围为 0.400~400。可以输入小数数值。网频以线/英寸(lpi)为单位指定半调网屏的精度。该频率取决于打印所用的纸张和印刷类型。报纸通常使用 85 线网屏。杂志使用更高分辨率的网屏,如 133lpi 和 150lpi。

② 输入 -180~180 的网角值(单位为度)。网角是指网屏的取向。连续色调和黑白半调网屏的网角值通常使用 45°。

③ 对于"形状",选取想要的网点形状。

(5) 自定图案。模拟转换后的图像中自定半调网屏的外观。选取一个适合于厚度变化的图案,这种图案通常是包含各种灰度级的图案。

要使用此选项,请首先定义一个图案,然后过滤灰度图像以应用纹理。要覆盖整个图像,图案必须与图像大小相等。否则,将拼贴该图案。Photoshop 提供几种可以用作半调网屏图案的自拼贴图案。

12.2.4　基本打印设置

1. 色彩管理

在如图 12.4 所示的"打印"对话框的右上角的列表框给出了两个选项:"输出"和"色彩管理"。"打印"对话框右侧的其他内容会根据不同的选择而出现不同的设置。对于很多打印任务来说,两个应用都要涉及。选择"色彩管理"后选定一个打印机图标,选择一种"渲染方法",并设置校样。多数情况使用默认设置即可。

2. 输出

如果在"打印"对话框的右上角选择"输出"选项,会出现如图 12.7 所示的"打印"对话框,在该对话框中出现了很多复选框,可以选择这些复选框使之包含在进行打印的作业中。可以单击相应的按钮以处理背景、边界、网屏、出血和传递。也可以打开"插值"并选择是否在输出中包含矢量数据。

(1) 背景。单击"背景"按钮,可以选择输出的背景颜色。

(2) 边界。单击"边界"按钮,可以确定在打印图像周围添加多宽的边界。

(3) 出血。单击"出血"按钮,图像或章节的边缘应用额外的油墨或墨粉以确保打印任务能完全达到打印区域的边界。

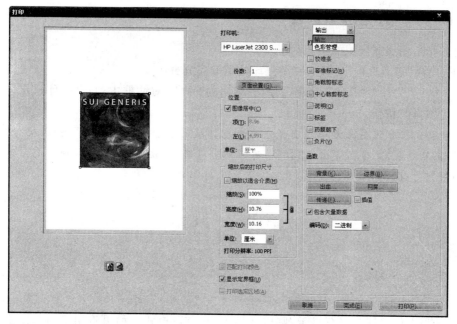

图 12.7 "打印"对话框的"输出"选项示意图

（4）网屏。单击"网屏"按钮,可以改变半调网屏的频率、角度和形状。

（5）传递。单击"传递"按钮,可以在打印时将图像中不同的亮度值绘制为不同的阴影。

12.2.5 页面设置

"页面设置"对话框会根据所使用打印机的类型而有所不同。主要的设置包括纸张大小、纸张来源、方向。执行"文件"|"页面设置"菜单命令,则出现如图 12.8 所示的"页面设置"对话框。

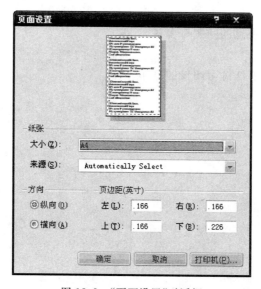

图 12.8 "页面设置"对话框

12.2.6　打印指定图层或区域

打印指定图层或区域的步骤如下。

(1) 使用“矩形选框”工具选择要打印的图像部分。

(2) 执行“文件”|“打印”菜单命令，在弹出的“打印”对话框中勾选“打印选定区域”项，然后单击“打印”按钮。

注意：如果看到图像大小超出纸张可打印区域的警告，单击“取消”按钮，执行“文件”|“打印”菜单命令，然后在弹出的“打印”对话框中勾选“缩放以适合介质”项。要对纸张大小和布局进行更改，单击“页面设置”按钮，并再次打印文件。

习　　题

一、选择题

1. 打印的快捷键是(　　)。

    A. Ctrl+P　　　　　　B. Ctrl+D　　　　　　C. Shift+P　　　　　　D. Ctrl+T

2. 如果图像只用于屏幕显示，则应选择 RGB 色彩模式。如果将用于四色印刷则选择(　　)模式。

    A. Lab　　　　　　　B. CMYK　　　　　　C. 索引　　　　　　　D. 灰度

3. 下列色彩模式，(　　)是不依赖于设备的。

    A. RGB　　　　　　　B. CMYK　　　　　　C. Lab　　　　　　　D. 索引颜色

4. 下列格式，(　　)不是 Photoshop 的存储格式。

    A. .GIF　　　　　　　B. .DOC　　　　　　C. .JPEG　　　　　　D. .PSD

5. 单击图像窗口左下方的状态显示栏会弹出数字框显示当前图像的(　　)参数。

    A. 高度、宽度　　　　B. 通道的数量　　　　C. 图像的分辨率　　　D. 以上都是

二、思考题

在打印过程中需要注意的问题有哪些？

三、练习题

用本章讲过的各种方法练习图像的打印。

第13章 动画及视频图层

动画形成原理是因为人眼有视觉暂留的特性,所谓视觉暂留就是在看到一个物体后,即使该物体快速消失,也还是会在眼中留下一定时间的持续影像,这在物体较为明亮的情况下尤为明显。最常见的就是夜晚拍照时使用闪光灯,虽然闪光灯早已熄灭,但被摄者眼中还是会留有光晕并维持一段时间。

总结起来,所谓动画,就是用多幅静止画面连续播放,利用视觉暂留形成连续影像。为了让观众感受到连续影像,电影以每秒24张画面的速度播放,也就是一秒钟内在屏幕上连续投射出24张静止画面。有关动画播放速度的单位是fps,其中的f就是英文单词Frame(画面、帧),p就是Per(每),s就是Second(秒)。用中文表达就是多少帧每秒,或每秒多少帧。电影是24fps,通常简称为24帧。

【知识要点】
(1) 帧动画;
(2) 时间轴动画;
(3) 视频图层。

13.1 制作帧动画

在Photoshop CS4中可以利用两种方式制作动画,一是利用"帧"制作动画,二是利用"时间轴"制作动画。我们将分别介绍。

13.1.1 "动画(帧)"调板

在Photoshop中,可以使用"动画"调板创建动画帧,每个帧表示一个图层配置。执行"窗口"|"动画"菜单命令,可以打开"动画(帧)"调板,如图13.1所示为两个动画帧的图像文件。

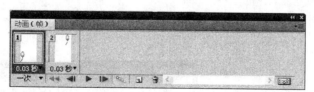

图13.1 "动画(帧)"调板

(1) 选择帧延迟时间 0.03秒 。是设置该帧在动画放映过程中的持续时间。

可以为动画中的单个或多个帧指定延迟,即显示帧的时间。如图13.2所示延迟时间以秒为单位显示。秒的几分之一以小数值显示。例如,指定延迟时间为0.25秒时,那么该值的表现形式应为0.25。

(2) 选择循环选项 一次 。设置动画在作为GIF文件导出时的播放次数。

要指定动画的循环选项,可在"动画"调板左下角单击"选择循环选项"下拉按钮,在弹出的下拉菜单中选择所需的选项,如图 13.3 所示。可选择的选项有"一次"、"永远"和"其他"。选择"其他"选项时可以设置重复播放的具体次数。

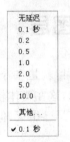

图 13.2　指定延迟菜单

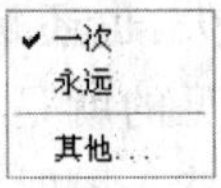

图 13.3　循环设置菜单

(3) 选择第 1 帧 。将序列中的第一个帧作为当前帧。

(4) 选择上一帧 。选择当前帧的前一帧。

(5) 播放动画 。播放动画,再次单击停止播放。

(6) 选择下一帧 。选择当前帧的下一帧。

(7) 添加过渡帧 。在两个帧之间添加一系列帧,使得帧之间的变化连贯均匀。

(8) 新建帧 。可用于新建一帧,也可以复制帧。

(9) 删除帧 。删除选中的帧。

(10) 转换为时间轴按钮 。由帧动画转换为时间轴动画。

【实例 13-1】　帧动画-位置的变化。

① 打开 Photoshop,执行"新建"|"文件"菜单命令,新建一个高 1000 像素,宽 600 像素的白色背景 RGB 文件。

② 在图层调板中新建一个图层,在新图层的左下角绘制一个气球,如图 13.4 所示。

③ 执行"窗口"|"动画"菜单命令,打开"动画(帧)"调板。新建一帧,如图 13.5 所示。

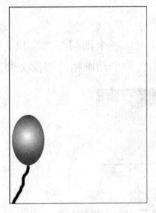

图 13.4　新建图像

图 13.5　打开"动画(帧)"调板

④ 单击新建帧,复制一帧,如图 13.6 所示。

⑤ 将两个帧的延迟时间都设为 0.1 秒。

⑥ 选择第 2 帧,然后选择图层 1。利用移动工具将气球移动至右上角,如图 13.7 所示。

⑦ 单击"添加过渡帧"按钮,在弹出的对话框中,将帧数设为 10,如图 13.8 所示。

图 13.6　复制帧

图 13.7　移动气球

⑧ "动画(帧)"调板如图 13.9 所示。

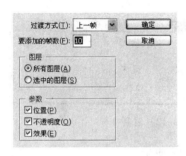

图 13.8　添加过渡帧对话框

图 13.9　添加过渡帧后

⑨ 单击"播放"按钮即可看出效果。

⑩ 执行"文件"|"存储为 Web 和设备所用格式(D)"菜单命令,弹出如图 13.10 所示对话框。单击"存储"按钮,进行相应设置后,即可保存动画。

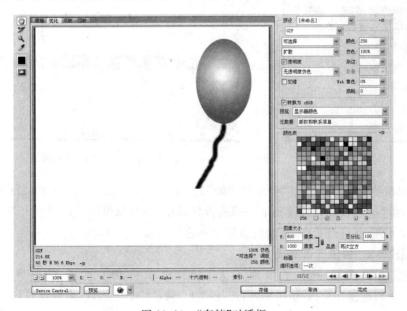

图 13.10　"存储"对话框

【实例 13-2】 帧动画-渐隐动画。

① 打开要处理的文件,如图 13.11 所示。

② 单击"动画(帧)"调板上的"复制当前帧"按钮 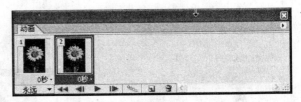,复制出一个帧,如图 13.12 所示。

图 13.11 向日葵

图 13.12 复制一帧

③ 在图层调板上,将"不透明度"设置为 0%,如图 13.13 所示。

④ 选择第 1 帧,单击"动画(帧)"调板上的"过渡"按钮 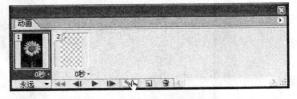,如图 13.14 所示。

图 13.13 调整不透明度

图 13.14 添加过渡帧按钮

⑤ 在弹出的对话框中设置"要添加的帧"为 10,这个参数是指在两个帧之间插入多少个帧来过渡(在这里可以选择过渡到下一帧或者是最后一帧,也可以只针对一个图层或所有图层,同时还可以选择对位置、不透明度或效果来进行过渡)。

⑥ 单击"确定"按钮即可完成。

⑦ 只是消失然后一下子出现不大自然,应该再加一个渐变出现,选择最后一帧(第 13 帧),把透明度改为 90%,再选择第 11 帧,插入一个 10 帧的过渡(方法参照④、

⑤),就完成了动画的制作。

⑧ 在动画工具栏上单击"播放"按钮,就可以看到动画预览效果。

⑨ 保存文件。

13.1.2 "动画(时间轴)"调板

通过前面的学习,已经学会了利用帧制作动画。它可以用来制作一些简单的单物体动画,在很长一段时间内也是 Photoshop 唯一的动画制作方式。下面要学习一种新的利用时间轴制作动画的方式。时间轴方式广泛运用在许多影视制作软件中,如 Premiere、AfterEffects 等,包括 Flash 也是采用这种方式。

单击"动画(帧)"调板中的"转换为时间轴动画"按钮,可以将调板切换为"动画(时间轴)"状态,如图 13.15 所示。该状态显示文档图层的帧持续时间和动画属性。使用调板底部的工具浏览各个帧,放大或缩小时间显示。切换洋葱模式,删除关键帧和预览视频。可以使用时间轴上自身的控件调整图层的帧持续时间,设置图层属性的关键帧并将视频的某一部分指定为工作区域。

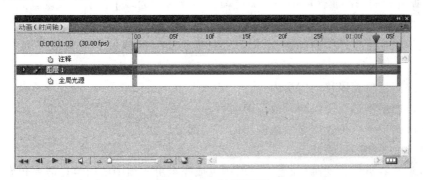

图 13.15　时间轴调板

要在时间轴模式(而不是帧模式)中对图层内容进行动画处理,请在将当前时间指示器移动到其他时间/帧上时在"动画"调板中设置关键帧,然后修改该图层内容的位置、不透明度或样式。Photoshop 将自动在两个现有帧之间添加或修改一系列帧,通过均匀改变新帧之间的图层属性(位置、不透明度和样式)以创建运动或变换的显示效果。

例如,如果要淡出图层,请在起始帧中将该图层的不透明度设置为 100%,并在"动画(帧)"调板中单击该图层的"不透明度"秒表。然后,将当前时间指示器移动到结束帧对应的时间/帧,并将同一图层的不透明度设置为 0%。Photoshop Extended 会自动在起始帧和结束帧之间通过插值方法插入帧,并在新帧之间均匀地减少图层的不透明度。

要在 Photoshop Extended 中创建基于时间轴的动画,通常使用以下常规工作流程。

(1)创建一个新文档。指定大小和背景内容。确保像素长宽比和大小适合于动画输出,颜色模式应为 RGB。除非由于特殊原因需要进行更改,否则请保持分辨率为 72 像素/英寸、位深度为 8 位/通道且像素长宽比为方形。

(2)在"动画"调板菜单中指定文档时间轴设置。指定持续时间和帧速率。单击动画调板右上角的菜单按钮 ，在弹出的菜单中选择"文档设置"项。在弹出的对话框中可以设置动画的时间和帧速度,如图 13.16 所示。

(3) 添加一个图层。可以添加以下任何图层:

① 用于添加内容的新图层;

② 用于添加视频内容的新视频图层;

③ 用于仿制内容或创建手绘动画的新空白视频图层。

图 13.16　文档设置

(4) 向图层添加内容。

(5) (可选)添加图层蒙版。

图层蒙版可用于仅显示图层内容的某一部分。可以对图层蒙版进行动画处理以随时间显示图层内容的不同部分。

(6) 将当前时间指示器移动到要设置第一个关键帧的时间或帧。

(7) 打开图层属性的关键帧处理。

单击图层名称旁边的三角形,向下的三角形将显示图层的属性。然后,单击秒表以设置要进行动画处理的图层属性的第一个关键帧。可以一次为多个图层属性设置关键帧。

(8) 移动当前时间指示器并更改图层属性。

将当前时间指示器移动到图层属性发生改变的时间或帧。可执行下列一个或多个操作。

① 更改图层位置以移动图层内容。

② 更改图层不透明度以渐显或渐隐内容。

③ 更改图层蒙版位置以显示该图层的不同部分。

④ 打开或关闭图层蒙版。

⑤ 对于某些类型的动画(如更改对象颜色或完全更改帧中的内容),需要包含新内容的额外图层。

注意:要对形状进行动画处理,请使用"矢量蒙版位置"或"矢量蒙版启用"的时间-变化秒表对矢量蒙版(而不是形状图层)进行动画处理。

(9) 添加包含内容的其他图层,并根据需要编辑其图层属性。

(10) 移动或裁切图层持续时间栏以指定图层在动画中出现的时间。

(11) 预览动画。可在创建动画时使用"动画(帧)"调板中的控件播放动画。然后,在 Web 浏览器中预览动画。也可以在"存储为 Web 和设备所用格式"对话框中预览动画。

(12) 存储动画。可以执行"存储为 Web 和设备所用格式"菜单命令将动画存储为动画 GIF,或者执行"渲染视频"菜单命令将动画存储为图像序列或视频。也可以用 PSD 格式存储动画,此格式的动画可导入 Adobe After Effects 中。

【实例 13-3】　时间轴动画——位置的变化。

用时间轴动画方式将实例 13-1 中的动画来制作一遍。

① 打开 Photoshop,执行"新建"|"文件" 菜单命令,新建一个高 1000 像素,宽 600 像素的白色背景 RGB 文件。

② 在图层调板中新建一个图层,在新图层的左下角绘制一个气球,如图 13.17 所示。

③ 执行 "窗口"|"动画" 菜单命令,打开"动画(时间轴)"调板。如果不是时间轴动画方

式,单击动画调板右下方的 切换到时间轴方式。动画调板变为如图 13.18 所示样式。

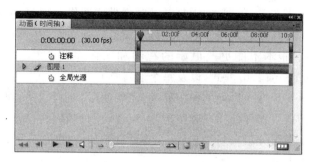

图 13.17　新建文件

图 13.18　时间轴动画调板

④ 设置动画时间及帧速率,这里采用默认方式即可。

⑤ 在"动画(时间轴)"调板中,单击图层 1 右侧的三角,展开菜单如图 13.19 所示。

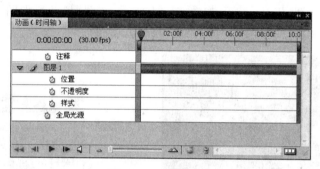

图 13.19　展开菜单

⑥ 单击"位置"左侧的钟表图标。

⑦ 将时间轴移动到最后。

⑧ 使用移动工具将气球拖曳到右上角,动画调板如图 13.20 所示。

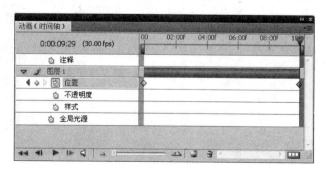

图 13.20　设置后的"动画(时间轴)"调板

⑨ 单击"动画(时间轴)"调板左下角的播放按钮即可观看效果。

⑩ 保存。

同样实例 13-2 也可以使用时间轴动画方式实现。

13.2 视频图层

当在 Photoshop 中打开视频文件或图像序列时,能得到一个在视频图层内包含帧的文件。视频图层是指原始的视频和图像序列文件,并且在视频图层上执行任何编辑只能影响该层,根本不能更改原始的视频和图像序列文件。可编辑的视频图层包含灰度、RGB、CMYK 和 Lab 模式,以及每个通道具有 8 位、16 位和 32 位的位深度。

要想在一系列的帧中移动,需要使用"动画(时间轴)"调板中的控件,可以像在任何图像的图层中那样使用视频图层,可以逐层调整混合模式、不透明度、为使图层样式可以通过对视频图层分组来组织它们,并且通过添加调整图层,可以应用颜色和光线调整而不会对实际图层做永久更改。

注意:要在 Photoshop 中播放视频文件,首先要在计算机中安装 QuickTime 7.1 或更高版本的软件。

首先,打开一个视频文件。执行"文件"|"打开"菜单命令,在 Photoshop CS4 安装目录下打开视频文件 CheeziPuffs. mov,如图 13.21 所示。"图层"调板如图 13.22 所示,"动画(时间轴)"调板如图 13.23 所示。按空格键可以播放视频。

图 13.21 视频文件

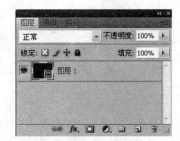

图 13.22 图层调板

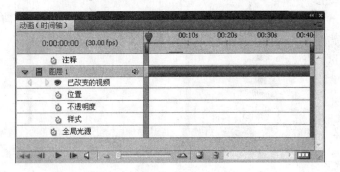

图 13.23 动画调板

当在 Photoshop CS4 的操作表中能播放视频图层时,"动画(时间轴)"调板和"图层"、"视频图层"子菜单都能提供管理视频图层的工具。可以添加图层、添加帧、重新排列图层、删除和复制图层,以及能够想到的管理视频文件的所有操作。

【实例 13-4】 编辑视频文件。

① 执行"文件"|"打开"菜单命令,打开 Photoshop CS4 安装目录下"示例"文件夹下的 CheeziPuffs.mov 文件。

② 执行"图层"|"图层样式"|"内发光"菜单命令,打开"图层样式"对话框。设置发光的大小为 21 像素,在"等高线"下拉命令中选择一个等高线,如图 13.24 所示。单击"确定"按钮后,如图 13.25 所示。

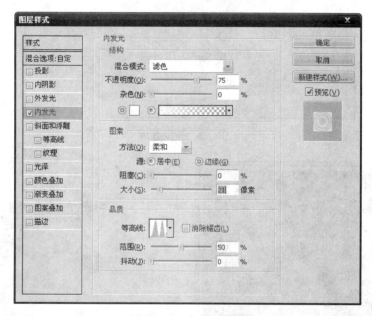

图 13.24 内发光设置

图 13.25 设置图层样式后效果

③ 执行"图层"|"图层样式"|"渐变叠加"菜单命令,在弹出的对话框中选择一个渐变,设置如图 13.26 所示,效果如图 13.27 所示,"图层"调板如图 13.28 所示。

④ 单击"图层"调板底部的创建新的填充或调整图层按钮 ,在打开的下拉列表中选择"反相"项,创建一个反相调整图层,效果如图 13.29 所示,设置如图 13.30 所示。

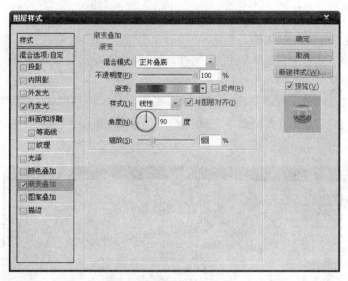

图 13.26　渐变叠加

图 13.27　渐变叠加后效果

图 13.28　"图层"调板 1

图 13.29　效果图

图 13.30　"图层"调板 2

⑤ 单击"播放"按钮观看放映效果，如图 13.31 和图 13.32 所示。

⑥ 编辑视频文件后，可以将文档存储为 PSD 文件。也可以将文档作为 QuickTime 影片或图像序列进行渲染。如果没有将工作渲染到视频，则最好将文件存储为 PSD 格式。执行"文件"|"导出"|"渲染视频"菜单命令，就可以将视频导出为 QuickTime 影片。

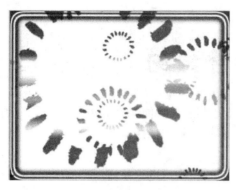

图 13.31　效果图 1

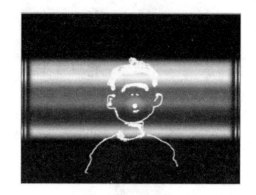

图 13.32　效果图 2

习　题

一、选择题

1. 关于 Web 图像格式的描述,错误的是(　　)。

　　A. GIF 是基于索引色表的图像格式,支持上千种颜色

　　B. JPEG 和 GIF 都是压缩文件格式

　　C. JPEG 适合诸如照片等有着丰富色彩的图像

　　D. GIF 支持动画,JPEG 不支持动画

2. 停止播放视频的按键是(　　)。

　　A. Enter 键　　　　　B. 退格键　　　　C. 空格键　　　　D. Esc 键

3. 在 Photoshop 中,要使用(　　)软件才能观看视频。

　　A. QuickTime 6.0　B. RealPlayer 10　C. 暴风影音　　　D. QuickTime 7.1

4. 视频图层可编辑的颜色模式不包括(　　)。

　　A. RGB　　　　　　B. 灰度　　　　　C. 索引　　　　　D. Lab

二、思考题

帧动画与时间轴动画的优、缺点各是什么?

第14章 综合练习

本章通过3个实例让读者综合使用 Photoshop 中的多项功能来完成对照片或图像的修改和制作，从而对 Photoshop 在实战中的实用有更多的理解和把握。

【知识要点】

综合运用选区、画笔、路径、图层、图层样式、蒙版、滤镜、通道等功能。

14.1 综合练习一：为图像增加风雪的效果

本练习通过采用通道、滤镜等功能为一幅已有的照片增加漫天大雪的效果。

本练习通过如图 14.1 所示的原始图制作出如图 14.2 所示的效果。

图 14.1 原始图

图 14.2 最终效果图

本练习涉及的知识点有选区、通道、滤镜、混合模式。

说明：雪景的制作分两大步：第一步，制作天空中降落的雪；第二步，制作地面和物体上的积雪，因此在制作雪景照片时也要从这两个步骤进行。

操作步骤如下。

1. 制作天空中的降雪

（1）启动 Photoshop 软件，打开原始照片。

（2）将"图层"调板中的背景图层复制，则图层调板中出现一个新图层"背景副本"。

（3）单击"背景副本"图层，使其为活动图层，执行"滤镜"|"像素化"|"点状化"菜单命令，在弹出的"点状化"对话框中设置单元格的大小为"9"，如图 14.3 所示。

说明：单元格的大小决定了空中雪花的大小。

单击"确定"按钮可得到如图 14.4 所示的效果。

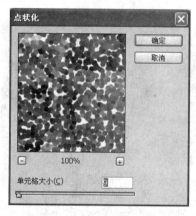

图 14.3 "点状化"对话框

图 14.4 应用"点状化"的效果

（4）执行"图像"|"调整"|"阈值"菜单命令，在打开的"阈值"对话框中将"阈值色阶"设为最大值 255，如图 14.5 所示。

说明：在设置"阈值色阶"大小时要注意观察图像的效果变化直至得到满意的结果。

设置完成后，单击"确定"按钮可得到如图 14.6 所示的效果。

图 14.5 "阈值"对话框

图 14.6 应用"阈值"的效果

注意：由于不同的图像的亮度不同，当使用"阈值"对话框对图像进行处理时，可能会得到白色分布的点，或黑色分布的点，如果是白色分布的点，就可以直接进行下一步操作；如果是黑色分布的点，则必须使用"反相"菜单命令操作后方可得到白色的点，然后进行下一步操作。

（5）将"背景副本"图层重命名为"雪花"，执行"滤镜"|"模糊"|"动感模糊"菜单命令，在打开的对话框中将"角度"设置为−60，"距离"设置为 12 像素，如图 14.7 所示。

① "角度"决定了雪花飘落的方向。

② "距离"决定了雪花飘落的速度。

设置完成后，单击"确定"按钮，可得到如图 14.8 所示的效果。

图 14.7　"动感模糊"对话框　　　　　　　　图 14.8　应用"动感模糊"的效果

（6）将"雪花"图层的图层混合模式设置为"滤色"模式，使其与背景图层相混合，则可以得到雪花降落的效果，如图 14.9 所示。

图 14.9　图层混合的效果

2. 制作岩石和狮身上的积雪

（1）首先单击"雪花"图层左侧"指示图层可见性"图标，使"雪花"图层不可见。

单击"背景图层",使其为活动图层,按 Ctrl＋A 组合键选择整个图像,然后按 Ctrl＋C 组合键将图像复制到剪贴板。

　　(2) 在调板组中单击"通道"调板,单击"创建新通道"按钮新建一通道,默认名称为 Alpha1,按 Ctrl＋V 组合键,将图像粘贴入通道中,可得到如图 14.10 所示的结果。

图 14.10　粘贴入通道的效果

　　(3) 执行"滤镜"|"艺术效果"|"胶片颗粒"菜单命令,在弹出的对话框中将"颗粒"设置为 6,"高光区域"设置为 2,"强度"设置为 8,如图 14.11 所示。

图 14.11　"胶片颗粒"对话框

　　① "颗粒"。用于设置积雪颗粒的大小。

　　② "高光区域"。决定了积雪分布的范围。

　　③ "强度"。用于设置积雪的数量。

　　这 3 个参数的设定要根据自己的要求和图像效果的变化来决定。

　　设置完成后,单击"确定"按钮可得到如图 14.12 所示的结果。

　　(4) 按住 Ctrl 键,单击 Alpha1 通道缩览图,可得到通道内的白色区域。

　　(5) 按住 Ctrl＋C 组合键,将 Alpha1 通道内的白色区域复制到剪贴板,然后返回到图层调板,单击"创建新图层"按钮,创建一个新的图层,新图层命名为"积雪",并使"积雪"图层

图 14.12　应用"胶片颗粒"的效果

位于"背景"图层和"雪花"图层之间,如图 14.13 所示。

（6）按 Ctrl＋V 组合键将已复制的白色区域粘贴到"积雪"图层中,效果如图 14.14 所示。

图 14.13　新建"积雪"图层

图 14.14　将剪贴板中图像粘贴后的效果

（7）在"积雪"图层中,根据整体效果需求用橡皮擦工具将不合适的白色区域擦除,使用柔边画笔,将前景色设为白色,将画笔流量适当调小,对一些积雪较厚的位置进行描绘,得到最终的积雪图像,如图 14.15 所示。

图 14.15　应用画笔工具描绘后的效果

（8）在图层调板中单击"雪花"图层，使其可见，即可得到为图像增加风雪效果的最终全部效果图，如图 14.2 所示。

14.2 综合练习二：制作西瓜

通过本例练习，可以制作出一个西瓜的图案，如图 14.16 所示。

本练习涉及的知识点有选区、滤镜、图层、路径、混合模式等。

操作步骤如下。

（1）启动 Photoshop，新建文件，大小为 800×600，背景色为白色，名称为"西瓜"，如图 14.17 所示。

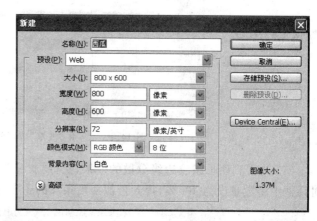

图 14.16　效果图　　　　　　　　　图 14.17　"新建"对话框

（2）新建图层，命名为"西瓜条纹"。

（3）将前景色设为深黑黄绿色，在工具箱中选择"椭圆选框工具"，在图层中单击并拖曳画出一条深绿色长椭圆，作为西瓜条纹的初始形态，如图 14.18 所示。

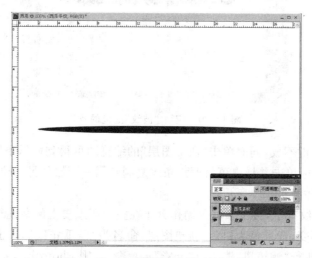

图 14.18　应用"椭圆选框工具"描绘

（4）由于西瓜的条纹为不规则的长条花纹，因此要对创建的条纹进行进一步处理，使之与自然西瓜条纹相似。执行"滤镜"|"扭曲"|"波浪"菜单命令，在打开的对话框中设置如下参数：生成器数为100，波长最小为1，最大为100，波幅最小和最大均为6，水平垂直比例分别为1%和10%，类型为正弦波。如图14.19所示，得到一条弯曲的条纹。

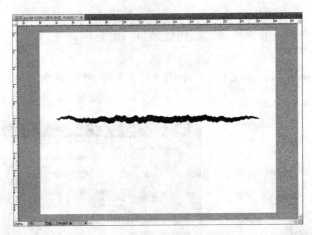

图14.19 应用"波浪"滤镜的效果

（5）为得到西瓜条纹边缘分散的效果，执行"滤镜"|"扭曲"|"波纹"菜单命令，在打开的对话框中将数量设为400%，得到近似西瓜条纹的图案，如图14.20所示。

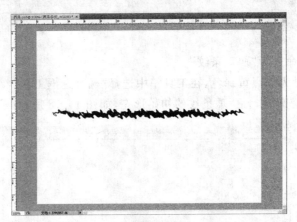

图14.20 应用"波纹"滤镜的效果

（6）按住Ctrl键不放，同时单击"西瓜图层"的缩览图可得到西瓜条纹的选区，同时按住Ctrl＋Alt键，用鼠标单击并拖曳可将西瓜条纹复制到同一图层的另一位置，如此多次，得到全部的西瓜条纹，如图14.21所示。

（7）西瓜的条纹有了，接下来就要制作分布在整个西瓜皮上的杂乱细花纹了，保持前景色为深黑黄绿色不变，背景色为白色，新建图层，命名为"西瓜花纹"，单击"西瓜花纹"图层，使其为活动图层，执行"滤镜"|"渲染"|"云彩"菜单命令，则Photoshop根据前景色和背景色自动生成不规则的云雾状，如图14.22所示。

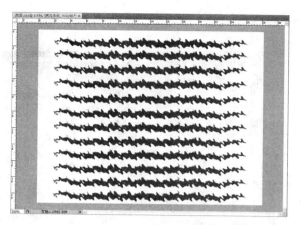

图 14.21　复制西瓜条纹

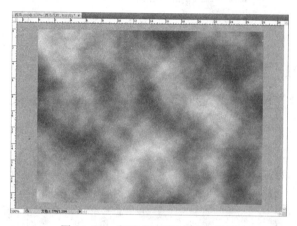

图 14.22　应用"云彩"滤镜的效果

　　(8) 执行"滤镜"|"风格化"|"查找边缘"菜单命令,然后再执行"图像"|"调整"|"色阶"菜单命令,在弹出的对话框中将左侧暗调滑块向右拖曳,如图 14.23 所示。

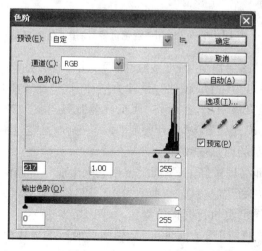

图 14.23　"色阶"对话框

（9）单击"确定"按钮，则可在原有的云雾状图案基础上产生出杂乱的细条纹，如图 14.24 所示。

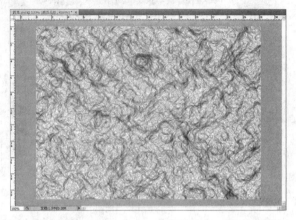

图 14.24　应用"查找边缘"和"色阶"后的效果

（10）执行"滤镜"|"画笔描边"|"强化边缘"菜单命令，可得到更清晰的细花纹，如图 14.25 所示。

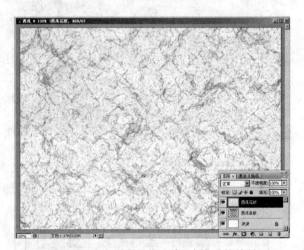

图 14.25　应用"强化边缘"滤镜后的效果

（11）将"西瓜花纹"图层移至"西瓜条纹"图层下方。

（12）新建图层，命名为"西瓜底色"，使其为活动图层，设置前景色为"黑青豆绿"色，全选该图层后用前景色填充该图层，然后将"西瓜底色"图层置于"西瓜花纹"图层下方，并将"西瓜花纹"图层的混合模式设置为"正片叠底"模式。则西瓜花纹的纹理就可以叠加在底色上，得到如图 14.26 所示的西瓜皮纹理。

（13）西瓜皮的全部纹理做好了，下面就要用它来生成一个椭圆形的西瓜了，选择"西瓜条纹"图层为活动图层，执行"滤镜"|"扭曲"|"球面化"菜单命令，即可得到一个椭圆形的西瓜形状，在"西瓜花纹"图层也执行同样的操作，如图 14.27 所示。

（14）在工具箱中选择"椭圆选框工具"将椭圆形的西瓜选取出来，然后反选，将其余部分删除，则可得到一个椭圆形的西瓜图案，如图 14.28 所示。

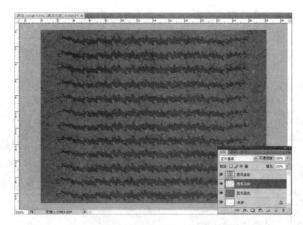

图 14.26　在两图层间应用"正片叠底"后的效果

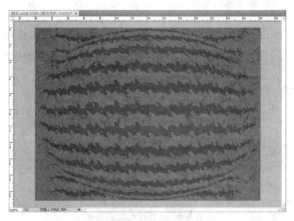

图 14.27　应用"球面化"滤镜的效果

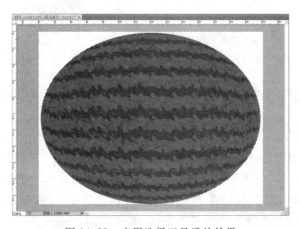

图 14.28　应用选择工具后的效果

（15）为使西瓜条纹更加自然,选取西瓜条纹图层,执行"滤镜"|"艺术效果"|"海绵"菜单命令,则可使条纹更接近于自然西瓜的纹理,如图 14.29 所示。

（16）将"西瓜条纹"、"西瓜花纹"、"西瓜底色"三图层合并,合并后的图层重命名为"西

瓜"图层,然后执行"编辑"|"调整"|"缩放"菜单命令,将西瓜图案的大小和位置调整合适,如图 14.30 所示。

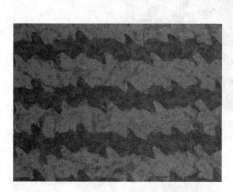 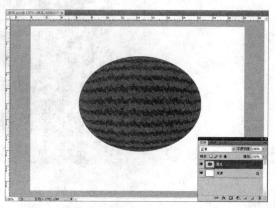

图 14.29　应用"海绵"滤镜的效果　　　　图 14.30　合并图层并执行"缩放"滤镜的效果

（17）下面开始为西瓜增加一些质感,即为西瓜增加光线照亮的部分和阴影部分。新建图层"亮光",使其为活动图层,在工具箱中选择"画笔"工具,笔尖设置为"柔角 300 像素",将前景色设置为白色,在"亮光"图层上着色,如图 14.31 所示。

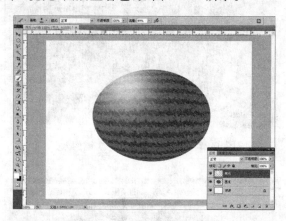

图 14.31　应用画笔着色的效果

（18）将"亮光"图层的图层混合模式设置为"叠加"模式,则可得到西瓜的高光部分,如图 14.32 所示。

（19）单击"西瓜"图层,使其为活动图层,选取工具箱中的"加深",在西瓜右下侧以"柔边 300 像素"的笔尖单击拖曳,得到西瓜阴暗的部分,如图 14.33 所示。

（20）合并"西瓜"和"亮光"图层,合并后图层命名为"西瓜",在工具箱选取"画笔"工具,笔尖设置为"柔边 100 像素",将前景色设置为"白色",画笔选项栏中不透明度设置为"50％",然后在西瓜左上部分描绘出高光部分,如图 14.34 所示。

（21）新建一个图层,命名为"阴影",在工具箱中选取"椭圆选框工具",在选项栏中设置羽化值为"20",在"阴影"图层中画一椭圆形选区作为西瓜投在地上的阴影,根据光照的角度执行"选择"|"变换选区"菜单命令,调整椭圆的位置,使其符合制作阴影的要求,如图 14.35 所示。

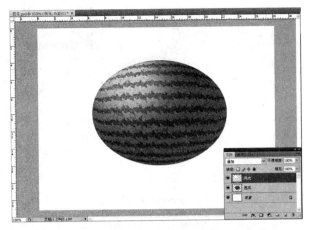

图 14.32 应用"叠加"图层混合模式的效果

图 14.33 应用画笔描绘阴影

图 14.34 应用画笔描绘高光

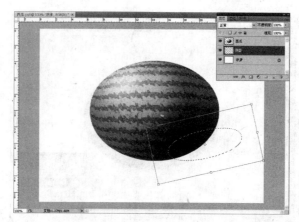

图 14.35　应用"变换选区"调整阴影的位置及大小

（22）将前景色设置为"黑色"，对选区进行填充，将"阴影图层"置于"西瓜图层"下则得到了有亮光也有阴影的西瓜，如图 14.16 所示。

至此，一个完整的西瓜就制作完成了。

14.3　综合练习三：制作纪念章

通过本练习，可以根据一幅荷花的照片，利用 Photoshop 来制作一枚纪念章。

本练习利用的 Photoshop 知识点有选区、文字、路径、图层样式、滤镜、混合模式。

本练习使用如图 14.36 所示的原始图像制作出如图 14.37 所示的最终效果。

图 14.36　原始图

图 14.37　效果图

1. 制作纪念章的衬板

由于纪念章的衬板是一个银色带有凸起边缘的圆形金属板，因此在制作时一要做出银色的金属质感，二是边缘要凸起。

操作步骤如下。

（1）启动 Photoshop，新建文件，大小为 800×600，背景色为白色，名称为"纪念章"，如图 14.38 所示。

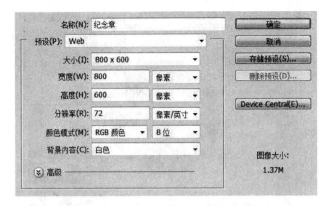

图 14.38 新建图像对话框

（2）新建图层，命名为"衬板"。

（3）单击"衬板"图层，使其为活动图层，然后选择"椭圆选框工具"，在选项栏设置"样式"为"固定大小"，宽度和高度均为 400px，设置如图 14.39 所示。

图 14.39 "椭圆选框工具"选项栏

（4）单击并拖曳鼠标，使圆形选区位于图像中间的位置，作为纪念章衬板的形状，如图 14.40 所示。

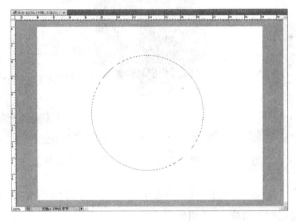

图 14.40 建立圆形选区

（5）将前景色设置为"50%灰色"，执行"编辑"|"填充"菜单命令，在弹出的对话框中选择"前景色"，将圆填充为灰色，作为衬板的初始底色。

（6）将前景色设置为"30%灰色"，再建一新图层，命名为"衬板边缘"。单击此图层使其为活动图层，然后执行"编辑"|"描边"菜单命令，在弹出的对话框中选择描边宽度为 6px，位置为"内部"。则可得到一个浅灰色圆环，作为纪念章的衬板边缘，如图 14.41 所示。

（7）单击"衬板"图层，使其为活动图层。按 Ctrl＋D 键取消现有选区，然后执行"滤镜"|

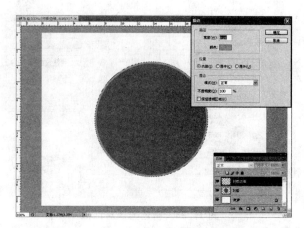

图 14.41　建立纪念章衬板边缘的环形选区

"杂色"|"添加杂色"菜单命令,在添加杂色的对话框中设置数量为 6%,分布为"平均分布",并且勾选"单色"项,这样会在"衬板"图层上添加了许多杂色,为制作衬板的金属质感做了前期准备,如图 14.42 所示。

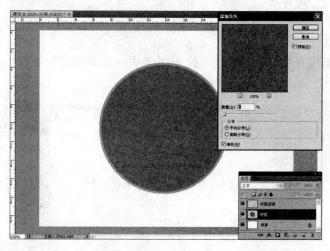

图 14.42　"添加杂色"滤镜对话框及应用效果

（8）执行"滤镜"|"渲染"|"光照效果"菜单命令,在打开的对话框中设置如图 14.43 所示。光照类型为点光,强度和聚焦可用默认值。

① 光照角度:为左上方,度数大约 120°~130°。

② 属性:为得到金属质感则将光泽适当调高,材料设为金属质感,为避免光照过强,将曝光度适当调低。

③ 纹理通道:为得到金属颗粒质感,选择纹理通道为蓝色通道。

设置完毕后,单击"确定"按钮,可得到如图 14.44 所示的效果。

（9）为得到更好的金属材质感,接下来为衬板添加些模糊的效果。

执行"滤镜"|"模糊"|"高斯模糊"菜单命令,在打开的对话框中将半径设置为"1.0",单击"确定"按钮,效果如图 14.45 所示。

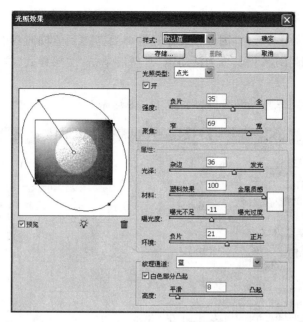

图 14.43 "光照效果"对话框

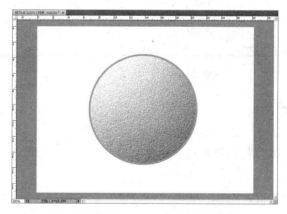

图 14.44 应用"光照效果"滤镜的效果

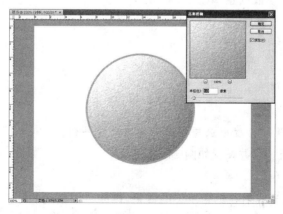

图 14.45 "高斯模糊"对话框及滤镜应用效果

2. 制作纪念章的凸起边缘

由于衬板的边缘是凸起的,因此在制作边缘时要考虑到它同时具有凸起、阴影等效果,所以单击"衬板边缘"图层,使其成为活动图层,然后单击"图层样式"按钮,打开图层样式窗口,进行如下设置。

(1) 选择"斜面和浮雕",参数设置如图 14.46 所示。

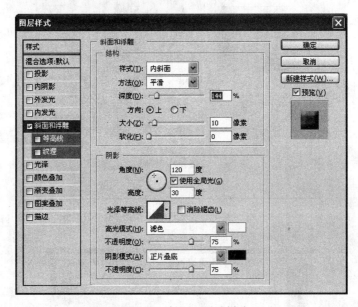

图 14.46　斜面和浮雕样式

① 样式:内斜面。

② 方法:平滑。

③ 深度:约为 150,可根据效果进行设置。

④ 大小:约为 10 像素。

⑤ 其他设置为默认值。

注意:在设置阴影时的光照角度要和制作衬板时光照效果中的光照角度要一致。

(2) 选择"投影",参数设置如图 14.47 所示。

① 混合模式:正片叠底。

② 距离:设为 0。

③ 扩展:设为 0。

④ 大小:设为 6 像素。

⑤ 其他设置为默认值。

注意:在进行设置时角度也应与前面的光照角度一致。

(3) 选择"外发光",参数设置如图 14.48 所示。

① 混合模式:滤色。

② 杂色:为表达光线射在纪念章上的效果,设为一个很浅的冷色。

③ 大小:设为 4 像素。

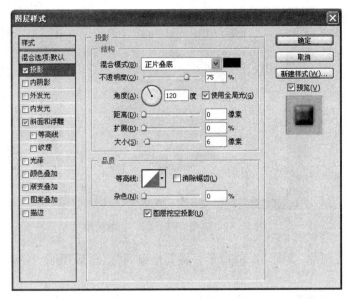

图 14.47　投影样式

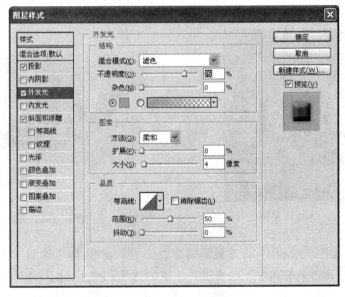

图 14.48　"外发光"样式

④ 其他设置为默认值。

至此,纪念章带有凸起边缘的衬板就制作完成了,效果如图 14.49 所示。

3. 制作纪念章上的银质荷花

这一部分是根据已有的荷花照片,制作出纪念章上的银质荷花效果。

由于在纪念章上只有荷花,而没有其他的荷叶部分,因此首先应将原始荷花图像中的荷花选取出来,把其他部分去除,操作方法如下。

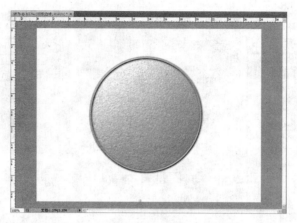

图 14.49　应用"图层样式"后的效果

（1）打开荷花图片，如图 14.50 所示。将其拖曳到"纪念章"图像中，将新图层重命名为"荷花"。

（2）选取工具箱中的"多边形套索工具"，将羽化值设为 1px，其他选项默认。选取荷花边缘，将荷花区域全部选取，然后反选，再按 Delete 键，将除荷花外的部分删除，如图 14.51 所示。

图 14.50　荷花原始图

图 14.51　应用"多边形套索工具"选取荷花

（3）如在上述操作过程中，荷花周围图像去除的不完整，则可选取工具箱中的"以快速蒙版模式编辑"按钮进入快速蒙版模式进行细微的选取和修整，由于荷花本身为红色，在正常进入快速蒙版模式时默认的被蒙盖部分也是半透明的红色，不易区分，因此可在"以快速蒙版模式编辑"按钮上双击，打开"快速蒙版选项"对话框，将蒙盖区域的颜色设置为易于区分的颜色，如蓝色，如图 14.52 所示。

（4）在快速蒙版模式中可选取工具箱中的"画笔工具"，将前景色设为"黑色"，对图像进行描绘，则所描绘的区域将会从图像选区中减去，或设前景色为"白色"对图像进行描绘，则所描绘的区域将会加入选区，这样就可以得到一个精确的荷花选区，反选后再按 Delete 键将周围图像删除，即可得到精确的荷花图案。

（5）下面就将彩色的荷花制作成金属质感的浮雕效果。

① 执行"编辑"|"变换"|"缩放"菜单命令，按 Shift 键成比例适当调整荷花的大小和位

置,如图 14.53 所示。

图 14.52 "快速蒙版选项"对话框

图 14.53 调整荷花大小

② 选取"荷花"图层,按 Ctrl＋D 组合键取消选区,执行"图像"|"调整"|"去色"菜单命令,将彩色的荷花变为灰度色,然后将其复制,则图层调板上会出现一个新的图层"荷花副本",如图 14.54 所示。

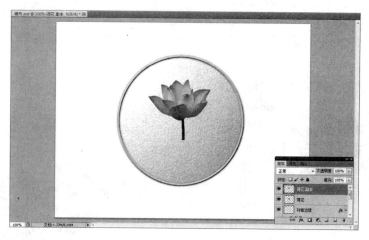

图 14.54 应用"去色"的效果

(6) 单击"荷花"图层,使其为活动图层,隐藏"荷花副本"图层,执行"滤镜"|"渲染"|"光照效果"菜单命令,在打开的对话框中设置如图 14.55 所示参数。

① 光照类型:为点光,强度和聚焦可用默认值。

② 光照角度:为左上方,大约 120°～130°。

③ 属性:为得到金属质感则将光泽适当调高,材料设为金属质感,为避免光照过强,将曝光度适当调低。

④ 纹理通道:为得到金属颗粒质感,选择纹理通道为蓝色通道。

得到效果如图 14.56 所示。

(7) 显示"荷花副本"图层,使其为活动图层,执行"滤镜"|"风格化"|"浮雕效果"菜单命令,在打开的对话框中设置如图 14.57 所示参数。

注意:设置时的光照角度均要与前面的设置一致。

得到效果如图 14.58 所示。

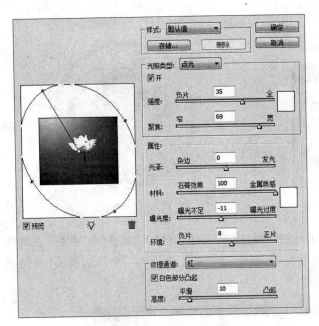

图 14.55 "光照效果"对话框

图 14.56 应用"光照"滤镜的效果

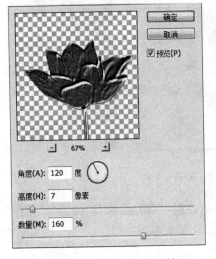

图 14.57 "浮雕效果"对话框

图 14.58 应用"浮雕效果"的效果

（8）使"荷花副本"为活动图层，将该图层的图层混合模式设置为"变亮"，则可看到"荷花副本"和"荷花"两图层经"变亮"模式混合后产生的银质金属感了，如图 14.59 所示。

（9）将"荷花副本"和"荷花"两图层合并，重新命名为"荷花"图层。

（10）使"荷花"图层为活动图层，执行"编辑"|"变换"|"缩放"菜单命令，按住 Shift 键，成比例调整荷花的大小和位置，使其大小位置适合纪念章的大小，如图 14.60 所示。

至此，荷花也就做好了。如果荷花的色泽与衬板的色泽有差别，可执行"图像"|"调整"|"亮度/对比度"菜单命令，在弹出的对话框中进行调整。

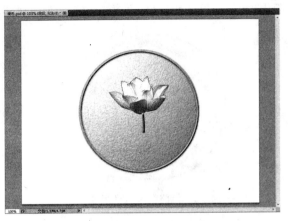

图 14.59　应用"变亮"模式的效果　　　　图 14.60　应用"缩放"调整荷花大小与位置

4. 制作纪念章上的文字

纪念章上的文字有两种：一种是环形的文字，围绕在纪念章的圆形边界内；另一种是水平的文字，在荷花下方。下面我们就来制作这两种文字。

（1）制作环形文字。首先按住 Ctrl 键，单击"衬板"图层缩览图，可得到圆形选区，执行"选择"|"修改"|"收缩"菜单命令，在打开的对话框中将收缩量设为 40 像素，然后单击"路径"调板，将选区转换为路径，如图 14.61 所示。

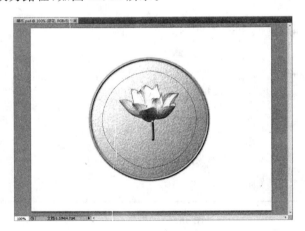

图 14.61　创建圆形路径

（2）在工具箱中选取"文字工具"，在路径上单击并录入"HEHUA TUAN ZONGHE LIANXI SHILI"，则可看到文字自动沿路径的方向环形排列，调整字体为"Book Antiqua"，大小为 30 点，新产生的文字图层命名为"字符"。如果在录入文字过程中发现文字并没有在荷花两侧对称分布，而是偏向某一侧，可选取"路径选择"工具调整文字的起始位置，使文字沿环形对称排列，如图 14.62 所示。

（3）选取"文字"工具，在纪念章衬板中的相应位置录入"荷花图案纪念章"，字体设为"姚体"，字号为 40 点，产生的文字层名为默认的"荷花图案纪念章"。录入"2010"字体为"Trebuchet MS"，字号为 36 点，新生成一"2010"图层。注意：在录入文字时要注意打开"字符"调板进行字间距、字号等相关设置,如图14.63所示。

图14.62 沿路径录入环形文字

图14.63 录入其他文字

(4) 将"字符"和"2010"两图层合并,重命名为"字符"图层。

(5) 选取字符图层,使其为活动图层,单击打开"图层样式"调板,分别做如下设置,如图14.64所示。

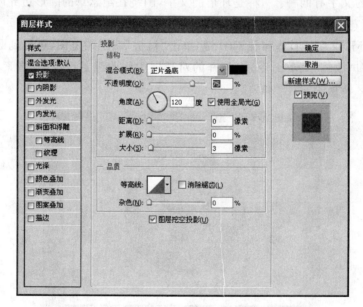

图14.64 投影样式

① 设置"投影"。

• 混合模式:正片叠底。

• 角度:120°。

• 距离:0。

• 扩展:0。

• 大小:3像素。

• 其他设置为默认值。

② 设置"斜面和浮雕",如图14.65所示。

样式:内斜面。

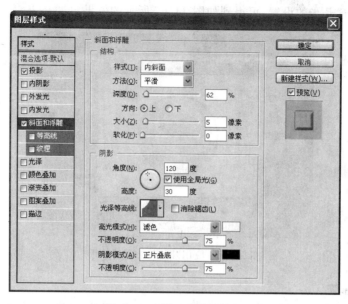

图 14.65 斜面和浮雕样式

通过以上设置,则可得到凸起的英文和数字效果。

(6)单击"荷花图案纪念章"图层,使其为活动图层,重复做上述步骤(5)中的设置"投影"和"斜面与浮雕"效果,然后在样式中再设置"外发光",如图 14.66 所示。

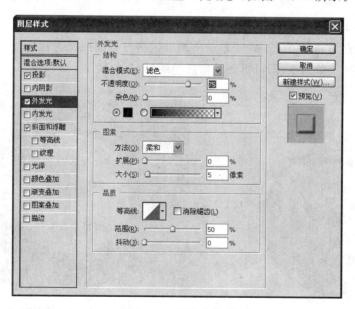

图 14.66 外发光样式

① 混合模式:滤色。

② 设置发光颜色为:黑色。

③ 其他设置为默认值。

（7）通过上述几步的设置，可得到如图 14.67 所示的效果。

图 14.67　应用"图层样式"的效果

5. 最后的修饰

（1）当完成了前面的制作后，看起来纪念章完成了，可是当仔细查看时会发现这个纪念章的文字是凸起的，荷花也有了金属质感，可是荷花却没有明显的从纪念章衬板上凸起出来，因此还需单击"荷花"图层，使其为活动图层，在图层样式中选择"斜面和浮雕"，将样式设置为"浮雕效果"，深度为 50％，其他为默认值，这样一个完整的纪念章就做好了，如图 14.68所示。

（2）把纪念章放在一块衬布上。单击选取背景图层，使其为活动图层，按 Alt＋A 组合键，将前景色设置为纯蓝色，按 Alt＋Delete 组合键将背景图层设为蓝色，然后执行"滤镜"|"纹理"|"纹理化"菜单命令，即可得到一张蓝色的衬布，如图 14.69 所示。

图 14.68　对荷花图层应用"斜面和
　　　　　浮雕"后的效果

图 14.69　应用"纹理化"滤镜制作衬布

（3）将除背景层之外的其他图层全部合并，合并后的新图层重命名为"纪念章"。

（4）单击"纪念章"图层，使其为活动图层，选取图层样式，设置投影距离为 10 像素，其他设置为默认值，可得到纪念章在光照下投射到蓝色衬布上的阴影。

（5）选取工具箱中的"画笔工具"，在画笔工具的设置窗口中选取画笔为"混合画笔"，在"混合画笔"中选取"交叉排线画笔"，如图 14.70 所示。

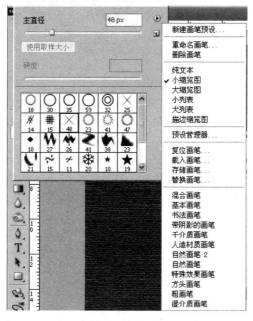

图 14.70　在"画笔"选项栏中选取"交叉排线画笔"

（6）将前景色设置为白色，将画笔直径设为 60 像素，不透明度设为 70％，用画笔在纪念章的左上侧单击，产生光线照射后的反光效果，如图 14.71 所示。

图 14.71　纪念章的最终效果图

这样一幅完整的纪念章图案就全部完成了。

结束语：通过本练习，可以综合利用 Photoshop 的多项功能来得到希望的效果，这个练习还可以举一反三，制作出各种图案的纪念章效果。

高等学校计算机专业教材精选